# Seguindo em frente

© 2019 por Amadeu Ribeiro
© iStock.com/THEPALMER

Coordenadora editorial: Tânia Lins
Coordenador de comunicação: Marcio Lipari
Capa e projeto gráfico: Equipe Vida & Consciência
Preparação e revisão: Equipe Vida & Consciência

1ª edição — 1ª impressão
3.000 exemplares — novembro 2019
Tiragem total: 3.000 exemplares

**CIP-BRASIL — CATALOGAÇÃO NA PUBLICAÇÃO**
**(SINDICATO NACIONAL DOS EDITORES DE LIVROS, RJ)**

R367s

    Ribeiro, Amadeu
    Seguindo em frente / Amadeu Ribeiro. - 1. ed. - São Paulo : Vida & Consciência, 2019.
    288 p. ; 23 cm.

    ISBN 978-85-7722-646-7

    1. Romance brasileiro. I. Título.

19-60441
                      CDD: 869.3
                      CDU: 82-31(81)

Todos os direitos reservados. Nenhuma parte desta edição pode ser utilizada ou reproduzida, por qualquer forma ou meio, seja ele mecânico ou eletrônico, fotocópia, gravação etc., tampouco apropriada ou estocada em sistema de banco de dados, sem a expressa autorização da editora (Lei nº 5.988, de 14/12/1973).

**Este livro adota as regras do novo acordo ortográfico (2009).**

Vida & Consciência Editora e Distribuidora Ltda.
Rua Agostinho Gomes, 2.312 — São Paulo — SP — Brasil
CEP 04206-001
editora@vidaeconsciencia.com.br
www.vidaeconsciencia.com.br

# Seguindo em frente

AMADEU RIBEIRO

VOLUME 4

# Prólogo

Pilar sempre quis que sua festa de aniversário fosse o melhor evento do ano. Não era à toa que cada detalhe fora planejado minuciosamente para que nada saísse errado. Havia meses, ela colocara sua família em polvorosa, obrigando cada membro a se responsabilizar por uma tarefa. Acreditava que se todos agissem coletivamente, o sucesso seria garantido, e ela chamaria mais atenção do que uma celebridade.

Afinal, não se completava a maioridade todos os dias. Naquela noite, ela faria 18 anos e seria dona do próprio nariz, embora desde criança transmitisse ordens aos empregados de sua casa como se fosse uma mulher adulta. Também não eram em todos os dias que se realizava uma festa daquele porte, para mais de cem convidados, onde estaria presente a nata do município. Como filha caçula do prefeito da cidade, Pilar acreditava que deveria fazer jus a seu papel na sociedade.

E, exatamente como ela idealizara, sua festa estava transcorrendo com perfeição. Perdera as contas de quantas vezes fora fotografada, cumprimentada e beijada. A imprensa fora chamada somente para que sua imagem estivesse estampada na primeira página dos jornais. Se não morasse em um distrito tão pequeno, a mídia até poderia divulgá-la nacionalmente. Seria um sonho ter sua imagem veiculada na capa das revistas mais importantes do Brasil.

Homens em trajes de gala e mulheres em vestidos longos e brilhantes desfilavam à beira da piscina. Outras tantas pessoas estavam sentadas às mesas degustando os aperitivos que os garçons contratados ofereciam, enquanto jogavam conversa fora com os amigos. Pilar fazia questão de circular entre eles apenas para ser notada. Queria que todos vissem o quanto ela era bonita, elegante e bem de vida. Desejava ser invejada por aqueles que não tinham as mesmas condições financeiras que ela.

    Seu pai convidara vários políticos que trabalhavam com ele na Câmara Municipal. Além disso, ele também convidou o comandante da polícia e vários outros policiais, das mais variadas patentes. Pilar não se importava com isso. Era até bom que tantas pessoas ligadas à segurança pública estivessem por ali. Assim, nenhum tipo de transtorno ocorreria. Ela jamais permitiria que algo ou alguém estragasse seu dia, aguardado havia tanto tempo e com tanta ansiedade.

    Como era fantástico ser o centro das atenções! Pilar estava preparada para as fotos, para os falsos sorrisos e felicitações dissimuladas, para os abraços suaves ou apertados e para os elogios sinceros.

    Quando anunciaram que o bolo seria cortado, todos se levantaram de seus lugares e se encaminharam ao salão principal, que até então servira como pista de dança para casais enamorados e românticos. Agora, o mesmo espaço exibiria a princesa daquela noite, do jeitinho que ela tanto desejara.

    Uma imensa mesa com rodinhas, decorada com uma toalha branca bordada, foi empurrada por dois funcionários, com todo o cuidado para não abalar as iguarias sobre ela. O bolo de três andares, no mesmo estilo daqueles usados em casamentos, foi enfeitado com glacê branco e rosa. O nome "Pilar" aparecia na parte dianteira do bolo, escrito com *chantilly* dourado. Fora ela mesma que escolhera daquele jeito. Tudo fora realizado conforme seus pedidos. E coitado de quem se atrevesse a ir contra o que ela ordenava.

    — Está gostando da festa? — Willian virou-se para a sua acompanhante com um sorriso sedutor nos lábios.

    A policial Moira assentiu com a cabeça. Como sempre, seu semblante estava tão fechado e sombrio quanto uma cidade após um toque de recolher. Apesar de ser uma mulher bonita, com cabelos loiros emoldurando um rosto atraente, ela raramente sorria. Não havia um único ser humano sobre a Terra que afirmasse tê-la visto soltar uma gargalhada.

    — Muito. Você deve estar gostando mais ainda, pois não para de beber. Essa já é a sexta taça de champanhe que eu vejo você tomar desde que chegamos.

    — E daí? Quem vai dirigir é você — ele riu e entornou na boca o conteúdo da taça que segurava.

Moira o olhou de esguelha. Com os longos cabelos castanhos que tocavam seus ombros, Willian era um belo espécime masculino. Alto, forte, dono de ombros largos e um sorriso charmoso, ele fizera muito sucesso entre as mulheres, pelo menos até conhecer Moira e suas pretendentes descobrirem que ele estava comprometido com uma policial que não sorria nem para um bebê recém-nascido.

— Falando em dirigir, quando seu irmão volta da viagem? — Moira perguntou, sem deixar de olhar para Pilar, que estava se posicionando atrás da mesa. — Aquela delegacia não é a mesma coisa sem o velho e querido Bartole na direção.

— Achei que o chefe de lá fosse o delegado.

— E ele é, pelo menos na teoria. O doutor Elias já admitiu várias vezes que Nicolas tem a mente rápida para raciocinar com clareza e segue tudo o que ele sugere. Desde que começaram a trabalhar juntos, essa parceria deu certo.

— Por que ele não quis vir? Disseram que muitos policiais estariam por aqui.

— O doutor Elias tinha umas tarefas pendentes na delegacia, que precisavam ser resolvidas ainda hoje. Mike ficou com ele. Só estou aqui por ser a minha folga. Não gostei da aniversariante.

— Ah, não? — Willian riu, encarando Pilar, que fazia caras e bocas diante das câmeras e celulares voltados para ela. — A moça é meio nojenta mesmo, mas como tem muita grana, acha-se no direito de esnobar. Sua mãe é a primeira-dama da cidade. Ela realmente se sente como uma princesa.

— Grande coisa! — Moira bufou.

Só comparecera à festa porque fora chamada pelo major Baltasar Lucena, que estava do outro lado do salão, ao lado da esposa e da filha. Para ter com quem conversar, solicitou autorização para trazer Willian com ela. O rapaz só pôde entrar no evento por ser irmão do investigador de homicídios mais prestigiado da cidade.

Disposta a mudar de assunto, Moira virou-se para ele:

— Você ainda não me disse quando Nicolas retorna.

— Amanhã, eu acho. Deve estar queimado como um carvão, após vinte longos dias no Caribe, debaixo de um sol escaldante, ao lado de sua doce e angelical esposa.

Moira ia fazer outra pergunta, quando notou a chegada triunfal do prefeito, acompanhado da esposa e do filho mais velho, irmão de Pilar. Os três andavam enfileirados, corpos eretos e rígidos, marchando como se fossem soldados no desfile de 7 de setembro, enquanto acenavam para as câmeras exatamente como a dona da festa vinha fazendo. Todos se postaram próximos de Pilar e só então disseram que cantariam os parabéns. As luzes foram apagadas e uma vela foi colocada no alto do bolo.

— Ela está completando dezoito ou cinco anos? — sussurrou Moira para Willian.

— Até onde eu sei, isso só acontece em aniversários infantis.

— Deixe-a ser feliz. Vai ver ela não teve infância. E depois, cada um comemora do jeito que acha melhor.

Moira deu de ombros, aplaudindo junto com os demais. Logo depois que Pilar assoprou a vela e as luzes foram reacesas, a policial reparou num homem magro e pálido, cujos lábios estavam contorcidos no que parecia ser um sorriso. Ela sabia que Evaristo Duarte estaria presente na festa, não apenas por também ser investigador criminal, de acordo com o que adorava alardear, mas por ser padrinho de Pilar e amigo do prefeito.

Aquele homem travara verdadeiras batalhas com Nicolas na disputa pelo comando dos grandes casos de assassinato que ocorreram na cidade nos últimos tempos, mas nunca conseguira ficar com os louros. Estava na Polícia havia décadas e reinava absoluto no distrito antes de Nicolas chegar. Moira já trabalhara com Duarte e o detestava. Ele era grosseiro, estúpido e não tinha um pingo de educação para tratar seus colegas, ao contrário de Nicolas que, mesmo tendo fama de ser mandão e exigente, era querido e admirado por toda a corporação policial.

Como não queria pensar em trabalho, Moira concentrou-se em Pilar. A jovem havia cortado o próprio bolo, colocando um pedaço num pratinho. Ergueu-o para o alto e anunciou em voz alta:

— É com muito amor que entregarei este primeiro pedaço do bolo a alguém que eu admiro muito pela beleza, esperteza, gentileza, carisma, elegância e *glamour*. Sei que muitos de vocês também se encaixam nesse perfil, porém, essa pessoa está num patamar um pouco mais elevado.

Era um comentário deselegante, porém, para não deixar o clima tenso, muitos convidados soltaram risadinhas sem graça e voltaram a aplaudir. Os olhares voltaram-se na direção do prefeito e de sua esposa. Todos queriam saber se Pilar estava se referindo ao pai ou à mãe.

E qual não foi a surpresa de todos quando ela completou seu breve discurso:

— Essa pessoa tão encantadora a qual acabei de me referir sou eu mesma — ela sacudiu o prato com o bolo, piscando um olho graciosamente. — Farei questão de servir pessoalmente muitos de vocês, assim que eu experimentar esta gostosura aqui.

Mais algumas palmas chochas surgiram. Moira revirou os olhos com impaciência, sem saber quem era mais idiota: a metida da aniversariante ou os convidados hipócritas, que achavam graça nos comentários dela.

Pilar fez mais algumas poses para as fotos e levou uma pequenina fatia do bolo branco e rosa à boca, mastigando-a com prazer.

— Está delicioso! — ela sorriu e soprou um beijo para todos.

Adorava ser destaque, amava quando todos os holofotes estavam voltados para ela. Não era à toa que desejava ser atriz de novelas um dia.

Colocou o prato de lado, tornou a pegar a espátula e cortou mais uma fatia do bolo. Preparou seu melhor sorriso novamente.

— Agora, o segundo pedaço vai para...

Ela tossiu, engasgou-se e levou as mãos ao pescoço. A mãe dela aproximou-se oferecendo um copo com água no momento em que Pilar arregalou muito os olhos. Subitamente, seu rosto perdeu a cor. As mãos continuavam agarradas ao pescoço, como se ela quisesse enforcar a si mesma.

Algumas mulheres começaram a gritar, e todos se puseram a andar de um lado a outro. Uma onda de nervosismo e preocupação desabou sobre o evento.

— Façam alguma coisa — gritou o prefeito, de repente. — A minha filha se engasgou com o bolo.

Porém, conforme foi constatado momentos depois, não havia mais nada que pudesse ser feito. Pilar inclinou o corpo para frente e despencou sobre o bolo. Um dos convidados, que se apresentou como médico, encaminhou-se até a moça e procurou por sinais vitais. Quando se virou para confrontar os pais dela, não encontrou palavras para explicar que a filha deles havia morrido no dia do próprio aniversário.

# Capítulo 1

Férias! Poderia haver palavra mais maravilhosa do que essa? Não se tratava apenas de muitos dias de descanso, nem de um período de afastamento do trabalho. Férias significavam lazer, diversão, renovação e descobertas.

Para Nicolas Bartole, as férias eram um portal que o transportava a um mundo onde não havia corpos sem vida, assassinos cruéis e uma papelada burocrática a ser resolvida. Era poder descansar a mente longe da rotina cansativa de todos os dias e proporcionar ao corpo variados prazeres, que iam desde uma bebida gelada a caminhadas pela areia da praia vendo o sol se pôr no horizonte.

Na agradável e inesquecível ilha caribenha chamada Curaçao, com praias pequenas, pessoas bonitas vindas de todos os lugares do mundo, boa alimentação e uma impressionante arquitetura colonial no estilo holandês, era tarefa obrigatória esquecer-se dos longos e exaustivos meses de agonia e estresse que ele vivenciara até antes de viajar. E tudo porque sua esposa passou seis meses detida em uma penitenciária, o que culminou no julgamento mais comentado da década.

Sentado sobre uma bicicleta alugada, ele a viu abordar um vendedor ambulante e adquirir dois picolés. Quando ela voltou-se para ele e sorriu, Nicolas sentiu algo aquecê-lo por dentro, algo com a temperatura mais alta do que o sol acima deles. Aquela sensação, que se tornou sua conhecida desde que a beijara pela primeira vez, tinha um nome bem simples: amor.

— Estes sorvetes custam os olhos da cara — empurrando a própria bicicleta com uma mão, ela parou diante de Nicolas e lhe entregou um dos picolés. — Estão explorando os turistas.

— Eles vivem disso. Muitas pessoas que viajam para cá têm dinheiro no bolso. Os moradores locais, que estão cientes disso, aproveitam para faturarem o deles.

Miah Fiorentino deu de ombros. Ao desembrulhar a embalagem de seu sorvete, ela aproveitou para dar mais uma espiadela em seu marido, o homem que lutara por ela e a defendera, mesmo quando soube de seu passado. Adorava encarar aqueles olhos azuis escuros cheios de amor, mas que podiam se tornar frios como aço quando seu lado policial assumia o controle. Amava beijar a diminuta cicatriz que ele tinha próximo aos lábios. Sentia-se satisfeita quando deslizava as mãos nos cabelos castanhos e quase raspados dele, ou quando abraçava aquele corpo constituído de músculos. Com mais de 1,80m de altura, Nicolas chamava a atenção por onde passava, mesmo que naquele momento estivesse usando apenas bermuda e camiseta regata, que realçavam sua pele ultrabronzeada.

Ele também não se importaria de gastar horas do seu dia somente contemplando Miah com ar embevecido. Perdia-se na profundidade daqueles lindos e enigmáticos olhos cor de mel. Beijava incansáveis vezes o rostinho redondo e perfeito dela, assim como seus lábios rosados. Gostava de bagunçar os cabelos dela, curtos e negros, cortados em pontas desniveladas abaixo das orelhas. Ela tinha um corpo magro, mas extremamente sedutor, na opinião dele. Não havia o que tirar nem pôr. Ele amava Miah daquele jeito, pois fora assim que a conhecera.

Não gostava de saber que não se apaixonara pela versão original daquela mulher. Isso porque Fiorentino nem mesmo era seu sobrenome verdadeiro. Ela falsificara os documentos após ser a responsável direta pela morte de dois homens e, indiretamente, por um terceiro. Mudara-se de cidade várias vezes até se estabelecer como a mais famosa repórter do município em que residia atualmente. Com algumas modificações na estética e um novo sobrenome, ela acreditou que enterraria para sempre o seu passado.

Nicolas, que sempre fora um homem cético em relação a muitas coisas, descobrira que o amor não era uma lenda, como acreditava até então. Prova disso era uma fugitiva da polícia apaixonada perdidamente por um investigador de homicídios. Miah tentara esconder seu segredo de todas as maneiras possíveis. Distorceu a verdadeira história, escondeu pistas que pudessem incriminá-la, fingiu ser aquilo que jamais foi e mentiu para se proteger.

Contudo, de acordo com o que uma das irmãs de Nicolas costumava dizer, a verdade não permanecia nas sombras por muito tempo. Cedo ou tarde, ela vinha à tona, destruindo as ilusões. Pressionada pelos acontecimentos, Miah não viu outra saída a não ser revelar a história verdadeira ao marido. Ela foi presa por um investigador que a buscava há tempos e passou muitos meses na cadeia.

— Em que você está pensando? — Miah indagou, notando que ele parecia disperso.

— Em como o universo trabalhou para que ficássemos juntos. Entre encontros e desencontros, terminamos juntos, entregues ao sentimento que nos une — ele afastou o picolé para o lado e a beijou com lábios gelados. — Amo você, Miah.

— Eu também o amo muito, mesmo que sua boca esteja fria como as costas de uma lagartixa.

Ele soltou uma gargalhada descontraída, fazendo Miah sorrir também. Amava aquele homem com todas as forças do seu ser. Tivera muito medo de perdê-lo, por isso forçara-se a esconder seu segredo dele até o último minuto. Quando a verdade foi revelada, ela teve certeza absoluta de que o próprio Nicolas a prenderia e que jamais seria capaz de perdoá-la. Certamente, ele ficou muito mal quando soube que fora enganado durante tanto tempo, e mais ainda por descobrir que a mulher amada era a responsável por dois homicídios culposos, quando não há intenção de matar, e por um acidente que resultou na morte de um assassino pedófilo. No fim, ele não somente a perdoou, como garantiu que se manteria ao lado dela até o fim, independente do que acontecesse. Como não poderia amá-lo intensamente?

— Pena que as nossas horas neste paraíso estão contadas — Nicolas virou o rosto na direção do mar verde-esmeralda e soltou um suspiro de desânimo. — Retornaremos ao Brasil ainda hoje.

— Pelo menos foram vinte dias muito bem aproveitados — ela baixou a mão e a encostou no ventre. — O bebê agradece.

Ela revelara a ele que estava esperando uma criança no mesmo dia em que foi absolvida, ainda dentro do fórum. O feto fora concebido durante uma das visitas íntimas que Nicolas fizera a Miah, na penitenciária. Seria dali em diante que eles realmente começariam a formar uma família.

— Nunca imaginei que um dia eu seria pai — ele mordeu mais um pedaço do sorvete, olhando fixamente para Miah. Um sorriso alargou seus lábios. Aumentando o tom de voz, falou: — Curaçao, eu serei papai. Alguém faz ideia do que isso significa para mim?

— Ninguém faz ideia, porque mal entendem nossa língua. Não seja bobo!

Riram alegremente, terminando o picolé. Dali, eles retornariam ao hotel para fazer as malas e fechar a conta. O voo deles partiria no início da tarde. As abençoadas férias haviam terminado.

\*\*\*

A noite já ia avançada quando entraram no apartamento de Nicolas. Colocaram as malas no chão e acenderam as luzes. Havia um bilhete sobre a mesinha de centro. Ele também reparou que a luz vermelha da secretária eletrônica estava piscando, informando que havia mensagens.

Ele apanhou o papel e reconheceu a delicada caligrafia de Marian. Sua querida irmã dava-lhes as boas-vindas, informando que estivera no apartamento dele mais cedo para cuidar da gata e deixar comida pronta na geladeira. Ela finalizava a mensagem dizendo que gostaria que ele lhe telefonasse quando chegasse em casa.

— Marian não é um anjo? — ele entregou o bilhete para Miah lê-lo.

— Quem me dera ter uma irmã dessas — lamentou Miah ao terminar de ler o recado.

Miah riu quando viu a gata grande e branca, com pelos muito felpudos, sair da cozinha, passar direto por Nicolas sem lhe dirigir o olhar, e vir até onde ela estava, esfregando-se por entre suas pernas.

— Érica, minha flor, você estava com saudade? — Miah se agachou e afagou a cabeça da felina. — Se eu pudesse, teria levado você conosco.

— Fomos para o Caribe e não para a boca de um vulcão, que é para onde você poderia atirá-la discretamente — resmungou Nicolas.

Érica virou a cabeça na direção dele, rosnou e projetou as unhas para fora, como se estivesse disposta a dar o troco pela ofensa. Ele arregaçou as mangas, andando até a secretária eletrônica.

— Tá achando ruim, é? Quer resolver o problema no braço, sua gata psicopata?

Érica curvou as costas e mostrou os dentes, numa clara demonstração de que estava pronta para a briga. Rindo, Miah a pegou no colo e pôs-se a acariciá-la para que ela se acalmasse.

Balançando a cabeça para os lados, Nicolas apertou o botão do aparelho e logo a voz de Elias Paulino, delegado local, preencheu o ambiente:

— Bartole, espero que tenha feito uma boa viagem! Quero lhe repassar os últimos acontecimentos. A filha do prefeito morreu ontem à noite ao experimentar o próprio bolo de aniversário. Num primeiro momento, todos acharam que a morte se deu por engasgamento, só que o corpo dela foi encaminhado para a autópsia, e a doutora Ema Linhares não me passou boas notícias. Estarei na delegacia até as primeiras horas da madrugada, portanto, me procure assim que chegar. Precisamos de você, o quanto antes, ou o caso será assumido pelo Duarte.

— Até parece que vou deixar que isso aconteça — ele resmungou, como se Elias estivesse ali, diante dele. — Miah, eu preciso encontrar-me com Elias.

— Agora? Acabamos de chegar de outro país e você já quer assumir o trabalho? Suas férias se encerram à meia-noite de hoje.

Por curiosidade, ele conferiu o horário no relógio de pulso.

— São onze e quinze agora. Posso retomar as minhas atividades antes do prazo previsto. Se eu demorar muito, o idiota do Duarte ficará à frente do caso, independente do que realmente tenha acontecido. Durante o trajeto até a delegacia, vou telefonar a Marian para informá-la de que já chegamos.

— Estou muito triste por estar desempregada — Miah colocou a gata sobre o sofá e encarou o chão, desolada. — Acho que não serei recontratada pelo Canal local ou por qualquer outra emissora da cidade. Esqueceu-se de que agora tenho passagem pela polícia? Talvez eu tenha de vender cachorro-quente na praça.

— Não é uma má ideia — Nicolas apanhou o revólver e sua identificação policial. Passou por Miah, beijou-a na boca e seguiu até a porta. Olhou por cima do ombro. — Já adianto que quero o meu com duas salsichas e muito purê.

Apesar de sua situação preocupante, Miah não pôde deixar de rir sozinha depois que ele se foi.

# Capítulo 2

O delegado Elias não era um homem bonito na opinião de Nicolas. Aparentava menos de cinquenta anos, era bem mais baixo do que o investigador, ele tinha um corpo magro e os ombros caídos. Os cabelos grisalhos lhe conferiam certo charme, mas o nariz gigantesco não o favorecia. À parte desses detalhes físicos, o homem era ágil, inteligente, justo e um excelente companheiro de trabalho. Ao lado de Nicolas, solucionaram casos que muitos teriam deixado em aberto.

Ele estava sentado atrás de sua mesa ampla, abarrotada de pastas e papéis. Encarava Nicolas ao falar:

— Pilar estava completando sua décima oitava primavera. De acordo com o que eu pude apurar até agora, ela mesma organizou tudo, contando com o apoio dos pais e do irmão mais velho. Havia cerca de cem pessoas na festa, incluindo Duarte, Moira e o major Lucena. O prefeito queria que todo o corpo policial estivesse presente na festa da filha dele.

— Mike perdeu a boca livre? — espantou-se Nicolas. — Não acredito!

— Eu ordenei que ele trabalhasse comigo, o que não o agradou nem um pouco. Disse-me que eu poderia ter escolhido qualquer outro policial para a tarefa. A cada cinco minutos, ele resmungava feito uma velha rabugenta.

— Isso é bem típico dele.

— Muito — Elias pegou um grampeador e começou a manuseá-lo distraidamente. — Moira, que estava na festa acompanhada de seu irmão, contou-me que a aniversariante se exibia como um pavão, pois desejava ser o alvo de todos os olhares. Logo depois que cantaram os parabéns, ela cortou o primeiro pedaço do bolo e serviu-se após um pequeno discurso, em que afirmou ser superior a todas as outras pessoas presentes.

— Estou adorando a falecida — murmurou Nicolas.

— Ela ofereceu a si mesma a primeira fatia do bolo e comeu um pedaço. Ia servir outra pessoa quando tossiu, como se estivesse engasgada, e caiu sobre a mesa, esmagando o lindo e bem decorado bolo. Sua morte ocorreu no próprio local, diante de todas aquelas testemunhas.

— Devo supor que ela não se engasgou.

— É aí que eu quero chegar — Elias soltou o grampeador, pegou um envelope branco e o entregou a Nicolas. — Veja o que diz o relatório da doutora Ema.

Nicolas retirou uma única folha de dentro do envelope, leu rapidamente o documento e devolveu-o ao delegado.

— Uma forte e desconhecida substância química foi encontrada na corrente sanguínea de Pilar — afirmou Nicolas pensativo. — Como ela não havia se alimentado de outra coisa que não fosse o bolo, devemos supor que ele estava envenenado.

— Exato! Temos um típico caso de homicídio para resolver.

— Se alguém adicionou veneno ao bolo, sabendo que ele seria degustado por tantas pessoas diferentes, devemos pensar em um criminoso que queria um assassinato em massa?

— Talvez não — determinou Elias. — Acredito que quem fez isso sabia que Pilar comeria o primeiro pedaço e que o veneno agiria rapidamente em seu organismo. Algo me diz que o alvo era somente ela.

— Foi no que eu também pensei. E se a pessoa sabia que ela serviria a si mesma primeiramente, então podemos pensar em alguém próximo de Pilar, ou que faça parte do seu círculo de amizades. Alguém em quem ela confiasse o bastante para revelar que faria isso. Acho que não estamos lidando com um terrorista, afinal.

Reflexivo, o delegado coçou a cabeça.

— O que me angustia é saber que essa moça era filha do prefeito. Assim que o informarmos de que ela foi assassinada, ele fará o maior escândalo, e nos pressionará para que encontremos o culpado o quanto antes.

— Do jeito que eu detesto trabalhar sob pressão...

— E eu não sei disso, Bartole? O pior é que a mídia também irá nos açoitar em busca de informações. A imprensa estava no evento, fazendo a cobertura do aniversário do ano. Virão atrás de nós, ávidos por notícias.

— E desta vez não temos Miah para nos dar cobertura. Ela está desempregada.

— Creio que não por muito tempo. Miah sempre foi uma fantástica profissional. A audiência dos telejornais deve ter caído bastante depois que ela foi afastada.

— Já faz bastante tempo que isso aconteceu, e eles vêm se virando sem ela. Creio que Miah não será mais necessária para a imprensa, o que é lamentável. Não combina com seu perfil agitado e hiperativo permanecer o tempo todo dentro de casa.

— Espero que ela consiga outra ocupação o quanto antes — de repente, Elias bateu as mãos sobre a mesa, lembrando-se de algo. — Esqueci-me de informá-lo de que amanhã precisaremos chegar cedo aqui. O comandante Alain quer uma reunião em caráter de urgência. Eu o informei sobre o relatório da doutora Ema. Ele também quer acompanhar esse caso de perto.

— Ou seja, todos ficarão colados em nossa rabeira, apressando-nos para solucionar o caso somente porque Pilar é filha do prefeito da cidade — indignou-se Nicolas. — Se fosse outra jovem qualquer, a cobrança não seria tão grande.

— É bem por aí.

— Eu não vou correr para agradar a ninguém. Tentarei fechar a investigação o mais depressa possível, como sempre faço, mas não porque estão me pedindo isso. Se alguém quiser me acelerar mais do que eu posso andar, ouvirão o que não gostariam.

Elias assentiu com a cabeça. Sabia que o investigador faria exatamente o que estava prometendo. Não tinha papas na língua e falava a verdade na lata, diante de quem fosse. Definitivamente, Nicolas Bartole estava de volta!

\*\*\*

Na manhã seguinte, Nicolas chegou à delegacia antes das oito, segurando três grandes sacolas de papel. Gostava de acordar cedo para que seu dia rendesse mais. Durante a noite, pensara em uma lista de coisas que deveria fazer ao longo daquele dia, incluindo informar aos pais de Pilar que a morte da jovem não fora acidental. Além disso, precisaria descobrir com quem ela encomendara o bolo, quem fora a pessoa que o preparou e ainda fazer um levantamento de todos os convidados da festa.

"Quem quer que a tenha matado estava no evento", pensou Nicolas, aproximando-se do balcão da recepção. "O assassino queria ver de perto a morte de Pilar".

Moira estava em seu posto, olhando com ar de cansaço para as imagens do jornal matinal, que eram exibidas numa pequena televisão fixada na parte superior da parede. Por curiosidade, Nicolas também olhou na mesma direção, bem a tempo de ver e ouvir um repórter engravatado e muito compenetrado garantir que a morte de Pilar ocorrera em circunstâncias bastante suspeitas e que a polícia ainda não fizera sua declaração oficial à imprensa.

— Bom dia, Moira! — ele colocou as sacolas sobre o balcão, ainda encarando a televisão. — Quer apostar quanto que daqui a pouco a mídia estará na porta da delegacia?

— Bom dia! Eu perderia a aposta, porque ontem eles já estiveram aqui, tentando uma entrevista exclusiva com o doutor Elias — ela ajeitou o boné cinza sobre os cabelos loiros. — Não foram atendidos, mas prometeram retornar hoje, sem falta.

— Já perceberam que Pilar não teve uma morte acidental.

— Eu a vi morrer — explicou Moira e seu habitual semblante sério tornou-se ainda mais taciturno. — Não é preciso ser nenhum perito para notar que ela não se engasgou. O rosto de Pilar ficou lívido, seus olhos se esbugalharam, como se ela estivesse sentindo falta de ar. Foi tudo o que deu para notar, antes de ela tombar sobre o bolo. Foi uma cena bem assustadora.

— Uma morte como essa sempre gera suspeitas. Por isso, a imprensa ficará no nosso pé. O comandante Alain e o major Lucena já chegaram?

— Ainda não. O major acabou de telefonar informando que estarão aqui dentro de dez minutos. Pediram que a sala de reuniões estivesse à disposição. O doutor Elias e Mike o aguardam lá dentro.

— Obrigado. Não se esqueça de estender o tapete vermelho ao longo de todo o corredor principal.

— Como assim, Bartole?

— Teremos a ilustre presença de Duarte nesta manhã. É preciso muito luxo, muita elegância e distinção para recebermos tão honrosa e agradável pessoa.

Apesar da brincadeira de Nicolas, Moira não sorriu. Ele segurou as alças de duas sacolas e indicou a terceira com o queixo.

— Essa é sua. Trouxe-lhe um presente do Caribe.

E para espanto de Nicolas, desta vez, ela pareceu sorrir. Mergulhou a mão dentro da sacola e retirou uma caixinha, que continha uma pequena boneca feita de *biscuit*, vestida numa farda azul-marinho. Era loira e segurava uma pequena pistola.

— Seria a sua cara, se não fosse por um pequeno detalhe. Espero que goste — murmurou Nicolas, afastando-se depressa.

A boneca sorria abertamente, e Moira compreendeu a qual detalhe ele se referia.

— Obrigada, Bartole — a policial agradeceu, antes de vê-lo entrar na sala de reuniões.

Elias e Mike realmente já estavam lá. Nicolas sentiu a sala se tornar mais clara graças ao sorriso que Mike exibiu ao vê-lo, brilhante e resplandecente como o sol.

— Arre égua! — ele gritou, abrindo os imensos braços e avançando até Nicolas como um trem-bala. — Veja só quem está por aqui.

Os braços gigantes se fecharam em torno do corpo de Nicolas num aperto violento. O investigador sentiu seus órgãos internos se comprimirem uns aos outros, como pessoas dentro de um elevador lotado. Quando sua respiração começou a ficar entrecortada, Mike o liberou bruscamente.

— Doutor Elias, repare como Bartole está tostado — para comparar o tom de pele, Mike encostou seu braço ao de Nicolas. — Somos dois negrões agora, lindos e gostosos. Ficamos tão parecidos que enganaríamos qualquer um se nos apresentássemos como irmãos gêmeos.

— Não é preciso exagerar, Mike — Nicolas respirou fundo, aliviado por não estar com nenhum osso quebrado. Balançou uma das sacolas. — Trouxe um presente para você, direto de Curaçao.

— Presente? Para mim? — eufórico demais para se deixar intimidar diante do olhar de reprovação que recebeu por parte do delegado, Mike arrebatou a sacola das mãos de Nicolas, rasgou-a numa fração de segundo e corou de alegria ao analisar a camiseta regata, tamanho família, com o nome MIKE estampado na parte dianteira.

— Espero que tenha gostado. Foi Miah quem escolheu a cor e o modelo.

— Miah? Ela é demais, cara! — Ele encostou a camiseta no tórax, avaliando as medidas dela. — E ainda está escrito Mike em vez de Michael, porque soa bem americano, não acha, Bartole?

— Caribenho, eu diria — Nicolas entregou a última sacola a Elias. — Essa é sua. Não a trouxe ontem à noite porque vim para cá com muita pressa.

— Não precisava se incomodar com isso — tornou Elias, com um sorriso de gratidão.

— Precisava, sim — discordou Mike. — Sempre que viajar, Bartole, incomode-se muito pensando em nós.

Elias ainda estava admirando o relógio de pulso recém-ganhado quando Moira interfonou para comunicar que os visitantes estavam entrando na sala. Imediatamente, a expressão tranquila e animada dos três homens tornou-se séria e formal. Mike e Elias colocaram as embalagens com os presentes em cima de um armário de madeira, no fundo da sala.

O comandante Alain foi o primeiro a entrar. Seus olhos atentos só colaboravam para intimidar qualquer outro policial com uma patente inferior a dele. Já o major Lucena, embora também tivesse o típico olhar desconfiado dos tiras, possuía uma fisionomia mais suave e serena. Os cabelos grisalhos estavam bem penteados para trás e seus olhos muito verdes demonstravam toda a alegria por ter reencontrado seu filho Apolo, cerca de trinta anos após seu sequestro. Atualmente, ele se chamava Enzo, era um médico a serviço da polícia e futuro cunhado de Nicolas, pois seu casamento com Marian estava previsto para acontecer dentro de dois meses.

Por último, entrou um sujeito magro, feio e tão pálido quanto um vampiro. Os cabelos branquinhos estavam revoltos e seus lábios finos, igualmente descorados, estavam entreabertos no que se assemelhava a um sorriso. Sempre que o via, Nicolas tinha a impressão de que não havia sangue correndo nas veias de Duarte. Não existia uma única parte visível de seu corpo que não fosse esbranquiçada.

Depois dos cumprimentos de praxe, o comandante Alain iniciou:

— Sabemos que Pilar, filha do prefeito Ernesto, foi envenenada na noite retrasada. A autópsia atesta isso. Alguém colocou uma substância desconhecida no bolo, o que culminou com a morte instantânea da jovem. Não foi usado nenhum tipo de veneno conhecido pela doutora Ema Linhares.

— A família do prefeito ainda não sabe que ela foi assassinada — prosseguiu Lucena. — É preciso informá-los com cautela, para que não haja consequências catastróficas para todos nós. Sabemos o quanto a mídia pode distorcer certos fatos.

— Os repórteres de hoje em dia são mais sensatos — interveio Duarte coçando o queixo pontudo. — Antigamente, havia certa repórter petulante na televisão que vivia metendo o nariz onde não era chamada.

— Do mesmo jeito que você acabou de fazer agora, ao interromper o major Lucena — replicou Nicolas. — A falta de educação existe desde os tempos bíblicos.

— Senhores, por favor — apaziguou Lucena, antes que Alain desse um sermão em todos. — Este é um caso que precisa ser resolvido o mais depressa possível. Não queremos romper as nossas relações com a prefeitura da cidade.

— Comandante — Duarte pigarreou, fitando o homem que representava a autoridade máxima policial —, se o senhor me permite falar, saiba que eu tenho longa experiência em investigações de homicídios. Atuo na cidade há décadas. Meus casos eram solucionados com a rapidez de um cometa.

— Só se for com a rapidez do Cometa Halley, que surge por aqui a cada oitenta anos — provocou Nicolas, somente para não perder o costume de irritá-lo.

Apesar da raiva advinda do insulto, Duarte continuou seu pedido:

— Além disso, poucos sabem que Pilar era minha afilhada — voltou-se para Nicolas com um sorriso vitorioso. — Sim, o prefeito e eu somos amigos pessoais. Inclusive eu havia sido chamado para o aniversário, ao contrário de certos policiais, cujo nome nem sequer apareceu na lista de convidados.

— Bartole estava passando as férias no exterior, comandante — relembrou Elias.

— Eu já sei de tudo isso — resmungou Alain. — Conheço a capacidade dos dois grandes investigadores que temos na cidade. E como quero rapidez nesse trabalho, tomei uma decisão: vamos unir o útil ao agradável. Duarte conhece melhor a família do prefeito, além de ter certo parentesco com a vítima. Bartole já nos apresentou resultados fantásticos em seus trabalhos anteriores.

— O que o senhor quer dizer com isso? — indagou Nicolas, tendo a nítida impressão de que não ia gostar de ouvir o restante daquela conversa.

— Você e Duarte trabalharão juntos. Ambos irão unir seus conhecimentos para que o assassino de Pilar seja encontrado o quanto antes. Deverão deixar as desavenças pessoais de lado e agirem como os verdadeiros profissionais que são — Alain mostrou um sorriso. — E tenho certeza de que os resultados serão bastante satisfatórios.

# Capítulo 3

Nicolas entrou em sua sala feito um furacão, mirando a perna de sua mesa, onde desferiu um pontapé tão forte que por pouco não a quebrou. Com os punhos cerrados, tudo o que queria era encontrar algo que pudesse socar com gosto e, de preferência, que fosse o rosto insolente de Duarte.

De onde Alain tirara aquela ideia disparatada? O comandante só poderia ter tomado tal decisão sob o efeito de narcóticos alucinógenos. Designá-lo para trabalhar com seu grande adversário era a maior loucura do século. Nicolas e Duarte nem precisavam se encarar para que faíscas surgissem e virassem um incêndio através das trocas de ofensas. Como é que poderiam formar uma equipe nessas condições?

Ele ignorou as batidas na porta e não se virou para trás quando notou que ela foi aberta. Com as duas mãos enfiadas nos bolsos da calça, mordia os lábios com uma raiva assustadora.

— Infelizmente, seu nervosismo não vai ajudar em nada — murmurou Elias atrás dele. — Pode até tirá-lo do foco da investigação que terá início.

— Você já imaginou como isso vai terminar, Elias? — ainda furioso, Nicolas voltou-se para o delegado. — Duarte é chato, maçante e deve adotar uma técnica de trabalho que é totalmente diferente da minha. Não vou aguentá-lo por muito tempo.

— Vocês não precisam andar lado a lado. Cada um segue sua linha de investigação do jeito que sabe e, em um momento propício, confrontam os resultados alcançados até então.

— Eu já lidei com casos muito piores do que esse e nunca precisei da colaboração de Duarte.

— Será por um pequeno período de tempo — tranquilizou Elias. — Assim que o assassino for encontrado, vocês nem precisarão mais conversar. Aguente a barra só um pouco. Talvez não seja tão complicado assim.

— Eu aviso desde já que não vou tolerar má-criação por parte dele.

— Se você cometer alguma tolice, será afastado do caso, e ele assumirá tudo sozinho. Resista às ironias e provocações da parte dele. Duarte estará esperando por uma brecha para derrubá-lo. Tentará mostrar serviço ao comandante. Aposto que nem ele gostou muito da ideia de atuar ao seu lado.

Nicolas respirou fundo e sentou-se na beirada da mesa. Sabia que Elias tinha razão. Se perdesse a cabeça, daria a vitória a Duarte. Precisava se concentrar na investigação e agir como se o outro investigador nem estivesse por perto.

— Você está certo, meu amigo! Lamento pela minha grosseria.

— Dê o melhor de si, como sempre faz quando está trabalhando. Duarte não é páreo para você. Tenho certeza de que o assassino será encontrado em tempo recorde e conduzido algemado a esta delegacia através das suas mãos.

— Acho que era isso o que eu precisava ouvir — Nicolas afastou-se da mesa e deu um rápido abraço em Elias.

Voltaram a bater na porta. Quando Nicolas autorizou a entrada, sorriu para o visitante. Major Lucena entrou timidamente, mesmo sem perder seu porte ereto digno de um policial que estava há anos na ativa.

Cumprimentou Elias com a cabeça e voltou sua atenção para Nicolas.

— Nós poderíamos conversar a sós, Bartole? Você não se importa, Elias?

— De forma alguma. Vou deixá-los à vontade — avisou o delegado, fechando a porta ao sair.

— A minha sala não é muito confortável, mas pelo menos tenho cadeiras para nos sentarmos — Nicolas indicou-as. Assim que o major sentou-se, ele também se acomodou para ficar de frente com Lucena. — Como posso ajudá-lo?

— Pela forma como eu o vi sair da sala de reuniões, creio que você não tenha ficado muito feliz com a decisão do comandante. Quando ele me comunicou sobre isso na noite de ontem, tentei demovê-lo da ideia por considerá-la absurda. Entretanto, sabe como Alain é. Gosta de agir do jeito dele.

— Saiba que estou arrependido por não ter contestado essa ordem. O fato de ele ser meu superior não o autoriza a se intrometer em meu trabalho para incluir uma pessoa com a qual eu não simpatizo. Creio que eu só tenha aceitado isso de boca fechada por ter ficado em estado de choque com a notícia.

— Não será tão ruim assim — prometeu Lucena. — Duarte só quer chamar a atenção. Gosta de ser destaque, ao contrário de você, que se dedica com tanto empenho, talento e tanta determinação em cada investigação que assume. Para mim, há muito tempo ficou nítido que você é o grande investigador de nossa cidade. E mesmo soando antiético o que direi, sei que você guardará segredo. Duarte nunca foi bom em seu trabalho, até porque ele nunca lidou com grandes psicopatas como os que você enfrentou nos últimos tempos.

Se Elias já havia deixado Nicolas mais calmo, ouvir aquelas palavras de Lucena foi como tomar uma injeção de serenidade.

— Essa será uma missão bem complexa, major.

— Você já lidou com outras piores. Sempre evitou deixar que seus problemas pessoais interferissem em seu trabalho. Jamais tirou licença, mesmo quando Miah passou seis meses na penitenciária. Duarte é peixe pequeno agora.

— O senhor tem razão. Não vou deixar que a ira me domine, porque é isso o que Duarte está esperando de mim. Vou reagir e começar a trabalhar agora mesmo.

— É assim que se fala, Bartole! Agora senti firmeza.

Lucena sorriu, e Nicolas aproveitou a deixa:

— E como está lidando com a paternidade? Enzo tem se mostrado um bom filho?

— Ele é incrível. Sempre digo para ele que ainda não me acostumei com seu novo nome.

Lucena e Aracy, sua esposa, tiveram uma filha, Nelly, uma jovem linda, meiga e muito simpática, que costumava acompanhá-lo em eventos sociais. Nelly nascera com um grave problema de visão e praticamente não enxergava. Mesmo assim, a moça sempre tinha um sorriso pronto para oferecer a quem viesse conversar com ela. Seu exemplo de perseverança e superação frente à deficiência servia como estímulo para muitas pessoas que tinham a saúde perfeita também procurarem em seu íntimo diversos motivos para sorrirem mais vezes, em vez de ficarem se lamentando pelos seus problemas.

Entretanto, muitos anos antes de Nelly nascer, Lucena e Aracy tiveram outro filho, que chamaram Apolo. Era uma criança encantadora, que cativava a todos à sua volta. Quando estava com cerca de um ano e meio de idade, durante um passeio em que os pais o levaram a uma praça, o menino desapareceu de dentro de seu carrinho de bebê.

O sequestro aconteceu à luz do dia durante um pequeno instante de distração de Lucena e Aracy, quando eles se detiveram diante de uma barraca para observar as peças de artesanato que estavam à venda. Ao olharem para o carrinho, viram-no vazio. Quem quer que tivesse carregado Apolo, foi corajoso o suficiente para praticar a ação próximo a várias outras pessoas que transitavam pelo local. Apesar do razoável movimento, ninguém declarou ter visto a criança ser retirada de dentro do carrinho. Jamais houve testemunhas, assim como nunca ocorreu um pedido de resgate para que os pais pudessem reaver o filho sequestrado.

Lucena e Aracy mergulharam em profundo estado de depressão. Tempos depois, ele entrou para a polícia na tentativa de fazer justiça perante tantas coisas erradas existentes na sociedade. Seu lema era caçar impiedosamente todos aqueles que tentassem abalar a lei e a ordem da cidade, fosse através de roubos, de assassinatos e, principalmente, de sequestros.

Até que no ano passado, a vida lhe trouxe o melhor presente que Lucena poderia receber. Lucena enfrentou um assaltante em um banco e levou um tiro de raspão na cabeça. Levado ao hospital, ficou sob os cuidados de Enzo. Após recuperar-se, durante uma conversa com o médico, Lucena viu uma fotografia recente em que o rapaz e Marian apareciam sujos de tinta, em um momento de descontração. Apolo tinha um sinal de nascença na pele com um formato de um mapa, que foi imediatamente reconhecido pelo major. A partir dali, intensas emoções se seguiram. Enzo, aos poucos, habituara-se ao fato de ter uma nova família, mas garantiu que não queria voltar a ser chamado de Apolo.

— Minha vida tem sido muito feliz desde então. Apesar de nunca ter perdido a esperança de reencontrá-lo, confesso que vinha sendo tomado por forte desânimo.

— Marian não se cansa de me dizer que não podemos desanimar, porque isso nos leva a desistir, cuja pronúncia tem significado parecido com deixar de existir. Bom, acho que é algo assim...

Os dois riram, e Lucena tranquilizou-se por notar que Nicolas estava mais calmo.

— O melhor de tudo isso é que agora seremos parte da mesma família — relembrou Lucena, esticando o braço e afagando amistosamente o ombro de Nicolas. — Afinal, o meu filho é seu cunhado.

— Quando poderíamos imaginar que isso fosse acontecer, meu amigo? Hoje noto que a nossa amizade vai muito além da farda e dos nossos distintivos. Você me apoiou muito quando mais precisei, principalmente quando fiquei transtornado com a descoberta do segredo de Miah e sua prisão, que ocorreu logo depois. Não sabe como é gratificante ter em minha família um homem como você.

O lado durão do major cedeu espaço para seu lado sensível. Emocionado, Lucena sorriu, piscando para disfarçar os olhos marejados.

Ele se levantou e, assim que Nicolas fez o mesmo, abraçou-o com força. Encarando os olhos azuis escuros de Nicolas, ele devolveu:

— Comece sua investigação com a garra de sempre, Bartole. Encontre e prenda o assassino, e prove mais uma vez que é superior a Duarte. Confio em você, porque é o melhor policial de toda a região.

Igualmente emocionado, Nicolas preferiu não responder, pois se o fizesse, sua voz sairia embargada e ele não queria se deixar constranger por enquanto. Contudo, Lucena tinha razão. Era hora de sair em campo e arrebentar. Só precisava mentalizar a palavra sucesso e dar seu melhor para vencer mais uma vez.

# *Capítulo 4*

O imóvel em que morava a família do prefeito ficava entre jardins arborizados, na região onde o metro quadrado era o mais caro da cidade, assim como o comércio do entorno.

Nicolas estacionou seu veículo prateado diante dos portões gigantescos e fechados, que impediam os curiosos de espiarem para o lado de dentro. Duas câmeras de segurança monitoravam a entrada e a saída dos veículos que cruzavam os portões.

— É aqui mesmo, Bartole — confirmou Mike boquiaberto. — Enquanto o prefeito vive no luxo, a nossa cidade está muito decadente. Já vi o tamanho dos buracos no asfalto da rua da minha casa? São tão grandes que um homem poderia entrar em um deles e se perder para sempre nas profundezas.

— Você pode aproveitar e reclamar diretamente com ele, afinal, é um cidadão cumpridor de seus deveres, que paga muitos impostos e taxas municipais — sugeriu Nicolas, tirando o cinto de segurança para sair do carro.

— Pode ter certeza de que farei isso — garantiu Mike, descendo também. — Ainda bem que não votei nele na última eleição. Pelo menos não tenho do que me arrepender.

Nicolas caminhou até um interfone na lateral de um dos portões, mas antes que apertasse o botão, uma voz masculina e mecanizada pronunciou-se:

— O que desejam?

— Meu nome é Nicolas Bartole e sou investigador de polícia. Ao meu lado está o soldado Michael. Precisamos conversar com o prefeito.

— Qual seria o assunto? — quis saber a voz.

— A menos que o senhor seja o próprio prefeito, o que temos para tratar será diretamente com ele — retrucou Nicolas com admirável paciência.

— Aguardem um momento, por favor.

Três minutos depois, os portões automáticos foram abertos. Dois seguranças de aparência nada amistosa aproximaram-se de Nicolas e de Mike.

— Suas credenciais, por favor — solicitou um deles.

Conferiram atentamente os documentos dos visitantes e, quando as credenciais foram devolvidas, Nicolas limitou-se a erguer uma sobrancelha, perguntando:

— Querem conferir a nossa certidão de nascimento também?

Não houve resposta à pergunta. Em vez disso, o mesmo segurança que pediu as identificações deles apontou para o interior da propriedade, indicando um extenso caminho de paralelepípedos com árvores de ambos os lados.

— Basta continuar dirigindo por ali — ele informou a Nicolas. — O final dessa trilha leva à entrada da residência do doutor Ernesto.

Nicolas agradeceu, retornou ao carro com Mike e seguiu pela direção indicada. De fato, após quase duzentos metros à frente, a mansão descortinou-se diante deles. Tratava-se de uma imponente construção de três andares, com as paredes pintadas de bege, e as janelas, num tom forte de vermelho. Na parte superior da casa, foram instaladas três gárgulas de concreto, que pareciam prestes a se lançarem em voo.

— Por que as pessoas constroem aquilo sobre suas cabeças, com tantas outras opções mais bonitas? — devaneou Nicolas, descendo do carro e olhando para cima.

— Muitas pessoas não sabem, mas essas estátuas assustadoras são calhas destinadas a escoar a água de cima dos telhados a certa distância das paredes — explicou Mike, falando bem devagar como se Nicolas tivesse dificuldade de compreendê-lo. — As primeiras que surgiram remontam à Idade Média, devido à influência gótica. Também tinham como função mostrar aos fiéis da Igreja Católica que o mal nunca dorme. Elas...

— Onde você aprendeu tudo isso? — Nicolas o fitou com estranheza, enquanto ambos caminhavam até a entrada principal da mansão.

— Sou uma enciclopédia ambulante, Bartole. Sei de tudo.

— Acho que vou mandar construir uma gárgula em cima da delegacia, para mostrar a Duarte que eu nunca durmo. E ela será inspirada na fisionomia dele.

Mike soltou uma risadinha de escárnio, mas ficou sério ao avistar uma mulher parada diante da porta aberta da residência. Ela usava vestes longas, um avental extremamente limpo e uma touca rendada com cordões, que eram amarrados debaixo do queixo. Nicolas pensou nas camponesas francesas do século retrasado.

— Os senhores estão sendo esperados pelo prefeito e pela esposa — a funcionária foi logo explicando, corando quando Nicolas a encarou fixamente. — Sigam-me, por favor.

Bastou que Mike colocasse o pé no interior da propriedade para soltar um assovio nada discreto. Caminhando atrás da empregada, ele cutucou Nicolas e sussurrou:

— Veja onde o prefeito está aplicando o dinheiro público.

De fato, a sala principal lembrava um salão de visitas de um castelo irlandês. Os móveis de madeira antiga, brilhantes e bem conservados, contrastavam com objetos modernos e caríssimos. Um relógio de pêndulo com dois metros de altura ficava ao lado do corrimão das escadas que levavam aos pisos superiores. Carpetes encomendados diretamente da Índia revestiam toda a extensão do piso. Um lustre com o formato de um cacho de uvas, cujas lâmpadas estavam todas acesas, mesmo àquela hora do dia, completavam o charme do alto padrão do local.

Vasos chineses de uma dinastia desconhecida por Nicolas eram vistos sobre pequenos pilares de mármore. Uma mesa com doze lugares estava no centro da sala e, apesar de possuir mais de cem anos de existência, demonstrava estar tão nova quanto se tivesse sido produzida na semana anterior. Quadros de pintores renomados enfeitavam as paredes. No alto dos degraus, que formavam uma curva, havia um belíssimo vitral colorido que, graças aos raios solares que penetravam por ele, formava um fascinante caleidoscópio de cores sobre a madeira da mesa. O ambiente rescendia a lavanda.

Mike não conteve outro assovio, mais alto do que o primeiro, quando se viram em uma sala ainda maior do que a anterior. Nela, havia um conjunto de estofados pretos feitos de couro legítimo, sobre o qual se sentavam o prefeito e a primeira-dama. Ambos pareciam contemplar o vazio e só demonstraram alguma reação quando viram a funcionária chegar acompanhando os policiais.

— Bartole, seja-muito bem-vindo — cumprimentou Ernesto, levantando-se com as mãos estendidas e andando depressa até Nicolas. Ele tinha a fisionomia dura e profundas linhas de expressão no rosto. Os cabelos eram completamente brancos, assim como suas sobrancelhas. Embora não fosse gordo, tinha uma grande barriga redonda, que crescia mais a cada copo de cerveja que ele tomava. Já contava com mais de quarenta anos quando Pilar nascera, o que muitas vezes fazia com que ele aparentasse ser o avô dela, e não o pai.

— Boa tarde, policial! — ele cumprimentou Mike com a cabeça, fazendo um gesto para que os dois o seguissem até o sofá.

— Lamento muito pelo o que houve com a filha dos senhores. Imagino o quanto esse momento esteja sendo difícil de superar — e Nicolas sabia que iria piorá-lo, embora não fosse sua intenção.

— Não consigo mais dormir desde que Pilar se foi — fungou o prefeito, puxando Nicolas pelo braço. — Quero apresentá-los à minha esposa, Leonor.

Uma mulher na faixa dos quarenta anos, loira, magra, elegante e muito bonita abraçou Nicolas e Mike com força. Seus olhos castanhos estavam avermelhados, assim como seu nariz. Olheiras profundas se formaram abaixo dos seus olhos. Tanto ela quanto o marido estavam vestidos de preto.

— Disseram que o corpo dela seria liberado até o fim do dia — começou Leonor, desabando pesadamente no sofá. — Não estamos entendendo o porquê dessa demora. Achamos que ela seria enterrada hoje.

Nicolas e Ernesto também se sentaram. Mike permaneceu de pé, acompanhando a conversa.

— Infelizmente, a situação é um pouco mais complicada do que isso — murmurou Nicolas, tentando encontrar as palavras certas. Nunca se acostumaria com a tarefa de informar aos familiares que um ente querido fora assassinado, principalmente quando se tratava de uma filha, como era o caso agora. Ernesto e Leonor nunca mais seriam os mesmos depois que ele partisse.

— Por quê? — indagou Ernesto. Estava pálido, com marcas de exaustão e sofrimento estampadas no olhar.

— Pilar não morreu por engasgamento, como os senhores imaginam — começou Nicolas, preparando-se para as reações que estavam por vir. — Os resultados do laboratório chegaram ontem, o que explica o atraso para a liberação do corpo. Lamento muito por isso, mas Pilar foi envenenada.

Ernesto e Leonor pularam ao mesmo tempo, como se tivessem levado um choque com aquela informação. Um olhou para o outro e, juntos, encararam Nicolas.

— Não pode ser — manifestou-se Leonor, incrédula. — O bolo foi feito por uma grande amiga minha, que praticamente carregou Pilar no colo. Deve haver alguma coisa errada.

— Eu também gostaria que fosse assim, só que o laudo médico fala por si. Pilar consumiu, junto com o bolo, uma substância tóxica e ainda não identificada, que atacou seu organismo em questão de segundos. Não havia meios de ela sobreviver.

Leonor escondeu o rosto entre as mãos e pôs-se a chorar. Observando Nicolas como se não o reconhecesse, Ernesto sacudiu a cabeça para os lados.

— Minha esposa está certa. Houve algum engano. Pilar comeu um pedaço bem pequeno, antes de se engasgar. Ela tossiu e não conseguiu mais respirar. Quando caiu sobre o bolo...

— Estava morta — completou Nicolas. — Eu não compareci à festa, mas já fui informado dos detalhes por quem esteve presente. O senhor não acha que se ela tivesse se engasgado, umas simples batidinhas em suas costas não resolveriam o problema? Segundo eu soube, ela foi prontamente atendida por um médico, que também fazia parte dos convidados.

— Sim, sim... Meu Deus, isso é loucura! — Ernesto passou o braço por cima do ombro de Leonor, que chorava cada vez mais alto. — Pilar era um anjo, adorada por todos. Ninguém teria motivos para fazer essa atrocidade com ela.

— Se Pilar havia divulgado para mais alguém que pretendia, antes de todo mundo, experimentar o próprio bolo, então, provavelmente, ela era o alvo do assassino. Porém, se isso não aconteceu, quem colocou o veneno no bolo pretendia matar todos os convidados da festa, ou ao menos aqueles que o experimentassem — Nicolas olhou Ernesto dentro dos olhos. — E se esse foi o caso, senhor prefeito, então estamos atrás de uma pessoa de mente doentia, mais perigosa do que podemos imaginar.

— Mesmo que apenas a sua filha tenha falecido — interveio Mike —, existe a possibilidade de tentativa de assassinato coletivo. Por isso, precisamos de todos os detalhes que os senhores puderem nos informar sobre a organização dessa festa.

— Ela fez quase tudo sozinha — tornou Leonor, pigarreando. Lágrimas grossas rolavam abundantes por sua face. — Pilar nos encarregou de cuidar de pequenas tarefas para auxiliá-la, porém, ela idealizou a festa. Ernesto cuidou da lista de convidados, tanto que havia muitos amigos dele presentes no evento. Eu entrei em contato com decoradores de minha confiança, pois queria que tudo ficasse perfeito para agradá-la. Também fui eu quem contratou o serviço de bufê, tudo de primeira qualidade.

Ouvindo-a falar, Nicolas teve um pensamento inquietante:

— O que foi feito dos demais quitutes, como doces e salgados?

— Jogamos fora — foi Leonor quem respondeu soluçando. — Quem teria apetite para comer qualquer coisa sabendo que Pilar estava morta?

— Eles foram encomendados com a mesma pessoa que preparou o bolo?

— Não. Acho que não. Fátima Andrade é especialista em bolos, embora saiba preparar qualquer coisa — Leonor secou o rosto rapidamente. — Ela não pode ter feito isso. Confio plenamente em minha amiga e sei que ela não é uma assassina.

— Bartole, conheço a sua incrível experiência como investigador, mas se houve mesmo um homicídio, pensei que o caso seria encaminhado ao Evaristo. Ele é meu amigo há muitos anos e batizou Pilar quando ela era um bebezinho — era o prefeito novamente, e sua voz estava rouca.

Nicolas não disfarçou um muxoxo ao pensar em Duarte.

— Ele também está trabalhando no caso — Nicolas praticamente cuspiu as palavras. — Creio que em breve ele também estará por aqui.

— Rogo que encontre o culpado o quanto antes, caso Pilar realmente tenha sido envenenada. E mesmo que o alvo não tenha sido ela, encontre esse louco antes que ele tente envenenar outras pessoas.

— Farei isso, senhor, e, para garantir meu sucesso, preciso que os senhores me forneçam algumas informações. Quero o nome da empresa que prestou o serviço de bufê, a empresa que enviou os decoradores, o endereço de Fátima e das outras pessoas que forneceram os outros alimentos. Também preciso que me consigam uma cópia da lista de todas as pessoas que foram convidadas e outra lista com aquelas que puderam vir. Se possível, me entreguem números de telefones de amigas íntimas de Pilar, para as quais ela confessaria seus planos e segredos.

— Nós vamos lhe entregar tudo isso que está nos pedindo — garantiu o prefeito. Ainda não podia acreditar que Pilar fora envenenada.

— Também preciso saber onde o bolo permaneceu até ser servido, e sob os cuidados de quem.

— Ele estava sobre uma mesa com rodinhas — explicou Leonor. Abriu a bolsa que estava ao lado de seu corpo e de dentro dela retirou um lenço azul, com o qual assuou o nariz. Completou: — Ficou o tempo todo na cozinha. Dois funcionários do bufê trouxeram a mesa para a sala principal, a mesma pela qual vocês passaram.

— Se me permitem, gostaria de interrogar todos os funcionários da casa, mesmo aqueles que não trabalharam durante o evento.

— Não são tantos assim. Além de Romilda, a moça que lhes abriu a porta, temos apenas Gastão, o nosso mordomo, e os dois seguranças que os atenderam. O jardineiro vem apenas duas vezes por semana, assim como as faxineiras e as camareiras. Contratamos empresas para nos assessorar em tudo, inclusive nos serviços domésticos.

"Sinal de que muitas pessoas costumavam transitar pela casa, por mais confiáveis que parecessem aos olhos da primeira-dama", considerou Nicolas mentalmente.

— Onde está o filho de vocês? — ele lembrou-se de perguntar. Sabia que Pilar era a caçula.

— Joel foi à casa de uns amigos. Deve retornar até o fim da noite — respondeu Ernesto abalado. — Ele está transtornado, assim como todos nós. Amava muito a irmã e... — de repente, ele mudou o tom de voz: — O senhor não está desconfiando do nosso filho, espero.

— Apenas gostaria de lhe fazer umas perguntas, senhor prefeito. Não desconfio de ninguém ainda, porque nem sequer tenho suspeitos. Quero abordar a história por todos os ângulos, sob todas as versões. Talvez ele conheça outros amigos de Pilar dos quais os senhores não tenham conhecimento.

— Deixe-o trabalhar como sabe, amor — repreendeu Leonor fixando o marido. — Nicolas pode conversar com quem quiser, desde que nos faça justiça — ela voltou seus olhos castanhos para Nicolas, e eles se tornaram frios. — Faça o que for possível, mas prenda o responsável. Conte conosco para qualquer situação, inclusive financeira. Se alguém matou Pilar, deve pagar por seu crime.

— Conte comigo, senhora. Não vou decepcioná-los — garantiu Nicolas.

# Capítulo 5

Com o olhar perdido num ponto distante, sem realmente ver o movimento da rua, Miah estava debruçada na janela do apartamento de Nicolas, sentindo a brisa fresca balançar seus cabelos escuros. O marido iniciara uma nova investigação, e ela, que sempre o perseguiu com um microfone nas mãos, pronta para jogar as últimas notícias no telejornal seguinte, estava ali, quieta, desanimada e sem estímulos.

Por outro lado, sabia que naquele momento ela poderia achar-se instalada dentro de uma penitenciária, sabe-se Deus em que lugar. Fora absolvida, após ficar reclusa por cerca de seis meses. Sabia que se tivesse sido condenada, poderia pegar a pena máxima no Brasil. Se residisse em outro país, certamente receberia prisão perpétua. Quando todas as suas esperanças haviam morrido, ela ouvira a sentença de libertação. Aquele fora um dos dias mais felizes da vida de Miah, além de quando fora perdoada por Nicolas. Além de tudo, estava grávida, e achava que seu marido merecia aquele presente.

Logo após sua libertação, ela viajou com Nicolas para Curaçao, no Caribe, onde passaram vinte dias fantásticos por lá. Agora que estavam de volta, ele retornara ao trabalho, contudo, ela não tinha para o que regressar. Muito inquieta e hiperativa, sabia que enlouqueceria se tivesse que viver presa dentro de casa. Se não encontrasse uma ocupação o quanto antes, não sabia o que seria feito de sua vida.

Levou um susto imenso quando ouviu a campainha soar. Miah ajeitou os cabelos, saiu da janela e foi até a porta. Érica estava sentada ao lado da porta, como se a visita fosse para ela.

— O seu pai não é, pois ele tem chave — ela murmurou para a gata.

A linda angorá apertou as vistas, como se não tolerasse a ideia de ser filha de Nicolas. Miah abriu a porta e mostrou um sorriso de alegria ao deparar-se com Marian.

A segunda a nascer dentre os quatro irmãos Bartole, Marian fora agraciada com inteligência e elegância natural. Bonita por dentro e por fora, como se costumava dizer, ela tinha cabelos compridos, na cor castanha, que estavam presos em um coque. A franja que lhe caía sobre a testa complementava seu charme. Tinha olhos castanhos, que pareciam sorrir tanto quanto seus lábios. Vestia-se com simplicidade e bom gosto. Desde que a conhecera, Miah tornou-se uma grande amiga da cunhada.

— Desculpe, acho que bati no apartamento errado. A Miah que eu conheço é bem mais branquela do que você — brincou Marian, admirada com o bronzeado que a amiga adquiriu durante a viagem.

— Então era assim que você me via? — rindo, Miah cedeu passagem para Marian entrar. — Do jeito como fala até parece que sempre fui albina.

As duas, animadas, trocaram beijos e logo estavam sentadas no sofá. Marian demonstrou genuína alegria ao receber o presente que Miah e Nicolas haviam comprado para ela. Tratava-se de um quadro, com uma moldura bem trabalhada, no qual havia uma moça, muito semelhante a Marian, sentada diante de um cavalete, concentrada em seu trabalho artístico. A tela de tamanho mediano fora pintada a óleo.

— Encontramos um pintor profissional em Curaçao que reproduz fotografias com perfeição — Miah explicou. — Levamos um retrato seu, explicamos que você pintava quadros, e ele nos apresentou esse resultado. Achamos que a agradaria muito.

— É lindo! — exclamou Marian, admirando a obra. — Nunca pensei que veria um quadro de mim mesma. Adorei o presente.

— Que bom! Lá existem muitas opções diferentes de presente. Pena que o dinheiro era curto. Nicolas pagou todas as despesas, e você sabe que o salário dele não é nenhuma fortuna — Miah fitou o chão. — Não pude colaborar financeiramente com nada. Estou sem um tostão, Marian.

— Não precisa ficar triste por isso, querida. Agora que você está de volta, pode tentar reaver seu antigo emprego. Já telefonou para o Canal local?

— Você acha que eu seria recontratada?

— E por que não? Você sempre foi a melhor jornalista que essa cidade teve. Aposto que vão recebê-la de braços abertos.

— Esqueceu-se de que agora eu tenho ficha criminal? — os olhos cor de mel de Miah tornaram-se enevoados. — Sou uma ex-presidiária, Marian. Carrego nas costas dois homicídios.

— Em que você não teve a intenção de matar ninguém. Isso ficou comprovado, já que foi absolvida. Quer dizer que uma pessoa que deixa a cadeia não pode voltar a ingressar no mercado de trabalho? Não tem direito a uma segunda chance?

— A resposta seria afirmativa, se não vivêssemos em uma sociedade tão preconceituosa. O processo de readaptação de um ex-detento é uma das coisas mais difíceis que existe. Seu currículo, por mais completo que seja, perde todo o valor quando a empresa puxa sua ficha de antecedentes criminais, pois ele não é aceito. Certa vez, eu fiz uma reportagem sobre isso. Só não sabia que me veria na mesma situação.

— Você acabou de chegar de viagem. Nem tentou procurar trabalho. Como pode garantir com tanta certeza que não vai conseguir nada?

— Eu sinto aqui dentro — Miah levou a mão ao coração.

— Não sente nada porque o coração não incentiva ninguém à derrota. Tudo depende da maneira como você ordena seus pensamentos, e como age através deles. Repare que, quando você está bem, tudo vai bem. Quando você está mal, tudo funciona mal. Isso é fato.

— Sim, já percebi. E acho que por não estar muito legal, não conseguirei nada.

— Provavelmente, não mesmo. Eu sei o quanto é complexo para alguém recém-saído da prisão conseguir um bom emprego. A ficha criminal faz com que os contratantes não confiem no candidato. E mesmo quando são admitidos, há uma vigilância extra sobre seu trabalho, como se pudesse cometer um delito a qualquer tempo.

Miah assentiu. Érica pulou no colo de Marian, ajeitou-se bem e começou a ronronar quando recebeu carícias na cabeça.

— Porém, o que dificulta essa pessoa de conseguir um cargo é aquilo em que ela acredita. A vida responde de acordo com o que cremos. Dá ou tira com base naquilo em que colocamos fé — continuou Marian. — Ela trabalha por mérito, e esse merecimento sempre está relacionado com a forma como pensamos e realizamos as nossas ações.

— E o que isso tem a ver com o mercado de trabalho?

— Tem a ver com tudo. Vou explicar melhor, Miah. Se tudo é pautado na Lei da Atração, só conquistamos aquilo com que temos afinidade, não acha? Nossas conquistas estão no mesmo nível dos nossos ideais. Quem pensa positivo, sempre atrairá coisas positivas.

Miah pensou em Nicolas e no quanto se davam bem, apesar de todos os dissabores pelos quais passaram. Foram feitos um para o outro, como os amigos deles costumavam dizer. Realmente eram os afins que se atraíam, e não os opostos. As palavras de Marian faziam todo o sentido.

— Partindo desse pressuposto, Miah, uma pessoa terá dificuldade em encontrar um emprego se ela for alguém difícil, com uma vida cheia de complicações criadas por ela. Uma pessoa travada não avança na vida porque foi ela mesma quem enrolou essas correntes invisíveis em torno de si. Por outro lado, quem é despachado, confiante, que acredita na ação do universo e nas forças que regem a vida, jamais terá problemas em conquistar tudo o que deseja, não importa se é um ex-presidiário ou alguém que nunca infringiu as leis humanas.

— Você está dizendo que as dificuldades que encontramos na vida foram criadas por nós mesmos?

— Exato. A vida é um espelho, que reflete a nossa verdade interior. Quando você se coloca para baixo, a vida refletirá em você, trazendo-lhe uma porção de desafios, conhecidos como problemas, para que você se levante, colocando-se no bem e no melhor. O mesmo acontece quando você decide se erguer e seguir em frente sem que a vida precise apertar o cerco. Nesse caso, o progresso é garantido.

Miah sabia que Marian tinha razão. Em um município pequeno como o que residia, as chances de ser recusada por todas as empresas pelas quais passasse eram muito grandes. A cidade a veria como uma assassina e não mais como a doce e sagaz repórter, que alcançava os maiores índices de audiência sempre que surgia no ar. No entanto, a quem deveria responsabilizar por essa atitude, senão a ela mesma? Poderia ter escapado das leis humanas, tendo sua liberdade de volta, mas como poderia fugir das leis da vida? Deveria lidar com as consequências que viriam agora, e que não seriam poucas.

— Tenho medo de não ser aceita, Marian. Não posso continuar desempregada para sempre. Não quero ser dependente de Nicolas durante a vida toda.

— Esse medo foi criado por você. Existe somente em sua cabeça. É uma ilusão que a impede de caminhar para frente, mas que pode ser destruída quando você bem entender. Penso que a nossa passagem pela Terra é muito breve para perdermos tempo com a negatividade, com pensamentos mórbidos e desestimulantes. Em vez de tentar imaginar como será seu futuro, deveria arregaçar as mangas e ir à luta.

— Acha mesmo que eu tenho chance de voltar a trabalhar? Além disso, eu estou grávida, e muitas empresas não contratam mulheres gestantes.

— Estou começando a acreditar que realmente bati na porta errada, porque essa não é a Miah que eu conheço. Não precisa assumir essa atitude depressiva, medrosa e desanimada. Você não é assim.

Miah deixou um sorriso brotar em seus lábios. Marian continuou:

— Realmente há a hipótese de você não ser readmitida pelo Canal local, mas muitas outras questões podem ser impeditivas, além da sua passagem pela polícia. Eles podem estar com o quadro de funcionários completo, sem orçamentos para pagarem mais um salário, ou satisfeitos com o trabalho dos repórteres que a substituíram. Se for assim, você não deve se deixar abater nem entristecer. Precisará procurar outro serviço em outra empresa.

Miah colocou o dedo no queixo, como se estivesse pensativa. De repente, seu sorriso tornou-se ainda mais largo.

— Pensando bem, eu nunca fui demitida por eles. Eu estava trabalhando até ser presa pelo Otávio. Fiquei afastada por seis meses, porém, nunca recebi uma carta de demissão, nem fui paga pelos meus direitos trabalhistas. Ainda sou funcionária de lá.

— Viu só? — sorrindo também, Marian a abraçou. — Seus pensamentos tóxicos impedem você de raciocinar com clareza. Tome cuidado com aquilo em que acredita. Lembre-se de que crer é criar, e ter fé é realizar. Nutrir bons pensamentos alimenta e felicita a alma.

— Obrigada, Marian. Não sei o que faria sem você.

— É assim que se fala. Coloque sua melhor roupa, erga a cabeça e assuma o que é seu por direito. E mesmo que não seja no Canal local, será em outra emissora, ou em algum setor jornalístico incrível. Você é um manancial de capacidades, Miah. Acredite que pode vencer, porque realmente pode. Seja a primeira a torcer pelo seu sucesso.

— Tem razão. Hoje mesmo irei à emissora. Preciso parar de me preocupar com o que os outros pensarão a meu respeito. Só eu sei o que é melhor para mim. Nunca fui de dar ouvidos às más línguas, ou não estaria casada com seu irmão. Já pensou se eu tivesse dado atenção à sua mãe? Ela prefere dançar uma valsa com o demônio a me aceitar como nora.

Marian não viu outra opção a não ser rir. De fato, Lourdes Bartole detestava Miah, mas aquele era um assunto para se pensar em outro momento.

— Agora, quero que me conte como foi a viagem — pediu Marian empolgada. — Nicolas gostou?

— Muito. Ele mal queria voltar...

Elas se entrosaram na conversa, e Miah logo deixou de lado as ideias que a atormentavam.

## Capítulo 6

# *Capítulo 6*

Nicolas descobriu que Fátima Andrade não era uma simples produtora de bolos decorativos. Além de possuir um pequeno empreendimento na região mais nobre da cidade, a mulher era dona de dois automóveis importados, uma impressionante mansão, na qual residia, e duas quitinetes na cidade de Ribeirão Preto, ambas alugadas. Nunca fora casada e não tinha filhos. Trabalhava naquela área há cerca de vinte anos e jamais houve uma reclamação a seu respeito na polícia. Segundo as palavras de Moira, que realizara toda essa pesquisa em questão de minutos, a vida de Fátima era tão limpa e pura quanto água benta.

A microempresa chamada O Sabor do Sucesso realmente fazia jus ao seu nome. Do lado de fora, na fachada, via-se o logotipo da firma, que consistia em um imenso bolo sobre as letras que compunham seu nome. As portas automáticas eram de vidro vermelho e branco, que faziam alusão a duas fatias de bolo sendo divididas ao meio. Do lado esquerdo da entrada havia uma imensa vitrine, onde estavam expostos alguns cartazes com os modelos dos bolos confeccionados por Fátima. Alguns custavam quase a metade do salário de Nicolas.

— Arre égua, Bartole, aquilo tudo é o preço de um único bolo? — Mike apontou para a vitrine com os olhos arregalados. — Nem reencarnando três vezes eu conseguiria juntar dinheiro para comprar um.

— Os clientes de Fátima devem ser tão sofisticados quanto sua empresa e podem pagar os preços que ela pede. Lembre-se de que ela é amiga da primeira-dama da cidade. Certamente conhece várias outras pessoas influentes por aqui.

— De que adianta cobrar tão caro por um bolo que estava envenenado?

Como aquela era a pergunta que Nicolas pretendia fazer para Fátima, ele passou pelas portas automáticas, com Mike em seu encalço, e parou diante do balcão também decorado em vermelho e branco. O cheiro adocicado que pairava no ar fez o estômago de Mike roncar alto.

A loja encontrava-se vazia. Bolos menores e igualmente caros estavam expostos nas geladeiras, prontos para serem vendidos. Atrás do balcão, duas atendentes bonitas, maquiadas e bem vestidas, parecendo modelos internacionais, fitaram os visitantes com curiosidade. Nicolas imaginou que Fátima pensava nos mínimos detalhes.

Uma das moças, com os cabelos loiros enrolados em cachinhos, dirigiu-se a eles:

— Olá, senhores, em que posso ajudá-los? — de repente, ao reconhecer Nicolas, ela abriu um sorriso tão doce quanto os bolos. — Seja bem-vindo, senhor Bartole.

— Obrigado. Eu gostaria de...

— Aposto que veio escolher um bolo para comemorar seu aniversário de casamento com sua esposa, não é mesmo? Sei que estão casados há mais de um ano, mas como ela passou boa parte desse período atrás das grades, creio que o senhor tenha pensado nisso somente agora.

A loira mostrava para Nicolas todos os seus dentes brancos, sorrindo sem parar.

— Está enganada, senhorita! — Nicolas cruzou os braços, encarando-a fixamente. — Vim aqui conversar com sua patroa e ficaria feliz se ela estivesse presente. E garanto que eu ficaria ainda mais feliz se ela respondesse às minhas perguntas. Porém, eu explodiria de tanta felicidade se eu não precisasse encontrar em meu caminho pessoas curiosas e xeretas, que são corajosas o bastante para se intrometerem na vida particular de um investigador policial, que comemora com bolos caros cada prisão que efetua.

O sorriso da atendente murchou como uma flor seca. Pigarreando para disfarçar o constrangimento, ela assentiu com a cabeça.

— Vou verificar se a dona Fátima poderá atendê-lo.

— Tenho certeza de que ela pode — garantiu Nicolas.

Enquanto a funcionária caminhava até um telefone branco fixado à parede, Nicolas desviou o olhar para Mike, que admirava silenciosamente os mais variados tipos de bolo expostos na geladeira.

— Que tipo de bolo você gosta, Mike?

— Todos os que são comestíveis. Curto os recheados, trufados, mesclados... Também aprecio os que têm grossas camadas de cobertura, os que...

— Se você fosse escolher um, ficaria com qual?

— Está falando sério, Bartole? — Mike o fitou desconfiado. — Vai comprar um desses bolos para mim?

— Posso pagar por um dos pequenos, de um quilo. Qual escolheria?

— Puxa vida! Assim você me emociona, cara...

No entanto, como precisava ser rápido, antes que aquela fase caridosa de Nicolas passasse, Mike apontou para um bolo floresta negra, cuja aparência estava bastante apetitosa.

— Eu quero aquele. Veja só como ele está bonito! Deve ser muito bom.

— Não é para você, Mike. Apenas pedi que você escolhesse um. Eu nunca disse que o daria a você.

Mike abriu a boca e tornou a fechá-la, sem encontrar palavras para responder.

— Eu me lembrei de que Marian fará aniversário na próxima semana. Como ela é discreta, nunca faz grandes festas comemorativas e poucas pessoas são convidadas. Por isso, creio que um pequeno bolo seja mais do que suficiente.

Nicolas esforçou-se para não rir quando viu os olhos de Mike ficarem rasos d'água. O policial fez um bico, muito magoado, e respondeu:

— Eu também não queria nada daqui, porque o bolo de Pilar, feito por essa empresa, estava envenenado. Vou contar para Marian que você quer dar cabo da vida dela.

Quando Nicolas ia responder, a atendente loira reapareceu, chamando-o com cautela.

— Senhor Bartole, a dona Fátima disse que poderá dispor de alguns minutos de seu precioso tempo, mas pediu para adiantar que se o assunto for sobre a morte de Pilar, ela lamenta muito e que...

— Como eu faço para chegar até a sala dela? — cortou Nicolas impaciente.

— Vou levá-los até lá.

A moça os guiou por um corredor, que passava por uma imensa cozinha, onde três mulheres usando aventais e toucas brancas trabalhavam energicamente na produção das massas dos bolos. O corredor terminava em uma porta de madeira de lei, na qual a funcionária bateu levemente, como se temesse ouvir uma bronca da patroa.

— Eles podem entrar, dona Fátima? — ela perguntou sem abrir a porta.

— Podemos, sim — respondeu Nicolas. Ele mesmo girou a maçaneta e adentrou a sala da dona da fábrica de bolos.

Viu-se em uma sala imensa, repleta de móveis e objetos decorativos caríssimos. Mais uma vez ficava comprovado que Fátima adora ostentar suas condições financeiras.

A mulher atrás da mesa tinha cerca de 50 anos, pele clara e olhos esverdeados. Tinha longos cabelos castanhos, que chegavam quase até sua cintura. Usava um batom vermelho. A mulher não sorriu para os visitantes.

— Senhor Bartole, não entendo o motivo de sua visita — ela iniciou, sem levantar-se da cadeira.

— A senhora já vai entender — mesmo sem ter sido convidado, Nicolas puxou uma cadeira e sentou-se em frente a Fátima.

Ele percebeu que a mulher não gostou nem um pouco de sua atitude atrevida. Logo de cara, notou que ela era uma mulher acostumada a dar ordens, daquele tipo que detestava ser contrariada. Suas decisões deviam ser respeitadas ao pé da letra e louco seria quem se atrevesse a ir contra suas ideias.

— Marisa, deixe-nos sozinhos, por favor — ela pediu para a loira. Depois que a moça se retirou, Fátima avaliou Mike de alto a baixo. — Senhor Bartole, seria muito difícil pedir que o policial também aguardasse do lado de fora, de preferência fora do meu estabelecimento? Sua imagem fardada me incomoda muito e, dentro da loja, ele poderia impressionar meus clientes.

Nicolas olhou para Mike e percebeu que o bico amuado dele aumentou de tamanho, sinal de que a mágoa estava crescendo. Voltou-se para Fátima e sacudiu a cabeça negativamente:

— O policial Michael é meu parceiro e estará comigo onde eu estiver. Sendo a senhora uma cidadã distinta, honesta e transparente em suas ações, como eu tenho certeza de que é, não entendo por que se incomoda tanto diante de um policial. Ele ficará aqui dentro enquanto eu permanecer em sua sala.

Fátima respirou fundo, tentando conter a raiva.

— Não sei o que querem comigo. Não tenho nada a ver com a polícia.

— Pilar, a filha do prefeito, faleceu na noite retrasada.

— Sei disso. Eu estava na festa. Até agora me sinto abalada por saber que ela se engasgou com um pedaço do meu bolo. Já mandei minhas condolências a Leonor e Ernesto. Pensei em passar uma semana

*43*

no *spa* do qual sou sócia para tentar amainar a sensação de remorso que me acometeu.

— Então sugiro que aumente a sua estadia para quinze dias, senhora — Nicolas colocou ambas as mãos sobre a mesa dela. — O bolo feito por sua empresa estava envenenado.

Nicolas concluiu que ou Fátima realmente se surpreendeu com aquela informação, ou ela sabia dissimular muito bem suas reações. A mulher ficou extremamente pálida e suas mãos começaram a tremer, assim como seus lábios. Duas lágrimas escorreram de seus olhos verdes.

— O que você está me dizendo? Isso é impossível!

— Não é — discordou Nicolas. — Tenho comigo o relatório médico que atesta a substância química encontrada no bolo. Pilar morreu por envenenamento. O único alimento que ela havia ingerido naquela noite foi a fatia do bolo que a senhora e sua equipe produziram.

— Não pode ser — Fátima secou as lágrimas e levantou-se da cadeira. — Eu sempre produzi bolos para aquela família, em diferentes datas comemorativas: para os aniversários de casamento de Ernesto e Leonor, para as festas que Pilar dava para as amigas, para os eventos que Joel organizava com seus colegas, ou mesmo quando Ernesto fazia alguma comemoração importante na câmara municipal ou na prefeitura. Pode confirmar essas informações com eles, se quiser.

— A caminho de sua sala, notei que havia três cozinheiras trabalhando na preparação dos bolos. Cheguei a pensar que fosse a senhora, pessoalmente, quem os produzia.

— Quando eu comecei a trabalhar neste setor, era eu mesma quem os criava e os decorava — Fátima olhou através da extensa janela de vidro, que dava para uma campina verde, onde ainda não havia construções criadas pelo homem. — Contudo, Deus foi bom para mim. Ele me ajudou a prosperar nos negócios. Hoje eu sou uma das empresárias de maior sucesso de nossa cidade — ela virou-se para Nicolas e sorriu friamente. As lágrimas já haviam desaparecido. — Sendo assim, eu não tenho necessidade de fazer meus bolos. Pago muito bem para as minhas funcionárias, que trabalham com a mesma dedicação que eu tive, no começo da carreira. Afinal, é meu nome, minha reputação, que está em jogo.

— Seus clientes sabem que não é a senhora quem produz os bolos?

— Alguns sabem, outros não. Nenhum deles se importa muito com isso. Querem qualidade e beleza, e isso a minha empresa oferece com garantia e segurança. Como o senhor já deve ter notado, atendo somente à classe alta do município. Meus bolos não foram feitos para serem degustados pelas bocas dos menos favorecidos.

Se Nicolas já não estava simpatizando com Fátima, a última frase que ela disparou só serviu para que ele a detestasse.

— Sei que seus bolos são chiques e refinados. Acontece que um deles continha veneno e tirou a vida de uma pessoa — devagar, Nicolas também ficou de pé. — Como imagino que o processo de produção de cada bolo passa por um rigoroso controle de qualidade e de higiene, gostaria que a senhora me explicasse como isso aconteceu.

— Não acredito que Pilar tenha sido envenenada.

— Não vim aqui pedir que a senhora acredite ou não em minhas palavras. O que eu quero é uma resposta para o que eu lhe perguntei.

Fátima voltou a empalidecer. Colocou a mão no peito, massageando a região do coração. Olhou para Mike, que permanecia calado, e focou sua atenção em Nicolas.

— O bolo foi feito exatamente do jeito que Pilar havia me pedido. As três cozinheiras trabalham para mim há mais de dez anos. O senhor acha que elas decidiriam, de um momento para outro, assassinar a filha do prefeito? Confio em cada uma delas.

— Vou conversar com as três assim que terminarmos aqui.

— Fique à vontade. Saiba que ninguém poderia acrescentar nada no bolo, depois de pronto, sem estragá-lo. Eu sou uma especialista nisso e sei do que estou falando.

— Não tenho dúvidas quanto a isso — Nicolas caminhou alguns passos na direção da porta, quando se virou para trás e lançou um último olhar para Fátima, perguntando: — O que Pilar havia lhe dito a respeito do bolo, além do sabor e do estilo decorativo que ela desejava?

— Pilar me disse que queria que o bolo estivesse muito gostoso, pois ela seria a primeira a experimentá-lo. E foi o que fez. Separou a primeira fatia para si e a degustou ali, diante de todas aquelas pessoas — mais duas lágrimas foram despejadas dos olhos de Fátima. — Deus do céu, eu a vi morrer.

— Sei como se sente, pois soube que a senhora conhecia a família do prefeito há muitos anos. No entanto, eu tenho uma investigação em curso e vou procurar as respostas em todos os cantos, até os mais obscuros, mas garanto que farei justiça por Pilar. O criminoso será encontrado, custe o que custar.

Não passou despercebido a Nicolas o leve tremor nos lábios de Fátima, nem quando ela olhou rapidamente para um armário do outro lado da sala. Recompondo-se depressa, ela mesma abriu a porta, anunciando:

— Vou levá-los para conversarem com as minhas funcionárias. O senhor poderá fazer a elas quantas perguntas julgar necessário.

— Pois é, este é o meu trabalho — devolveu Nicolas. — Obrigado por me lembrar disso.

# Capítulo 7

Nicolas poderia apostar toda a sua carreira que as três mulheres que preparavam e decoravam os bolos solicitados pelos clientes de Fátima eram tão inocentes quanto um trio de gatinhos. Embora fossem excelentes no ramo para o qual trabalhavam, todas elas tinham pouca instrução e afirmaram categoricamente que nem conheciam direito o prefeito da cidade, quanto mais a filha dele. Que motivos teriam para matá-la?

De volta ao carro, Nicolas resolveu quebrar o silêncio do parceiro.

— Qual sua opinião sobre Fátima, a empresa e as funcionárias?

Houve um rosnado, um grunhido e um resmungo antes de Mike retrucar:

— Ela não admite falhas nos negócios, pois se fosse assim não teria chegado ao patamar em que está. Dirige sua empresa com mãos de ferro e deve ser bastante exigente com as funcionárias, que parecem temê-la mais do que a respeitam. Pelo o que Moira conseguiu descobrir em suas pesquisas, ela mora sozinha e não tem parentes. Sendo assim, já que não precisa se dedicar a uma família, voltou todos os seus objetivos para o lado profissional, o que lhe trouxe muito dinheiro. Nós a conhecemos pouco, mas deu para perceber que é arrogante e cheia de si.

— E sobre as três mulheres que trabalham na cozinha?

— Não creio que nenhuma delas seja uma assassina — enfatizou Mike. — Seriam muito tolas para adicionar veneno ao bolo, sabendo que a polícia viria atrás delas tão logo fosse constatado o envenenamento. Já não digo o mesmo sobre Fátima.

— Por quê? — ao frear diante de um semáforo vermelho, Nicolas virou o rosto para o policial. — Acha que ela é suspeita?

— Não sei se você teve a mesma impressão, mas parece que ela não contou tudo o que sabia. Demonstrou emoção e surpresa, é claro, todavia também notei traços de fingimento em seu olhar. Ela é mais fria do que aparenta ser.

— Bem observado, Mike. Também notei tudo isso. Vi quando ela encarou discretamente aquele armário. Fátima esconde algo lá dentro e precisamos descobrir do que se trata. Quero ver com Elias se existe a chance de conseguirmos um mandado judicial de busca e apreensão em tempo recorde.

Mike fez que sim com a cabeça e passou a acompanhar o movimento das ruas pela janela do carro. Cutucando-o com a mão, Nicolas murmurou:

— Agora vamos direto para a empresa que ofereceu o serviço de bufê e que produziu os demais quitutes da festa. Os dois rapazes que levaram a mesa com o bolo até o salão são funcionários desta empresa.

Mike tornou a balançar a cabeça em concordância, sem encarar Nicolas.

— Por último, vamos procurar a terceira e última empresa que organizou toda a decoração do evento. Foi bom termos conseguido todos os endereços com Leonor, bem como o nome do responsável por cada empresa.

Desta vez, Mike nem se mexeu. Quando o semáforo reabriu e Nicolas acelerou, conteve o ímpeto de dar uns gritos com o amigo, limitando-se a dizer:

— Não me diga que essa cara feia é por causa da história do bolo.

— Depois de me deixar com a maior vontade, fazendo minhas lombrigas dançarem um bailado de Carnaval, você vem dizer que comprará o bolo para sua irmã. O que esperava? Que eu estivesse cantando uma suave melodia?

— Você será convidado para o aniversário dela. Está melhor assim?

Mike continuou de cara fechada. Nicolas insistiu:

— Direi para Marian cortar o maior pedaço do bolo para você.

A expressão do policial suavizou-se, embora ele ainda permanecesse emburrado.

— Muito bem, Mike, seu chantagista sem-vergonha! Você venceu! Quando encontrarmos o assassino deste caso, você poderá escolher um bolo todinho para você. Eu pago. Será a nossa forma de celebrar a vitória.

— É sério isso?

Os olhos de Mike estavam tão brilhantes que quase ofuscaram a vista de Nicolas.

— Nunca falei tão sério. Você sempre me convence com essas manhas suas. Saiba que você não tem mais idade para essas coisas. Além disso, nunca vi um policial com quase dois metros de altura comportar-se como uma criança mimada.

— Bartole, você é o máximo! Assim que descermos do carro, vou lhe dar aquele abraço...

— É melhor deixar essa esfuziante demonstração de alegria para outro momento. Sempre corro o risco de ter a minha espinha fraturada a cada vez que você me prensa com esses tentáculos colossais que chama de braços.

Mike soltou uma gargalhada, e Nicolas também riu. Com o clima mais ameno entre os dois, o investigador acelerou o carro rumo à sua próxima parada.

***

A empresa que oferecia serviços de bufê para festas e eventos era bem maior do que o estabelecimento de Fátima, com muito mais funcionários, mas nem de longe possuía a elegância e o luxo da loja de bolos. Na recepção, Nicolas pediu para a funcionária entrar em contato com Cezar, que era o gerente do local, cujo nome fora indicado por Leonor.

Nicolas esperava deparar-se com um homem de meia-idade, sorriso fácil e gestos agitados. Em vez disso, encontrou um rapaz com pouco mais de vinte anos, corpo forte e musculoso, cabelos e olhos escuros, os lábios apertados e a expressão carrancuda. Trazia as mãos dentro dos bolsos da calça e não correspondeu ao cumprimento de Nicolas.

— Estou diante do senhor Cezar? — Nicolas o fitou nos olhos.

— E quem mais você esperava encontrar? O bobo da corte?

A recepcionista que atendeu Nicolas e Mike soltou uma risadinha de escárnio, mas deixou de rir quando recebeu o olhar fulminante do investigador.

— Mais uma piadinha dessa e lhe darei voz de prisão — Nicolas respondeu lentamente, para ter certeza de que seria bem compreendido. — Estou investigando um homicídio que pode ter relação com sua empresa. Ou vamos nos comportar como adultos, ou o senhor passará a noite trancado em uma cela junto com alguns prisioneiros mal-encarados e cheios de segunda intenção, que ficarão tremendamente satisfeitos ao vê-lo bancar o bobo da corte. E então, o que me diz?

Cezar mordeu os lábios com tanta raiva que Nicolas se surpreendeu por não vê-los sangrar. Visivelmente contrariado, ele mostrou uma sala que ficava no fundo de um espaço colorido, com vários cartazes colados nas paredes com fotos dos eventos e das festas de aniversário em que eles haviam dado cobertura.

Depois que os três entraram na sala, Cezar apanhou o telefone e murmurou:

— Cássia, por favor, entre em contato com o doutor Beltrão. Quero que ele me informe se sou obrigado a atender dois investigadores no mesmo dia.

— O que quer dizer com dois investigadores? — indagou Nicolas depois que ele colocou o fone no gancho.

— O outro cara chamado Duarte saiu daqui quase agora. Ele me fez um monte de perguntas imbecis, querendo que eu detalhasse cada pedido que foi enviado para a festa de aniversário da Pilarzinha.

"Então Duarte está tentando ser mais rápido do que eu", pensou Nicolas, sorrindo por dentro. "Vamos ver por quanto tempo".

Ele fitou Cezar com olhar duro:

— O senhor atendeu ao pedido de Duarte?

— Disse que faria um levantamento com todos os doces e salgados que foram encomendados e que enviaria para a delegacia em até dois dias.

— Dois dias? E Duarte concordou em esperar todo esse tempo?

— Sim. Ele falou que o importante era ter esse relatório em mãos — tornou Cezar.

Nicolas lançou um olhar divertido para Mike.

— Nós temos condições de esperar dois dias por um documento que pode ser conseguido na hora, se houver boa vontade por parte do senhor Cezar?

— De forma alguma — replicou Mike, sacudindo a cabeça para os lados.

— Vocês não têm o direito de me apressar — Cezar bufou. Estava tão nervoso que bateu distraidamente a mão no porta-canetas que estava sobre a mesa e não se deu ao trabalho de pegá-lo quando ele caiu no chão.

— A polícia tem todos os direitos, meu jovem, inclusive de perguntar até que ponto, além do campo profissional, ia sua relação com a vítima.

Cezar ficou tão branco quanto uma vela. Meteu novamente as mãos nos bolsos da calça com o pânico estampado no olhar.

— Pilar e sua família são clientes e nada mais.

— Agora há pouco era Pilarzinha. O que mudou de lá pra cá?

— Não vou responder nada enquanto meu advogado não chegar — com gestos bruscos e irritados, Cezar tornou a apanhar o telefone, discando para o ramal da secretária. — Cássia, o que o doutor Beltrão respondeu?

Ele ouviu por alguns segundos e completou:

— Diga que eu preciso dele aqui agora mesmo, pois estou sendo intimidado por um investigador e um policial armado a dizer o que não quero. Quando ele desligou, fez o possível para não olhar para Nicolas, que mantinha um sorriso debochado na boca.

— Deveria ter aproveitado o telefonema para pedir um copo de água com açúcar para se acalmar. Ou, quem sabe, um suco gelado de maracujá.

— Acho melhor vocês saírem daqui. Não conhecem o doutor Beltrão. Ele pode destruir a carreira de vocês com um único pedido meu.

Nicolas aproximou-se de Mike e deu dois tapinhas no ombro do policial.

— Mike, você sabia que esse cara conseguiu me enfurecer?

— Isso eu já percebi, Bartole. Só acho que ele não sabe o que acontece quando você realmente fica bravo.

— Pois é. Mas não me importo de lhe dar uma demonstração gratuita.

Nicolas tornou a olhar para Cezar e achou-o ridículo ao vê-lo contornar a mesa e postar-se atrás dela, como se o móvel lhe servisse de proteção.

— Eu vim aqui com todas as boas intenções do mundo, meu caro amigo. Só o que queria era que me respondesse a algumas rápidas perguntas. Porém, como você preferiu complicar tudo, vou lhe explicar como a coisa vai funcionar daqui para frente — Nicolas espalmou as mãos sobre a mesa e inclinou o corpo para frente, notando as gotas de suor que apareceram na testa de Cezar. — Se você se recusar a me fornecer a lista de pedidos dos quitutes que foram enviados à festa de Pilar, eu vou ficar muito desconfiado, achando que você tem alguma coisa a ver com a morte da garota. Dessa forma, eu reuniria provas contra você em questão de horas, ou até que você conseguisse me provar sua inocência. Isso sem falar que eu poderia prendê-lo por obstruir uma investigação policial, negando-se a me fornecer um material que pode servir como evidência para meu trabalho. Seu advogado teria que encontrá-lo na delegacia.

Cezar usou uma das mãos para secar o suor do rosto. Continuava pálido como um cadáver. Após pensar por alguns instantes, deixou-se desabar em uma das cadeiras.

— Eu nunca mataria Pilar — ele declarou após alguns segundos de silêncio. — Que isso fique bem claro!

— Você e ela eram amigos pessoais? Percebi que você tinha certa intimidade com Pilar pela forma como se referiu a ela.

Cezar deixou os braços caírem ao longo do corpo numa atitude de derrota. Seus olhos ficaram muito vermelhos e ele não se envergonhou por chorar diante dos policiais que o interrogavam.

— Éramos mais do que amigos, cara. Pilar e eu mantínhamos uma relação amorosa às escondidas. Os pais dela nos matariam se soubessem disso.

— Vocês eram namorados?

— Não sei se essa seria a palavra correta. Nós tínhamos um caso, entende? Ficávamos juntos sempre que surgia uma oportunidade. Só que tudo acontecia extraoficialmente. Eu nunca seria o tipo de genro que o prefeito sonhava para a filha.

— Você é o gerente de um bufê requintado. Não é um vagabundo qualquer.

— O bufê pertence ao meu pai. Ele ainda é o dono de tudo. Como ele não queria que eu me tornasse um desses folgadinhos que vivem de sugar o dinheiro paterno para gastar com festas, carros, amigos e mulheres, obrigou-me a trabalhar aqui com ele. Meu pai ensinou-me tudo o que sabia para que, um dia, eu o substituísse quando ele não estivesse mais presente. Aprendi o serviço com muito interesse e tenho deixado meu pai bastante orgulhoso de mim. Ele praticamente deixou que eu assumisse o controle total da empresa. Se quer saber, ele mal dá as caras por aqui.

— É muito bom saber que você está contentando seu pai — concordou Nicolas. — Entretanto, vamos redirecionar o rumo da conversa para Pilar. Conte-me tudo o que sabe sobre ela, desde quando a conheceu até o momento em que tiveram um contato, digamos, mais íntimo.

Cezar respirou fundo. Tornou a passar a mão pelo rosto suado. Pela terceira vez, pegou o telefone e murmurou para a secretária:

— Cássia, traga-me um chá bem forte de erva-cidreira — olhou para Nicolas e Mike. — Tomam alguma coisa? Água, café, chá?

— Nada, obrigado — devolveu Nicolas, velozmente, antes que Mike tivesse a chance de responder em seu lugar. — Só o que eu quero é que me explique como tudo isso começou.

— Houve uma ocasião em que o prefeito recebeu vários políticos em sua casa, às vésperas da última eleição. Claro que o jantar tinha a ver com sua campanha eleitoral, embora todos soubessem que ele seria eleito. O povo sempre gostou do velho Ernesto — Cezar começou a mordiscar as cutículas furiosamente. — Ele contratou nossos serviços. Oferecemos garçons, mágicos, monitores de recreação e até *chefs* de renome internacional, sempre de acordo com o gosto do cliente. Para esse dia, Ernesto queria apenas bons aperitivos e uma prestativa equipe de garçons. Como gosto de supervisionar o trabalho dos nossos funcionários, para que não haja reprimenda por parte dos clientes ou do meu pai, fui pessoalmente ao jantar.

— Foi nessa noite que você conheceu Pilar?

— Sim — um brilho luminoso surgiu no olhar de Cezar. — Ela estava linda, usando um traje de noite. Tinha 16 anos na época. Eu sou quatro anos mais velho que ela. Quando me viu, Pilar veio conversar comigo. Foi atenciosa, gentil e muito educada. Disse que minha namorada deveria ser muito sortuda por ter um cara como eu. Claro que eu me senti envaidecido e revelei que estava solteiro, porque realmente não estava namorando ninguém. Somente mais tarde, me dei conta de que Pilar estava flertando abertamente comigo.

— Ela marcou outro encontro em algum lugar mais discreto?

— Que nada! Pilar deu um jeito de me afastar dos convidados, levando-me até o jardim externo, que é imenso. Lá fora, sob a luz das estrelas, trocamos nosso primeiro beijo. Nunca vou me esquecer disso. Foi lindo e romântico.

Nicolas ergueu as sobrancelhas, observando Cezar e seu olhar sonhador.

— Trocamos telefones, mas eu estava convicto de que ela me esqueceria tão logo o evento terminasse. Imagine o tamanho da minha surpresa quando ela me ligou na manhã seguinte, convidando-me para uma atividade a dois. Quase fiquei doido.

— E qual foi a atividade para a qual ela o levou?

— Um motel — Cezar corou um pouco, mas logo a palidez voltou a dominar seu rosto. — Mesmo ela sendo menor de idade, não teve problema nenhum para entrar. Eu tive a impressão de que não era a primeira vez que ela ia àquele local, só que Pilar nunca admitiu isso. Passamos mais de seis horas lá dentro, e foi fantástico. Apesar da tenra idade, Pilar era muito experiente no que se referia a sexo. Ela me mostrou coisas que nem eu conhecia.

— Quero o endereço desse motel.

Enquanto Cezar anotava o endereço em um pedaço de papel, Cássia bateu na porta e entrou na sala, trazendo uma bandeja com uma xícara. A bela moça negra sorriu para Nicolas de forma cortês e tentou não se constranger diante do olhar ousado que recebeu de Mike.

— O doutor Beltrão informou que, assim que terminar uma reunião em seu escritório, virá diretamente para cá — avisou Cássia a Cezar.

— Diga a ele que sua presença não será mais necessária — Cezar entregou o papel com o nome e o endereço do motel a Nicolas. — O investigador Bartole e eu já entramos em uma espécie de... acordo. Obrigado, Cássia.

Depois que a secretária de Cezar deixou o recinto, Nicolas aprovou com a cabeça:

— Assim está melhor, senhor Cezar. Gosto quando eu consigo me entender com as pessoas sem burocracia. Agora me diga: o que aconteceu depois disso?

— Saímos juntos várias outras vezes, quase sempre direto para o motel. Pilar chegava e ia embora de táxi, porque não queria ser vista na rua em minha companhia. Ela dizia que nunca poderia contar aos pais que estava se encontrando comigo, ou eles a proibiriam de sair de casa, a não ser que estivesse acompanhada pelo irmão ou por um guarda-costas da família. Eu nunca me importei muito, pois estava apaixonado por ela — lágrimas se formaram nos olhos de Cezar. — Santo Deus! Até hoje eu ainda a amo.

— Esses encontros secretos aconteceram durante quase dois anos então.

— Sim. Nunca fomos flagrados por ninguém. Até um dia em que telefonei para ela, e Pilar mostrou-se fria e distante. Negou-se a sair comigo e disse que marcaria novo encontro quando se sentisse disposta. Gelei por dentro, certo de que ela conhecera outro cara e perdera o interesse por mim.

— E como você fez para confirmar suas suspeitas? — sondou Nicolas.

— Houve um novo evento na casa do prefeito, uma semana depois. Dessa vez, comemoravam o aniversário da dona Leonor. Pessoas ricas adoram festas, não é mesmo? A família do prefeito sempre gostou muito de receber convidados ilustres em sua casa. Eu fui até lá, pois a minha empresa fora contratada de novo. Claro que agora eu só queria um pretexto para conversar com Pilar e entender o que estava acontecendo. Eu a encontrei no jardim, próximo ao local em que nos beijamos pela primeira vez. Ela estava acompanhada por uma amiga, mais ou menos da idade dela. Tentei chamá-la para uma conversa em particular, mas ela recusou-se — Cezar levantou o olhar para Nicolas, enxugando as lágrimas que escorreram. — Pilar me disse que estava ficando com aquela menina e que não queria mais nada comigo.

— Então a filha do prefeito era bissexual? — Nicolas olhou para Mike, que fazia rápidas anotações em uma pequena caderneta. Quando viu Cezar confirmar com a cabeça, perguntou: — Você se lembra do nome dessa moça?

— Heloise. Até hoje não me conformo por ter sido trocado por uma menina. E isso não é tudo. Soube, meses depois, que Pilar participava de orgias sexuais com seus amigos, de ambos os sexos. Cara, eu nunca fui preconceituoso, mas aquilo me enojou. Jamais imaginei que ela gostasse da vida promíscua. E tenho certeza de que os pais dela nunca souberam disso.

— Você foi convidado para esse último aniversário dela?

— Não. Contudo, um amigo meu esteve lá e disse que Heloise estava presente. Além dela, apareceram vários outros jovens, amigos íntimos de Pilar, se é que me entende.

— Onde estava na noite do assassinato?

— Nossa! Eu estou mesmo ouvindo essa pergunta? — Cezar sacudiu a cabeça para os lados, como se estivesse ficando sem paciência. — Eu estava aqui, trabalhando, como faço todas as noites. Se eu quiser deixar meu pai satisfeito com meu desempenho, preciso mostrar serviço. Cássia e outros cinco funcionários estavam aqui comigo e podem confirmar isso, se o senhor desejar.

Repentinamente, a voz de Cezar tornou-se fria e rouca:

— Sei que o senhor deve achar que eu mataria Pilar por vingança, mas juro que sou inocente. Tenho certeza de que, além de mim, ela deixou outros corações feridos por onde passou. Muitos de seus amantes, homens e mulheres, foram convidados para a festa. Um deles matou-a. Só pode ter sido isso.

— Eu nunca lhe disse que Pilar foi assassinada, senhor Cezar.

Nicolas notou quando ele voltou a empalidecer. Cezar olhou para a xícara de chá intocada e respondeu:

— Duarte, o outro investigador que esteve aqui, comentou que havia veneno no bolo de aniversário. Foi assim que eu soube.

— Sei... Estou com a lista de convidados e farei uma pesquisa com relação a essas novas informações.

— Quero que me perdoe pela grosseria com que o atendi, senhor Bartole. Entenda que estou com a cabeça a mil desde que divulgaram a morte dela. Só não sabia que ela havia sido assassinada. Apesar de Pilar não merecer meus sentimentos, já que ela só me usou enquanto eu lhe fui útil, não nego que ainda a amo muito.

— Sendo assim, vai querer que eu encontre o responsável por isso o mais depressa possível. Dois dos seus funcionários empurraram uma mesa com rodinhas sobre a qual estava o bolo até o salão principal. Eu gostaria de interrogá-los.

— Posso providenciar isso agora mesmo.

Nicolas mostrou a ele seu melhor sorriso:

— E como nossa conversa está terminando de maneira satisfatória, penso que você não me faria esperar por dois dias para me fornecer uma cópia da lista de doces e salgados que foram encomendados para o aniversário de Pilar. Estou certo?

# Capítulo 8

Miah sabia que estava radiante quando adentrou a sede da emissora de televisão. Sentiu o peito inflar-se de uma alegria incontida ao pisar nos ladrilhos encerados dos estúdios. Ali vivera seu apogeu, seus momentos de fama, que a fizeram tornar-se conhecida por toda a cidade.

Seu julgamento, tempos depois, também a transformou no centro das atenções.

Como queria seguir os conselhos de Marian e pensar apenas em coisas positivas, ela caminhou animadamente até o lustroso balcão, atrás do qual duas moças bonitas encontravam-se sentadas diante de computadores. Miah conhecia apenas uma delas. A outra deveria ser uma funcionária nova.

Quando colocou uma de suas melhores roupas, que havia no guarda-roupa, e calçou seus sapatos mais caros, como se isso fosse garantia de vitória, ela soube que deveria voltar para casa com uma boa notícia para o marido. Nicolas ficaria superfeliz por ela ter conseguido seu cargo de volta. Ainda não sabia como faria para readaptar-se à sociedade, mas tinha certeza de que conseguiria. Marian fora clara ao dizer que ela precisava torcer pelo seu próprio sucesso.

— Bom dia, Caroline! — cumprimentou Miah toda sorridente. — Olá, moça! — acrescentou para a recepcionista desconhecida.

— Oi... — Caroline mostrou um sorriso vago. — O que deseja?

— Digamos que, após esse longo período de férias, estou de volta à ativa. Vim conversar com a diretoria. Pode informá-los de que estou aqui?

— Claro — hesitante, Caroline disse algumas palavras através do *headset,* num tom que Miah não pôde ouvir. Quando terminou, fitou a visitante fixamente. — Perguntaram o que a senhora quer aqui.

— Senhora? — o sorriso de Miah morreu aos poucos. — Caroline, há quanto tempo nos conhecemos? Você nunca me tratou com essa formalidade. Somos amigas.

— Desculpe, eu não mantenho amizade com criminosos — devolveu Caroline.

Miah estremeceu, sentindo que as bochechas enrubesciam. Olhou para a novata, que digitava algo freneticamente no teclado do computador, fingindo ignorar o diálogo.

— Eu não sou uma criminosa. Sou uma jornalista que trabalha nesta empresa.

— Trabalhava, até ser presa pelos crimes que cometeu — Caroline contraiu os lábios e uma sombra de raiva atravessou seu olhar. — Deveria envergonhar-se por aparecer em uma emissora de televisão com esse ar angelical.

— E quem você pensa que é para me tratar desse jeito? O meu passado foi resolvido com a justiça e não lhe diz respeito — indignada, Miah colocou as mãos na cintura. — Preciso subir para conversar com os diretores. Eles, sim, mandam aqui.

— Eles não querem vê-la, fui clara? A ordem que eu acabei de receber pelo fone foi a de que proibisse sua entrada. Nem mesmo deveria estar aqui, na recepção. Se quiser evitar problemas, volte por onde entrou e nunca mais ponha os pés aqui.

— Isso era só o que me faltava — rosnou Miah. — Receber ordens de uma mulherzinha qualquer, que sempre ambicionou um cargo melhor e nunca teve competência para consegui-lo. O que aconteceu, Carol? Parou de se deitar com o senhor Augusto, do departamento de recursos humanos?

Desta vez, foi Caroline quem empalideceu. Miah não se deu por vencida:

— Depois de tanto tempo ele ainda não a promoveu? Por que será? Acho que você deve fazer sexo muito mal, ou já teria conseguido alguma promoção.

— Sua lambisgoia! — esbravejou Caroline rangendo os dentes.

— Eu vou subir, quer você queira ou não — Miah começou a se afastar.

— Se tentar seguir em frente, chamarei a polícia — prometeu Caroline levantando-se da cadeira.

— Faça isso. Comece conversando com meu marido — Miah olhou para trás, sem parar de caminhar na direção dos elevadores. — E aviso que se você tentar se insinuar para ele do jeito que faz com qualquer homem que encontra em seu caminho, eu arranco seus dentes.

O elevador estava aberto, e Miah informou ao ascensorista que subiria até o terceiro andar. Estava certa de que seria abordada pelos seguranças, que a forçariam a deixar o prédio. Se isso acontecesse, ela se veria no direito de armar um escândalo na rua. Tinha certeza de que as emissoras rivais adorariam saber de qualquer boato que maculasse a imagem impecável do Canal local.

Ao saltar no andar desejado, seguiu rumo à diretoria. Conhecia cada andar e cada setor daquele edifício como a palma de sua mão. Percebeu que tudo continuava do mesmo jeito de sempre. Pessoas trabalhando agitadamente por trás de paredes de vidro, monitores de televisão presos à parede transmitindo a programação da emissora ao vivo e auxiliares da produção, que corriam de um lado a outro tentando dar conta de seus serviços. Agradeceu aos céus por ninguém ter reparado nela mais atentamente nem feito qualquer comentário idiota.

As portas duplas de vidro que levavam à diretoria foram abertas por um rapaz alto, magro e franzino, que enrugou a testa ao ver Miah aproximar-se a passos largos.

— Olá, Miah! Se eu a conheço bem, sabia que você conseguiria driblar a recepcionista e subiria aqui, mesmo sem ter sido autorizada.

— Olá, Bruno! Se eu o conheço bem, sabia que você surgiria por esta porta, como um cão de guarda, tentando impedir a minha entrada. Pelo visto, você não mudou nada. Continua bajulando os chefes porque acha que essa é a função de um assistente de diretoria.

Ele coçou o queixo fino e pontudo, ignorando o insulto.

— O que veio procurar, afinal?

— Meu assunto é com a direção. Até onde eu sei, nunca me demitiram, portanto...

— Miah!

Ela virou-se para trás ao ser chamada por uma voz conhecida. Avistou Ed, que por tanto tempo fora seu companheiro de reportagem, sempre que ela saía às ruas em busca de uma nova matéria. Ele era seu operador de câmera e Miah o adorava.

— Ed, há quanto tempo!

Ele foi uma das testemunhas no julgamento e depôs a favor dela. Trocaram um abraço apertado. Quando se separaram, ela reparou que os olhos dele pareciam tristonhos.

— O que houve, amigo? Está tudo bem?

— Odeio trabalhar neste lugar — ele sussurrou para ela em confidência para não ser ouvido por Bruno. — Nenhum repórter é bom o bastante como você. Só não peço as contas porque não posso ficar desempregado.

— Então acho que seu problema está resolvido. Vim tentar recuperar meu cargo, Ed. Não sei se eles vão me aceitar de volta, mas se der certo, você será meu parceiro de novo. Sempre formamos uma dupla adorável.

— Jura? Caramba, essa é a melhor notícia do ano! Finalmente, o ibope subir, e a diretoria vai parar de rugir. Esse povo só sabe reclamar.

— A fofoca já terminou, senhores? — inquiriu Bruno a Miah e Ed.

— Não se preocupe, querido — Miah sorriu para Bruno. — Só estávamos falando mal de você. Aliás, eu serei atendida ou não?

Irritado, Bruno indicou as portas duplas para que Miah as cruzasse. Quando ela passou por ele, ouviu Bruno sibilar:

— Se pudesse, eu a expulsaria daqui com um belo pontapé no traseiro.

— Já que não pode por não ter moral suficiente para isso, terá de me engolir — desafiou Miah no mesmo tom de voz.

Ela viu-se em uma sala redonda, com uma parede de vidro em semicírculo que era também uma janela. Como o prédio em que a emissora estava instalada ficava localizado em uma região elevada da cidade, embora estivessem no terceiro andar, era possível contemplar o belo panorama que se descortinava diante deles. O município inteiro era visto dali e nele residiam habitantes encantadores, divertidos, irritantes, cruéis e muito perigosos.

Miah encarou os chefões do Canal local. Eram três homens e uma mulher. Ela fitou o presidente, sua esposa, o vice-presidente e Augusto, o chefe do departamento de recursos humanos.

O presidente era um homem que tinha mais de 60 anos, cabelos grisalhos e porte aristocrático. Miah sempre o admirara em segredo. O homem nascera com um tino especial para sobressair-se entre a multidão. Não era à toa que o Canal local era a emissora que mais dava audiência na cidade, perdendo apenas para a programação dos grandes canais da televisão aberta. Pelo menos fora assim à época em que Miah trabalhara com eles.

A esposa do presidente era uma mulher loira, excessivamente maquiada, que adorava dar palpite no trabalho do marido. Miah sabia que ela gostava de esbanjar roupas caras e joias valiosas, além de, supostamente, ter alguns amantes.

Já o vice-presidente era um sujeito gordo, calvo e baixo, que raramente abria a boca. Limitava-se a contemplar Miah com receio e admiração misturados no olhar. Miah sabia que ele era homossexual e que pagava para meninos com menos de vinte anos que estivessem dispostos a lhe aquecer a cama.

Por último, havia Augusto, cuja opinião era sempre levada em conta durante as reuniões em que o conselho administrativo participava. Era magro, atraente e dono de uma voz grave e sedutora. Miah costumava dizer a ele que seria sucesso garantido se Augusto seguisse a carreira de locutor de rádio.

Para alívio dela, Bruno, o assistente de diretoria, foi dispensado da reunião. Os quatro estavam sentados à mesa oval, que havia no centro da sala. Miah permaneceu de pé durante alguns segundos, sentindo os olhares avaliadores caindo sobre ela. Viu-se de volta à sala do julgamento, sendo esquadrinhada pelos jurados.

O presidente pediu que ela se sentasse e, quando Miah obedeceu, ele começou:

— Acompanhamos seu julgamento, aliás, fui um dos depoentes no tribunal e tudo o que falei foi ao seu favor. Ficamos felizes por saber que você conseguiu sua liberdade. Conseguiu convencer o júri de que realmente não foi a responsável direta pela morte de dois homens e por aquele terceiro que caiu das escadas e foi a óbito. De qualquer forma, isso não é problema nosso e sim sua presença aqui.

— Eu estava trabalhando normalmente até ser... — ela evitou mencionar a palavra "presa" — levada para onde foi necessário. Como todos já sabem, eu reconheço que menti e enganei muitas pessoas. Eu...

— Isso já é o suficiente para negar qualquer pedido que tenha vindo nos fazer — o presidente cortou-a. — Nem mesmo seu sobrenome verdadeiro é Fiorentino. Você usou documentos falsos para enganar a polícia. Nossa empresa tem um nome a zelar. Você teria sido despedida por justa causa se não tivesse sido trancafiada em uma cela.

Miah sentiu o rosto arder como se tivesse levado uma bofetada. Seus olhos lacrimejaram. Ela só não pretendia chorar diante deles. Não daria a ninguém o gostinho de vê-la humilhada.

— Eu admito que errei muito — a voz dela estremeceu e falhou. Miah precisou pigarrear para continuar: — Estou ciente de cada coisa que fiz no passado e juro que não me orgulho disso. Menti para vocês, assim como menti para a pessoa que mais amo no mundo. E, acreditem, fui perdoada.

— Isso é outra coisa que não entendo — a esposa do presidente ergueu uma mão com unhas pintadas de vermelho e ajeitou os cabelos. — Seu marido é um investigador de reputação duvidosa: caça os criminosos que ameaçam nossa segurança, mas a deixa escapar impunemente. Por que ele não pediu o divórcio ao descobrir que você era uma assassina?

— Posso lhe dar o número do celular dele, senhora. Assim poderá fazer essa pergunta diretamente a Nicolas — tornou Miah friamente. Estava sendo alvejada por dardos de ódio e desprezo, e mal dava conta de defender-se.

— Sabemos que você foi uma ótima funcionária — era Augusto mudando de assunto. — Confessamos que a nossa audiência caiu muito depois que você afastou-se da emissora. Muitos telespectadores telefonaram ou mandaram e-mails dizendo-se revoltados com sua prisão, porque acreditavam em sua inocência. Seus fãs eram muitos, mas nem por eles temos condições de mantê-la aqui. Como você acabou de ouvir, há uma história e uma reputação a serem preservadas.

— Vocês não podem me dar outra chance? — como não estava disposta a desistir tão facilmente, Miah insistiu: — Eu posso trabalhar na produção, se preferirem. A população nem precisa saber que eu estou trabalhando com vocês. Não faço questão de aparecer na televisão. Posso ajudar a editar matérias, auxiliar os apresentadores dos telejornais, colaborar com sugestões que visem a melhorar algum programa... Sabem que eu entendo bem da área. Posso ser de grande utilidade e não me importo se meu salário for reduzido. Tudo o que eu preciso é de uma segunda chance.

— E se outros "acidentes" começarem a acontecer por aqui? — manifestou-se o vice-presidente, que raramente falava alguma coisa. — Um homem caiu e bateu a cabeça após você empurrá-lo. Outro rolou escada abaixo. E mais um foi golpeado por uma faca que estava em suas mãos. Podemos considerá-la uma psicopata. Você pode oferecer risco a nós e aos demais funcionários. Jamais deveria ter deixado a cadeia.

Miah sentiu vontade de tapar os ouvidos. As lágrimas que ela relutara em conter emergiram e rolaram por seu rosto arredondado. Quis fugir correndo dali e só não o fez para que eles não se sentissem vitoriosos. Depois que seu terrível segredo viera a público, ela nunca mais foi vista como a Miah de antigamente. Dali para frente, seria tida apenas como uma criminosa, uma ameaça à solta, uma psicopata de alta periculosidade.

— E como fica a minha situação? — ela quis saber após conseguir estancar o pranto. — Nunca fui oficialmente demitida.

— Está sendo agora — determinou o presidente. — Pelos anos de serviço majestoso que prestou a nós, até poderíamos perdoá-la por ter nos enganado. Só que isso seria contra a lei. Você usou uma documentação falsa para ser admitida. Se acobertássemos isso, seríamos coniventes com suas fraudes. Lamentavelmente, Miah, você será demitida por justa causa.

Ela pulou da cadeira como se tivesse levado um beliscão.

— Vocês não podem fazer isso. Por favor, não destruam a minha vida profissional desse jeito.

— Você já teve sua vida destruída quando enveredou pelo caminho do crime. Agora, precisará fazer o possível para tentar reconstruir a própria imagem — o presidente virou-se para o chefe dos recursos humanos. — Augusto, por favor, entre em contato com a nossa contabilidade e informe-se sobre os procedimentos de demissão da senhora... desta senhora. Acrescente que ela está afastada há quase sete meses e que não a processaremos pela documentação ilícita. Você é uma mulher de sorte, sabia?

Quando Miah finalmente saiu da sala, evitou olhar para os lados, pois não queria ver o sorrisinho sarcástico de Bruno nem o olhar vitorioso de Caroline. Sabia mais do que ninguém que as notícias naquela emissora espalhavam-se como fogo na palha seca. Só o que queria era trancar-se em um cantinho reservado e chorar longamente.

Ao voltar para a calçada, sentiu o sol quente bater em seu rosto e aspirou o ar profundamente. Meio desnorteada, ela caminhou a esmo por algumas calçadas e pensou em telefonar para Nicolas. Ela sabia que, ao ouvi-la chorar, ele largaria o que estivesse fazendo para vir consolá-la. Naquele momento, sentir o corpo dele junto ao seu, ou mesmo um beijo, um abraço ou uma carícia fariam com que ela se sentisse melhor. Todavia, ele estava focado na nova investigação, e Miah não queria atrapalhá-lo. Conversariam melhor quando ele voltasse para casa, à noite.

Quando virou o rosto para o lado, percebeu que estava diante do Caseiros, o melhor restaurante da cidade. Não sentia nem um pouco de apetite. As palavras duras e implacáveis da diretoria do Canal local acabaram com ela. Sabia que Marian não gostaria de vê-la naquele estado. Mas, foi justamente por pensar na irmã de Nicolas que Miah pegou o celular na bolsa e telefonou para ela.

— Diga, Miah! — ela ouviu a voz extrovertida de Marian. — Aposto que já conseguiu seu cargo de volta e está me ligando para contar as boas-novas.

— Não... — Miah fungou, sentindo-se tola, frágil e sensível. — Eles me demitiram por justa causa. Disseram coisas horríveis a meu respeito. Ah, Marian...

— Onde você está?

— Em frente ao restaurante Caseiros. Eu não quis incomodar Nicolas, porque não quero desviar a atenção dele com bobagens minhas.

— Fique onde está, Miah. Chego aí em um instante.

Miah desligou o celular e encostou-se à parede do restaurante. Apesar do calor que fazia, sentiu uma sensação gelada atravessar-lhe os ossos. Abraçou a si mesma e deixou-se ficar ali, tentando evitar pensar nos últimos acontecimentos para não chorar outra vez.

# Capítulo 9

— Mike, coloque Cezar no alto da nossa curta lista de suspeitos — pediu Nicolas a caminho do carro. Quando entraram no veículo, os policiais prenderam o cinto de segurança e, assim que Nicolas deu partida, emendou: — Temos um amante abandonado e amargurado, que talvez nunca tenha aceitado a ideia de ter sido trocado por uma mulher e pelas várias outras pessoas que vieram depois dele. Pilar o usou e o descartou como um panfleto que se pega na rua. Isso pode ter despertado em Cezar um terrível desejo de vingança.

— Somando-se isso ao fato de que ele conhecia bem a casa do prefeito, além de ter enviado dois de seus funcionários para lá. Envenenar o bolo não seria uma tarefa tão difícil — complementou Mike.

— Segundo Fátima, o bolo não poderia ter sido envenenado depois de pronto, pois isso estragaria a decoração. Enquanto não descobrirmos exatamente que tipo de substância foi utilizada, não saberemos especificar se o veneno era líquido ou em pó. Creio que a primeira opção é sempre mais fácil do que a segunda.

— Desde que não houvesse cheiro, sabor ou a possibilidade de alterar a cor do alimento.

— Com certeza não. O assassino foi esperto o bastante para pensar nesses detalhes. Posso apostar que o tal veneno era muito semelhante à água mineral. E algo me diz que era líquido.

— Não pode ser, Bartole — Mike olhou intrigado para Nicolas. — Se o líquido fosse derramado sobre o bolo, todo mundo perceberia, por mais transparente que fosse.

— O veneno estava na parte de dentro e não na cobertura. E qual a melhor maneira de se inserir líquido em um bolo pronto sem abalar sua aparência deslumbrante? — perguntou Nicolas sorrindo.

— Uma seringa — concluiu Mike, admirado com o raciocínio veloz de Nicolas.

— É isso aí, garoto. Você pode espetar uma seringa em vários lugares de um imenso bolo sem que alguém repare nos minúsculos furinhos. E se espalhar o glacê sobre os pontos perfurados, o bolo permanecerá intacto. Partindo dessa lógica, chegamos a um novo consenso: o bolo não foi envenenado na fábrica de Fátima e sim dentro da residência do prefeito, por um dos convidados.

Mike esticou o braço para o assento traseiro e apanhou uma pasta preta. De dentro dela, retirou duas folhas azuladas com uma lista imensa de nomes.

— Esta é a lista das pessoas que foram convidadas para o aniversário, Bartole. Se você estiver certo, como acho que está, o nome do assassino está aqui.

— Provavelmente, a menos que ele tenha enviado um comparsa em seu lugar. Mas não acredito nisso. Ele estava na festa e deliciou-se lentamente com a morte horrível de Pilar. Seus olhos ficaram vidrados de êxtase vendo a garota morrer. Se pudesse, teria gritado diante de sua vitória.

— Cezar sugeriu a hipótese de que o criminoso tenha sido alguém que já tenha ido para a cama com Pilar. Se tudo o que ele falou a respeito dela for verdade, a filha do prefeito era uma p...

— Talvez, sim — interrompeu-o Nicolas. — Alguns adolescentes ignoram as responsabilidades para com a vida sexual e agem do jeito que bem entendem. Descartam preservativos e outras medidas de segurança que evitam más notícias depois. Por que você acha que o número de gravidezes na adolescência cresce junto com o contágio de doenças sexualmente transmissíveis nessa faixa etária?

— Porque ninguém está dando a mínima para a própria saúde.

— Principalmente uma moça como Pilar, que sempre achou que podia comprar o mundo apenas por ser filha de um político influente. Se ela mantinha essa vida desregrada, a quantidade de suspeitos que teremos vai aumentar consideravelmente.

— Havia mais de cem convidados presentes na festa — Mike agitou os papéis. — Isso não será mamão com açúcar.

— Também não será tão complicado assim, se efetuarmos uma filtragem dentre todas as pessoas. Vamos descartar, inicialmente, os amigos ligados aos pais dela. Quem quer que tenha feito isso era ou foi muito próximo de Pilar. Sabia, inclusive, que ela serviria a si mesma a primeira fatia do bolo. Essa tal Heloise, que Cezar mencionou, é um bom alvo para começarmos.

Nicolas girou o volante para a direita, entrando na rua onde faria sua próxima parada.

— Tive uma ideia — murmurou de repente.

Usando uma das mãos, ele sacou o pequeno rádio do bolso e abriu um chamado para Elias. Quando ouviu a voz do delegado, foi logo dizendo:

— Elias, consegui uma cópia da lista dos convidados da festa. Acredito que o criminoso era um deles. Preciso que...

— Eu ia mesmo entrar em contato com você agora. Não sabe o que está acontecendo por aqui. A imprensa já descobriu que Pilar foi assassinada, e os repórteres estão acampados diante da delegacia à espera de alguma informação. Não dei minha cara para bater, porém, pedi a Moira que fosse até eles e explicasse que nada haveria para ser dito enquanto não recebêssemos autorização das hierarquias superiores. E acredite, Bartole, eles deram risada e ninguém se retirou. Veja aonde chegou a falta de respeito desse povo. Zombaram de uma policial em serviço.

— Poucas pessoas estão sabendo que Pilar foi envenenada — murmurou Nicolas pelo rádio, sua mente funcionando à toda brida. — Eu dei essa informação somente aos pais dela e à fornecedora do bolo. O gerente do bufê aloca ter recebido a notícia de Duarte, que esteve lá antes de mim.

— Acha que um deles acionou a imprensa? Os repórteres chegaram quase agora.

— Foi o próprio assassino! — arrematou Nicolas, batendo com força no volante. — Fez isso para que a imprensa nos distraísse. Deve estar se divertindo vendo-nos correr como tolos.

— Além do mais, acabei de receber uma ligação do prefeito. Ernesto está furioso com toda essa comitiva e exigiu saber se fomos nós que disparamos informações pessoais de sua filha à mídia. Ele está vindo para cá acompanhado de Joel, o filho dele. Parece que você queria conversar com o menino.

— Sim. Que droga! Será que tudo tem que acontecer de uma vez?

— Quer que eu converse com eles? — questionou Elias.

— Tente ganhar tempo, pelo menos até que eu chegue. Joel é o último membro da família que falta ser interrogado por mim. Acabei de parar diante da empresa que forneceu os serviços de decoração para o aniversário de Pilar. Algo me diz que perderei meu tempo aqui, contudo, preciso vasculhar cada canto.

— Muito bem, Bartole! Faça o que for preciso, enquanto eu recebo um prefeito furioso e seu filho. Vou pedir que Moira e outro policial façam guarda na entrada da delegacia, pois, do jeito que esses repórteres estão abusados, é bem capaz de invadirem o recinto e sentarem-se em minha mesa. Isso vai muito além do que eles insistem em chamar de liberdade da imprensa.

— Até daqui a pouco — resmungou Nicolas, guardando o rádio. Não estava nada feliz quando encarou Mike. — Já vi que teremos problemas pela frente. Há um grupo de repórteres diante da delegacia à espera de notícias trágicas. E o prefeito está indo até lá com Joel, aparentemente de péssimo humor. O que esse povo pensa? Que as coisas se resolvem de um dia para o outro? Estamos falando de um caso de assassinato muito bem articulado, que demanda certo tempo para ser concluído.

— O que eles querem, exatamente?

— Informações sobre o andamento da investigação, porque já descobriram que Pilar foi assassinada. O criminoso deve ter feito uma ligação e soltado essa dica anônima. E o pior é que não temos Miah para nos apoiar agora, porque, do contrário, eu deixaria escapar algumas informações adicionais para que ela levasse ao noticiário da noite em primeira mão. Assim, os outros seriam postos na retaguarda. Nunca imaginei que o trabalho dela pudesse ser tão útil para o meu.

Os dois desceram do carro e atravessaram a rua, caminhando apressadamente até a empresa que oferecia serviços de decoração para eventos e festas. O estabelecimento ficava de esquina. As paredes de vidro serviam como vitrines. O nome parecia pouco criativo: Decoração. O interessante era que as letras que compunham essa palavra estavam dentro de um coração vermelho, sugerindo que o trabalho deles era realizado "de coração".

Nicolas tinha na mão a pasta preta de onde Mike retirara a lista com o nome dos convidados e a sacudiu com força ao dizer:

— Quando conversamos com os dois ajudantes de Cezar, que empurraram a mesa com o bolo até o salão principal, tivemos a mesma impressão quando interrogamos as três cozinheiras que trabalham com Fátima. Eles foram tão sinceros no que disseram que a verdade se mostrou clara como água. Já não posso dizer o mesmo de Cezar e de Fátima. Esta última demonstrou hesitação em alguns momentos durante a conversa e lançou um olhar intrigante para o tal armário. Ambos conheciam a vítima pessoalmente e podem ter motivos particulares para tê-la matado.

— Isso é verdade, e já descobrimos as razões de Cezar. Porém, Bartole, se você acha que o criminoso estava na festa, sendo que Cezar alega não ter ido, então ele se torna inocente, concorda?

— Ele afirmou ter um álibi, mas não temos como comprová-lo. Obviamente, os funcionários dele dirão qualquer coisa que ele mandar, portanto, não devemos considerá-los como testemunhas confiáveis com relação a esse quesito. E, assim, seu álibi perde forças.

Mike ficou matutando sobre as últimas palavras de Nicolas, enquanto ele empurrava a porta de vidro para entrarem. Assim que se viu do lado de dentro, ele notou três mesas redondas espalhadas sobre um piso colorido muito bem encerado, sendo que apenas uma delas estava ocupada por dois homens. Um deles estava de costas e virou-se ao perceber a movimentação atrás de si. Nicolas conteve uma careta irritada ao dar de cara com Duarte.

— Ah, veja só — ele ficou de pé e seus lábios descorados exibiram um sorriso maquiavélico. — Senhor Almeida, esse é Nicolas Bartole, o investigador que está me auxiliando no caso.

— Como é que é? — Nicolas colocou a mão direita em concha atrás da orelha, mas foi obrigado a esticá-la para cumprimentar o homem musculoso e barbudo que estava com Duarte e que se aproximava depressa.

— Meu nome é Jurandir Almeida e sou o dono da empresa que a dona Leonor contratou para dar suporte ao aniversário da filha dela. Toda a parte decorativa do evento ficou por nossa conta.

— E eu sou o investigador responsável pelo homicídio de Pilar, a filha do prefeito — apresentou-se Nicolas, corrigindo a informação anterior. — Ao contrário do que Duarte explicou, ele é quem está me auxiliando a identificar e prender o autor do crime. Como está muito próximo de se aposentar, depois de tantos anos de trabalho pesado, que desgastam o corpo e a mente, ele já não tinha certeza se daria conta de assumir sozinho tanta responsabilidade. Por isso, decidiu oferecer seu apoio — mostrando um sorriso brilhante para Duarte, Nicolas concluiu: — Sua ajuda tem sido muito útil para mim.

Mike viu quando o rosto pálido de Duarte ficou vermelho como um morango e seus olhos endureceram, tamanha a fúria que sentiu. Precisou sentar-se novamente porque suas pernas, trêmulas de ódio, perderam a firmeza.

Jurandir não percebeu a troca de ofensas entre os dois investigadores porque estava muito incomodado com a presença da polícia em sua empresa. Atuava no mercado há 12 anos e jamais tivera qualquer problema desse porte. Durante esse período, nem mesmo sofrera algum processo por parte dos clientes ou fora denunciando à justiça por desrespeito ao Código de Defesa do Consumidor.

E agora, dois funcionários da polícia e um soldado fardado apareciam ali dizendo que a aniversariante, cuja festa fora decorada por seus funcionários, morrera envenenada com o próprio bolo. E se aqueles três homens vieram conversar com ele é porque o consideravam um suspeito em potencial. Só de pensar nessa possibilidade, Jurandir pegou-se suando frio.

— Posso lhes oferecer alguma bebida, antes de começarmos nossa conversa? — Jurandir olhou de Nicolas para Duarte, tentando evitar que as mãos tremessem.

— Senhor Almeida, a nossa conversa já teve início desde que eu cheguei aqui — manifestou-se Duarte enfezado. — Bartole e o soldado pegaram o bonde andando, como se costuma dizer.

— Obrigado pela gentileza, mas dispensamos as bebidas — tornou Nicolas, ignorando as palavras ácidas de Duarte e puxando uma cadeira para sentar-se à mesa em que eles estavam. Assim que viu Jurandir fazer o mesmo, indagou: — O que o meu auxiliar já o informou até agora a respeito da investigação?

Duarte mordeu os lábios com tanta força que Mike, de pé, não pôde deixar de rir. Ele não sabia onde o comandante estava com a cabeça quando designara Duarte e Bartole para trabalharem em parceria.

— Apenas que a moça morreu ao comer o bolo, que estava envenenado.

— Eu cheguei uns três minutos antes de você, Bartole — resmungou Duarte de má-vontade. — Não tive tempo de fazer muitas perguntas ao senhor Almeida.

— Pode deixar que eu mesmo as farei daqui para frente — enfatizou Nicolas, fingindo não ouvir Duarte chiar como uma panela de pressão defeituosa. — Essa foi a primeira vez que sua empresa forneceu serviços à família do prefeito?

— Para a residência dele, sim. Porém, o doutor Ernesto já havia nos contratado para decorarmos alguns eventos que ele realizou na prefeitura, principalmente durante sua campanha política para a reeleição.

— O senhor conhecia Pilar pessoalmente?

— Por acaso eu sou suspeito? — Jurandir estava lívido e transpirava por todos os poros. — Estão desconfiando de mim?

— Apenas responda ao que lhe foi perguntado, por gentileza — rebateu Nicolas, atento às todas as reações nervosas do homem.

— Eu nunca conversei com ela nem tivemos contato. Aliás, nem mesmo tive a oportunidade de ficar frente a frente com o prefeito. Todas as vezes em que ele requereu meu trabalho, foi por meio de sua secretária ou de um de seus assessores. Dessa vez, quem nos chamou foi a esposa dele, dona Leonor, mas isso foi uma exceção. E quero acrescentar que ela é uma verdadeira dama. Que mulher educada! Eu mesmo tive o prazer de atender à ligação dela.

— Ela esteve aqui?

— Não. Toda a negociação foi feita por telefone. Ela fez o depósito referente aos nossos serviços com bastante antecedência. Disse que sua única exigência era que a festa da filha estivesse impecável. A dona Leonor explicou que foi a própria moça quem escolheu o tema para o aniversário, assim como a combinação de cores que usaríamos para enfeitar as mesas, as cadeiras, a área da piscina e o salão principal.

— É do seu conhecimento se algum funcionário seu já teve um contato mais próximo com Pilar?

Jurandir olhou fixamente para Nicolas antes de abanar a cabeça em negativa.

— Acredito que ninguém a conheça tão bem assim. A moça só se relacionava com pessoas de seu meio social. Pessoas ricas convivem com pessoas ricas. Essa regra quase sempre é geral — ele passou a mão pela barba espessa antes de enfatizar: — Se for de alguma utilidade, saibam que eu tenho os contratos referentes aos eventos comemorativos de que lhes falei, que foram organizados pelo prefeito e seu grupo de políticos. Eles sempre parecem estar festejando alguma coisa.

— Agora, com a família enlutada, creio que eles permanecerão algum tempo afastados das celebrações sociais — Nicolas olhou para Duarte. — Você tem alguma pergunta a fazer?

— Nenhuma — a resposta foi um rugido de raiva.

— Muito bem — Nicolas sorriu e ficou de pé. — Senhor Almeida, eu aceito uma cópia de cada um desses contratos, por gentileza. Quanto mais material tivermos em mãos, mais próximos ficaremos do assassino.

— Certo. Podem esperar aqui. Trarei a papelada em um instante — prometeu Jurandir, afastando-se rapidamente.

— Saiba que essa humilhação pela qual você me fez passar será comunicada a Alain — ameaçou Duarte, levantando-se também e fitando Nicolas com desprezo. — Diante dos nossos suspeitos, finja a educação que você não tem.

— Vai bancar a comadre mexeriqueira? — Nicolas cruzou os braços. — Se você não quiser ouvir uma resposta atravessada de minha parte, aprenda a me tratar com respeito e bons modos. E se você fosse realmente o investigador que alega ser, já teria percebido que Jurandir não tem nada a ver com o crime. Enquanto estamos os dois no mesmo lugar, interrogando um inocente, o verdadeiro criminoso está solto por aí. Pelo menos, finja usar a inteligência que você não tem.

— Ainda vou fazê-lo engolir essas palavras, Bartole — garantiu Duarte, furioso.

— Por que você não se matricula em uma academia e pratica musculação para engrossar esses bracinhos, que mais parecem dois galhos secos? — rindo, Nicolas virou-se para Mike. — Você consegue imaginar o nosso amigo Duarte todo "malhadão"?

— Meu cérebro não consegue formar tal imagem, Bartole. Essa visão exige mais do que meus neurônios podem oferecer — replicou Mike, prendendo o riso.

Quando Duarte preparou-se para soltar a réplica, Jurandir retornou trazendo um envelope pardo, que entregou diretamente nas mãos de Nicolas.

— Aí estão todos os serviços que a minha empresa já ofereceu a pedido do prefeito. Espero que lhe seja útil.

— Obrigado, senhor Almeida. Peço que esteja à disposição da polícia até que esse caso seja encerrado.

Depois das despedidas, Nicolas e Mike saíram à calçada, com Duarte a poucos passos atrás deles, avisando:

— Eu pegarei o criminoso antes de você, Bartole. Vou mostrar para esta cidade o quanto você se torna incompetente quando está perto de mim.

— Perto de você, eu me torno ridículo, porque sua presença corrompe a minha imagem — dizendo isso, Nicolas arrebatou a pasta preta que Mike segurava. Abriu-a ruidosamente e retirou três folhas de sulfite, grampeadas umas às outras. — Sabe o que é isso? É uma cópia dos pedidos de doces e salgados que Cezar forneceu à casa do prefeito para o aniversário de Pilar. É o mesmo documento que ele prometeu lhe entregar em dois dias, e que você concordou em esperar esse prazo.

Duarte estacou, franzindo a testa diante daquela afronta. Não era possível que Nicolas levasse a melhor em todos os momentos.

— Como vê, parece que entre nós dois, o incompetente não sou eu — concluiu Nicolas sarcasticamente.

Ele aguardou durante alguns segundos até que Duarte respondesse, mas como o outro parecia estarrecido com a notícia, Nicolas simplesmente deu de ombros e seguiu para o carro acompanhado de Mike.

# Capítulo 10

Quando Marian desceu do táxi diante do Caseiros, Miah estava no mesmo lugar, na calçada, de pé, encostada à parede do restaurante. Não era preciso uma olhada mais detalhada para notar que a amiga não parecia nada bem.

— Fui abordada por quatro estranhos enquanto a esperava — explicou Miah assim que Marian parou perto dela. — Duas dessas pessoas disseram que torceram pela minha liberdade no julgamento, enquanto as outras duas demonstraram repúdio ao me virem aqui, dizendo terem certeza de que eu havia premeditado cada crime, além de ressaltarem o quanto a justiça brasileira é falha.

— É nisso que dá escutar as baboseiras que os outros falam — Marian afagou o ombro de Miah carinhosamente. — E esses olhos vermelhos? Como não acredito que eles estejam irritados com a poluição, pressinto que você chorou.

Miah apertou os lábios, limitando-se a balançar a cabeça em concordância. Sem esperar por resposta, Marian a pegou pelo braço, conduziu-a na direção da entrada do restaurante, avisando:

— Como o horário de almoço se aproxima, faremos nossa refeição agora mesmo. E nem tente me dizer que está sem fome.

Miah deixou-se levar até uma mesa nos fundos do restaurante. Quase todas já estavam ocupadas, mas ambas sabiam que em breve mais clientes chegariam para almoçar no estabelecimento mais movimentado da cidade.

— Eu realmente não queria comer nada — balbuciou Miah, logo depois que se serviram com a comida *self-service* e pediram sucos ao garçom. — A minha visita malsucedida ao Canal local tirou-me todo o ânimo.

— Querida, quando nós estamos caminhando pela rua, tropeçamos em alguma pedra e caímos no chão, restam-nos somente duas opções: ou levantarmos e continuarmos andando, ou permanecermos estiradas na calçada. E, a menos que você tenha se machucado feio, tenho certeza de que não vai escolher continuar caída.

— São situações diferentes, Marian. Eles me demitiram por justa causa. Disseram-me que eu sou uma ameaça à segurança de todos. Fui tratada como uma psicopata — Miah olhou para o outro lado do restaurante, completando: — Três homens estão mortos, e eu estou envolvida nessas mortes.

— Se você concorda com tudo o que disseram e fizeram, então deveria estar sorrindo, não acha? Já que está dando a esse assunto mais importância do que ele realmente tem, a ponto de ter chorado, penso que será difícil você conseguir se reerguer, emocionalmente falando.

— Não é errado chorar.

— Concordo. Às vezes, uma boa dose de lágrimas faz muito bem ao corpo, desde que não se transforme em um dramalhão. Quando choramos, colocamos para fora tudo aquilo que está nos machucando por dentro. O pranto é o momento em que desabafamos. Ele é nosso passaporte para um recomeço.

— Como assim? — quis saber Miah, mastigando devagar a comida.

— Algumas situações nos deixam muito tristes, abalados, irritados, aborrecidos, decepcionados. E, como somos humanos, muitos de nós se deixam levar pelo choro sentido, porque o pranto faz bem. Mas quando o estoque de lágrimas termina, percebemos que algo precisa ser feito com relação àquele assunto que nos incomodou, a não ser que se queira entrar no drama, e aí a história fica diferente. De forma geral, tomamos uma nova decisão sempre que conseguimos conter o choro. Pode surgir a vontade de perdoar, de superar, de tocar a vida para frente sem dar mais crédito aos pensamentos nebulosos... Enfim, as lágrimas limpam nossa alma e nos regeneram para algo melhor, que está por vir. Basta notar para você ver.

— Nunca parei para pensar nisso.

— Miah, você me conhece há bastante tempo e sabe que sou uma estudiosa da espiritualidade. Sempre estou pesquisando, lendo, tentando me atualizar sobre temas que poucas pessoas conhecem. E, durante tantos anos de estudo, concluí que a vida nos dá uma oportunidade atrás da outra para chegarmos àquilo que desejamos. O que acontece é que nos deixamos derrubar diante do primeiro obstáculo, fazemos um escarcéu, porque adoramos reclamar à toa, e nos esquecemos de que temos tudo para viver bem.

Marian fez uma pausa quando o garçom trouxe os sucos que elas haviam pedido. Depois que ele se afastou, ela prosseguiu:

— Você é uma mulher jovem, cheia de vida, bonita, muito inteligente, divertida e carismática, adorada por uma boa parte da população da cidade. Se você não conseguiu de volta seu antigo cargo, está na hora de usar todas essas suas habilidades e procurar outra coisa. Tenho certeza de que alguém oferecerá a vaga certa para você se encaixar.

— Com a minha passagem pela polícia? Duvido muito.

— É o que eu acabei de dizer. Por mais que sua ficha criminal pese contra você em uma admissão trabalhista, você tem a vantagem de ser conhecida por todos os habitantes locais. Se uns a criticam, muitos outros a adoram. Jamais houve outra repórter que obtivesse um desempenho melhor do que o seu. A sua capacidade intelectual e profissional é um mérito a seu favor. Faça uso disso. Exalte suas qualidades, mostre seu brilho, exponha todo o seu conhecimento. Acredito que você pode se adaptar a qualquer outro tipo de serviço, porque é uma mulher fora de série. E não digo isso porque você é a minha cunhada e uma grande amiga, mas porque tenho muito orgulho de estar aqui, neste restaurante, dividindo a mesa com a incomparável Miah Fiorentino.

Quando Marian terminou de falar, Miah tinha lágrimas nos olhos e um discreto sorriso nos lábios. Quando ela olhou em torno, percebeu que havia vários pares de olhos voltados para elas. Pela primeira vez, sentiu-se bem com aquilo. Mais uma vez, Marian dissera as palavras que ela precisava ouvir. Era necessário levantar-se depois de cada queda. Seu passado sombrio não podia anular a gabaritada profissional que ela se tornara.

— Você ainda vai ficar orgulhosa de mim, Marian. Assim que terminarmos de almoçar, vou para casa preparar um currículo bem bonito e retornar às ruas, distribuindo-os em todos os estabelecimentos.

— Seja você a primeira pessoa a ter orgulho de si mesma. E acho que você não precisa ir tão longe. Existe uma segunda emissora aqui na cidade, não é? Uma pequenininha, que também exibe programas jornalísticos.

— É a TV da Cidade. Brigam pela audiência com o Canal local, mas nunca chegaram nem perto de vencê-los. Eu sei que pertence a um casal já de certa idade. Acho que eles não têm uma administração legal e o orçamento é curto para aumentar o investimento.

— Você deveria procurá-los. Quem sabe eles queiram contratar uma ex-funcionária da emissora adversária.

Miah estava sacudindo a cabeça negativamente.

— Nem pensar. Já ouvi comentários de que esse casal é muito exigente. Gostam de tudo certinho. Sabe quando eles contratariam uma ex-presidiária? Nunca. Por isso, não quero passar pelo constrangimento que vivenciei hoje no Canal local. Prefiro procurar trabalho em outro setor. Quem sabe eu consiga uma vaga de vendedora em alguma das inúmeras lojas do centro?

— Se você acha que essa é a melhor opção, vá em frente — sorriu Marian. — Embora eu não consiga imaginá-la atendendo clientes, confesso que você seria uma grande vendedora.

— Acho que será divertido — Miah terminou de comer, sentindo as esperanças renovadas. — Dizem que quando um ciclo termina, outro está para ter início. Imagino que meu período de permanência no Canal local tenha chegado ao fim.

— Lembre-se do que eu falei, Miah: após a tempestade, surge o arco-íris.

— Como sempre, você tem razão — concordou Miah, bem mais animada do que uma hora atrás. — E seu noivado com Enzo?

— A gente se dá maravilhosamente bem. Combinamos em tudo. Ele foi uma bênção que aconteceu em minha vida. Hoje sei que essa ligação tão forte que temos um com o outro veio de vidas passadas. Eu o amo muito.

— Funciona assim comigo e com Nicolas. Sabemos que nós também nos conhecemos de longa data, desde os tempos da Inquisição. Graças a Deus, ele nunca mais sonhou com Sebastian, o cruel caçador a serviço da Igreja, e com Angelique, a líder das bruxas boas. Às vezes, eu ainda estremeço quando paro para refletir que esses personagens tão insólitos e diferentes éramos nós dois.

— Entende porque nos esquecemos de tudo ao reencarnar? Já pensou que bagunça seria se voltássemos ao mundo físico com todas as lembranças do que fizemos nas existências anteriores? Acha que teríamos condições de estarmos juntas agora sabendo que fomos grandes inimigas em outras eras? Famílias inteiras seriam desestruturadas, amizades seriam rompidas para sempre. Por outro lado, Deus faz tudo certo e cada coisa está do jeito que deve ser.

— Você sempre fala sobre os amigos espirituais — lembrou Miah.
— Acha que eles poderiam me orientar em relação a melhor atitude que eu deva tomar na busca do meu novo emprego?

— Os amigos espirituais estão sempre por perto, ajudando-nos a melhorar a nossa jornada terrena. Eles podem orientar-nos, aconselhar-nos, apoiar-nos e instruir-nos diante de um momento de decisão. Porém, não avançam além de determinados limites porque estariam interferindo em nosso livre-arbítrio. No final, sempre será nosso o direito de escolha, assim como será nossa a responsabilidade de lidar com os resultados.

— Existem as boas e as más escolhas?
— Não. Existem as suas escolhas e o aprendizado que você terá com elas.

Miah mexeu nos cabelos escuros e desnivelados, parecendo pensativa.

— Lúcio, Ernani e Renato eram pessoas do mal. Isso não justifica o que lhes aconteceu. Deus é testemunha do quanto estou arrependida, ainda que saiba da minha inocência em cada caso. Só que devido a isso, eu estou numa situação difícil.

— O que ficou foi a experiência. Você aprendeu muitas coisas com seu passado. Talvez, se você não tivesse feito nada do que fez, até hoje estaria morando em sua cidade natal e jamais teria conhecido Nicolas — olhando fixamente para os olhos dourados de Miah, Marian perguntou: — Alguma vez você já parou para pensar que foi justamente seu passado que a aproximou do meu irmão? Percebe que das piores tragédias podem surgir os mais incríveis presentes?

Miah arregalou os olhos, chocada com aquela informação. Se ela ainda fosse a ingênua Miah Antunes que vivia com o padrasto em uma humilde casinha, nunca teria se tornado a senhora Bartole. Nunca teria se apaixonado de verdade pelo homem que mais amava no mundo.

— Marian... — Miah abriu a boca sem conseguir concluir a frase.
— Sim, Miah, a vida é assim.
— Meu Deus! Não consigo acreditar! Foi meu passado que me aproximou de Nicolas. Sempre me arrependi de tudo que o fiz, mas nunca prestei atenção nesse detalhe, que agora modificará toda a minha maneira de encarar o que deixei para trás.

— Isso acontece porque temos a tendência de enxergarmos o lado negativo de todas as situações, sem prestarmos atenção às lições que elas nos deixam. Estamos reencarnados no melhor lugar do universo e somos alunos da escola da vida. Diariamente aprendemos uma aula diferente.

— Isso é incrível! — Miah bateu algumas palmas e novamente foi alvo de alguns olhares. Desta vez, ela nem se importou. — Eu amo viver!

— Eu também — riu Marian.

— Assim que eu receber meu primeiro salário, seja lá onde for, vou reembolsá-la pelo o que está gastando comigo hoje.

— Como se eu fosse cobrar pelo almoço. E já que você está tão feliz, acho que devemos pegar uma sobremesa. Afinal, você tem muito que fazer ainda hoje.

— É isso aí — o olhar de Miah brilhou. — Sinto que hoje, antes do anoitecer, estarei empregada de novo. E é essa sensação que me motiva a não desistir.

# Capítulo 11

Nicolas não precisou chegar muito perto da delegacia para enxergar a massa de repórteres que estava acumulada diante da entrada principal. Propositadamente, deixou o carro um pouco mais afastado do lugar em que estacionava habitualmente e saltou do veículo ao mesmo tempo em que Mike.

— Nós seremos abordados — comentou Mike, andando depressa para acompanhar os passos de Nicolas.

— Sim, seremos.

— E eles nos farão perguntas.

— Sim, farão.

— E não temos nada de concreto para lhes responder, além do que eles já devem saber.

— É exatamente isso o que torna a coisa divertida — tornou Nicolas, com uma expressão tranquilizadora no semblante.

Mike deu de ombros e decidiu esperar para ver o que aconteceria. Tão logo foram notados e reconhecidos, os repórteres avançaram na direção deles como um enxame de marimbondos raivosos. Filmadoras foram ligadas, microfones foram empunhados por mãos firmes e câmeras fotográficas começaram a registrar os movimentos dos dois policiais, tudo com a rapidez de um raio.

— Senhor Bartole, o que pode nos dizer sobre a morte da filha do prefeito?

— É verdade que colocaram veneno no bolo de aniversário? Queriam matar todos os convidados?

— Que pistas o senhor já tem sobre o assassino?

As perguntas misturavam-se, de forma que ficava difícil distingui-las. Nicolas continuou andando em frente, contudo, quando faltavam menos de cinco metros de distância para adentrar a delegacia, voltou o olhar para as câmeras e mostrou seu melhor sorriso ao afirmar:

— Vocês estão sabendo tanto quanto eu. Não posso falar mais nada porque não sei de mais nada... ainda.

— Vimos que o prefeito e seu filho chegaram à delegacia há menos de dez minutos — informou um belo repórter. — O senhor promete nos contar o motivo dessa reunião?

— O que eu posso lhes prometer é que lhes direi algo bastante interessante, tão logo saia daqui. É só me aguardarem.

Sorrisos radiantes surgiram nos lábios de todos os repórteres. Nicolas entrou na delegacia e cumprimentou o policial fardado, que estava na porta, pronto para deter os representantes da imprensa, caso eles resolvessem entrar.

— O que pretende dizer a eles? — interessou-se Mike.

— Nada que possa afugentar o criminoso. Direi apenas o que for irrelevante, dependendo de quão produtiva seja a nossa conversa com o prefeito.

Nicolas seguiu até o balcão da recepção. Ali estava Moira, demonstrando uma fúria incontida no olhar.

— Qual o motivo dessa cara feia? — Nicolas indagou.

— É a única que essa pobre moça tem — troçou Mike, rindo como um menino peralta.

— A pergunta de Bartole foi dirigida a mim, seu intrometido — Moira fez uma careta de raiva para Mike e fixou Nicolas. — Como se não bastasse o estresse que a mídia me causa, uma vez que eles estão tentando entrar a todo custo para conversarem com o delegado, sou obrigada a aturar a grosseria do prefeito, que entrou como um cavalo arrastando o cavalinho pelo braço. Dois brutos, isso sim!

— Do que está falando?

— O doutor Ernesto já chegou aqui dando patadas. Em vez de me cumprimentar ao entrar, como qualquer pessoa educada teria feito, disse que eu não ganho salário para ficar parada como uma estátua atrás de um balcão encardido. Que eu sou treinada para ir lá fora e enxotar os repórteres, como se eles não estivessem em um local público. O doutor Elias disse que Pedro e eu — ela mostrou o jovem soldado que estava guardando a entrada — não tínhamos autorização para usar da nossa autoridade de policiais para mandá-los sair. Afinal, eles também estão trabalhando. É serviço deles buscarem informações.

— Concordo, Moira. Por que você disse que Ernesto trouxe um cavalinho consigo? O filho dele, Joel, também foi grosseiro?

— Pior do que o pai. Disse que se ele estivesse no lugar do prefeito, teria enviado à corregedoria uma repreensão contra mim, simplesmente porque decidi ficar calada. Não sou louca de afrontar um homem tão influente como o doutor Ernesto. Só acho que a perda da filha dele não é justificativa para me agredir verbalmente — Moira alisou a farda bruscamente, finalizando: — O que me dá raiva é pensar que eu votei nesse estrupício na eleição anterior.

— Estive na residência dele pela manhã, e Ernesto me pareceu bastante calmo, considerando o choque habitual ao saber que Pilar não teve uma morte natural. Porém, se ele resolveu adotar a ignorância e a rispidez, serei obrigado a contra-atacar com as mesmas armas — prometeu Nicolas, fazendo um sinal para Mike segui-lo.

Não era preciso perguntar em qual sala Ernesto se encontrava porque era possível ouvir seus gritos do corredor. Os brados ensurdecedores vinham da sala de Elias. Nicolas abriu a porta sem bater e se deparou com o delegado sentado à mesa, olhando solenemente para o enfurecido prefeito, que caminhava de um lado a outro como uma fera enjaulada. Em uma cadeira, no canto da sala, um rapaz com a aparência de um adolescente mexia no celular, como que alheio ao que estava acontecendo ali.

— Posso saber o motivo de tamanho escândalo? — inquiriu Nicolas, colocando as mãos na cintura com expressão desafiadora.

De fato, o rosto do prefeito, vermelho e alterado, em nada lembrava o do homem choroso e desconsolado com quem Nicolas conversara na parte da manhã. Ernesto parou de falar assim que foi interrompido e limpou vestígios de saliva que se acumularam ao redor dos lábios.

Nicolas percebeu que o garoto parou de mexer no telefone para medir o investigador de cima a baixo com um olhar curioso e analítico, como se estivesse tentando adivinhar em qual parte do corpo Bartole escondia seu revólver.

Como ainda não tivera tempo de ir ao necrotério conversar com Ema Linhares e conferir pessoalmente o corpo da vítima, antes que fosse liberado para o enterro, Nicolas só conhecia Pilar por meio de fotografias. Assim, podia reconhecer a inegável diferença física da moça com o irmão mais velho. Joel tinha cabelos pretos e exageradamente brilhantes, que usava espetados para cima. Os olhos eram castanhos, a pele clara e os lábios carnudos, que deveriam enlouquecer as meninas com quem se envolvia. Nicolas já sabia que ele era dois anos mais velho do que a irmã, portanto, contava com vinte primaveras.

— Ainda bem que você chegou, camarada — grunhiu o prefeito, entrecruzando os dedos das mãos suadas.

"Pelo jeito não serei mais chamado de Bartole", refletiu Nicolas ironicamente. A amabilidade chegara ao fim.

— O que posso fazer pelo senhor? — perquiriu Nicolas. — Lembrou-se de algo que possa nos ajudar a concluir esse caso mais depressa?

— Está brincando? O que pensa que eu sou? Acha que tenho cara de palhaço?

Ernesto cuspia ao falar e gotículas de saliva voaram contra o rosto de Nicolas, que passou a mão pelo rosto para enxugá-las.

— O que está havendo?

— Sou eu que pergunto. Achei que a polícia seria discreta ao investigar o que realmente houve com a minha filha. E qual não foi a minha surpresa quando minha esposa ligou a televisão e descobriu que a imprensa já sabia que Pilar foi envenenada.

— Está insinuando que fomos nós que repassamos essa informação à mídia? — quis saber Nicolas.

— E quem mais seria se só vocês sabiam disso? — Ernesto coçou a barriga proeminente. — Exijo dignidade e respeito para com o nome da minha filha. Não quero que a morte de Pilar seja o assunto mais comentado da cidade. Há uma porção de repórteres abelhudos diante da delegacia, e o que vocês fizeram para espantá-los? Nada. Absolutamente nada.

— Já expliquei que não existe lei que os proíba de permanecerem onde estão — atalhou Elias com visível paciência. — Se ao menos eles tentassem entrar à força, tomaríamos as devidas providências. Porém, como ninguém tentou...

— Sei de suas habilidades investigativas — cortou o prefeito encarando Nicolas. — Admiro muito seu trabalho, pois já livrou a nossa cidade de bandidos inescrupulosos e assassinos horrendos. Também estou confiante de que encontrará quem fez aquela maldade com a minha menina. Por outro lado, não vou admitir invasão de privacidade. Sei que não responderei por mim se esses malditos repórteres aparecerem diante da minha residência na tentativa de me interrogarem. Por pouco não os agredi assim que desci do carro para entrar aqui.

— Sei que o senhor não faria nada disso para não ter sua imagem manchada diante de todos os habitantes da cidade — murmurou Nicolas. Como não estava disposto a deixar que Ernesto se alongasse muito em suas críticas, completou: — Se quer saber, temos fortes indícios que nos fazem pensar que a mesma pessoa que adicionou veneno ao bolo de Pilar relatou o crime anonimamente à imprensa. Saiba que não é o primeiro assassino que age dessa forma. É como se houvesse certo prazer em expor seus atos publicamente.

— Não sei mais o que pensar — mais calmo, Ernesto desabou em uma cadeira tentando arrumar com os dedos os fios de cabelos brancos que estavam desalinhados devido ao ataque de nervos. — Só quero que esse pesadelo termine.

— Terminará mais depressa do que o senhor imagina, desde que haja uma colaboração de sua parte — ainda em pé, Nicolas inclinou o corpo para frente, olhando no fundo dos olhos do prefeito. — Reafirmo em nome de toda a corporação policial de nossa cidade que não fomos nós que dissemos à imprensa a verdadeira *causa mortis* de Pilar. E justamente por admirar meu trabalho, o senhor reconhece que não tenho motivos para estar mentindo.

Ernesto assentiu porque não tinha mais nada a dizer. Nicolas puxou uma cadeira, sentando-se diante de Joel. O rapaz o fitou com uma calma inquietante.

— Pela manhã, eu havia dito ao seu pai que desejava conversar com você. Sou grato a ele por tê-lo trazido até mim.

— Cara, isso é maçante! — Joel revirou os olhos e voltou a mexer no celular, disparando: — A polícia é chata e só aporrinha a paciência dos outros.

— Então responda direitinho tudo o que eu perguntar, para que eu lhe aporrinhe por um curto período de tempo — Nicolas cruzou as pernas e sorriu. — E guarde esse celular enquanto estiver falando comigo.

Joel arregalou os olhos e fitou o pai como se esperasse uma intervenção por parte do prefeito. Nicolas sabia que o menino era o tipo de gente que não tolerava receber ordens. Como Ernesto nada falou, Joel resmungou algo baixinho e meteu o celular no bolso da calça.

— Manda! — ordenou com expressão de mofa.

— Com certeza vou mandar, começando pela seguinte pergunta: até que ponto você detestava sua irmã?

Joel tossiu, e Ernesto remexeu-se na cadeira, desconfortável. De onde aquele investigador tirara tamanho desatino?

— Você é louco? — Joel girou o dedo indicador diante da orelha.
— Pilar era tudo para mim. Eu a amava...

— É mesmo? — Nicolas ergueu as sobrancelhas, demonstrando surpresa. — Sua expressão não condiz com o que está dizendo. Seu olhar não exibe um único traço de tristeza, dor ou pesar. A única coisa que posso enxergar neles é raiva por estar sendo incomodado por um policial turrão, quando poderia estar com seus amigos, ou com a sua namorada, se tiver uma.

Joel voltou a fitar o pai, mais uma vez desejando que o prefeito o livrasse daquela situação. Como não houve reação, ele viu-se obrigado a responder:

— Sou solteiro por opção. Manter um relacionamento sério hoje em dia é tão cansativo quanto estar aqui, ouvindo suas perguntas. E garanto que você está muito enganado a meu respeito. Meu pai, aqui presente, é testemunha do quanto eu e Pilar nos dávamos bem. Diga a ele, papai.

— Isso é verdade — confirmou Ernesto sem hesitar. — Desde quando eram crianças, Pilar e Joel raramente brigavam. O senhor não pode acusar meu filho de não gostar da irmã dele sem antes ter uma fundamentação sólida para afirmar esse disparate.

— Tenho duas irmãs, senhor prefeito, a quem amo com toda a força do meu coração — os olhos de Nicolas assumiram um tom mais escuro. — Se uma delas tivesse sido assassinada há menos de quarenta e oito horas, como foi o caso de Pilar, garanto que nesse momento eu estaria muito mal, choroso, deprimido e furioso. Não teria o sangue frio de sentar-me em uma cadeira e brincar com os joguinhos tolos do celular.

— Eu estava falando com meus amigos, tá legal? Eles estão me perguntando se eu já sei qual será o horário do enterro — Joel voltou a tirar o aparelho do bolso e o mostrou a Nicolas. — Quer conferir?

— Não é necessário. Acredito piamente em suas palavras.

A voz de Nicolas transbordava sarcasmo e se manteve assim ao completar:

— Lamento muito se fiz um julgamento errado a respeito de sua relação com Pilar. Agora, preciso que você me informe o nome e o endereço de algumas das amigas mais chegadas de sua irmã, além de uma jovem chamada Heloise. Tenho certeza de que, mesmo que não tenha amizade com elas, saberá me explicar como encontrá-las.

— As duas melhores amigas de Pilar são Teresa e Valentina. Heloise não era propriamente uma amiga, pelo menos até onde eu sei. Mas, para a sua sorte, eu sei onde todas as três moram.

— Que cara sortudo eu sou! — Nicolas mal continha a vontade de rir. — Mike, você pode tomar nota dos dados que Joel irá nos informar?

Depois de fornecer o endereço das três moças, Joel, com cara de ofendido, mais uma vez buscou o pai com o olhar.

— Que horas sairemos daqui, papai? Estou com dor de cabeça.

— Ainda vai demorar a liberar meu filho? — Ernesto indagou a Nicolas.

— Se o doutor Elias não tiver nenhuma pergunta a fazer, vocês estão dispensados.

— Como o mal-entendido a respeito da denúncia à imprensa está desfeito, creio que nossa reunião esteja encerrada. Não tenho nada a acrescentar — ressaltou Elias, ansioso em se ver livre daqueles dois.

Mais do que depressa, Ernesto e Joel se levantaram. Como se quisesse provocar Nicolas, o menino iniciou um jogo pelo celular e colocou o volume no máximo. Ernesto cumprimentou Nicolas e Elias com um sorriso amarelo.

— Sinto muito se os aborreci ao chegar. Eu estava muito nervoso. Não consigo concatenar meus pensamentos desde que...

— Tudo bem — Nicolas deu alguns tapinhas amigáveis no ombro do prefeito. — Entendemos perfeitamente sua situação. Só lhe peço uma coisa. Antes de ir embora, passe pelo balcão da recepção e peça desculpas à policial que se sentiu ofendida com as palavras que o senhor e Joel disseram a ela.

— O quê? — Ernesto pareceu chocado. — Desculpar-me com uma mera policial?

— Ela também é sua eleitora — Nicolas mostrou todos os dentes num sorriso fácil. — Moira o vê como um herói para nossa cidade e não queremos que ela mude de ideia a seu respeito, não é mesmo?

Como o argumento de Nicolas lhe pareceu convincente, Ernesto concordou com o pedido dele. Depois que saiu ao lado do filho, Elias murmurou:

— Que dupla arrogante! Eles se acham os donos da cidade.

— Arrogantes e mentirosos, o que é pior. O prefeito é falso como um CD pirata, e o querido filhinho dele não me enganou nem um pouco com aquele amor incondicional que ele alega sentir pela irmã. Tenho certeza de que Ernesto o acobertou nessa mentira.

— O que isso quer dizer, Bartole? — foi a vez de Mike perguntar.

— Temos duas teorias. Ou Pilar não era benquista pela família e sua morte foi um alívio para todos, ou a família do prefeito está nos escondendo algo de suma importância. E eu não vou sossegar enquanto não descobrir o que é.

Elias considerou aquelas palavras durante alguns instantes até indagar:

— Além disso, o que você já conseguiu apurar até agora?

— A dona da fábrica que produziu o bolo também não revelou toda a verdade. Fátima esconde algo em um armário, por isso, quero um mandado judicial de busca e apreensão para a empresa dela o mais depressa possível. Acha que tem condições de me conseguir esse documento, Elias?

— Vou acionar meus contatos para tentar agilizar isso com algum juiz.

— O responsável pela empresa que ofereceu os doces e salgados para o aniversário também é suspeito. O nome dele é Cezar, e afirma categoricamente ser um ex-amante de Pilar — com poucas palavras Nicolas resumiu tudo o que o rapaz lhe confidenciara. — Agora, vamos interrogar as duas amigas mais próximas da vítima, que foram indicadas por Joel, e fazer uma visita a essa tal Heloise, que seria a substituta de Cezar.

— Perfeito! Enquanto isso, eu irei atrás do mandado. Quanto aos repórteres lá fora...

— Eu lhes prometi uma informação importante — vendo o olhar desconfiado de Elias, Nicolas sorriu. — Confie em mim, senhor delegado.

Minutos depois, logo após confirmar com Moira que o prefeito resmungara um pedido de desculpas que ela mal pôde ouvir, Nicolas e Mike deixaram a delegacia. Mais uma vez, os repórteres se aproximaram correndo, como se os dois policiais portassem um ímã gigante que atraía aquelas pessoas até eles.

— O senhor nos prometeu revelar algo interessante — lembrou um repórter ansiosíssimo. — Do que se trata?

Nicolas olhou fixamente para uma das câmeras à frente:

— De acordo com a previsão do tempo, um temporal está sendo esperado até o início da noite. Devido aos problemas de economia de água que temos enfrentado, uma chuva sempre vem a calhar. Querem algo mais interessante do que saber que eu me preocupo com o meio ambiente?

Nicolas fez um gesto com a cabeça para Mike, e ambos se afastaram quase correndo rumo ao carro do investigador, deixando para trás um grupo de repórteres atônitos.

# Capítulo 12

Sob veementes protestos de Mike, Nicolas trocou a ideia de um farto almoço no restaurante Caseiros por um pastel de carne, que comprou em uma barraca ao lado do posto de gasolina, no qual abasteceu o carro. Assim que o imenso policial terminou de devorar o pastel com três potentes mordidas, ele limpou a boca com o guardanapo gorduroso e reclamou:

— Você anda muito sovina, Bartole. Retém seu dinheiro dentro da mão com tanta força que nem mesmo um pé de cabra conseguiria removê-lo de lá.

— Pode parar de reclamar. Já basta eu ter pagado pelo seu pastel.

— Nem me comprou um caldo de cana para acompanhar.

— Ninguém estava vendendo caldo de cana. Não seja pidão.

— Ao menos poderia ter me comprado um refrigerante. Assim que eu receber, lhe pago tudo, com juros.

— Receber o quê, Mike? Alguma herança ou um prêmio de loteria? Porque você já me deve há mais de um ano e nunca me pagou um centavo com o dinheiro que recebe de salário.

— Ah, então está marcando há quanto tempo estou em dívida com você? Que coisa feia, Bartole! Não esperava que você fosse tão mesquinho.

— Lembre-se de que eu já lhe prometi comprar um dos bolos produzidos por Fátima que, aliás, custam tanto que me dói o estômago só de pensar em adquiri-los.

— Nem tente mudar de ideia. Se você prometeu, tem que cumprir.

Nicolas respirou fundo para conter a impaciência, olhou pela janela, conferiu um dos endereços que tinha em mãos e estacionou o carro junto ao meio-fio. Embora estivessem numa das ruas mais arborizadas e luxuosas do município, um pedinte sujo e maltrapilho aproximou-se do carro com uma mão magra estendida.

— Dê-me uma esmola, por caridade. Eu realmente preciso.

Era um rapaz jovem, com todos os dentes na boca, forte e saudável, embora estivesse imundo. Não deveria ter mais do que uns trinta anos.

Como não estava a fim de criar atrito, Nicolas apanhou uma moeda de um real do bolso e colocou-a na mão do mendigo. Desceu do carro com Mike, programou o alarme do veículo e já estava se afastando quando ouviu o pedinte sibilar:

— O que eu vou fazer com um mísero real? Engolir essa porcaria de moeda?

Lentamente, Nicolas girou o corpo, fixou o mendigo e apontou para Mike:

— Está vendo este soldado fardado? Saiba que eu também trabalho para a polícia e nós dois poderíamos prendê-lo por encher a paciência de dois policiais em serviço.

— Isso nem é uma acusação criminal. E eu não tenho medo de vocês.

— Tem certeza disso?

Nicolas avançou para frente, mas o mendigo deu meia-volta e saiu em disparada rua acima, sem olhar para trás.

— Bem instruído ele, hein? — Mike elogiou, verdadeiramente admirado.

— Nem me fale. Vamos para a casa de Teresa, uma das amigas de Pilar.

— Em uma coisa, eu concordo com ele: dar só um real de esmola, Bartole! Eu não disse que você se tornou muito mão-de-vaca?

— Mais uma gracinha dessas e coloco Moira para trabalhar comigo em seu lugar. Você ficará na delegacia, estacado na porta, vigiando o movimento dos repórteres que estão lá acampados.

— Credo! Já ficou de mau humor. Não se pode nem brincar — lamentou Mike.

Nicolas deu de ombros e caminhou até o imenso portão que protegia a magnífica residência que deveria haver atrás dele. Antes mesmo de tocar o interfone, um homem de meia-idade, que deveria ser porteiro e segurança ao mesmo tempo, lançou um olhar indagador a Nicolas.

— Meu nome é Nicolas Bartole, investigador de polícia — ele mostrou seu distintivo ao recepcionista. — Preciso conversar com Teresa.

— Tem hora marcada?

— Eu não preciso marcar horário. Ela se encontra ou não?

— Vou averiguar — ele pegou do bolso um rádio comunicador, apertou um botão e tão logo uma voz feminina atendeu, ele murmurou: — Há um investigador aqui querendo falar com a dona Teresa. Disse que não precisa agendar horário.

— Ela está almoçando agora. Você sabe o quanto ela detesta ser interrompida durante as refeições — ecoou pelo rádio a voz de mulher.

Antes que o porteiro transmitisse o recado, Nicolas já estava sacudindo a cabeça negativamente.

— Não precisa repetir porque eu escutei tudo daqui. Diga a ela que o assunto não pode ser adiado. Refere-se à morte de sua melhor amiga, Pilar.

Cada vez mais perplexo, o sujeito tornou a balbuciar pelo rádio. Após um longo minuto de silêncio, a mulher retornou ao rádio dizendo:

— Apesar de extremamente contrariada, ela disse que poderá dedicar alguns minutos à polícia. Ela espera que a conversa não leve mais do que dez minutos.

— A conversa levará o tempo que eu achar necessário — determinou Nicolas. — E então? Meu auxiliar e eu podemos entrar, ou não?

Nicolas descobriu que a propriedade enorme tinha duas pequenas torres cônicas e pontudas. Árvores abetos ladeavam o curto trajeto até a entrada principal. Ele também reparou que as janelas da mansão não tinham o tradicional formato quadrado, mas sim triangular, de forma que elas também eram pontudas. E, ao entrar e dar de cara com Teresa e seus pais, percebeu que os três tinham narizes pontudos, tão compridos que deixariam Elias com inveja.

Ao vê-los reunidos na elegante e bem espaçosa sala principal, Nicolas pensou naquelas antigas fotografias de família, onde todos os membros posavam juntos, grudados uns aos outros. O homem que aparentava ser o pai de Teresa estava em pé atrás das cadeiras onde se sentavam a esposa e a moça. Todos eram muito loiros, quase albinos, e donos de frios olhos claros, que encaravam Nicolas com curiosidade e receio.

— Senhor Bartole, não compreendemos o motivo de sua visita — começou o patriarca da casa. Embora permanecesse atrás das cadeiras, ele acrescentou: — Sou Romualdo, o pai de Teresa.

— Vocês estiveram presentes no aniversário de Pilar? — inquiriu Nicolas.

— Não. Apenas a nossa filha foi convidada — respondeu a bonita e elegante mulher que estava ao lado da jovem. — Eu me chamo Natasha. Antes que o senhor pergunte, Teresa é filha única, o que nos torna pais superprotetores.

— Perfeito! Vocês querem conversar aqui mesmo ou preferem algum outro local mais privado?

Eles se entreolharam até Romualdo declarar:

— Podemos nos dirigir ao meu escritório. Ainda não entendo a razão de sua presença aqui, senhor Bartole, por isso não sei se devo solicitar a presença do nosso advogado.

— Você viu quando Pilar comeu o bolo? — Nicolas questionou Teresa.

— Sim. Foi uma tragédia — a garota balançou os cabelos louro-platinados. — Ela mordeu um pedaço tão pequenininho e mesmo assim conseguiu se engasgar.

— Nós descobrimos que Pilar foi assassinada. Havia veneno no bolo.

Nicolas reparou quando Teresa empalideceu, levando a mão ao peito. Prevendo que o assunto seria muito mais complexo do que imaginara, Romualdo fez um sinal pedindo que os visitantes fossem para seu escritório. Teresa e Natasha caminhavam na frente, com os braços entrelaçados.

Assim que se acomodaram, Romualdo pediu à empregada que servisse café a todos, ao que Nicolas contestou:

— Eu prefiro suco de melancia, se tiver.

— Infelizmente, não temos — lamentou a funcionária uniformizada.

— Então me traga apenas um copo d'água — pediu Nicolas.

— Eu aceito o café — completou Mike risonho.

Depois que ela saiu, fechando a porta ao passar, Romualdo balançou a cabeça para os lados:

— Ainda não entendi o que está acontecendo. O senhor deveria estar buscando a pessoa que fez essa maldade com a filha de Ernesto. Teresa não tem nada a ver com isso.

— Não tenho dúvidas, senhor — desviando o olhar para a moça, cujo rosto estava tão desbotado quanto a cor de seus cabelos, Nicolas

*91*

informou: — Me disseram que você era uma das melhores amigas de Pilar. Estamos aqui para saber se você poderia contribuir com qualquer informação da qual se lembre a respeito dela. Na última vez em que conversaram, você percebeu alguma mudança no comportamento de Pilar? Ela lhe confidenciou algo que tenha chamado sua atenção?

Teresa fitava o chão enquanto Nicolas falava e, ao levantar os olhos para o investigador, duas lágrimas escorreram deles.

— Pilar não era a amiga que eu pensava ser. Ela me traiu.

— Como ela traiu você, Teresa? — interessou-se Nicolas.

— Papai, mamãe, por favor, deixem-me a sós com os policiais.

— Por quê? — contrapôs Natasha. — Estamos aqui para apoiá-la, em todos os sentidos. Não vamos deixá-la sozinha agora.

— Saiam por alguns instantes — repetiu Teresa, enxugando as lágrimas. — Eu não vou me sentir à vontade para revelar o que sei na presença de vocês.

— Filha! — Romualdo estava boquiaberto. — Não me diga que você...

— É claro que não. Eu não a matei, embora tivesse todos os motivos para isso. Agora vão embora antes que eu desista de tudo.

Percebendo que não havia alternativa, Natasha e Romualdo levantaram-se e cruzaram com a empregada, que voltava com as bebidas solicitadas. Ela serviu apenas Nicolas e Mike, pois Teresa recusou-se a tomar qualquer coisa.

Quando os três ficaram sozinhos, Nicolas cravou seu olhar intenso nos olhos verdes de Teresa.

— Por que você disse que foi traída por Pilar?

— Porque eu apresentei meu namorado a ela na maior ingenuidade do mundo. Pilar nunca me deu motivos para desconfiar de sua fidelidade a mim. Até que eu...

— Você os flagrou juntos? — adiantou-se Nicolas, bebendo um gole da água.

— Pior do que isso — outras lágrimas rolaram pelo rosto dela. — Pilar me mandou pelo celular algumas fotos dela com Biel. Eles estavam na cama, nus... Os dois sorriam para a câmera, de forma que não havia como dizer que se tratava de uma montagem. Eles me enganaram e não posso perdoá-los por isso. Devo ser uma péssima pessoa, mas não estou nem um pouco abalada com a morte daquela desgraçada. Foi pouco diante do que ela fez com meus sentimentos.

Havia mais do que ódio nas palavras de Teresa. Nicolas percebeu traços de rancor, desprezo, amargura, dor, revolta e muita tristeza. Ela continuava chorando e soluçando, mas seus olhos brilhavam de raiva ao continuar a narrativa:

— Não sei qual deles foi o mais cafajeste comigo. Biel e eu estávamos juntos havia três meses. Ele dizia que me amava, e eu, muito idiota, acreditava cegamente em suas palavras. Eu cheguei a apresentá-lo aos meus pais, porque nosso relacionamento era sério. Juro que imaginei que nos casaríamos até o fim deste ano.

— Ajudaria bastante se você tivesse uma foto de Biel para nos entregar — pediu Mike, enquanto anotava na pequena caderneta tudo o que Teresa dizia.

— Sim, sim. Eu ainda tenho algumas que foram reveladas, porque apaguei todas as que estavam em meu celular. O nome dele é Gabriel, aliás.

— Ele mora na cidade?

Teresa olhou para Nicolas, que havia feito a pergunta e assentiu com a cabeça.

— Ele mora em uma pensão. Mesmo sendo de uma classe social inferior à nossa, meus pais não reprovaram nosso namoro. Eu o conheci durante um passeio que fiz com outra amiga a uma praça no centro da cidade. Assim que colocou os olhos nele, Pilar deu um jeito de seduzi-lo e levá-lo para a cama.

— Quero o endereço da pensão. Talvez ele não tenha feito nada para impedi-la.

— Sim, pode ser. Contudo, eu sei como Pilar era. Aquilo não valia nada para ela. Quem a conhecia intimamente, alegava que ela era ninfomaníaca, ou seja, viciada em sexo. Não fazia distinção na hora da transa. Levava para a cama homens, mulheres, casais... — Teresa fez uma careta. — Santo Deus! Para mim, isso é tão promíscuo, tão nojento.

— Alguma vez ela tentou seduzir você? — tornou Nicolas.

— Várias vezes. Eu sempre recusei, porque achava que a nossa amizade seria abalada se tivéssemos esse tipo de relação. Além disso, não sou lésbica nem bissexual. Não tenho preconceito contra quem o é, só não gosto de me envolver nesse tipo de coisa. É por isso que acho que ela é mais culpada do que Biel. Sei que ela deve ter insistido até conseguir o que queria. Depois que recebi as fotos, ele nunca mais falou comigo. Bloqueou-me no Facebook, não atendeu às minhas ligações... Penso se deveria ir à pensão em que ele mora para tirar satisfações.

— Toda essa sujeira que Pilar aprontou para você aconteceu antes do aniversário dela. Mesmo com raiva, você foi ao evento. Por quê?

— Porque queria ver os dois, ter uma chance de me encontrar com Biel. Só que ele não compareceu. Nem sei se ela o convidou. Além disso, também queria que Pilar me visse bem, que pensasse que a traição não havia me abalado nem um pouco. Eu só queria exibir uma força que eu nunca tive, porque os dois destroçaram meu coração.

Teresa enterrou o rosto entre as mãos e desatou a chorar. Nicolas trocou um olhar com Mike antes de perguntar:

— O que você sentiu ao vê-la morrer diante de tantas pessoas?

— Nada! Eu sei que deveria ter me sentido vingada, mas na hora senti um misto de raiva e de pena. Pilar não conseguia controlar seus impulsos sexuais, só que no fundo não era uma pessoa má. Para ela, era natural transar com pessoas comprometidas. Nem sei se ela encarou tudo isso como uma traição. Não quis ouvir sua versão.

— Quando ela lhe enviou as fotos, foi a última vez em que conversaram?

— Praticamente, apesar de que no dia de seu aniversário, eu fui cumprimentá-la, mesmo com ódio. Pilar me disse que seria a estrela da noite, que se considerava melhor que todos os convidados, tanto que comeria o primeiro pedaço do bolo, após um discurso em que vangloriaria sua própria pessoa. Apesar de que ela já havia me dito antes que pretendia fazer isso. Ela nunca me pediu perdão pelo que fez com Biel. Bem, vou lhe dar o endereço onde poderá encontrá-lo.

"Você teria todos os motivos para assassinar sua amiga", pensou Nicolas. "Acaba de tornar-se uma grande suspeita, Teresa".

\*\*\*

De volta ao carro, Mike não conseguiu se segurar:

— Teresa confirmou o que Cezar disse a respeito de Pilar. A menina transava como um coelho, com quem lhe desse na telha.

— Algo me diz que uma pessoa magoada e ferida em seus sentimentos seja a mesma que envenenou o bolo dela — comentou Nicolas dando partida no carro. — O motivo do crime foi vingança. Isso é quase certeza. Alguém estava com raiva de Pilar, ou por se sentir traído, ou por ter sido trocado, ou desprezado... Não necessariamente o culpado é alguém que tenha transado com ela, mas que sabia de suas aventuras sexuais.

— Isso não facilita muito as coisas, Bartole.

— Mais ou menos. Parece que a cama de Pilar era mais movimentada do que um terminal de ônibus em horário de pico, embora eu creia que ela jamais tenha levado qualquer um dos seus casos para dentro do próprio quarto. De acordo com Cezar, ela sempre arrastava suas presas a um determinado motel.

— Presas? Gostei dessa — riu Mike. — Pilar, a caçadora de sexo.

\*\*\*

Ao contrário do que acontecera na casa de Teresa, a outra grande amiga de Pilar, uma moça morena e belíssima chamada Valentina, mostrou-se extremamente solícita e atenciosa. Sua residência era menor e menos pomposa do que a de Teresa, porém igualmente luxuosa. Ela recebeu o investigador ao lado de um rapaz bronzeado e igualmente bonito, que apresentou como seu irmão. Ambos estavam sentados bem juntinhos.

— Este é Cadu, meu irmão gêmeo — apresentou Valentina. — Desde que os nossos pais morreram em um acidente de carro em São Paulo, passamos a administrar e a cuidar da nossa casa. Estamos com 22 anos, e há três nos tornamos responsáveis pelo nosso patrimônio, desde que ficamos órfãos.

— Sinto muito por isso — com poucas palavras, Nicolas relatou a verdade por trás da misteriosa morte de Pilar, observando os olhares dos irmãos se encherem de terror. Concluiu: — Levando em conta esse homicídio, preciso que me digam se estavam na festa dela.

— Sim, nós dois — respondeu Cadu sem pensar duas vezes. — Nós éramos muito próximos de Pilar e...

Não passou despercebido a Nicolas quando Valentina cutucou o irmão com o braço, quase imperceptivelmente. Pigarreando, ela brincou com uma mecha longa de cabelos escuros, retrucando:

— Eu era uma das melhores amigas dela. Sempre contávamos nossos segredos uma à outra.

— Pilar chegou a comentar algo sobre oferecer a primeira fatia do bolo a alguém em especial?

— A ela mesma — Valentina deu de ombros. — Pilar pretendia fazer isso simplesmente para chamar a atenção. Ela adorava ser a estrela, o foco dos olhares de todos. Só não entendo porque fizeram essa crueldade com ela.

— Sabem se ela tinha algum inimigo em potencial? Alguém com quem ela tenha discutido e relatado a vocês?

— Não... — Valentina não terminou a frase.

Nicolas respirou fundo, olhou fixamente para os dois irmãos e disparou:

— Eu soube que Pilar mantinha uma vida sexual bastante diversificada. Algum de vocês já teve relação íntima com ela?

Os dois empalideceram e pareceram se aproximar ainda mais um do outro. Valentina tentou dissimular:

— Não sei do que o senhor está falando...

— Sabe sim. E acho melhor não tentarem me esconder nada — aconselhou Nicolas.

— Nós dois transamos duas vezes com Pilar — revelou Cadu de repente, parecendo nervoso. — Mas não a matamos. O sexo era divertido e nada mais.

— Por favor, senhor Bartole, não conte isso a ninguém — suplicou Valentina.

— Não precisam se preocupar. Vocês já me disseram o que eu precisava saber — Nicolas se levantou. — Obrigado por me receberem. Minha vinda aqui valeu a pena.

# *Capítulo 13*

Para Miah, sua tarde não valera nem um pouco a pena. Logo após sair de casa segurando uma pasta com mais de vinte cópias de seu currículo, ainda sentindo no peito a motivação latente plantada por Marian, ela saiu sem rumo, à procura de emprego.

A cidade apresentava rápida expansão comercial e industrial, de forma que as vagas de emprego também cresciam. Estava convicta de que tentar se encaixar em sua área era algo fora de cogitação. A TV da Cidade, única emissora televisiva do distrito além do Canal local, jamais a empregaria. Afinal, quem se arriscaria a contratar uma mulher fichada pela polícia, cujos homicídios estiveram em todos os tabloides algumas semanas antes, durante os dias em que durara seu julgamento? Ninguém relacionado à mídia seria tolo o bastante para se expor e se arriscar gratuitamente dando um cargo a ela, cujo sobrenome de batismo nem mesmo era Fiorentino.

Foi por isso que ela resolveu apostar suas chances no comércio. O centro do município era bem movimentado, com lojas que iam desde lembrancinhas da região aos doces de fabricação caseira, das roupas simples ou luxuosas aos produtos eletrônicos. Animada, Miah estava certa de que naquele mesmo dia teria um novo emprego, e uma maravilhosa notícia para dar ao seu marido, à noite.

Vestia-se com roupas simples. Calça jeans, sapatos sem saltos e uma blusa branca, justa em seu corpo magro e curvilíneo. Passara no rosto uma maquiagem leve, pois não queria se parecer com uma palhaça toda pintada, nem dar a impressão de que era totalmente descuidada com a aparência. Se quisesse conquistar a confiança de seu futuro patrão, era preciso exibir elegância, sem ostentação.

Sentiu o coração bater mais forte ao ver a placa "Admite-se com experiência" na porta de uma loja de tecidos. Naturalmente, ela não tinha experiência alguma naquele ramo, mas estava muito disposta a aprender o que fosse necessário. Avistou imensos rolos de panos lisos e estampados e outros tantos expostos em araras, espalhadas pela loja. Um imenso mostruário de retalhos coloridos estava preso à parede, como se fosse um quadro. Miah o contemplou com admiração até perceber que estava sendo chamada:

— Posso ajudá-la, moça?

A pergunta veio de um sujeito baixinho, obeso, com um bigode tão espesso quanto a cauda de um esquilo. Não tinha um único fio de cabelo. Trazia nas mãos uma régua imensa, com a qual media uma fazenda dourada que estava prestes a cortar. Ele estava atrás de um balcão que se estendia de um lado a outro do estabelecimento.

— Com certeza, sim — Miah chegou perto do balcão e sorriu. — Eu queria saber para o quê seria a vaga que o senhor anunciou na porta.

— Está interessada? — ele contraiu os olhos, medindo-a da cabeça aos pés.

— Se eu souber desempenhar a função...

Ele levantou uma tampa sobre o balcão e passou para o lado em que Miah estava. Ele era menor do que ela vários centímetros e viu-se obrigado a erguer a cabeça calva para fitá-la nos olhos. Em seguida, deteve o olhar nos seios dela.

— A vaga é para costureira. Espero que você saiba segurar uma agulha muito bem.

Havia malícia e provocação no tom de voz dele, e Miah, cuja mente era rápida e sagaz, percebeu isso logo de cara.

— Quanto o senhor oferece de salário? — ela perguntou só por curiosidade, pois mal sabia colocar linha no buraco de uma agulha.

O dono da loja voltou a cravar seu olhar repleto de luxúria nos seios de Miah.

— O pagamento é diário. É apenas um contrato sem vínculos empregatícios, ou seja, não terá registro em carteira.

— Isso é um absurdo — indignou-se Miah. — Empregar um funcionário sem registro não é correto.

— Então já vi que a vaga não serve para a senhorita. Porém — ele passou a língua pelos lábios ressecados —, posso lhe pagar uma comissão extra por alguns serviços particulares que queira me prestar. É muito bonita, sabia?

— Sabe quando eu me deitaria com um porco seboso como o senhor? Nunca!

— Como ousa? — o careca rugiu enfurecido.

— Dispenso seu emprego. De qualquer forma, eu não sei costurar, contudo, se trabalhasse aqui, aprenderia a fazê-lo só para alinhavar essa sua boca arreganhada, que mais parece a de uma foca morta. Passar bem!

Miah rodou nos calcanhares antes que o homem tivesse tempo de usar a régua para dar-lhe umas bordoadas.

Como sua primeira tentativa foi malsucedida, embora de certa forma engraçada, Miah caminhou tranquilamente por mais alguns quarteirões até encontrar um antiquário, que também anunciava a necessidade de um novo funcionário através da plaquinha afixada na entrada.

Ela entrou, passando por armários envernizados, vasos de cerâmica do século passado, sofás de madeira com encosto trabalhado e quadros com belas pinturas em molduras requintadas. A loja era escura, atulhada de móveis e objetos, e recendia a madeira e a incenso de sândalo.

No fundo do estabelecimento, uma senhora que aparentava mais de 70 anos estava sentada diante de uma escrivaninha e lia um livro sob a luz fraca de um abajur decorado. Quando notou a presença da visitante, ela mostrou um sorriso cristalino e se levantou. Usava um imenso aparelho de surdez na orelha esquerda.

— Olá, minha jovem. Como posso ajudá-la?

Sem saber o motivo, Miah gostou dela na mesma hora.

— Vim saber sobre o emprego...

— Descarrego? Você é de alguma igreja? Se for, aviso que já tenho minha religião definida e ninguém me faz mudar de ideia.

— A senhora não me entendeu. Estou aqui por causa da vaga.

— Curar minhas chagas? Por acaso tenho cara de doente? Igreja nenhuma cura ninguém. Só a nossa fé e o poder divino podem fazer isso.

Sem saber se deveria rir ou chorar, Miah sacudiu a cabeça para os lados.

— Como a senhora consegue atender os fregueses se não escuta direito?

— Discuta com jeito? Quer mesmo que nós briguemos por causa de religião?

Miah sabia que não conseguiria nada ali. Simplesmente acenou com a mão e ganhou a rua novamente.

Passou por várias outras lojas, sem obter sucesso em nenhuma. O salário era baixo demais, tinha que trabalhar aos fins de semana, era rejeitada ao ser reconhecida e taxada por ter passagem pela polícia, ou simplesmente ela desistia por não se encaixar no perfil que o contratante esperava para a vaga.

Quando voltou para o apartamento em que morava com o marido, estava cabisbaixa, porém longe de se dar por vencida. No dia seguinte, tentaria de novo, em outra região da cidade. Enviara seu currículo por e-mail para dois jornais da cidade, que vendiam os matutinos nas bancas. Se fosse contratada como colunista, ficaria muito feliz. Até mesmo aceitaria uma vaga para trabalhar na seção de astrologia e escrever textos de autoajuda para cada signo. Bastava que a oportunidade lhe caísse nas mãos.

***

A última parada de Nicolas daquele dia foi na casa de Heloise, a garota que supostamente teria sido o pivô do fim do relacionamento entre Cezar e Pilar. Mais uma vez, uma magnífica mansão os aguardava. Quando tiveram sua entrada autorizada, Mike sussurrou para o parceiro:

— Por que as pessoas ricas vivem em casas descomunais? Por que gostam de tanto espaço? Qual a necessidade disso?

— Acho que é para terem mais conforto.

— Quanto maior a casa, mais espaço para limpar. Ou seja, eles acabam gastando mais dinheiro para contratar funcionários para manterem tudo brilhando, já que raramente gente rica cuida da limpeza da casa.

— Tudo o que é caro dá mais despesa — refletiu Nicolas.

— Continuo sem entender o motivo, e você não me esclareceu em nada. Não é uma enciclopédia ambulante como eu sou.

Nicolas ia responder quando viu uma mulher agitando freneticamente os braços diante da varanda da casa, como se estivesse pedindo socorro.

— Mike, o que ela está fazendo?

— Quer que você estacione o carro ali.

— E precisa de todo esse teatro?

Nicolas parou, desceu do veículo e encarou a empregada, que havia abaixado os braços e agora mostrava um sorriso sem humor.

— Boa tarde! Doutor Alberto, pai de Heloise, é um dos melhores advogados da cidade. Disse que estará presente durante toda a conversa que vocês terão com a menina Heloise. Caso não aceite esses termos, só poderá entrar aqui de posse de um mandado.

— Mike, anote em sua lista de dúvidas qual seria a razão de as pessoas ricas gostarem tanto de dificultar o trabalho dos outros.

— Eu só estou reproduzindo a ordem que recebi do meu patrão, senhor policial.

Nicolas mostrou sua identificação diante dos olhos atônitos da empregada.

— Sou o investigador Nicolas Bartole. Não sou o "senhor policial". Agora podemos entrar?

Ela assentiu e os guiou por um corredor amplo e muito claro até uma grande sala, onde um homem forte e musculoso, na casa dos 50 anos, aguardava ao lado de uma moça de pele clara, rosto de boneca de porcelana e cabelos longos e encaracolados, tingidos num tom de vermelho-sangue.

Alberto não se levantou e foi direto ao ponto:

— Acompanhei seus últimos trabalhos, senhor Bartole, e quero adiantar que o admiro muito. Também quero parabenizá-lo pelo sangue frio que manteve durante todo o julgamento de sua esposa. Nem por um minuto acreditei que Miah fosse culpada.

Nicolas, que já imaginava que teria que se aborrecer com o pai de sua suspeita, simpatizou com o sujeito.

— Obrigado.

— Pela mesma razão, também não acredito nem por um minuto que Heloise tenha algo a ver com a morte de sua amiga. Já sabemos que ela foi envenenada, pois é o assunto da mídia. Desde que a minha esposa morreu, a minha filha é o meu bem mais precioso e vou defendê-la de todas as formas possíveis.

Nicolas assentiu, direcionando o olhar para a moça. Ela estava impassível, fitava o investigador com seus grandes olhos amendoados sem demonstrar nenhuma emoção.

— Sabe que preciso fazer perguntas a Heloise, doutor Alberto. Algumas delas são de cunho pessoal. Mesmo assim, gostaria de permanecer aqui?

— Não vou arredar o pé de perto da minha filha. Com todo o respeito, senhor Bartole, se eu achar que suas indagações poderão atentar contra a moral da minha menina, me verei na complicada tarefa de lhe pedir que se retire.

Nicolas deu de ombros. Voltando a se concentrar em Heloise, disparou:

— Você não está triste e nem abalada com a morte de Pilar. Por quê?

Ela respondeu sem hesitar:

— Ela não significava mais nada para mim.

— Mesmo assim, esteve presente em sua festa de aniversário.

— Pilar não era nenhuma santinha. Apesar da aparência bonita, era capaz de esmagar o coração de uma pessoa mastigando chiclete.

— Vocês brigaram?

Heloise olhou para Mike e esboçou um sorriso antes de fitar Nicolas:

— Mais ou menos. Digamos que estávamos com nossa relação estremecida.

— Pode nos contar o motivo?

— Pilar estava chata nos últimos tempos.

— Eu gostaria que você não mentisse para mim, Heloise. Preciso encontrar quem a matou, e suas informações podem ser úteis para meu trabalho.

— Eu não queria que o assassino de Pilar fosse preso.

Alberto ficou pálido e encarou a filha rapidamente.

— Helô, do que está falando? Isso é coisa de se dizer diante da polícia?

— É verdade, papai. A pessoa que a matou fez um excelente trabalho. Livrou o mundo de uma prostitutazinha disfarçada de dama da sociedade. A prisão seria um castigo para alguém que desempenhou uma bela missão.

Os olhos amendoados estavam frios como pedras de gelo. Nicolas jurou ter percebido um sorriso brilhando por detrás daquela frieza.

— Sabe que suas palavras podem se voltar contra você?

— Eu estou tranquila, porque não a matei, mesmo tendo vontade. Não sou uma criminosa, apesar de sonhar em me tornar uma.

— Seu pai sabe que vocês eram amantes?

Alberto abriu a boca e não conseguiu fechá-la. Também não encontrou palavras diante daquela revelação. Uma palidez cadavérica tomou conta do rosto do homem, como se a filha acabasse de ter confessado o crime.

Para surpresa de todos, inclusive do próprio Nicolas, que imaginou que Heloise fosse negar tudo, ela aquiesceu:

— Ele não sabe, até porque minha vida sexual diz respeito apenas a mim. Tenho 19 anos e sou dona do meu nariz.

— Minha filha, o que o senhor Nicolas está dizendo...

— É verdade, papai. Pare de bancar o careta. Hoje em dia todo mundo vai para a cama com todo mundo. Quem gosta de sexo, gosta de sentir prazer e isso independe de quem o proporciona. Pilar também gostava disso. Fizemos muitas loucuras divertidas, sozinhas, com meninos, com outras meninas e com todos juntos e misturados.

Ela estava se preparando para dar uma gargalhada quando Alberto moveu o braço para frente e a acertou com uma bofetada no rosto. Furiosa, Heloise pulou do sofá e apontou dedo em riste para o pai:

— Nunca mais se atreva a me bater, ou sairei desta droga de casa para nunca mais voltar. Éramos amantes sim. E daí? Não sou como você que, desde a morte da mamãe, comporta-se como um monge. Sou jovem e quero viver.

Alberto, como se estivesse envergonhado com a atitude de Heloise, escondeu o rosto entre as mãos. Nicolas, que acompanhava cada gesto corporal de ambos, atalhou:

— Por que vocês duas brigaram?

— Pilar era uma vadia. Dormia e acordava pensando em sexo. Deve ter se deitado com metade da cidade. Nunca encontrará quem a matou, porque os suspeitos são dezenas. Sei que estou entre eles. Senti um ódio absurdo quando ela me telefonou e disse que voltaríamos a sermos apenas boas amigas, pois outras garotas que ela conhecera transavam melhor do que eu. Mesmo assim, estivemos juntas dois dias antes de sua festa de aniversário. A cretina, toda cheia de si, me falou que serviria o primeiro pedaço do bolo para si. Veja só que atitude ridícula e infantil para uma pessoa que estava completando 18 anos. Eu a vi comer, mastigar e morrer. Admito que me senti vingada, pensando nas palavras humilhantes que ela me dissera. Porém, não fui eu quem fez aquilo. Sou inocente, acredite ou não.

Heloise pediu licença e subiu os degraus que levavam ao pavimento superior. Nicolas confrontou Alberto, cuja pompa e arrogância pareciam ter desaparecido.

— Sinto muito. Acabei de descobrir que não conheço a filha que criei.

— Entraremos em contato em breve, e talvez Heloise seja chamada a prestar depoimento na delegacia.

Alberto assentiu e chamou a empregada, pedindo que acompanhasse os visitantes até a saída. De volta ao carro, Mike não se conteve:

— Que tapa foi aquele? Bartole, você desestruturou a família, sabia? A relação entre pai e filha nunca mais será a mesma.

Nicolas mantinha um sorriso doce nos lábios, enquanto cruzavam os portões da residência.

— Do que está rindo? — Mike o fitava de testa franzida. — Quando eu conto alguma piada, você fecha a cara. E quando falo sobre o caso, você sorri. Não o entendo.

— Estou rindo de sua ingenuidade — comentou Nicolas. — Você acreditou na cena que presenciamos? Não percebeu nada estranho?

Assim como Alberto fizera, foi a vez de Mike ficar boquiaberto.

— Você está me dizendo que tudo aquilo foi combinado? Inclusive aquele tabefe, que quase quebrou o pescoço de Heloise?

— Cada palavra de Heloise foi ensaiada. Ela é uma mulher fria, inteligente e desprovida de emoções. Porém, tenho certeza de que o pai sabia de tudo. Ambos fingiram para tentar nos enganar. Alberto é o pai superprotetor. Ele nos contou que a defenderia por ela ser seu bem mais precioso. Sendo assim, com certeza esteve de olho nas amizades da filha e não é tolo a ponto de nunca ter desconfiado de nada. Algo me diz que eles combinaram tudo o que nos diriam e como agiriam. Agora, Alberto deve estar se remoendo de remorso por ter batido nela. Acho que ele exagerou um pouco na força da mão, e isso deve tê-la enfurecido.

— Acha que Heloise é a assassina?

— Eu a colocaria como a pessoa número um em nossa lista de suspeitos. Tem todas as características de um criminoso: é dona de sangue frio, sabe mentir e dissimular muito bem. Ela mantém o rosto impassível o tempo todo, é esperta e bem articulada, e também sabia que Pilar comeria o primeiro pedaço do bolo. Além disso, tinha um bom motivo para matar a filha do prefeito. A única verdade em tudo o que ela nos contou foi a raiva que sentiu por ter sido preterida. Não achou estranho ela ter ido à casa de Pilar dois dias antes da festa? O que teria ido fazer lá se, aparentemente, a vítima já havia terminado tudo, e ela estava enfurecida?

— O caso está ficando bem complicado. Pilar tinha mais fogo do que a boca de um dragão. Se o assassino foi algum amante dela, levaremos décadas para encontrá-lo.

— Nem tanto. Muitos queriam puni-la, mas creio que apenas uma pessoa o fez. Não acredito que duas ou mais pessoas trabalharam juntas. Mesmo que ela tenha uma lista imensa de casos amorosos que deixou para trás, é preciso muita coragem para tirar a vida de uma pessoa, ainda mais de uma forma ousada e cuidadosa. Veneno é um tipo de arma em que o criminoso não precisa sujar as mãos. É mais fácil, porém, sempre deixa pistas. E sei que o cérebro que articulou tudo pensou em cada detalhe.

— E o que você pensa em fazer daqui para frente?

— Vai anoitecer em breve. Vamos passar pela delegacia e ver se os repórteres ainda estão alojados por lá. Vou atualizar Elias com o nosso relatório e depois tentar contato com a doutora Ema. De lá, vamos para casa.

— Graças a Deus. Casa é uma palavra muito importante, porque remete à comida boa. Minha mãe é uma excelente cozinheira, sabia?

— Qualquer dia desses, eu vou aparecer por lá para filar a boia.

— Combinado, porque assim terei motivo para aparecer na sua também e fazer o mesmo.

Sem outra opção, Nicolas começou a rir.

## Capítulo 14

Algumas estrelas pontilhavam o céu escuro, adornado pela lua nova um tanto esmaecida. A noite estava quente e abafada. Nicolas estava acostumado com o calor, pois nascera e vivera toda sua infância e parte de sua vida adulta no Rio de Janeiro, cidade em que a sensação térmica facilmente ultrapassava a casa dos quarenta graus. Lá, entretanto, havia as praias que refrescavam aqueles que gostam de tomar um banho de mar. Desde que entrara para a polícia, ele raramente tinha tempo para o mar.

Às vezes, parecia que poucas semanas haviam se passado desde que chegara àquela cidade pela primeira vez. Sempre defendera a independência das pessoas, principalmente a própria. Não pensou duas vezes em deixar a capital carioca e se mudar para aquele município no interior de São Paulo, bem próximo de Ribeirão Preto, quando surgiu a oportunidade de transferência. Tinha certeza de que viveria dias tranquilos, longe da alta taxa de criminalidade do Rio. Os fatos, contudo, o surpreenderam, pois poucas semanas após sua chegada, uma criança foi assassinada por um maníaco, o que deixou a cidade em pânico. Todos queriam proteger seus filhos, temendo que o criminoso fizesse outras vítimas. Nicolas encontrou e prendeu o responsável e, mais do que isso, conheceu e se apaixonou por Miah.

O toque do celular o tirou de seus devaneios. Estava dirigindo, a poucas quadras do prédio em que morava, e colocou o aparelho em modo *bluetooth*, para que a voz de seu interlocutor soasse por todo o carro.

— Bartole, está me ouvindo?

A voz feminina, fanhosa, rouca e trêmula lembrava a da doutora Ema Linhares, a médica legista que trabalhava no necrotério municipal.

— Doutora Ema, a senhora está bem?

— Contraí uma virose, que me derrubou. Como sou uma mulher forte, consegui trabalhar até por volta do horário de almoço, quando senti que não teria forças para continuar. Não queria que meu auxiliar me encontrasse inconsciente sobre algum defunto.

Imaginar a cena fez o estômago de Nicolas contrair-se. Ele pigarreou:

— Estimo melhoras.

— Obrigada. Mesmo estando impossibilitada de trabalhar com os pacientes, continuei fazendo algumas pesquisas no pequeno laboratório que montei em minha casa e que se tornou uma extensão do necrotério.

— Como assim? — Nicolas pisou com mais força no freio. — A senhora está levando os cadáveres para casa?

Ema tentou rir, mas a risada se transformou em uma crise de tosse seca.

— É claro que não. O meu marido e os meus filhos não ficariam muito felizes com essa ideia. Quero dizer que continuei trabalhando no caso Pilar, pois sei de sua urgência em desvendar o assassinato dela e localizar o culpado. E encontrei uma pista interessante sobre o veneno que a matou.

— Pode me adiantar o assunto?

— Poderia, sem problemas. Porém, eu gostaria que você pudesse vir à minha casa amanhã cedo para que eu possa lhe mostrar algumas coisas. Pelo telefone, você não entenderia muito bem a minha linha de raciocínio.

— Combinado. Estarei aí. Obrigado por ter pensado em mim e no desejo de que a justiça seja feita para Pilar, mesmo estando adoentada.

— Sou mãe de trigêmeos. Imagine o que seria de mim se me deixasse abater por qualquer mal-estar.

Dez minutos depois, Nicolas entrava em seu apartamento. A voz da cantora Anitta impregnava a sala de estar. Ele retirou o coldre com a arma e a colocou na primeira gaveta do aparador. Seguiu na direção da origem da música com um sorriso nos lábios. A porta de seu quarto estava aberta e ele encostou-se ao umbral da porta para admirar sua esposa, que executava uma dança sensual usando apenas uma lingerie vermelha.

— De vez em quando, a esposa precisa receber bem o marido — Miah lhe sorriu.

— Vamos trocar esse "de vez em quando" para "todos os dias"? — ele piscou um olho para ela, avançou alguns passos e a abraçou com força.

— Gostou da surpresa?

— O que acha? — ele a estreitou ainda mais. — Você está belíssima, sabia? Estou com vontade de beijar essa boca até meu maxilar doer.

— Então por que não tenta? — provocante, ela mordiscou de leve o lábio inferior dele, segurando-o pela mão e o guiando na direção do banheiro. — Só que faremos isso debaixo do chuveiro.

— Você não deveria levar um investigador policial para o mau caminho — Nicolas comentou, deixando-se levar.

— Você nunca mais vai querer seguir por outro caminho.

Érica, que estava mastigando alguns grãos de sua saborosa ração, levantou a cabeça ao ver os dois humanos passarem. Encarou Nicolas com seus olhos muito azuis e pôs-se a lamber as patas, como se fosse isso que, de fato, merecesse sua atenção.

Miah despiu Nicolas rapidamente, emitindo um suspiro de satisfação ao estudar o corpo bronzeado e muito musculoso do marido. Ele a olhou embevecido, livrando-a do sutiã e da calcinha, louco de desejo pela esposa, ansioso em beijar e acariciar cada centímetro daquele corpo magro e macio.

Miah liberou os jatos d'água revirando os olhos de prazer quando ele percorreu com a língua a curva do pescoço dela. Nicolas aproximou a boca da orelha da esposa, mordeu-a de leve e sussurrou que a amava. Aquilo provocou uma onda de arrepios em seu corpo, mesmo que a temperatura da água estivesse quente. Ele continuou beijando-a, seguindo na direção dos seus seios.

Pouco tempo depois, entregaram-se à paixão do momento, ao poder da sedução, à pressão do amor incondicional que sentiam um pelo outro há muitas vidas. Seus corpos molhados uniram-se ainda mais e, naquele momento, isso era tudo o que importava.

— Estou longe de me tornar o comandante da corporação, portanto, meu salário é curto e não posso pagar uma conta de energia muito alta – brincou Nicolas, quando terminaram. — Isso sem falar que estamos desperdiçando água potável, o que é um crime ambiental. Feche esse chuveiro, mocinha.

Miah girou o registro de água com o coração batendo forte devido ao ato de amor. Eles se secaram e vestiram roupas leves, pois Nicolas ainda queria estudar algumas coisas sobre a investigação antes de adormecer.

Eles voltaram juntos e se acomodaram no sofá da sala. Érica saltou diretamente para o colo de Miah, ignorando Nicolas completamente.

— Como foi seu dia? — ele a tomou pelas mãos, como um adolescente apaixonado.

— Quer saber a parte péssima, a parte abençoada ou a parte engraçada?

— Teve tudo isso? Que tal me contar todas elas?

Miah narrou sobre sua busca por emprego, começando pela visita ao Canal local. Não escondeu nenhum detalhe do marido e concluiu falando sobre as ofensas que ouvira e a ameaça de ser demitida por justa causa.

— Sei que eles farão isso. E também estou ciente do quanto isso vai prejudicar a minha carreira.

— Se você quiser, amanhã posso procurá-los para conversarmos um pouco.

— Para quê? Conhecendo seu gênio, sei que o papo seria tenso, e eles poderiam acusá-lo de se valer de sua autoridade policial para pressioná-los. Deixe como está, Nic. Fui muito feliz lá dentro, mas os meus dias como jornalista pertencem ao passado.

— Já conversou com os donos da TV da Cidade?

— Aquele casal superconservador? Eles me enxotariam de lá a vassouradas — Miah sorriu, ficando séria em seguida. — Admito que isso me deixou muito chateada. Ainda estou bem abalada. Marian me encontrou depois, almoçamos juntas no Caseiros, e ela me aconselhou daquele jeito maravilhoso, que só a sua irmã sabe fazer. Isso me motivou a continuar. Fui ao centro da cidade e passei por várias lojas. Fui assediada, confundida com uma devota de alguma igreja...

— Como é que é? — Nicolas estava rindo, e Miah lhe contou sobre o dono da loja de tecidos e da senhora surda. — Só você para me fazer rir, sabia?

— Hoje eu queria recebê-lo com a boa notícia de que estaria empregada novamente. Só que não é tão fácil reinserir-se na sociedade após uma passagem pela polícia. Foram seis meses de reclusão com as acusações de...

— Não precisa me contar tudo isso. Já falei que seu passado morreu para mim. Você se tornou uma nova mulher em minha vida, desde que nos casamos. Foi o evento mais bonito da minha vida.

— Com exceção da bomba em meu buquê, que quase me aleijou.

Apenas porque lhe deu vontade, ele se inclinou para frente e a beijou.

— E você? Eu acompanhei pela televisão algumas informações sobre o envenenamento da filha do prefeito. Já conseguiu alguma coisa?

— Digamos que Pilar era um pouco produtiva... na cama.

Miah erguer as sobrancelhas, intrigada, e Nicolas resumiu tudo o que havia descoberto até aquele momento. Quando ela trabalhava na televisão, ele não confiava cem por cento em sua fidelidade. Agora, sabia que ela jamais revelaria algo a alguém sem sua autorização prévia.

— Pilar ficou com um rapaz chamado Cezar, mas o deixou por uma jovem de nome Heloise, uma de suas amigas. Além dela, havia outras duas, que pareciam ser mais próximas, Teresa e Valentina. Teresa namorava Biel, que também a traiu para ficar com Pilar. Valentina e seu irmão gêmeo Cadu também transavam com Pilar. Um desses pode ser o assassino, ou talvez nenhum. Ainda não conversei com o tal Biel. Tem também Fátima, dona da empresa que fabricou o bolo. Ela é muito estranha.

— Me deixa ver se entendi — Miah afagou a cabeça da gata enquanto refletia. — Pilar ficou com Cezar, com Heloise, com Valentina, com Cadu e com Biel. A única que escapou foi Teresa. A filha do prefeito mantinha relações sexuais com a frequência de uma fornada de pães em uma padaria movimentada.

— Pode ser ainda pior. Amanhã, Mike e eu poderemos ter mais alguns suspeitos. Desconfio de que alguém que ela levou para cama e depois desprezou deve ter sentido tanto ódio a ponto de ter arquitetado o crime. A tarefa não será fácil desta vez, porque as possibilidades só estão aumentando.

— Você acha que o bolo foi envenenado dentro da casa?

— Com certeza, momentos antes de Pilar o cortar. Parece que ela anunciara para metade do mundo que ofereceria o primeiro pedaço a si mesma, porque era arrogante e gostava de se desfazer das pessoas. Suspeito de que o veneno tenha sido injetado exatamente no local em que Pilar o cortaria. Ou seja, quem a matou, sabia de cada passo da aniversariante. Era alguém próximo dela, bem próximo.

— O que me diz da família?

— São bem esquisitos. O prefeito já teve um rompante de fúria na delegacia. A esposa só chora. O irmão de Pilar não gostava dela, apesar de ele ter negado isso. Talvez sentisse ciúmes ou inveja, mas esses são motivos fracos para resultar em um crime desse porte. E não creio que ele tivesse tanta intimidade com ela. É por isso que estou apostando, inicialmente, em uma das três amigas dela, ou nos três garotos com quem ela se envolveu. Amanhã pretendo voltar à casa do prefeito para fazer uma busca pelos aposentos da vítima. Espero que ele não crie caso. Ah, esqueci-me de contar a melhor parte. Duarte foi designado para trabalhar comigo. Recebemos ordens de colaborar um com o outro durante a investigação.

— Isso é verdade? — Miah começou a rir.

— Não tem graça. Ele está prometendo encontrar o assassino antes que eu tenha tempo de afivelar meu coldre.

— Isso será intrigante. Eu só gostaria de poder ajudá-lo.

— Você está aqui comigo, ouvindo meu relato e me ajudando a refletir mais sobre a investigação. Continua fazendo perguntas interessantes, clássicas de uma jornalista de renome como você é.

— Como eu fui um dia.

— Como ainda é — repetiu Nicolas. — Quem já foi rainha, não perde a majestade.

Eles trocaram um longo beijo apaixonado, o que fez Érica se irritar e voltar para o chão.

— Agora quero jantar — Nicolas se levantou. — Estou morrendo de fome.

— Como não sou uma cozinheira de forno e fogão, poderíamos pedir pizza. O que acha?

— Proposta aceita.

Enquanto aguardava a entrega da pizza, Nicolas fez algumas anotações em um caderno, traçando uma espécie de linha do tempo dos relacionamentos de Pilar. Pretendia mostrá-la para sua equipe assim que o esboço se tornasse algo mais concreto.

Depois de saborearem a pizza, ambos foram se deitar. Miah o observou adormecer rapidamente, certamente vencido pela exaustão de um dia tão corrido. Sorriu ao vê-lo ressonando baixinho. Amava aquele homem. Dizia para si mesma que Nicolas fora um presente de Deus para ela.

Beijou-o carinhosamente na testa, ajeitou-se melhor na cama e em poucos minutos ela também mergulhava em um sono profundo.

*111*

# Capítulo 15

Sem saber ao certo o que a despertara, Miah acordou às duas e quinze da manhã. Olhou para o marido, que continuava dormindo tranquilamente e apurou os ouvidos, tendo apenas o silêncio como resposta. Dando de ombros, ela se levantou e caminhou até a cozinha. Bebeu um copo com água sem gelo e andou devagar até o banheiro.

Ao lado do lavatório, havia um espelho que ia do chão até quase o teto. Ela se contemplou por alguns instantes, avaliando a barriga reta com certa curiosidade. Às vezes, nem ela mesma concebia a ideia de estar grávida. O feto estava em sua barriga há cerca de dois meses, segundo seus cálculos. Ao contrário do que sempre ouvira outras mulheres falarem, não se sentira enjoada nenhuma vez, não tivera nenhum sintoma desagradável, não rejeitara alimento algum. Tudo estava tão sossegado que ela chegava a se esquecer do fato de que uma vida estava se formando ali dentro.

Desde que fugira de sua cidade natal, sua única preocupação era esconder-se da polícia e fugir dos inimigos de um criminoso chamado Renato, a quem acidentalmente matara com uma faca. Mesmo assim, um deles a encontrou logo depois de seu casamento e por pouco não a matou.

Marian estava certíssima quando dizia que a vida era como uma caixinha de surpresas. Quando, em sã consciência, ela poderia imaginar que se apaixonaria e se casaria justamente com um investigador de homicídios, quando ela teria feito de tudo para se manter a quilômetros da polícia? Mesmo sabendo que Nicolas fazia justiça para todos os tipos de vítimas, mesmo as mais corruptas, ela arriscou sua liberdade e seu segredo, mantendo-se ao lado dele até o fim. O que antigamente figurava como seu maior medo, que era ser encontrada e presa, fora substituído pelo medo de perdê-lo. Sua vida estaria acabada se ele não a tivesse perdoado e quisesse se separar. Não sabia como faria para viver sem o amor de Nicolas, independentemente de sua condenação ou absolvição.

E dentro dessa caixinha de surpresas, que era a forma como a vida funcionava, havia mais uma novidade. Ela seria mãe. A maternidade era algo que nunca passara por sua mente antes. Dar à luz um filho jamais estivera em sua lista de prioridades. Nunca parara para se imaginar com um barrigão, providenciando coisas como enxoval, carrinho de bebê e berço. Miah admitia que aquela ideia ainda a assustava um pouco, mas por Nicolas e pela criança que estava a caminho, ela se esforçaria para ser uma excelente mamãe.

Foi então que algo estranho aconteceu. Parada diante do espelho, contemplando a barriga nua, ela sentiu um grande mal-estar, seguido de uma vertigem tão forte que por pouco não a derrubou. Miah precisou apoiar-se na parede ao passo que sensações mistas a envolveram. Em questão de segundos, sentiu medo, raiva, indignação e revolta. Algo semelhante a nojo tomou conta de seu ser. E, pela primeira vez, sem conhecer a verdadeira razão, desejou ardentemente que aquele bebê não nascesse.

Ainda bastante tonta, Miah sentou-se sobre o vaso sanitário, com a sensação de que colocaria a pizza para fora a qualquer momento. Era mãe de primeira viagem, mas sabia que a ânsia de vômito que estava sentindo não provinha da gestação. Era quase como se estivesse com asco do bebê, quase como se quisesse vomitá-lo de sua barriga. Seu corpo todo estava gelado, as mãos tremiam e um frio vindo sabe-se lá de onde a tomou por completo. Trêmula, ela voltou quase correndo para a cama, com aquela sensação de horror aumentando cada vez mais.

Pensou em chamar Nicolas e compartilhar suas angústias, porém achou melhor fazê-lo durante a manhã. Não queria acordá-lo por causa daquilo. Talvez fosse apenas má digestão. Algum ingrediente da pizza deveria ter afetado seu organismo. Sim, com certeza era apenas isso.

Ela demorou a pegar no sono e, quando o fez, teve sonhos confusos e agitados.

***

A caverna era escura, úmida e sinistra. O chão escorregadio, recoberto de limo esverdeado, obrigava a mulher a apoiar-se nas paredes frias enquanto caminhava. Ela não trazia nada nas mãos, mas estranhamente conhecia o caminho. Talvez estivesse procurando a saída, talvez estivesse se embrenhando para as profundezas da caverna.

De algum lugar vinha o som de resmungos infantis. A mulher apressou-se a seguir por aquela direção. Tropeçou em uma pedra saliente e caiu no chão. Levantou-se com cuidado e continuou em frente, abaixando-se diante das estalactites pontudas e desviando-se de alguns buracos, que pareciam não ter profundidade.

Sim, ela conhecia aquele lugar. Mesmo no escuro, sabia muito bem para onde estava indo.

Quando ouviu a criança chorar, chegou a pensar que seus ouvidos a estivessem traindo. Cansada, sedenta e fraca, ela parou e prestou atenção de onde vinha o pranto sentido. Ao mesmo tempo em que parecia estar distante, era como se a criança estivesse bem ao seu lado. Confusa, ela deu mais alguns passos vacilantes até finalmente chegar a uma área mais aberta da caverna. Duas tochas presas em suportes nas paredes clareavam o cenário que, até então, era apenas contornos sombrios. Nesse novo local, uma lagoa pequena e circular, de água escura e parada, a separava do bebê, que chorava a plenos pulmões em uma tina de madeira, do outro lado da água. De onde estava, não conseguia vê-lo direito. Apenas notava seus bracinhos agitando-se nervosamente.

Não havia outra opção a não ser adentrar aquelas águas turvas. Ao inclinar o rosto para a água, ela contemplou a si mesma. Observou seu rosto belíssimo e viu, principalmente, seus olhos dourados, que pareciam duas gotas de fogo sob o clarão das tochas.

Sem se despir, ela saltou na água e sentiu o corpo todo estremecer. Afastando mechas de cabelos escuros do rosto, nadou rapidamente até a outra margem. Ao sair, seguiu na direção da criança, que continuava chorando a ponto de perder o fôlego. A mulher chegou mais perto e percebeu que um tecido fora colocado sobre o rosto do bebê, que deveria estar se sufocando.

Com cuidado, ela retirou o tecido, que era tão somente uma faixa de seda branca. A mulher já estava sorrindo antes mesmo de contemplar o rostinho da criança. E quando o fez, deu um salto para trás. Apesar do corpinho juvenil, o bebê tinha a cabeça e as feições de um homem adulto. Seu olhar era maquiavélico e o sorriso que mostrou, cheio de dentes, a fez recuar na direção do lago.

— Olá, mamãe — ele rosnou, encarando-a fixamente. — Estou chegando para ficarmos juntos outra vez.

Ela se preparou para correr, mas escorregou e caiu de volta no lago. Dessa vez, no entanto, não conseguiu nadar. Parecia que uma força poderosa a puxava para baixo, afogando-a. A mulher sentiu litros de água gelada invadirem seu corpo, cortando sua respiração, forçando seus pulmões. Quanto mais ela tentava respirar, mais água inalava. Não havia o que pudesse fazer.

Ela sentiu seus pulmões explodirem e depois não sentiu mais nada.

Miah despertou com um grito tão estridente que fez Nicolas saltar da cama em alerta. Em menos de cinco segundos, ele já havia aberto a gaveta do criado-mudo e apanhado seu revólver reserva. Ao se dar conta de que o perigo não viera da forma como seu lado policial havia imaginado, ele colocou a arma sobre o móvel e virou-se para a esposa, que estava sentada e trêmula.

— O que houve, meu amor? — ele se sentou e a abraçou. — Teve algum pesadelo?

— Estou grávida do demônio — Miah respondeu com voz abafada.

— Do que está falando?

Ela o confrontou com olhos aterrorizados. Nunca mais esconderia nada de Nicolas. Jurara isso para ele e para si mesma.

— Tive um sonho horrível. Eu estava em uma caverna, indo não sei para onde, até que ouvi um bebê chorar. Quando o encontrei, vi que estava do outro lado de um tipo de lagoa. Eu nadei até a criança e quando vi seu rosto, era o de um homem, feio e assustador. Ele me chamou de mamãe e disse que estava chegando para ficarmos juntos de novo. Fui tentar fugir, caí na água e comecei a me afogar.

Nicolas a abraçou, beijando a cabeça dela, ninando-a como se faria a uma criança.

— Foi só um pesadelo. Fique calma. É nisso que dá encher a pança de pizza e ir dormir logo depois.

— Não sei se foi apenas um sonho ruim. Antes disso, eu havia me levantado e ido ao banheiro. Senti um mal-estar bem grande, um repúdio pelo bebê. Quase desejei abortá-lo, sabe.

— Você não vai fazer isso.

— Nunca senti grande afeto por esse bebê. Talvez, quando a minha barriga crescer, eu até possa amá-lo. Só que depois disso, não tenho certeza de mais nada. E outra coisa, não quero começar a ter sonhos com um bebê-monstro, da mesma forma que você sonhou com Sebastian e Angelique durante meses a fio, sempre durante alguma investigação.

— Nunca mais voltei a sonhar com eles, nem mesmo agora — Nicolas passou os dedos pelos cabelos sedosos de Miah. — Quando você se viu na caverna, era a Miah ou a Angelique?

— Eu me lembro de ter visto meu rosto refletido na água, então acho que era eu mesma. Penso que as pessoas que nós fomos em encarnações de séculos atrás não têm mais nada a ver com quem somos hoje. Não quero repetir seus sonhos com eles, nem ser atormentada por outros novos. Será que nós dois não temos o direito de dormir em paz? Que tormento!

— Tranquilize-se. Amanhã de manhã vou pedir para que meu irmão venha até aqui, pois ele estava presente na festa de aniversário de Pilar e se tornou uma testemunha ocular da morte da garota. Posso aproveitar e convidar Marian. Conte a ela sobre o sonho e ouça o que ela lhe dirá. Marian é estudiosa de assuntos relacionados à espiritualidade. Com certeza, vai nos ajudar.

— Está bem. Além de não conseguir emprego, ainda sou obrigada a sonhar com um bebê cabeçudo, que fala grosso e que quase me fez afogar-me. Preciso de mais alguma coisa?

Nicolas deu uma gargalhada, o que serenou o coração de Miah. Quando ele a abraçou com força, forçando-a a se deitar de novo, ela se sentiu protegida. E foi assim, nos braços do marido, que ela adormeceu novamente.

# Capítulo 16

Enquanto Nicolas e Miah dormiam profundamente, havia alguém, cuja insônia era impeditivo para que fechasse os olhos. Somando-se a isso a tensão que vinha vivendo depois da morte de Pilar, dormir se tornara uma tarefa um tanto complexa.

Com o rosto para fora da janela de seu quarto, sem realmente observar a paisagem noturna que tinha à frente, refletia sobre os últimos acontecimentos: "Mais de quarenta e oito horas se passaram desde que Pilar se foi, e eu ainda não consigo acreditar que tudo tenha dado tão certo, que os meus planos não falharam e que meu objetivo maior foi alcançado. Ela está morta, e isso é uma grande felicidade para mim. As palavras dela, na ocasião em que me dispensou, ainda me machucam. Ela brincou com meus sentimentos, como se eu fosse mero joguete em suas mãos. Quando cansou de brincar, disse-me que não faríamos mais sexo, porque ela encontrara pessoas mais interessantes do que eu, que a satisfariam na cama daquele dia em diante. Eu sabia de algumas, desconfiava de outras, porém nunca imaginei que seria objeto de descarte. A partir desse dia, comecei a elaborar a minha vingança".

Afastou-se da janela, caminhando devagar até a cama. Ali, sentou-se na beirada, as mãos sobre os joelhos, os olhos fixos em um ponto indefinido.

"Quando os outros me olham, chego a pensar que poderão ler meus pensamentos, descobrir a verdade por trás da minha aparência, que me esforço para manter neutra. Se pudessem mergulhar um pouco mais fundo em meu olhar, talvez encontrassem resquícios de culpa, percebessem minha alegria por livrar o mundo de alguém como Pilar. Há muitos dias, desde que dei início aos meus planos, meu cérebro tornou-se meu amigo mais íntimo. Minha mente está tão fértil que tenho a impressão de que minhas ideias flutuam sobre minha cabeça, brilhantes e coloridas como balões. Mas eu sei como esconder meus reais sentimentos. Mesmo aqueles que pensam que me conhecem, se surpreenderiam se descobrissem que eu não sou a pessoa que eles idealizam.

"Ao longo da minha existência, tenho percebido que a vida humana funciona como um jogo e descobri que não é apenas Deus que pode jogar com as peças. Nós também temos esse direito. Podemos brincar com a vida dos outros, vidas inúteis, de pessoas imprestáveis. O mundo se tornou mais limpo e puro com a morte daquela piranha esnobe. Colocava o sexo em primeiro lugar, tripudiava sobre os sentimentos daqueles com quem se relacionou. Para Pilar, sexo não tinha a ver com sentimentos e sim com prazer. Achou que seu dinheiro e o fato de ser filha do prefeito a protegeria para sempre. Só que não houve proteção alguma quando ela ingeriu o bolo envenenado.

"Eu estava presente na festa e pude ver como seus olhos se encheram de terror enquanto sua vida se esvaía. As sombras assustadoras da morte foram preenchendo-a, levando-a para bem longe daqui. Cheguei a pensar que a dose do veneno que inseri na parte de cima do bolo, exatamente onde sabia que ela cortaria, não fosse suficiente para acabar com ela, embora me garantissem que sim. Não podia haver erros. E graças a Deus, não houve".

O relógio de cabeceira registrava três da manhã. E ainda assim o sono não vinha. Não conseguiria dormir em meio a tanta agitação, tanta euforia, tanto êxtase.

"Mal posso esperar pelo enterro de Pilar. Mais uma vez, estarei presente para, silenciosamente, dar meu adeus. Ainda não sei o que o idiota do prefeito decidiu, mas aquela garota deveria ser cremada para que as chamas dilacerassem seu corpo que foi usado por tantas pessoas, até que ela se cansasse e as dispensasse para sempre. Entretanto, o enterro também é uma possibilidade tentadora. Imaginar que os vermes vão consumir suas carnes e que não haverá fortuna ou sedução capaz de impedi-los quase me faz gritar de felicidade.

A natureza trabalha muito bem, assim como eu. Meu serviço foi perfeito e, mesmo que me descubram, não haverá como mudar o que já está feito. A minha prisão, se acontecer, servirá apenas para mostrar que esse foi o assassinato do ano. Algo que pareceu, a princípio, difícil e improvável, foi concretizado.

As pessoas ousadas chegam mais longe. Eu ousei e tive o prazer de vê-la morrer. Se pudesse, teria gritado na frente de todos e dado muitas risadas. Agora, enquanto estou em um cômodo reservado da casa, posso dar asas à minha imaginação e, em meus pensamentos, com júbilo e euforia, sem nenhuma restrição, posso comemorar a morte da querida Pilar".

\*\*\*

— Eles estão chegando — anunciou Nicolas apenas para observar a reação da esposa. — Passarão pela padaria e trarão pães, leite e alguns doces.

Eram sete horas da manhã, e ambos já estavam de pé, de banho tomado e arrumados. Mesmo após a noite agitada, com o sonho turbulento que tivera, Miah acordara disposta e sem sono. Nicolas, sempre que assumia um caso, dizia que precisava fazer render seu dia, pois cada minuto desperdiçado poderia ser fatal para a investigação. Isso fazia com que ele dormisse poucas horas por noite.

— Quem está chegando? — quis saber Miah.

— Meu irmão Willian e...

— Ah, não — Miah bateu a mão na testa. — Não posso acreditar que ele trará o encosto humano da mãe dele.

— Que é a minha mãe também e a sua sogra — sorriu Nicolas, desviando-se do tapa com que ela tentou atingi-lo.

— Não me venha com esse papo. Não reconheço tal pessoa como membro da minha família, apenas por que me casei com você. Além disso, quando você telefonou para eles, convidando a trupe toda?

— Antes de você acordar — Nicolas abriu um sorriso que derreteu o coração de Miah. — Sou um menino travesso e ativo.

— Sei muito bem disso — Miah o mordeu de leve no queixo. — O que não me obriga a aturar a chatice da sua mãe.

— Que também é a sua sogra.

Ele correu quando ela jogou uma almofada em sua direção. Às sete e quinze, a campainha tocou, e Miah estremeceu, caminhando a passos arrastados até a porta. Pensava que aquele não era um horário adequado para se visitar os outros, mas preferiu guardar suas impressões para si.

Espiou pelo olho mágico e deparou-se com o rosto cheio de Lourdes Bartole tentando espreitar. Procurando por algum estoque de paciência em seu íntimo, Miah abriu um vão da porta, confrontou a mãe de Nicolas e disparou:

— Não tenho esmolas. Passe amanhã.

— Saia da minha frente, repórter magricela — igualmente impaciente, Lourdes empurrou a porta e passou por Miah como um sargento. Era uma mulher baixinha, de corpo rechonchudo e atarracado, com cabelos pintados num tom forte de castanho para disfarçar os fios brancos. Acrescentou: — Ex-repórter, já que agora está mais desempregada do que o cãozinho abandonado que jogaram em minha porta três dias atrás. Eu o acolhi com muito amor.

— Pobre cãozinho! — exclamou Miah, virando-se para as outras pessoas que estavam entrando.

Willian Bartole era a versão jovem de Nicolas. Igualmente alto, musculoso e bonito, com cabelos ondulados até a altura dos ombros, era um rapaz que sempre seduziu mulheres apenas com uma piscadela. Contudo, isso mudou ao namorar a policial mais sisuda da cidade: Moira. De surfista nato e *bon-vivant*, era agora um homem responsável e de uma mulher só, até porque era constantemente lembrado pela namorada das consequências que sofreria caso pensasse em traí-la.

— Olá, cunhadinha — ele a cumprimentou com um beijo no rosto. — Gostei da cor bronzeada.

— Obrigada — Miah riu. — Você também não está nada mal.

Por último, ela se viu na obrigação de dar uma gargalhada quando Ariadne, a caçula dos irmãos Bartole e namorada de Mike, saltou sobre ela e a cobriu de beijos e abraços. Já estava acostumada às roupas extravagantes da moça, por isso fingiu não reparar no *short* curto e listrado de umas vinte cores diferentes, no *top* prateado que deixava sua barriga desnuda, nos brincos de argolas entrelaçadas que pendiam de suas orelhas e nas sandálias de saltos altíssimos, que a deixavam quase da mesma altura de Nicolas. "Quem mais em sã consciência, além de Ariadne, colocaria sapatos daquele porte às sete da manhã para o desjejum na casa dos outros?", refletiu Miah.

— Como eu gosto de ver toda a minha família reunida, aproveitei para convidar Marian e Enzo a se juntarem a nós — anunciou Lourdes, olhando para todos os lados a fim de reparar em cada detalhe do apartamento do filho, em busca de algo que pudesse criticar mais tarde. — Por que a mesa ainda não está arrumada?

— Vamos descobrir agora — Miah parou ao lado da mesa e deu alguns tapinhas sobre ela. — Mesa, querida, por que você ainda não se arrumou para receber as visitas?

Willian e Ariadne riram alto, o que deixou Lourdes enfurecida. Nicolas recolheu as sacolas com as compras da padaria que eles haviam trazido e as entregou para Miah, que foi para a cozinha.

— Eu estava com saudades de vocês — Ariadne puxou uma cadeira e se sentou. — Como foi a viagem de lua de mel em Curaçao?

— Maravilhosa. Mais tarde, vou lhes entregar os presentes que compramos — Nicolas aguardou que todos se sentassem antes de fazer o mesmo.

— Você nunca convidou a sua mãe para fazer uma viagem internacional — Lourdes fez uma careta amuada. — Aliás, nunca me convidou para conhecer seu apartamento depois que se mudou do Rio para cá. Se nós não tivéssemos tomado a decisão de vir, até hoje não teríamos conhecido a cidade.

— Sem drama, mãe. Sabem muito bem que as portas da minha casa estarão sempre abertas a todos vocês.

— Não tão abertas assim — interveio Miah, colocando uma garrafa térmica sobre a mesa e alguns copos. — Se bem que não há fronteiras físicas que impeçam certas assombrações.

— Concordo — Lourdes riu maldosamente. — Meu filho mais velho será assombrado eternamente, já que está casado com você e ainda não encontrou opção melhor para substituí-la.

— Isso não vai acontecer, querida Lulu, porque a gente se ama. Do contrário, o casamento teria acabado, exatamente como os seus se desfizeram como algodão-doce na boca de uma criança.

Miah voltou para a cozinha, deixando Lourdes mastigando a indignação. Nicolas já estava acostumado à troca de ofensas entre a esposa e a mãe, sempre que elas se encontravam. Willian e Ariadne apenas riam quando as discussões começavam, imaginando quais delas teriam argumentos mais criativos e ofensivos para usar contra a outra.

A campainha tocou outra vez. Nicolas foi atender e voltou acompanhado de Marian e de Enzo Motta. O médico de policiais e seu futuro cunhado, que também era o filho perdido do major Lucena, segurava a noiva pela mão esquerda e sorriu para Nicolas, estendendo a direita para cumprimentá-lo. Era magro e forte, dono de cabelos lisos com reflexos alourados, olhos verdes e um rosto constituído de feições delicadas. Seu encantador sorriso, um dos seus pontos fortes e que fora fator relevante para que ele conquistasse Marian, surgiu ao cumprimentar as outras pessoas.

Enquanto os dois se acomodavam na mesa, Miah colocou manteiga, talheres e mais copos sobre a mesa, além de uma jarra com suco de melancia, que fizera especialmente para Nicolas.

Todos começaram a falar ao mesmo tempo, em conversas paralelas, até que a voz de Enzo sobressaiu-se ao comentar:

— Fiquei feliz por saber que você assumiu a investigação da morte da filha do prefeito. Isso dará à família e à população a certeza de que a justiça será feita e o assassino encontrado.

— É o que eu também espero — Nicolas separou um pão para si e colocou um pouco de manteiga nele. — Pretendo solucionar o caso o mais depressa possível.

— Ao mesmo tempo em que eu fico orgulhosa do trabalho de Nic, fico apreensiva, porque ele lida com pessoas perigosas e traiçoeiras — Lourdes espalmou a mão sobre o peito. — Quando penso nesses criminosos, meu coração chega a falhar uma batida.

— Quem sabe um dia, ele falhe duas, três, quatro batidas... — murmurou Miah.

Lourdes preparou-se para rebater quando Nicolas foi mais rápido:

— Willian, você estava na festa com Moira e assistiu a tudo de perto. Gostaria que me resumisse tudo o que viu desde que chegou à mansão do prefeito. Quero saber se notou algo que lhe soou suspeito antes, durante e depois que os parabéns foram cantados.

— Eu nunca havia ido a uma festa de gente rica — Willian esticou o braço para apanhar uma banana. — As pessoas são mais elegantes, de aparência bem cuidada. Fora isso, não notei nada de diferente se compararmos a uma festa de pobres.

— Não foi exatamente isso que eu lhe perguntei.

— Eu sei. Quero dizer que os convivas pareciam se esforçar para manter a boa aparência. Moira e eu até comentamos que estava óbvio que a maioria não gostava de Pilar e, talvez, nem mesmo do próprio prefeito.

— Devem ter ido à festa para não se indispor com o pai da convidada — considerou Marian.

— Também penso isso. Jogo político — cortando a banana em fatias finas, Willian fitou o irmão. — Pelo pouco em que fiquei na casa, reparei que Pilar era uma chata. Ela sorriu para mim e para Moira, provavelmente se perguntando quem éramos. Eu soube que o pai convidou uma galera para o evento.

— Porque ele queria que fosse a festa do ano. Gosta de publicidade — considerou Nicolas. — Você e Moira ficaram próximos da mesa?

— Um pouco. Tinham muitas pessoas em pé na nossa frente e várias outras mais atrás — Willian despejou aveia sobre as bananas e começou a comer. — O bolo era magnífico. Pilar o cortou com uma espátula, falou algumas besteiras, colocou um pedaço no prato e o mastigou ali, diante de todos. Em seguida, tossiu como se estivesse engasgada e se estabacou sobre o bolo. Depois disso, a festa virou um pandemônio.

— Mentalize a festa de novo e tente se lembrar de cada detalhe — Nicolas encarou Willian fixamente. — Talvez você tenha visto alguém andando rápido na direção da saída, ou um rosto que lhe pareceu destoante em meio ao caos, ou ainda uma pessoa que tenha chamado a sua atenção por qualquer motivo. Essas informações são importantes para mim.

Willian fechou os olhos, como se assim pudesse regressar mentalmente à festa de Pilar. Todos à sua volta aguardavam em silenciosa expectativa.

De repente, ele abriu muito os olhos, que brilharam de entusiasmo.

— Quando você falou em rosto destoante... espere. Acho que notei algo esquisito sim. Tive a impressão de ter visto uma moça sorrindo. Mas foi tudo tão rápido. Além disso, eu estava tão nervoso com a situação que...

Nicolas pegou o celular e mostrou as fotos de cada um dos suspeitos que baixara direto do sistema de dados da polícia, ou das redes sociais de cada um.

— A moça sorridente é alguma dessas?

Willian percorreu com o dedo as fotos de Teresa, Valentina, Heloise e Fátima. Sem hesitar, apontou para uma das imagens, devolvendo o celular ao irmão.

— Foi essa aqui, tenho certeza. Não me esqueço do rosto bonito de mulheres encantadoras, portanto, não me esqueceria dela.

Nicolas pegou-se fitando o rosto inexpressivo de Heloise.

# Capítulo 17

Logo após todos saborearem o café, Nicolas pediu licença e se retirou da mesa, a fim de passar as informações que obtivera de Willian ao delegado. Ele ainda tentara pressionar o irmão a se lembrar de mais coisas, porém sabia que a partir dali seria como tentar tirar leite de pedra. Willian não percebera mais nada incomum. Repetira duas vezes que observara Heloise sorrir, mas que logo a perdera de vista em meio ao transtorno que ocorreu quando Pilar foi declarada morta por um médico que estava entre os convidados.

Miah avisou que iria à cozinha lavar as louças, e Ariadne ofereceu-se para ajudá-la. Lourdes apareceu logo depois, lançou um olhar fulminante para Miah antes de atacar:

— Seu café estava ralo como água preta e tão amargo quanto à notícia de que você se casaria com Nicolas.

— Tem várias padarias espalhadas pela cidade para quando você quiser um café mais saboroso — sem olhá-la, Miah apanhou a esponja e despejou nela algumas gotas de detergente. — Se não vai me ajudar com as louças, dê o fora da minha cozinha.

— Visitas não lavam louças na casa dos outros. Ariadne, viu como ela fala comigo? Não vai me defender?

— Ah, mãe, qual é? Você adora uma encrenca — Ariadne piscou um olho para Lourdes. — Melhor aguardar sentada no sofá.

— Ouça uma coisa, ex-repórter magricela — Lourdes parou ao lado de Miah. — Não consigo mastigar a história de que você está esperando um neto meu.

Nicolas contara a boa-nova à família na véspera da viagem de lua de mel.

— Se fixar bem sua dentadura nas gengivas, talvez ajude no processo de mastigação — replicou Miah, sem olhar para a sogra.

— Sabe o que eu penso? Que esse casamento não vai durar muito. Nicolas é inteligente, perspicaz e possui bom senso. Onde já se viu casar-se com uma ex-foragida da polícia — apenas porque podia, Lourdes resolveu usar golpes mais pesados. — Não fica bem um policial atraente e sensual casado com uma vareta ambulante, que nem sequer tem emprego. Aposto que espera que ele a sustente.

— Mãe, deixe Miah em paz — atalhou Ariadne. — Ela está na casa dela. Nós somos as visitas.

— Deixe, Ariadne, eu não me importo com o que ela diz. Ela falando ou um mosquito zumbindo tem o mesmo efeito para mim. Aliás, eu perguntaria ao mosquito se ele tem passado bem.

— Sua antipatia estraga o que lhe resta de caráter.

— E sua intromissão estraga o meu bom humor. Vá embora da minha casa.

— Este apartamento é do meu filho. Você não tem nada aqui. Até mesmo a sua liberdade é algo a se colocar em xeque — Lourdes abriu um sorriso cruel. — Quando todos nós morávamos no Rio, Nicolas teve poucas namoradas, mas todas tinham charme, elegância e carisma, características que lhe faltam.

— Vai ver que foi por isso que nos casamos.

— Nunca vou reconhecê-la como minha nora. Sempre esperei que ele se casasse com a filha de um grande empresário, com uma atriz famosa, com uma modelo internacional. E você é o quê? Uma órfã desempregada que mal sabe preparar um café. Acha que isso trará felicidade ao meu filho?

Miah estava pálida de raiva e só não deu umas bofetadas em Lourdes porque Ariadne estava ali e também para evitar confusão com o marido mais tarde. Contudo, era uma tremenda audácia ser ofendida dentro de sua própria casa. Quem aquela mulher pensava que era?

— Sua petulância me dá nos nervos. Às vezes, eu paro para pensar como foi que Nicolas pôde ter nascido de um ser tão macabro quanto você. Não vou perder meu tempo trocando alfinetadas com uma desocupada. Mas acho bom esclarecermos bem as coisas. Nicolas e eu nos casamos. Isto aqui — ela mostrou o dedo anelar — é nossa aliança de casamento, o símbolo que representa união e vida em comum. Eu posso

*125*

não ser rica nem ter uma casa grande e espaçosa como a sua. Aqui nem mesmo tem piscina. Só que eu tenho algumas coisas que você não tem. Moral, ética, senso do ridículo e um homem que me ama. Sua atitude é infantil e digna de pena.

Miah fechou a torneira e sacudiu as mãos molhadas para cima, fazendo alguns respingos d´água atingirem o rosto de Lourdes.

— Escute bem o que vou lhe dizer, porque nunca mais repetirei. Não vamos nos divorciar, goste você ou não. Em breve, teremos um bebê e a nossa família estará completa, com ou sem sua aprovação. Nicolas me ama. Ele me defendeu até o fim, quando soube do meu passado. O que você acha que realmente mantém um casamento? Não deve nem saber, já que foi largada pelos dois maridos.

— Não acredito que Nicolas lhe contou meu passado — esbravejou Lourdes.

— Ele só não disse que sua mãe era grudenta como uma infestação de carrapatos. E acho que já falei demais. O recado foi dado — Miah pegou uma vassoura e a agitou no ar. — Como vê, eu preciso usar seu meio de transporte para varrer minha cozinha. A porta de saída é a mesma pela qual entrou.

Lourdes a fitou com raiva descontrolada. Voltou-se para Ariadne:

— Você e Willian vão embora comigo agora mesmo.

Ariadne sorriu para Miah depois que a mãe voltou para a sala:

— Peço desculpas em nome dela. Minha mãe precisava achar um namorado para acalmar esse mau humor.

— Para alguém aguentá-la, só se for cego, surdo, sem vigor sexual e com graves transtornos mentais.

Ariadne riu alto, dizendo depois:

— Não vou para o céu depois de rir da minha mãe. Miah, te adoro.

— Por falar em namoro, como vai seu relacionamento com Mike?

Ariadne sacudiu a cabeça, fazendo as argolas entrelaçadas em suas orelhas balançarem rapidamente.

— Não é um relacionamento. A gente se cata, entende?

Miah ergueu as sobrancelhas, e Ariadne riu.

— Não somos namorados. Quando estamos a fim, ficamos juntos e mais nada. Sem compromisso sério, sem cobranças, sem frescuras.

— Você o ama?

Ariadne desviou o olhar para a pia.

— Acho que amo sim. Mike é um gostoso, e eu não deixo nenhuma periguete se aproximar dele. Ele faz o mesmo comigo, porque é muito ciumento. Quando me vê falando com algum cara, só falta explodir de raiva.

— Então existem cobranças nessa relação.

— Cobranças? Eu falei em cobranças? Ah, eu o amo muito. Agora tenho certeza. Talvez a gente se case em um futuro distante.

Miah desistiu de fazer mais perguntas, já que aquele papo não estava sendo muito coerente. Elas trocaram beijos e, minutos depois, Lourdes já havia saído, levando consigo os dois filhos mais novos. Marian e Enzo estavam na sala conversando com Nicolas, e Miah se juntou a eles, sentando-se ao lado do marido.

— Enzo estava contando ao Nic sobre o que mudou em sua vida após descobrir que o major Lucena é seu pai — informou Marian à cunhada.

— Imagino que a sua vida não seja mais a mesma desde então — ponderou Miah, sorrindo quando Nicolas colocou o braço por cima dos seus ombros.

— A minha vida é digna de um filme ou de um livro — Enzo sorriu, olhar distante. — Como vocês já sabem, eu fui criado em um orfanato. A mulher que, aparentemente, me sequestrou, não me criou, e fui levado para uma instituição. Depois, fui adotado por uma família que me inseriu em um lar repleto de amor, educação e carinho. Estudei em boas escolas e me formei em medicina. Nessa época, eu havia conhecido Clarice, a mulher que seria a mãe da minha filha Aline. Eu tinha a minha própria família e era o homem mais feliz do mundo. E então aconteceu o acidente.

Para confortá-lo, Marian encostou a cabeça no ombro do noivo. Sabia o quanto aquele assunto ainda o abalava.

— Vocês já sabem de tudo isso — havia vestígio de lágrimas nos olhos verdes de Enzo, e ele piscou para dissipá-las. — Sabem também o quanto a morte das duas me deixou mal. Muitas vezes, eu pensei que nunca iria me recuperar. Perder de uma só vez as duas pessoas que a gente mais ama resulta em uma dor tão grande que não desejo a ninguém. Não me sobrava outra opção a não ser continuar trabalhando, tentando seguir com a minha vida, mesmo que ela estivesse destroçada. Tempos depois, Marian veio morar aqui, e a gente se conheceu.

— É muito bom saber que o relacionamento de vocês tem dado certo desde então — opinou Nicolas sendo sincero.

— O surgimento de Marian em minha vida foi como um bálsamo, um acalento, um arco-íris após a tempestade. Não foi muito fácil. Ela me encontrou em um momento em que eu estava fragilizado. Houve discussões e desentendimentos. Cheguei a pensar que o nosso namoro fosse acabar, mas o amor falou mais alto. A gente se dá muito bem, mesmo que eu não acredite em nada que se refira ao mundo espiritual.

— Tem certeza? — Marian perguntou apenas para provocá-lo.

— Certeza, eu não tenho. Como eu disse, creio que um livro poderia ser escrito a partir da minha história. Confesso que tive alguns sonhos com a minha esposa e a minha filha. Eu as vi, e elas nunca me pareceram tão maravilhosas. Marian me falou que, provavelmente, meu espírito havia se desprendido temporariamente do corpo e se encontrado com elas em algum lugar na espiritualidade. Sou um médico, homem da ciência, que nunca acreditou em nada que meus olhos não pudessem ver, ou que não tivesse comprovação científica. Só que os últimos acontecimentos me mostraram outra coisa. Marian me disse que a vida tira as vendas dos nossos olhos e nos faz enxergar a verdade como ela é.

— Eu sei bem como é isso — Nicolas direcionou um olhar de compreensão ao cunhado. — Eu também era igualmente cético, ainda mais em minha profissão, onde lido com crimes que ficam sem solução durante algum tempo. Nunca vi, senti ou ouvi qualquer indício da presença de espíritos vivendo entre nós. Marian sempre estudou o mundo astral, pinta quadros belíssimos sob inspiração espiritual e tem uma energia cativante. Mesmo assim, isso não provava nada para mim. Foi somente depois de me mudar para esta cidade, conhecer Miah e dar início àquela investigação do estrangulador de crianças que fatos estranhos começaram a acontecer. Você pode não acreditar, mas eu sonhava durante quase todas as noites comigo e com Miah em uma de nossas vidas passadas. A conclusão desses sonhos foi um dos princípios que me fizeram perdoá-la e que me fizeram também compreender os porquês de muitas coisas.

Nicolas beijou o rosto de Miah, fazendo-a sorrir e aninhar-se mais a ele.

— Acredito em suas palavras — imitando Nicolas, Enzo também abraçou Marian. — Não sei dizer se eu superei a morte de Clarice e Aline, mas aprendi a lidar com a situação. E quando menos espero, descubro que meu pai biológico era nada menos que um colega de trabalho, a quem atendi após um atentado que ele sofreu exercendo a profissão. Ganhei uma nova família: o major Lucena, a minha mãe e a minha irmã Nelly. Isso sem falar que Marian e eu vamos nos casar. Foram tantos presentes que eu recebi que não sei como agradecer.

— Agradeça ao universo, ou à própria vida, já que não acredita em Deus — propôs Marian.

— Farei isso. Lucena tem sido um cara maravilhoso em minha vida. Temos uma afinidade incrível. Ele é o irmão que nunca tive, o melhor amigo, o pai que sempre desejei. Falamos sobre tudo, desde os assuntos relacionados à polícia, até discussões sobre times de futebol. Eu me senti acolhido pela família, que agora se tornou minha também. E essa pessoinha aqui ao meu lado — ele fez cócegas em Marian, que caiu na risada — é a grande responsável por ter me estimulado a melhorar. O Enzo depressivo, irritante e com tendência ao alcoolismo não existe mais.

— Acho que muitas coisas aconteceram com todos nós — Miah falou com voz pausada. — Coisas positivas, outras nem tanto, descobertas e também decepções, muitos sorrisos e várias lágrimas, mas, acima de tudo, oportunidades de recomeço. Eu, mais do que ninguém, aprendi à força a importância de se manter a fé em todas as situações, de lutar por aquilo em que acreditamos, de mantermos o otimismo nos momentos de conflito, tensão e tristeza. Não é uma tarefa fácil, mas precisamos tentar.

— Miah, acho que você falou a palavra certa: tentar — complementou Marian. — Quando a gente não tenta absolutamente nada, automaticamente nos colocamos no comodismo e a vida não vai adiante. Tentar é colocar em ação alguma ideia. Se não der certo, tentamos outra coisa até acertar.

Miah assentiu com a cabeça, olhou para o marido, como que esperando o consentimento dele para entrar no assunto que desejava abordar:

— Marian, Nicolas e eu gostaríamos de lhe falar sobre algo um tanto intrigante. Confesso que ainda estou um pouco chocada com o ocorrido.

— Devo ficar preocupada? — o semblante descontraído de Marian ficou sério.

— Dependendo de suas impressões, nós também ficaremos preocupados — devolveu Nicolas.

— Vocês sabem que estou grávida — Miah respirou fundo, após uma rápida pausa. — Nicolas e eu havíamos decidido que divulgaríamos essa notícia para quem quisesse saber. Será nosso primeiro filho, então, tudo tem sido novidade para nós.

— Mal posso esperar para conhecer o rostinho do meu sobrinho — comentou Marian animada.

— Se ele nascer com o rostinho que vi no sonho, você ficaria decepcionada.

*129*

Assim como fizera com Nicolas, Miah contou sobre o sonho que tivera, repetindo tudo com riqueza de detalhes. Também falou sobre o mal-estar que sentira antes, ainda desperta, no banheiro. Concluiu indagando:

— Por que estou com essa sensação de rejeição ao bebê? E, pensando nos sonhos que Nicolas teve e sua influência em nossa vida atual, não devo considerar esse pesadelo como mera bobagem, certo?

— Os sonhos possuem muitos significados e alguns podem trazer diferentes interpretações. Na maior parte das vezes, nosso espírito deixa o corpo físico adormecido e aventura-se por diferentes esferas astrais, podendo reencontrar-se com entes queridos que não estão mais no mundo terreno. É mais ou menos o que aconteceu com Enzo, mesmo que ele não acredite — Marian beijou o noivo no rosto antes de prosseguir: — Os sonhos também revelam nossos desejos e medos mais íntimos. Sonhamos com algo que queremos muito ou com aquilo que mais nos assusta. Dizem que eles também são mensageiros. Há quem tenha tomado decisões importantes a partir de ideias e sugestões que tiveram através dos sonhos.

Marian recostou-se melhor no sofá.

— Sei que Enzo poderia nos dar algumas explicações científicas sobre o funcionamento do nosso cérebro e que os sonhos surgem daí. Eu concordo em partes, já que a própria medicina admite que, em pleno século 21, pouco se sabe sobre todas as funcionalidades do cérebro e suas relações com o sonho. O que eu posso garantir, com base no estudo de diversos autores espíritas e espiritualistas de muitas partes do mundo, é que em noventa por cento das vezes os sonhos estão ligados à espiritualidade. Os dez por cento restantes são apenas imagens e situações criadas pelo nosso cérebro.

— Eu nunca criaria a imagem de um bebê tão feioso.

— Mas seu cérebro sim. Entretanto, como você mesma disse, não creio que isso seja um fato ao acaso. Muitas mães rejeitaram seus filhos por várias razões: por serem fruto de um estupro, por verem na criança a semelhança com o marido que as traiu, porque culpam o bebê por terem engordado, porque aquele nascimento não deveria ter acontecido. Enfim, existem muitas razões para isso. Algumas delas vão mais além: elas têm origem em vidas passadas.

— Marian, seja mais direta — interveio Nicolas impaciente. — Miah está esperando algum desafeto de outra encarnação? Algum inimigo de Sebastian e Angelique?

Marian ficou calada durante alguns segundos até fazer que sim.

— Essa é a hipótese que mais me convence.

— Ah, que maravilha! — Miah fechou os olhos e deixou-se cair sobre Nicolas.

— Pode não ser tão ruim. Quando situações assim acontecem, trazem com elas muitos ensinamentos. Pode ser a oportunidade que os espíritos de vocês aguardam para uma reconciliação. Inclusive, vocês podem ter planejado algo do tipo antes de reencarnarem. Talvez tivessem concordado em receber o espírito de alguém que tenha lhes causado alguma infelicidade em outra época — Marian encarou o irmão. — Ou vice-versa.

— Amor, estamos ferrados — Miah disse isso de um jeito engraçado que arrancou risadas de todos.

— Não entre em desespero. Procure se conectar com seu eu interior. Tente descobrir o que seu espírito quer lhe dizer — sugeriu Marian.
— Também peça inspiração aos amigos espirituais. Faça uma prece e busque intuição divina. Não podemos ter certeza disso ainda. E mesmo se isso for comprovado, pode ser uma excelente oportunidade de você superar o passado, perdoar esse espírito que está a caminho e dar-se a chance de um recomeço.

Miah e Nicolas concordaram em silêncio. Realmente, por ora, não havia muito a fazer, a não ser aguardar.

Procurando mudar de assunto, Miah revelou:

— Tenho procurado emprego. Ainda não consegui nada, mas hoje vou procurar de novo. Não é fácil alguém com passagem pela polícia recolocar-se novamente no mercado de trabalho.

— Miah, você já me falou isso. Acho que precisa mudar a forma de pensar. Pare de crer no medo, no erro, nas falhas, nas fraquezas. Quando a gente dá força para isso, não obtém progresso — de repente, Marian a fitou fixamente. — Acabei de ter uma ideia. Por que você não visita a floricultura de Thierry e pergunta se ele tem uma vaga disponível? Você trabalharia com alguém que conhece, de que gosta e em quem confia.

— A ideia é excelente, meu amor — igualmente animado, Nicolas beijou os cabelos de Miah. — Faça isso. Acho que dará certo.

— Eu não entendo nada de plantas e flores — resmungou Miah de um jeito engraçado.

— Vai aprender rapidinho. E, com certeza, trabalhando ao lado de Thierry, o seu dia a dia será extremamente divertido — garantiu Nicolas, sorridente.

*131*

— Tem mais uma coisa — Marian fez uma pausa proposital e encarou o irmão. — Nic, você já ouviu falar do Desfile Pet Fashion?

— Não... — o sorriso dele murchou um pouco. — Pet tem a ver com animais, não tem? Por que eu deveria ter ouvido falar de tal coisa?

— Porque neste ano uma ONG de nossa cidade vai promover este evento, em que os moradores poderão apresentar seus animais de estimação em uma espécie de desfile. O animalzinho mais votado será premiado com seis meses de ração e duas consultas veterinárias. Está sendo bem divulgado em vários bairros.

Lentamente, Nicolas sentiu os dedos gelados do pânico envolvê-lo. Pressentiu que não ia gostar do que estava prestes a ouvir.

— Eu deveria me preocupar com isso? Não tenho animal algum em casa.

— E Érica é o quê? — Marian sorriu encantadoramente. — Além disso, não há como você recusar, pois eu já inscrevi você e ela. A apresentação será neste domingo, ao meio-dia, na praça principal da cidade ou em um galpão ali perto, em caso de chuva.

— Você me inscreveu para eu fazer o quê exatamente? — os dedos do pânico se transformaram em garras afiadas, e Nicolas se pegou suando frio.

— Para apresentar sua linda gatinha ao público, desfilando com ela diante dos outros competidores. Sim, fácil e rápido.

Os olhos azuis de Nicolas ficaram arregalados. À beira do desespero, olhou para Miah.

— A gata também é sua. Aceite essa missão suicida, por favor.

— Eu aceitaria, mas ela está com você há mais tempo — Miah soprou um beijo para o marido. — "Verás que um filho teu não foge à luta", como diz a letra do Hino Nacional.

— Engraçadinha. Marian, não me coloque em enrascadas, certo? Desista disso enquanto é tempo.

— Não há o que ser feito, Nic. Por favor, não decepcione sua irmã. Conceda a Érica alguns momentos de fama e glória, por favor.

Nicolas lançou um olhar de tristeza para a gata branca, que retribuiu com um olhar debochado, quase divertido. A careta que ele fez arrancou uma gargalhada de Enzo.

— Marian, eu pensava que você fosse um ser puro, quase angelical.

— Corta o drama, irmãozinho. Estaremos com você, mas o desfile ao público ficará por sua conta — riu Marian.

— Eu não preciso ganhar ração. Posso comprar, sem problema algum.

— O importante não é o prêmio, e sim preparar Érica para que ela fique ainda mais charmosa e linda.

— O que seria "preparar" uma gata? — arriscou Nicolas, incerto de que queria ouvir a resposta. Mas como era um homem esperto, olhou as horas no relógio da parede e se levantou depressa. — A conversa está muito boa, mas preciso despachar vocês dois — olhou para Marian e Enzo. — Tenho uma investigação que depende de agilidade e rapidez, para se chegar a um assassino que deve estar pensando que jamais será descoberto.

— E tem um desfile, amor, para este domingo. Não terá como escapar — Miah piscou-lhe um olho com zombaria.

Todos riram. Pouco depois, os quatro se despediram e cada um tomou um rumo diferente. Havia muito a ser feito nas próximas horas.

# Capítulo 18

A casa da doutora Ema Linhares ficava em um dos bairros mais tranquilos e silenciosos da cidade e, naquele momento, os únicos ruídos eram os provocados pelos pássaros e por um cachorro que latia em algum quintal no final da rua. Quando Nicolas desceu do carro, observou algumas borboletas que flutuavam sobre um grupo de arbustos, ao lado do portão da residência da médica legista.

Assim que ele tocou a campainha, ouviu passos locomovendo-se com a rapidez e a força do exército de Hitler. Como o portão era todo fechado, não dava para ver o que acontecia do lado interno, mas, a julgar pelas vozes parecidas e que trocavam desaforos entre si, ele supôs que fosse ser recebido pelos trigêmeos da médica.

Quando o portão foi aberto, Nicolas constatou que tinha acertado. Pegou-se olhando para três rostos iguais, corados e sadios. Ele só vira o marido de Ema uma ou duas vezes, porém era fácil afirmar que os meninos tinham puxado à mãe. Os olhos, o nariz e o formato da boca eram exatamente iguais aos dela. Não se vestiam com roupas idênticas, e ainda assim Nicolas teve a impressão de que alguém tinha golpeado a sua cabeça, de modo que sua visão estivesse triplicando as imagens.

— Senhor Nicolas! — exclamou um dos meninos, apertando a mão de Bartole com o entusiasmo de um empresário ao fechar um grande negócio. — Reconheci o senhor pelas entrevistas na televisão.

— Ele não é um senhor — corrigiu o outro. — Não tá vendo que ele nem tem cabelos brancos?

— Ele é senhor sim, Mizael — interveio o terceiro. — A mamãe sempre falou que devemos chamar os adultos de senhor e senhora, não importa quantos anos eles tenham.

— Se quiserem, podem me chamar de você — Nicolas fez um esforço para desvencilhar sua mão da mão do menino que a prensava e, quando pensava em colocá-la no bolso da calça, os outros dois a agarraram ao mesmo tempo, cada um querendo ser o primeiro a apertá-la. Quando os animados cumprimentos terminaram, Nicolas agradeceu ao notar que seus cinco dedos continuavam lá.

— Pode entrar — convidou um deles. — Os nossos pais estão tomando café da manhã. A mamãe disse que o senhor viria e que talvez comesse com a gente.

— É só nos seguir — explicou o outro.

Nem era preciso dizer isso, já que eles usaram toda a força que tinham para arrastar Nicolas pelo braço, como se fossem pescadores querendo desencalhar uma baleia gigante da areia. Em segundos, ele se viu na sala de jantar de Ema, que o aguardava com um amplo sorriso. Na cabeceira da mesa farta estava um homem alto e calvo, o marido da doutora.

Ambos se levantaram ao mesmo tempo e receberam Nicolas quase com a mesma euforia que os filhos. Ema era vários centímetros mais baixa do que o investigador, por isso mantinha a cabeça elevada para fitá-lo nos olhos.

— Que bom que meus filhos trouxeram você inteiro até nós!

— Sem problemas — Nicolas piscou um olho para o trio num gesto de cumplicidade, e os meninos começaram a pular de alegria.

— Pode não parecer, mas sou uma mulher enferma — Ema sorriu, e Nicolas reparou que a expressão dela não era das melhores. — No entanto, não posso me dar ao luxo de me manter deitada até a plena recuperação.

— Coisas de mãe — o marido de Ema sorriu também. Sua careca brilhava como um piso encerado. — Sou Adamo Linhares e posso dizer que é um prazer conhecer pessoalmente o melhor investigador que esta cidade já teve desde a sua fundação. A minha esposa o elogia tanto que fico com ciúmes.

— Na próxima visita que eu fizer aqui, trarei Duarte para que o senhor repita essas palavras — Nicolas agachou-se para confrontar os trigêmeos. — Quero saber o nome de cada um de vocês e a idade.

*135*

— Nós temos oito anos — eles disseram ao mesmo tempo, como se fossem acostumados a responder àquela pergunta.

— São pequenos homens então.

Nicolas bagunçou os cabelos do que estava mais próximo, e ele fez o mesmo com os do irmão ao lado, que não gostou da brincadeira e o empurrou.

— Calma, não precisam brigar. Vocês ainda não me falaram seus nomes.

— Eu sou Rafael — apresentou-se o que empurrara o irmão.

— Eu sou Mizael — tornou o que estava perto de Nicolas.

— E eu sou Ariel — finalizou o último.

— Vocês têm nomes de anjos — rindo, Nicolas se ergueu e olhou para Ema. — Aposto que são verdadeiros anjinhos em casa.

— Você deve estar brincando — replicou Ema, fazendo uma careta. — Ainda não tive tempo para verificar o que eles me quebraram hoje. Ontem foi um vaso de louça e anteontem foi a porta do forno micro-ondas. Enfim, filhos são assim. Venha, tome café conosco.

— Eu tomei em casa antes de vir para cá.

— A mamãe abre os defuntos para ver o que eles têm por dentro — se Nicolas não estivesse enganado, o que falara era Ariel. — Deve ser massa isso.

— Massa demais — o estômago de Nicolas contraiu-se um pouquinho e ele deduziu que, pela tranquilidade de toda a família perante o comentário, os detalhes da profissão de Ema deveriam ser temas recorrentes durante as refeições.

Como se adivinhasse os pensamentos de Bartole, Ema justificou-se:

— Eles sabem o que faço, mas não fico esmiuçando como funciona meu dia a dia. Assim, evito comentários desagradáveis dos vizinhos e das professoras.

— Faz muito bem — Nicolas jogou um olhar lamentoso para Adamo. — Desculpe interrompê-los durante o café da manhã, mas tenho pouco tempo para ficar aqui e gostaria de saber o que a senhora descobriu sobre o veneno.

— Claro. Não precisa se desculpar, porque se eu não tivesse contraído a virose, estaria reinando no necrotério — Ema encarou os filhos com certa exaustão. — Meninos, o que acham de ligar o *video game* para mostrar ao senhor Nicolas quais são seus jogos preferidos?

— Legal! — gritou um deles, seguindo os dois irmãos, que já corriam como um estouro de boiada. Os três desapareceram por trás de uma porta.

— Eles têm uma energia invejável — Ema deu de ombros. — Não posso falar nada, porque, às vezes, chego a trabalhar dezesseis horas por dia, sem me render. E, ao chegar em casa, ainda faço o jantar, porque Adamo é péssimo no fogão.

— Não precisa expor meus podres — brincou o senhor Linhares.

— Sei como é isso — Nicolas cruzou os braços. — Geralmente, durmo poucas horas por noite quando estou trabalhando em um caso importante.

— Então vamos ganhar tempo. Venha por aqui — a passos largos, Ema seguiu por uma porta que ficava na lateral da cozinha e que levava ao porão da casa, um espaço de tamanho razoável, com o teto de madeira e o piso de linóleo. — Este é meu segundo reino.

Nicolas observou três estantes e duas mesas de inox no centro do cômodo. Viu tubos de ensaio coloridos, microscópio, lanternas pequenas, instrumentos cirúrgicos, dois *notebooks* e umas caldeiras grandes. Sentiu-se no laboratório de ciências da terceira série.

— Identificar a *causa mortis* de uma pessoa é meu objetivo. Ter materiais à mão em minha casa adianta meu trabalho. Se eu identifico algo antecipadamente, facilita também o serviço no laboratório.

— E a senhora soube de algo a respeito do veneno?

— Como eu disse, estou doente, mas na ativa — Ema tossiu, cobrindo a boca com a mão. — A filha do prefeito foi envenenada com extrato de oleandro.

— Extrato de quê?

— Oleandro é uma planta originária da África, que foi trazida e cultivada no Brasil há muitos anos. Tem uma aparência muito bonita, e chega a dar flores de coloração rósea. Muitos não sabem do perigo que há por detrás de algo tão delicado. Essa planta é considerada uma das mais venenosas do mundo. Para você ter uma ideia, até algumas espécies de animais e de insetos preferem passar longe dela.

Como uma professora muito didática, Ema colocou as mãos na cintura.

— Uma folha é suficiente para matar um homem de 80 quilos. Alguém utilizou suas folhas, amassou-as até extrair o líquido tóxico em quantidade suficiente para inserir em uma seringa, que foi injetada em apenas uma parte do bolo da aniversariante. A ação do veneno é rápida, pois ataca o coração. Pilar teve um enfarto, e não asfixia, como todos deduziram. Antes de parar o coração de uma pessoa, o veneno causa falta de ar.

— A senhora saberia me dizer onde se poderia adquirir tal substância?

— Certamente, no mercado negro, ou através de sites ilícitos. Não sei se alguém aqui na cidade possui essa planta. Não é comum e não custa muito barato.

— Quem a matou, com certeza fez pesquisas sobre o assunto.

— Sim, mas isso não o torna nenhum *expert* em biologia. Há sites, desses não rastreáveis pela polícia, que, infelizmente, ensinam diversas técnicas de assassinato sem deixar pistas. É a humanidade disseminando o mal gratuitamente.

— O veneno tem cheiro, cor, sabor?

— Tem coloração esverdeada, se tiver sido extraído diretamente das folhas e seu sabor não é agradável. Só que todos os ingredientes doces do bolo podem ter minimizado o gosto e Pilar não percebeu, já que foi pequeno o pedaço que ingeriu — Ema colocou os cabelos atrás da orelha. — Bartole, o que foi feito do bolo?

— A família jogou tudo fora.

— É uma pena, pois se você conseguisse me trazer outro pedaço, eu poderia lhe passar informações mais precisas — Ema deu de ombros. — Quanto ao restante dos exames que realizei no corpo da vítima, nada importante a acrescentar. Todos os órgãos estavam funcionando bem. Era uma moça saudável. Horas antes do bolo, ela mastigara chiclete e comera uma fruta. Estava com o estômago parcialmente vazio durante a festa.

Devo dizer que essa é a arma do crime mais intrigante que conheci. Penso que quem a matou a odiava muito.

— Por que a senhora acha isso?

— Um crime violento, através de facas ou revólveres, além de deixar pistas óbvias, geralmente demonstra o caráter de pessoas impulsivas. O envenenamento é uma forma de matar a distância. Comete-se o crime sem sujar as mãos. Quem conhecia o efeito do extrato de oleandro, sabia que o coração de Pilar iria parar. O crime foi uma vingança cruel, pois o assassino quis que todos a vissem morrer em sua própria festa e que seu corpo ficasse abandonado depois.

— Da mesma forma que Pilar havia abandonado essa pessoa antes, pois já descobri que ela tinha muitos amantes e que os deixava quando se enjoava deles.

— Tudo é simbólico nesse crime. A pessoa deve ter se contorcido de prazer ao vê-la mastigar o bolo envenenado com a mesma boca que a beijara, e também festejou quando a viu morrer. O romance deve ter sido doce como o bolo, terminando amargo como o veneno. Percebe a relação de tudo?

— Eu ainda não havia refletido sobre esse ponto de vista — considerou Nicolas. — A senhora me ajudou muito com essas informações. Confirmou a minha teoria de que o criminoso teve um caso amoroso com Pilar e que foi colocado para trás quando ela terminou. Não aceitou o fim do relacionamento e bolou todo o plano.

— Acredito nisso também.

Nicolas começou a fazer o caminho de retorno e estremeceu quando notou os três meninos o aguardando no alto das escadas, com expressões curiosas no rosto.

— Eles são proibidos de descerem aqui, contudo, não creio que você consiga escapar deles tão facilmente — riu Ema Linhares.

— Nós já colocamos o DVD no *video game* para jogarmos — os olhos de Ariel brilhavam como estrelas. — Escolhemos um jogo de corrida.

— O senhor... você gosta de *games* de carrinhos? — interessou-se Rafael.

— Bom... — Nicolas olhou para o relógio de pulso. Faltavam cinco minutos para as nove horas. Aquele não era o horário indicado para apostar corrida em um jogo com três crianças afobadas e barulhentas. — Que tal deixarmos para outro dia?

— Bartole é um homem ocupado e precisa trabalhar — adiantou-se Ema, em defesa de Nicolas, que subia os degraus lentamente.

— Aaaah! — os três resmungaram em uníssono, fazendo uma careta triste e comovente.

— Ele nunca veio aqui e agora não tem tempo para brincar um pouco com a gente — lamentou Mizael.

— É que ele veio aqui a trabalho — completou Ema, sorrindo. — Agora não é hora de brincar.

— Por favor — pediu Ariel colocando as mãos unidas em posição de prece. Os irmãos trataram de imitá-lo. — Garantimos que você não vai se arrepender.

Apesar de impaciente, Nicolas assentiu, fazendo as crianças berrarem de contentamento.

— Ok. Vou jogar com vocês somente uns cinco minutos, hein?

Nicolas viu-se arrastado para o quarto deles. Foi forçado a sentar-se no chão e se pegou segurando um controle de *video game*. Os três o olhavam com tanta admiração e docilidade que era como ver um trio de servos tentando agradar ao sultão.

— Eu nem sei quais botões devo apertar — anunciou Nicolas, achando que com isso conseguiria fazer os meninos desistirem dele.

— A gente ensina — falou um deles, enquanto os outros dois quase tremiam de euforia.

Da porta do quarto, Ema e Adamo sorriam, abraçados, observando Nicolas sentado no chão e rodeado por três meninos idênticos de oito anos de idade, que falavam como locutores de futebol.

Nicolas só tinha uma única certeza. Não conseguiria se livrar das crianças em cinco minutos.

*140*

## Capítulo 19

De fato, quando Nicolas se livrou dos tentáculos ferozes dos trigêmeos já tinham se passado vinte e cinco minutos. Além de não ganhar nenhuma partida, ainda levara várias broncas, pois apertara o botão da ré em vez de acelerar e confundira o carrinho que controlava com os veículos adversários. Tirara seu carrinho da pista várias vezes e um dos meninos perguntou se ele costumava fazer aquilo com seu carro de verdade.

Seus dedos estavam doendo de tanto apertar botões e os tímpanos estavam a ponto de estourar, pois os três gritavam sua animação bem nos ouvidos dele, dizendo que Nicolas não era tão esperto quanto eles tinham imaginado. Apesar dos momentos de tortura física e psicológica, de certa forma, a visita tinha valido a pena. As informações sobre o veneno que eliminara Pilar poderiam dar um novo rumo à investigação.

O investigador buscou Mike na delegacia, avisando-o de que dali seguiriam para o motel, cujo endereço obtivera durante sua conversa com Cezar. Durante o trajeto, com poucas palavras, resumiu ao parceiro sua visita à casa de Ema, escondendo os detalhes sobre o ataque dos trigêmeos para que Mike não esticasse a conversa.

— Como faremos para descobrir quem possui essa planta oleandro em casa?

— Mesmo que descobríssemos, não teríamos como provar que o veneno partiu dali — Nicolas apanhou o celular e o entregou a Mike. — Baixei essas fotos para que possamos identificá-la. Mas, para mim, é uma florzinha comum.

— Se um dos nossos suspeitos tiver oleandro em casa, resolveria parte do nosso problema — opinou Mike, analisando as imagens.

— Ainda assim, não provaríamos nada, embora fosse uma evidência importante. Além disso, uma pessoa que planejou um crime desse porte com certeza pensou em cada detalhe. Não teria a planta em casa, porque isso chamaria a atenção da polícia. Tenho para mim que o veneno foi adquirido com terceiros, ou pela internet, sendo recebido em um local distante de seu endereço verdadeiro.

— Em média, quanto custaria um veneno desse tipo?

— Não faço ideia, mas boa parte dos nossos suspeitos têm boa condição financeira e isso não seria empecilho. Gastar um dinheiro extra para tirar Pilar de cena deve ter valido a pena para o assassino.

O motel para o qual Pilar levara Cezar e que, segundo ele, ela não estivera ali pela primeira vez, era um prédio de um andar só, que se aprofundava ao longo do quarteirão. Suas paredes externas eram pintadas de vermelho, e as janelas, na cor branca. Nicolas dirigiu por um caminho curto e sinuoso, com plantas vistosas e coloridas de ambos os lados, até chegar à recepção, que era uma espécie de guarita. À frente dele, havia uma cancela, que só se abria após os clientes serem liberados.

Não era um motel cinco estrelas, de acordo com o padrão de Pilar, mas provavelmente era onde ela conseguia entrar mesmo sem ter completado a maioridade. Ainda assim, havia certo requinte e bom gosto na decoração.

Nicolas desceu do carro, e Mike fez o mesmo. Uma recepcionista enfezada, na faixa dos 40 anos, surgiu na janelinha da guarita, mas se mostrou surpresa ao perceber o policial fardado.

— Vocês vieram como hóspedes? — ela quis saber.

Mike grunhiu um "arre égua" irritado antes de Nicolas mostrar sua identificação policial.

— Quero falar com o gerente, o supervisor ou com quem manda aqui.

— Um momento — ela desapareceu guarita adentro, e Nicolas notou que ela estava chamando alguém pelo interfone. Quando reapareceu, sua expressão já não parecia tão mal-humorada. — Meu gerente já está a caminho. Ele se chama Higor. Vocês podem aguardar ali — ela apontou para uma sala, cujas paredes eram de vidro escuro. — Há sofás, água e café.

— Obrigado — agradeceu Nicolas.

A sala de espera era pequena, mas muito limpa e organizada. Havia dois sofás vermelhos, uma mesa branca no centro, com flores igualmente brancas em um vaso vermelho, uma mesa de sinuca ao fundo, uma televisão de tela plana fixada à parede e ventiladores de teto com as pás na cor tabaco. Do lado direito, havia um galão de água em um suporte e uma garrafa térmica em uma mesa pequena.

— Por que nunca há coisas gostosas nos lugares em que vamos? — queixou-se Mike, olhando com decepção para o galão e a garrafa.

— Porque as pessoas que vêm aqui querem outro tipo de gostosuras.

Nicolas sentou-se, e Mike aguardou de pé. Minutos depois, um homem minúsculo, barbudo e com fartos cabelos escuros adentrou a sala de espera quase aos tropeços. Tinha mais de 30 anos, apesar da barba envelhecê-lo alguns anos.

— Sou Higor — ele cumprimentou os visitantes. — Susete me disse que a polícia queria falar comigo.

— Eu sou o investigador de homicídios Nicolas Bartole, e este é o policial Michael.

— Espero que nenhum hóspede tenha aprontado nada.

— Vamos descobrir isso agora — Nicolas se levantou, reparando que Higor mal tinha um metro e meio. — Pilar, a filha do prefeito, era frequentadora assídua do seu motel?

Ele empalideceu, coçou a barba e murmurou um não quase inaudível.

— Como disse? — Nicolas franziu a testa.

— Nunca ouvi falar nesse nome.

Nicolas respirou fundo, demonstrando paciência:

— Mike, sempre que me encontro com Marian, fico num estado de tranquilidade que eu mal me reconheço. Porém, esse estado, que beira a letargia, pode ser quebrado em uma fração de segundo quando as pessoas me tomam por idiota, desperdiçam meu tempo com bobagens e ainda tentam atrapalhar uma investigação policial em curso.

— Se eu fosse você, Bartole, não perderia o tempo dele também — Mike fez cara de mau. — Posso buscar as algemas e resolver o assunto agora mesmo.

— E por que eu prenderia tão simpático gerente? Por ele autorizar a entrada de jovens menores de idade em seu motel que, certamente, acessam os quartos acompanhados de pessoas maiores, como se isso fosse permitido por lei? Além de Pilar, quantos outros adolescentes devem vir aqui? Após pesquisarmos, chegaremos a alguns clientes, que certamente esperam por sigilo — Nicolas arregalou os olhos azuis para Mike. — Podemos até desmantelar algum esquema de pedofilia. Você tem toda razão, meu parceiro.

*143*

— Esperem — a voz de Higor saiu fininha ao ver Mike seguir na direção do carro. — Creio que eu esteja me confundindo. Nunca recebi a visita da polícia aqui e estou um pouco nervoso.

— Para tudo tem a primeira vez — Nicolas colocou as mãos nos bolsos. — Quem não deve, não teme.

— Veja só — parecendo abatido, Higor sentou-se no sofá vermelho. — Juro que não permitimos a entrada de menores de idade. A única exceção foi Pilar — o gerente olhou para os lados, como se procurasse alguma coisa. — Ela estava com 16 anos quando veio aqui pela primeira vez. Prometeu que convenceria seu pai a abaixar os meus impostos, além de me oferecer uma grana por isso.

— Suborno? — Nicolas arqueou as sobrancelhas, olhando para Mike, que já estava escrevendo em uma caderneta.

— Não foi bem assim — suando muito, Higor indagou: — Estou ficando encrencado, não é mesmo? Vocês vão me prender?

— Apenas responda às minhas perguntas. Seus impostos foram baixados? Qual o valor que Pilar te deu pela sua discrição e pela entrada dela neste estabelecimento?

— Não sei o que aquela menina fez, mas hoje eu tenho total isenção de impostos e tributos municipais. Em sua primeira visita, Pilar me ofereceu três mil reais. E me paga outros mil reais a cada visita, além do valor da hospedagem.

— Pode me provar que possui isenção de impostos?

— Sim, consigo providenciar tudo.

— Com que frequência Pilar visitava este motel?

— Ouça, senhor Bartole, tenho esposa e filho. Não sou o proprietário do motel, apenas o gerencio. Eu...

— Responda às minhas perguntas — repetiu Nicolas — e talvez tudo termine bem para seu lado.

— Em sua primeira visita aqui, Pilar veio acompanhada de um rapaz negro. Ela tinha 16 anos, e ele aparentava ter mais de 20. Confesso que fiquei surpreso quando, em sua segunda visita, algumas semanas depois, ela trouxe outro garoto para cá. Esse me pareceu mais extrovertido do que o primeiro, era branco e estava se sentindo um tanto deslocado aqui.

Imediatamente, Nicolas pensou em Cezar. Exibiu a foto do suspeito a Higor, que assentiu devagar.

— É o próprio. Pilar e esse rapaz vieram várias outras vezes aqui. Ficavam um longo período, geralmente nunca menos de seis horas.

Pediam refeição e eram discretos. Fiquei muito surpreso quando Pilar, em uma bela manhã, apareceu aqui junto de um casal de jovens muito parecidos entre si.

Desta vez, Nicolas mostrou uma foto dos gêmeos Cadu e Valentina. Higor novamente balançou a cabeça em concordância.

— Foram esses. Pilar os trouxe umas três vezes. Os dois rapazes anteriores, o negro e o branco, nunca mais voltaram aqui.

— Reconhece se essas pessoas também vieram aqui com Pilar, em algum momento?

Nicolas mostrou as imagens de Fátima, Teresa, Biel e Heloise. Higor esticou um dedo trêmulo e tocou no rosto dos dois últimos.

— Ela veio com esse garoto e com essa moça — apontou para Heloise. — Não estou lembrado de tê-la visto com a outra garota e nem com a mulher. Todos eles são maiores de idade. Eu mesmo fazia questão de verificar seus documentos.

— Eles são, sim. Além de todos esses, Pilar veio aqui com alguém, cuja foto não mostrei?

— Creio que sejam só esses mesmos. Guardei na memória cada rosto que a acompanhava, porque eu estava falando da filha do prefeito e precisava ter alguns cuidados com isso, já que ela era menor de idade. O único que não está aí foi o primeiro rapaz, o de pele negra.

— Pode me descrever como ele era?

— Ah, já faz tanto tempo — Higor fez um gesto vago com a mão.

— Ou a sua memória volta aqui ou na delegacia. O que prefere?

— Ele deveria ter uns 25 anos — disse Higor rapidamente, após a ameaça de Nicolas. — Com certeza menos de trinta. Era alto como este policial — indicou Mike com o queixo —, embora menos musculoso. Tinha muitas tatuagens espalhadas pelos locais visíveis, como braços, pescoço e até no couro cabeludo, já que seus cabelos eram raspados. Usava correntes de ouro e um relógio dourado, cujo mostrador parecia um pires de tão grande. Ele falava arrastado, na gíria, estilo malandrão. Admito que ele me causou calafrios. Pilar parecia tranquila ao lado dele.

Nicolas olhou para Mike, que escrevia rapidamente na caderneta.

— Sei que a filha do prefeito não era nenhuma santinha — emendou Higor. — A mídia tem divulgado que ela foi assassinada. Isso é verdade? Foi alguma dessas pessoas? — ele olhou a expressão de Nicolas e finalizou: — Já sei. Eu apenas respondo às suas perguntas.

— Que bom que aprendeu direitinho! Por quanto tempo vocês armazenam imagens das câmeras de segurança?

— Por até um ano. Por quê?

— Já faz mais de um ano que Pilar veio aqui com esse homem que o impressionou. Você poderia me conseguir mais informações sobre ele? Nome completo, algum número de documento e, principalmente, imagens? Aproveite e me traga algo que comprove sua isenção de impostos e tributos.

— Posso tentar — Higor se ergueu do sofá. — Acha que ele é o assassino?

Sem esperar pela resposta, o gerente pequenino rodou nos calcanhares e deixou a sala.

— Parece que temos um novo personagem entrando na lista de suspeitos — Mike colocou a caderneta e a caneta sobre o braço do sofá. — O que achou desse gerente?

— Um ganancioso, cuja ambição o levará à derrota. Contudo, é um bom observador. Mantinha os olhos sobre Pilar e seus parceiros durante seu tempo de permanência aqui. O homem que ele nos descreveu demonstra ser alguém ligado à criminalidade, mas também pode não ser. O fato de usar correntes de ouro, ter muitas tatuagens e falar como um bandido, não o torna um.

— Mas você não acha que ele seja o assassino.

— É importante descobrirmos quem é a figura. Mas não, Mike, não penso que Pilar manteria tanta intimidade com alguém assim a ponto de lhe confidenciar detalhes da sua festa de aniversário. A pessoa que a matou era íntima no quesito sexual, mas íntima também para conhecer seus segredos, desejos e pensamentos. Apesar de ter rechaçado essa pessoa ao terminar o relacionamento, Pilar confiava nela.

— O que coloca as três amigas no topo da lista de suspeitos.

— Sim, mas os meninos também. Ainda teremos que descobrir o quão Pilar era próxima deles, além do sexo.

— Esse gerente esconde o jogo.

— Sobre Pilar, ele realmente contou tudo o que sabia, ou o que conseguiu se recordar. Mas mentiu ao dizer que jamais liberou a hospedagem de outros menores de idade. Percebi isso pela maneira como ele desviou o olhar ao me contar esse fato.

Higor entrou na sala novamente aos tropeços. Trazia um envelope grande nas mãos, que o entregou a Nicolas.

— Todos os meus impostos municipais foram pagos por terceiros. Nunca me interessou saber por quem, mas sei que isso é coisa do prefeito, por influência de Pilar. Quanto às imagens das câmeras, devo dizer que o senhor deu sorte. Susete me disse que temos registros das imagens arquivados dos dois últimos anos.

— Pilar registrava seu acesso?

— Pela regra, sim. Os visitantes precisam deixar seus documentos pessoais na recepção enquanto permanecem nos quartos. Nesse meio tempo, Susete ou eu os registra no sistema.

— Incluindo a data de nascimento?

— Sei que errei ao deixá-la entrar. Mas o dinheiro falou mais alto.

— Quantos outros menores de idade vêm aqui? — interessou-se Nicolas.

— O quê? Já lhe disse que...

— Mike, pode prendê-lo — diante da ordem, Higor pareceu diminuir ainda mais de tamanho.

— Que conversa é essa? Fiz tudo o que me pediram...

— É proibido por lei autorizar que menores tenham acesso a motéis, sabia? Receber suborno é crime de corrupção ativa. Sei que, se vasculharmos seus registros, acharemos informações sobre outras pessoas que ainda não completaram dezoito anos e que estiveram aqui, portanto, você está mentindo para um representante da polícia, o que configura outro crime. Contate seu advogado e peça para que ele o encontre na delegacia.

— Por favor, ouça — no auge do desespero, Higor segurou Nicolas pelo braço. — Sei que o salário de vocês não é lá grande coisa — esticou a outra mão e segurou Mike também. — Tenho um bom dinheiro guardado num cofre aqui. Se eu molhar a mão de vocês com uma grana legal, podem fingir que nunca conversamos. O que acham disso?

— Deixe-me ver se entendi — Nicolas mostrou um sorriso angelical. — A grana é bem gorda mesmo?

— Posso deixá-los confortáveis pelos próximos seis meses.

— Maravilha! Eu também posso deixá-lo confortável em uma cela por mais de seis meses, pela tentativa de subornar dois policiais em serviço.

Higor começou a gritar quando Mike foi ao carro e voltou trazendo um par de algemas. Susete saiu da recepção e, ao ver seu gerente sendo preso, pôs-se a berrar também. A balbúrdia atraiu a atenção de alguns hóspedes, que saíram de seus quartos enrolados em toalhas ou usando apenas peças íntimas.

— Mike, chame uma viatura para levar esse sujeito — Nicolas forçou a voz, já que Higor e Susete gritavam em coro. — Quanto a vocês, podem voltar às suas atividades — acrescentou, olhando para os clientes.

*147*

Nicolas entrou em contato com Elias para informá-lo de que estava enviando um "presente" um tanto barulhento para ele e que, a partir dali, o delegado tomaria as próximas providências.

# Capítulo 20

Mesmo tendo decidido que gastaria algumas horas na delegacia, expondo seu relatório atualizado à equipe, Nicolas fez uma parada no percurso. Com o endereço fornecido por Teresa, ele parou o carro diante da pensão em que Biel morava. Tratava-se de um sobrado simples, sem luxo, que ficava no centro da cidade.

Nicolas mostrou sua identificação ao atônito porteiro e perguntou se o rapaz encontrava-se em seu quarto. Após a confirmação, subiu um lance de escadas e bateu na porta do segundo quarto do corredor.

Um rapaz de cerca de 20 anos, cabelos alourados revoltos, olheiras sob os olhos sonolentos e rosto um tanto pálido abriu parcialmente a porta. Vestia uma camiseta amassada e uma cueca frouxa. Nicolas se identificou, e ele piscou como uma coruja:

— Ah, cara, qual é? Tô limpo. Não uso drogas.

— Chega de palhaçada e abra logo essa porta — a ordem de Nicolas fez Biel estremecer e pular para trás.

Ele obedeceu. Nicolas e Mike se viram em um quarto pequeno, com uma cama de solteiro, uma televisão pequena sobre uma cômoda de seis gavetas, duas malas de viagem no chão, que faziam o papel de guarda-roupa, um par de chinelos e um par de tênis jogados de qualquer jeito sobre um tapete colorido e muito puído. Uma janela pequena dava visão para a rua.

Não havia banheiro nem cozinha no recinto. Nicolas se perguntou como aquele rapaz conseguira despertar o interesse de duas moçoilas da alta sociedade: Teresa e Pilar.

Como não havia nenhum outro espaço para se sentar, Nicolas e Biel acomodaram-se na cama estreita, após o rapaz vestir uma bermuda. Mike ficou de pé, apoiando as costas na porta.

— Por que vocês vieram? — Biel coçou um olho.

— Você já sabe que Pilar foi assassinada?

— Como disse? — imediatamente, o sono dele pareceu dissipar-se. Seu rosto ficou lívido, enquanto seus olhos se abriram muito.

Para Nicolas, seu espanto pareceu sincero.

— Mataram Pilar? Como assim? Vocês devem estar enganados.

— Alguém envenenou o bolo de aniversário. Pilar foi a primeira pessoa a experimentá-lo e morreu na hora.

— Eu não sabia — lágrimas surgiram nos olhos dele e também pareceram sinceras. — Ela não me convidou para o aniversário. Cara, Pilar não pode ter morrido.

— O enterro dela será amanhã. Estamos aqui porque soubemos que você traiu sua namorada com Pilar. Quero ouvir sua versão dessa história.

Biel olhou para Nicolas e para Mike, e secou as lágrimas que pingaram.

— Se existe um sujeito mais arrependido das coisas que fez, esse cara sou eu. Só fiz besteiras, só tomei decisões erradas, só me envolvi com quem não devia.

— Como você conheceu Teresa?

— Eu estava trabalhando como frentista em um posto de gasolina, na época — Biel encolheu os ombros. — Aproveito para acrescentar que estou desempregado agora. Se eu não arranjar uma grana logo, serei despejado desta pensão.

— Por que você foi demitido do posto? — a pergunta veio de Mike.

— Porque eu chegava atrasado, faltava bastante e pedia para sair mais cedo. Fiz tudo isso porque estava apaixonado por Teresa. Ainda estou, mesmo que ela não acredite em mim. Só queria passar mais tempo com a menina que eu gosto.

— Ela me disse que vocês namoraram por cerca de três meses.

— Sim. Mesmo eu sendo pobre, muito pobre — ele mostrou seu dormitório simplório. —, os pais dela não se importaram. Acho que haviam percebido que meu amor era verdadeiro e que eu não estava interessado nela só por causa do dinheiro. Então Teresa me apresentou para sua melhor amiga, Pilar. Depois que ela me conheceu, nunca mais tive um minuto de sossego.

*150*

— O que Pilar fez?

— Ia direto ao posto me procurar. Tentou me seduzir de todas as formas possíveis. Mesmo amando profundamente Teresa, a carne é fraca. Pilar era uma menina sensual e provocante, e eu não resisti por muito tempo. Fomos para um motel, e ela pediu para tirarmos uma foto quando estávamos nus na cama. Pilar falou que estava apaixonada por mim e que queria guardar para si aquele momento, jurando que nunca o compartilharia com mais ninguém. No mesmo dia, ela encaminhou a foto para Teresa, que terminou o namoro comigo. Não demorou muito para que Pilar também me dispensasse. Ela apenas quis roubar o namorado da melhor amiga, usá-lo e descartá-lo. Ouvi essas palavras dos seus lábios.

Mais lágrimas chegaram aos olhos de Biel e escorreram por seu rosto pálido.

— No final de tudo, fiquei sem nenhuma delas e ainda fui demitido do posto.

— Você culpa Pilar pelo que ocorreu?

— Não. A culpa é toda minha, por isso disse que estou arrependido. Teresa me evita, me bloqueou nas redes sociais, não atende às minhas ligações e jurou que não me procuraria mais. Moro sozinho na cidade, mas penso em me mudar daqui a fim de esquecê-la — seus olhos chorosos fitaram Nicolas. — Se está achando que eu matei Pilar, saiba que mataria a mim mesmo antes de fazer isso, porque, como eu disse, sou o responsável por toda essa confusão. Pilar me seduziu, mas não colocou uma arma em minha cabeça para transar com ela. Fui porque quis, porque fui um safado sem-vergonha. Agora, só me resta arcar com as consequências.

\*\*\*

— Não foi ele — concluiu Nicolas, dirigindo rumo à delegacia. — É apenas um coitado amargurado. Ele não esteve na festa e podemos confirmar isso batendo seu nome com a lista dos convidados. E o criminoso estava lá, disso tenho certeza.

— Não creio que ele teria meios de produzir o veneno, ou de comprá-lo no mercado negro.

— Com certeza, não. E isso nos remete novamente aos nossos suspeitos iniciais. Susete, a competente recepcionista do motel de Higor, nos conseguiu um HD com todas as filmagens dos últimos vinte e quatro meses. O nosso trabalho será facilitado, porque ela tinha registrado os dias e os horários em que Pilar realizou cada visita ao motel. Pedirei que Moira nos faça esse levantamento. Ela é ótima com pesquisas.

— E eu sou ótimo com o quê? — Mike torceu o nariz. — Bartole, você nunca me elogia. Desse jeito, meu astral não levanta nunca.

— Ah, não começa com mimimi. Já falei que, ao final da investigação, você vai faturar um bolo delicioso, com grossas camadas de recheio e cobertura.

— Bem que você poderia enumerar as minhas qualidades. Faz bem massagear o ego dos amigos.

— Se continuar me torrando a paciência, tiro você do caso e designo Moira para trabalhar comigo — prometeu Nicolas.

Mike cruzou os braços e resmungou alguns impropérios, porque era um homem inteligente o bastante para não xingar em voz alta. Não percebeu o sorriso dissimulado de Nicolas enquanto dirigia.

Não foi novidade para ninguém ver que os repórteres continuavam acampados diante da delegacia. Quando avistaram o carro de Nicolas, ligaram câmeras, luzes refletoras e microfones com uma agilidade impressionante.

Nicolas e Mike saltaram do carro e começaram a avançar rumo à entrada. As perguntas foram despejadas sobre eles:

— Senhor Bartole, quais são os desdobramentos do caso?

— Já sabe quem matou Pilar?

— Quando efetuará a prisão do assassino?

Nicolas parou, olhou com má vontade para uma das câmeras, piscou um olho e sorriu. Sem responder a nenhuma indagação, continuou seu trajeto até o interior da delegacia.

Moura estava atrás do balcão da recepção, a expressão sisuda como sempre, o que não diminuía sua beleza. Ao observar Nicolas e Mike caminhando em sua direção, anunciou:

— Bartole, o delegado Elias o aguarda na sala de reuniões, juntamente com Duarte, que chegou há uns dez minutos — ela fez uma pausa observando a careta de escárnio que Nicolas exibiu e continuou: — O comandante Alain nos contatou para informar que está a caminho e deve estar por aqui dentro de alguns minutos.

— Ótimo. Moira, eu gostaria que você também participasse da reunião. Direta ou indiretamente, você me auxilia em todas as investigações, portanto, não dispenso sua presença. Pedirei a Elias que coloque outro policial para cobrir seu posto.

Ela assentiu, parecendo emocionada, mesmo que seu semblante continuasse duro como uma muralha de aço.

Mike ergueu as sobrancelhas, com ar sarcástico, mas preferiu se manter em silêncio e apressou o passo para acompanhar Nicolas, que já caminhava vários metros a frente.

Por se tratar de uma delegacia de uma cidade do interior, que tinha menos de um quarto da população de Ribeirão Preto, não havia muitas salas disponíveis. Por isso, a sala de reunião ficava ao lado da sala de interrogatório, a caminho do corredor que levava às quatro celas, duas delas vazias no momento. Na terceira, estava Higor, o gerente do motel, esbravejando à espera de seu advogado. Os criminosos que Nicolas capturara, além de outros que cometeram delitos graves, há muito haviam sido transferidos para grandes penitenciárias.

Assim que Nicolas e Mike entraram na sala, Duarte levantou-se e aplaudiu:

— Uma salva de palmas para o investigador que se considera o bonzão, mas que até agora não nos trouxe o assassino de Pilar.

Nicolas retribuiu com um sorriso provocador, aplaudindo também:

— Uma salva de palmas para os restos mortais de um investigador chato e antiquado, que há muito morreu e se esqueceu de se deitar. E agora nos assombra como uma múmia perturbada.

Elias pigarreou, Mike prendeu o riso, e Duarte ficou vermelho de ódio. Nicolas seguiu para a mesa oval no centro da sala, puxou uma cadeira e acomodou-se nela.

— Elias, notícias de Higor?

— Seu advogado está vindo e já soube que é um dos melhores da cidade. Com certeza, o libertará sob fiança, pois as provas que temos não são tão incisivas para mantê-lo detido. Higor está prometendo processar o Estado e a você também, Bartole.

— Mande-o pegar a senha e entrar na fila, pois a quantidade de pessoas querendo me processar já está dobrando a esquina.

— Maus profissionais atraem processos como o pólen atrai abelhas — sibilou Duarte.

— Zumbis de boca murcha se metem na conversa dos outros como baratas na lixeira — retribuiu Nicolas, desviando o olhar para Elias.

— Pedi a Moira que participe da reunião. Ela é uma excelente profissional e já nos provou isso em casos anteriores.

Duarte não deixou por menos:

*153*

— Quando a pessoa não se garante no que faz, recorre a ajuda de policiais militares comuns — olhou para Mike e torceu a boca. — Sempre trabalhei sozinho e sempre fui coroado pelos meus feitos.

— Os dois policiais comuns, Mike e Moira, são infinitamente mais competentes e capacitados do que você — Nicolas sorriu de novo. — E não me surpreende que você tenha trabalhado sozinho. O parceiro que fosse designado para acompanhá-lo se veria obrigado a fazer terapia durante anos, após conviver com sua carranca por algumas horas em um único dia.

— Rapazes, já basta — interveio Elias, como um pai severo passando uma reprimenda nos dois filhos. — Vamos nos concentrar no caso, pode ser?

Ouviram uma batida na porta, e Moira entrou, parecendo um tanto tímida. Nicolas indicou uma cadeira para que ela se sentasse, e Alain entrou pisando duro logo em seguida. Não era à toa que galgara vários degraus ao longo de sua carreira policial até chegar à patente de comandante.

Sem cumprimentos formais, e de uma forma tão dura quanto seu caminhar, foi logo dizendo:

— Eu designei os dois investigadores de homicídios a serviço deste município, ambos com históricos brilhantes, para trabalharem juntos na resolução do assassinato de Pilar. E me surpreendo por descobrir que nenhum de vocês me forneceu algo concreto. O prefeito Ernesto me telefonou para expressar seu descontentamento com o trabalho desta equipe. Teme que o assassino esteja longe daqui e que nunca seja capturado.

Como ninguém respondeu nada, Alain concluiu:

— Acho bom que nesta reunião vocês me digam que já sabem, pelo menos, quem envenenou aquele maldito bolo. Ernesto também reclamou de sua conduta, Bartole, que lançou suspeita sobre Joel, o filho dele, quando eles estiveram na delegacia. Disse que está conversando com os advogados dele para mover um processo contra você.

— O que eu disse sobre a longa fila? — Nicolas falou devagar fitando Elias.

— Que fila? — Alain fechou a cara. — Do que você está falando?

Nicolas voltou-se para seu superior e respondeu falando ainda mais devagar:

— Trabalhando junto ou separado de Duarte, o criminoso será identificado e preso. O senhor sabe que detesto trabalhar sob pressão e que nunca deixei um caso em aberto. Então eu lhe peço a gentileza de que pare de botar pilha na investigação apenas porque Ernesto é seu amigo pessoal. Para mim, a vítima sempre merece obter justiça, seja ela a filha de um prefeito ou de um mendigo. Não faço distinção social nem espero que essa corporação o faça. Somos policiais a serviço da população e não a serviço de um prefeito desonesto, pai de um garoto mimado e de uma menina com duzentos amantes. E agora, se todos estão de acordo com minhas palavras, podemos expor em que passo está correndo a investigação? Ou ficaremos discutindo futilidades como um bando de desocupados fofoqueiros?

# Capítulo 21

Mike e Moira estavam pálidos e, assim como Elias, cujo rosto tornara-se vermelho como um tomate, tinham certeza de que Nicolas levaria uma advertência ou até mesmo uma suspensão de seu comandante. Para surpresa de todos, inclusive de Duarte, Alain moveu a mão com os dedos abertos, murmurando duas únicas frases:

— Vá em frente, Bartole. Na sequência, gostaria de ouvir o relatório de Duarte.

— Se ninguém se opuser, gostaria de iniciar falando sobre o que descobri até então — sem esperar por resposta, Duarte abriu a maleta que estava ao seu lado e retirou uma folha de papel. — Aqui eu coloquei todos os meus apontamentos. Descobri que Pilar era amante de Cezar, o rapaz que responde pela empresa dos quitutes. Provavelmente, ele é o assassino, que a matou por vingança, após ter sido trocado por outra pessoa. Quero um mandado judicial de busca e apreensão à residência dele. Lá, certamente, encontraremos uma prova substancial que o incrimine.

— E o que lhe dá a certeza de que ele executou o crime por vingança? — Alain cruzou as mãos sobre a mesa.

— Percebi algo estranho no olhar dele, algo que delatou seu segredo — Duarte balançou a folha que segurava. — Sou muito observador, comandante. Nada escapa aos meus olhos sagazes.

Nicolas trocou um olhar com Mike que, mais uma vez, obrigou-se a conter uma risada.

— Eu também estive na residência do prefeito — Duarte continuou. — Todos sabem que Ernesto é meu amigo e confia em meu trabalho, tanto que ele não me ameaçou com processo. Ele me cedeu acesso aos aposentos de Pilar. Admito que nada me chamou a atenção por lá, o que me leva de novo a Cezar. Ele é o assassino que estamos procurando. Irei até o final na busca de provas que o incriminem.

— Muito bem — Alain virou-se para Nicolas. — Quanto a você, Bartole, também suspeita de Cezar?

— Ele é um dos meus suspeitos sim, mas não o único. Não sei se Duarte já avançou tanto, mas existem outras pessoas que podem ter matado Pilar, além de Cezar. Direi o que descobri, do que suspeito e o que pretendo fazer a partir daqui.

Nicolas permaneceu sentado, aguardando que Duarte fizesse o mesmo. Só então prosseguiu:

— Vou traçar uma linha do tempo para que todos possam compreender meu raciocínio. Pilar era uma jovem muito ativa, sexualmente falando. Não sou médico para apresentar o diagnóstico de ninguém, porém suspeito de que ela fosse ninfomaníaca, nome dado às mulheres que possuem um transtorno psicológico que as fazem sentir compulsão exagerada por sexo, sem nunca sentir o prazer e a satisfação que procuram. Além disso, ela não era uma pessoa fácil de lidar. Quem esteve presente na fatídica festa de aniversário já me relatou um pouco de seu comportamento, que não era dos mais agradáveis. Pilar gostava de ser o centro das atenções, inclusive no sexo.

Alain mantinha seu olhar intimidador fixo em Nicolas.

— Ela tinha três grandes amigas: Teresa, Valentina e Heloise. Todas são suspeitas de terem envenenado o bolo. Com exceção de Teresa, pelo menos aparentemente, afirmo que as outras duas transavam com Pilar.

A expressão do comandante manteve-se neutra, enquanto Duarte passou do vermelho ao rubro em questão de dois segundos.

— Pilar começou suas aventuras sexuais muito cedo — emendou Nicolas. — Talvez já mantivesse relações dentro de casa com as amigas. Fora de seu lar, contudo, ela se envolveu sexualmente com uma pessoa aos 16 anos. Utilizou-se de um motel, cujo gerente encontra-se detido nesta delegacia, por facilitar seu acesso ao estabelecimento, por receber suborno de uma jovem menor de idade, por permitir a entrada de outros adolescentes num local proibido a eles e por tentar subornar a mim e ao policial Michael em horário de serviço. Mas voltarei a falar dele daqui a pouco.

— Você já descobriu com quem Pilar foi ao motel pela primeira vez?

— As imagens da câmera de segurança deste dia estão em meu poder. Sei que tudo isso aconteceu há dois anos, mas a revelação de tal pessoa pode nos dar outro rumo à investigação. Moira, por favor — Nicolas pediu que ela pegasse uma pasta preta e a abrisse. De dentro dela, a policial retirou um robusto HD. — Você conseguiria transmitir as imagens para que todos nós possamos assisti-las?

— Farei isso agora mesmo — Moira levantou-se. — Volto daqui a pouco.

Ela pediu licença e saiu, levando o HD consigo. Nicolas continuou:

— Descobri tudo isso hoje, o que justifica ainda não ter visto as imagens. Independentemente de quem a acompanhou, Pilar foi vista no mesmo motel com Cezar, com Valentina, que tem um irmão gêmeo e que, pasmem, também se envolveu com a filha do prefeito. Pilar também saiu com Heloise e com Biel, ex-namorado de Teresa, a quem ela arrastou para a moita. Estão acompanhando minhas ideias ou já ficaram confusos?

— Bartole, tem certeza do que está falando sobre Pilar? — Alain o confrontou. — Se essas informações chegarem aos ouvidos do prefeito e não forem provadas, ele pedirá sua cabeça em uma bandeja.

— Se a população tomar conhecimento do que eu soube a respeito dele, será a cabeça do prefeito que aparecerá numa bandeja. Quanto a Pilar, o que temos até agora é que seis pessoas mantiveram relações sexuais com ela, algumas em épocas diferentes, outras no mesmo período, e até simultaneamente. Heloise, Valentina, Cadu, Cezar, Biel e o cara do motel. Podem aparecer outros nomes. Biel não esteve na festa, portanto, eu já o descartei. Tenho motivos para acreditar que o assassino era um dos convidados.

— Por que pensa assim? — quis saber Alain.

— Vingança foi o motivo do crime. Pilar fez mais do que decepcionar pessoas. Ela despertou um ódio profundo no coração de alguém, que só sossegou quando a viu cair morta sobre o bolo.

Nicolas também ficou de pé e começou a andar devagar em torno da mesa.

— Agora que Moira saiu, temos apenas homens na sala, portanto, pensem comigo. Suponhamos que nós sejamos de uma classe social inferior à da vítima, mas ela diz que está apaixonada por um de nós e nos leva a ter alguns momentos íntimos num motel, pago por ela. De repente, ela termina tudo e diz que não será possível manter o envolvimento. Pensando com a cabeça de jovens de 20 anos, como vocês agiriam?

— Eu ficaria com raiva, mas tocaria a vida, afinal, Pilar não é a única menina do planeta — afirmou Elias.

— Eu poderia chorar, mesmo sabendo que ela nunca seria minha, de fato, já que pertencemos a classes sociais distintas — acrescentou Mike.

— Dependendo do nível da minha paixão por ela, eu pensaria em muitas coisas — foi o palpite de Alain. — Eu a procuraria, mas não a chantagearia para querer conversar com seus pais, pois não iria querer encrenca com o prefeito. Não sei se isso é razão suficiente para um crime desse porte.

— Por isso, descartei Biel. É um rapaz humilde, que mora numa simplória pensão no centro. Ele namorava Teresa, mas a traiu com Pilar. Perdeu a namorada, que foi informada de tudo pela própria Pilar. Mas pelo que senti durante a nossa conversa, ele não planejaria esse assassinato.

— O que me diz das três amigas?

— No *ranking* das suspeitas, coloco Heloise em primeiro lugar, seguida de Teresa e Valentina por último — sem delongas, Nicolas resumiu como foram as visitas que ele e Mike realizaram na residência de cada uma. Finalizou contando sobre o tapa que Heloise recebera do pai e que isso não lhe soou verídico. — Todas eram bem próximas de Pilar. Amigas íntimas que, certamente, trocavam confidências. Posso imaginar as quatro reunidas no quarto de Pilar e ela lhes contando: "Amigas, vocês não podem ficar de fora da minha festa de aniversário. Será espetacular. Vou deixar os convidados surpresos, irritados e descontraídos quando eu cortar o primeiro pedaço do bolo e oferecê-lo a mim mesma. Farei isso porque a festa é minha e será do jeito que eu quiser que seja". E uma das três amigas pode ter questionado se ela cortaria o bolo de um jeito especial, ao que Pilar talvez tenha respondido: "Meu bolo terá esse formato e vou cortá-lo exatamente aqui". Isso explica o fato de o criminoso ter inserido o extrato de oleandro no ponto exato que seria cortado e ingerido.

— Extrato de oleandro?

Nicolas também resumiu as informações que obtivera com a doutora Ema sobre o veneno.

— Já temos a arma e o possível motivo do crime. Vou interrogar todos os suspeitos de novo e ir atrás da figura misteriosa, cuja identidade saberemos assim que Moira terminar seu trabalho.

— Eu também já sabia sobre o veneno extraído desta planta — interveio Duarte com voz irritadiça. — A doutora Ema me mandou um relatório por e-mail minutos antes de eu chegar aqui. Não é uma substância fácil de se encontrar, pois a planta em si não é tão comum. Não creio que alguém a cultive na cidade, muito menos essas pessoas que Bartole está citando. Por isso, meu pensamento é de que foi negociado por meios ilícitos. Veio através do mercado negro.

— Pela primeira vez, estou de acordo com Duarte — reforçou Nicolas sendo honesto. — Também acredito nessa hipótese.

— Isso vai dificultar todo o nosso trabalho — opinou Elias.

— Nem tanto, caro delegado — os lábios descorados de Duarte se abriram em um sorriso. — Moro nesta cidade há mais tempo do que qualquer um de vocês e isso me trouxe o privilégio de ter muitos contatos. Sei de dois nomes, ambos peixes grandes, que possuem fortes suspeitas de serem negociantes de armas e de outros produtos ilícitos.

— E por que essas pessoas não estão presas? — foi a pergunta de Elias.

— Porque nunca se provou nada contra elas. O primeiro cara se chama Alonso Campezzi. Mora no bairro mais caro da cidade, ou seja, o mesmo em que Ernesto reside. Essa proximidade me parece motivo de uma análise mais apurada. O outro é conhecido como Touca, não me perguntem o porquê. Sei que seu nome verdadeiro é Amarildo Galha. Ao contrário de Campezzi, Galha mora no extremo da periferia, quase na saída da cidade, e é famoso por promover bailes *funks* na comunidade em que vive. Se Bartole concordar, cada um de nós pode investigar de perto esses dois sujeitos. E se Bartole não se importar, eu gostaria que ele fosse procurar Galha, pois o ambiente da periferia não me agrada nem um pouco.

— Posso fazer isso sem problema nenhum. Não sou preconceituoso, nem tenho medo de comunidades. Lá existem muito mais pessoas decentes do que bandidos. Nasci e fui criado no Rio de Janeiro, então sei muito bem do que estou falando.

Duarte revirou os olhos, tentando conter a raiva.

— Defiro a proposta de Duarte — manifestou-se Alain. — Sei que não preciso ensinar o padre a rezar a missa, mas vou pedir que ambos tenham cuidado. Eu...

— Com licença — Moira abriu a porta após ter batido levemente nela. Trazia um *notebook* ligado e o HD conectado a uma entrada USB. Colocou o aparelho sobre a mesa, com a tela voltada para eles, de forma que todos pudessem enxergá-la. — O suspeito com quem Pilar foi ao motel pela primeira vez tem 27 anos e três passagens pela polícia por furto e perturbação da ordem, todas ocorridas há mais de cinco anos. Ele se chama Amarildo Galha.

— Falando no diabo... — murmurou Mike.

— Bingo! — exclamou Duarte socando a mesa com euforia.

— Como esse é o cara da periferia, eu vou procurá-lo — Nicolas completou.

— Não irá sozinho — Elias bufou. — Vou com você.

— Ele vai se fechar como uma ostra quando souber que vocês são policiais — explicou Duarte. — Ou acha que nunca tentamos conversar com ele?

— Você disse que ele promove bailes *funks*, não é? — Nicolas perguntou a Duarte, que concordou. — E esses bailes geralmente ocorrem aos fins de semana?

— Sim. Uma vez por semana, sempre de sábado para domingo.

— Enquanto amadureço minha ideia, quero fazer mais algumas observações sobre o caso. O nosso detento, que se chama Higor e gerencia o motel para onde Pilar levava seus parceiros, não paga impostos municipais porque o prefeito o isentou disso. Vejam o que ele me entregou.

Nicolas mostrou os documentos e extratos do motel.

— Pilar, de alguma forma, conseguiu convencer o pai a livrar o motel de qualquer taxa municipal. Isso é legal, comandante? Quantos outros estabelecimentos particulares possuem a mesma isenção porque o prefeito assim o decidiu? E quantos outros devem pagar taxas acima do padrão para suprir a prefeitura? Que eu saiba, onerar os cofres públicos dessa forma foge bastante da ideia de um prefeito digno e sincero.

— Isso é uma denúncia séria — Elias pegou uma das folhas para estudá-la.

— Sei da integridade de Ernesto e sua família — Duarte coçou o queixo fino. — Ele não é um homem que se prestaria a esse papel. Suas investigações o estão levando a um beco sem saída, Bartole. Difamar a imagem do nosso prefeito não é uma boa escolha.

— Duarte tem razão, Bartole. Tudo isso precisa estar muito bem documentado para que possamos agir. Um único erro e seu cargo pode ser massacrado por forças políticas que estão acima do meu poder — Alain soltou um longo suspiro. — Ernesto, na realidade, está furioso. A mídia já expôs o acontecimento publicamente, mesmo que nós ainda não tenhamos nos pronunciado. Por isso, você, Elias e Duarte precisam bolar uma fala única, pois devemos explicações à população. Ernesto também acha que o mau andamento da investigação e um possível vazamento de informações podem prejudicá-lo em sua carreira política.

— Jamais deixei vazar informações dos casos que investigo — defendeu-se Nicolas começando a irritar-se.

— Exceto quando sua querida esposa trabalhava para o Canal local — revidou Duarte com uma risadinha irônica.

Nicolas o olhou com tanta frieza que Duarte sentiu o sangue congelar nas veias.

— Nunca contei a Miah mais do que ela deveria saber. Boa parte do nosso trabalho deve ser mantida em sigilo, e todos nós sabemos disso. O que não vou admitir, comandante, é que Ernesto, por ter o cargo que tem, venha dizer como devo trabalhar. Ao contrário da maneira que Duarte pensa, para mim, todos são culpados até que provem sua inocência. Por isso, não vou confiar em Ernesto, em Leonor ou em Joel. O fato de serem os familiares de Pilar não os exime de minhas suspeitas. Para isso, gostaria que Elias tentasse obter dois mandados de busca e apreensão, pois vou investigar a fábrica onde o bolo foi produzido e também a casa do prefeito.

Alain também se levantou e pareceu igualmente furioso.

— Bartole, você está querendo investigar a casa dos pais da vítima? Vai mesmo tentar seguir por um campo minado, onde um passo em falso pode acabar com a sua carreira?

— Posso e farei isso. Pouco me importa se Ernesto é seu amigo, ou de Duarte. Pouco me importa se ele é o prefeito ou o faxineiro da prefeitura. Não dou valor a cargo, a *status* ou a classe social — elevando a voz, Nicolas foi em frente: — Estou pouco me lixando para a preocupação dele com a política. Estou cansado de ser pressionado o tempo inteiro porque a vítima era filha de uma pessoa famosa, influente e importante.

— Baixe seu tom ao falar comigo, Bartole. Sou seu superior.

— Não vou baixar tom nenhum. Quero esses mandados em minhas mãos o mais depressa possível, ou sentirei que não confiam em meu trabalho. Se for assim, peço que me tirem do caso e deixem Duarte trabalhar sozinho. De acordo com os nossos relatórios individuais, creio que o senhor tenha percebido quem encontrará o criminoso primeiro — desafiador, Nicolas ergueu o rosto. — E então, comandante? Devo continuar a me preocupar com a investigação ou posso ir para minha casa e me esquecer de que Pilar existiu?

Nicolas reparou que a fúria de Alain pareceu dissipar-se por meio dos seus poros. Ainda bastante nervoso, ele voltou a se sentar.

— Terá o que está me pedindo porque há muito você demonstrou ser bastante eficiente. Mas reze para não estragar nada, Bartole. Reze para encontrar o mais rápido possível provas substanciais que o levem ao criminoso. E reze para encontrar uma sujeira verdadeira sob o tapete do prefeito.

— Tenho aprendido o quanto as orações são importantes, mas saiba que preciso de mais do que orar para obter sucesso em meu trabalho.

— Muito bem — concordou Alain. — Quero ser informado de qualquer novidade que surgir. Não se esqueçam de se comunicarem com a imprensa, sempre medindo as palavras que dirão. Bom trabalho a todos. A reunião está encerrada.

# Capítulo 22

Miah já estivera na floricultura mais charmosa da cidade em outras ocasiões. Já fizera compras lá e passara algumas horas batendo papo com Thierry, seu excêntrico e divertido proprietário. Porém, era diferente ir até lá para lhe pedir um emprego. Sabia que precisava garantir sua independência financeira o quanto antes, para ajudar Nicolas nas despesas da casa e isso a deixava um tanto ansiosa para conseguir um trabalho. Desde que se formara em jornalismo, nunca fizera nada diferente que trabalhar para a televisão. Por isso, se fosse contratada pelo amigo, teria que aprender muitas coisas.

Thierry dera uma repaginada na fachada de seu estabelecimento. Havia agora um novo letreiro, com ramos, caules e flores. O nome Que Amores de Flores já chamava a atenção logo de cara. Dois vasos grandes e vermelhos, com plantas compridas, de folhas largas, guarneciam a porta de entrada. Havia outros dentro da loja, alguns maiores, outros menores e uns de formatos estranhos. O colorido das flores preencheu os olhos de Miah, enquanto o aroma doce que elas emanavam chegava até a calçada.

Assim que ela entrou, uma musiquinha alegre tilintou em algum lugar. Ela sabia que aquele era o sinal para que Thierry ou Zilá, sua funcionária, soubesse que algum cliente entrara na loja. Enquanto aproximava-se do balcão de atendimento, ouviu passinhos apressados vindos do fundo. Assim que Thierry apareceu e viu Miah parada ali, levou a mão ao peito, abrindo um imenso sorriso.

Ela também sorriu, tanto pela recepção amigável do florista quanto pelo visual que ele exibia, totalmente fora dos padrões que a sociedade aceitava como normais. Ele usava uma calça jeans azul com bordados de flores. Não havia um único espaço no tecido que não tivesse uma estampa de alguma espécie de flor. E Miah percebeu que nenhuma se repetia. O cinto era amarelo-gema e brilhava como um raio de sol. As sandálias eram de tiras de couro, como as que foram usadas na Grécia antiga, e a camiseta branca colava-se de tal forma em sua pele que Miah se perguntou como seu coração ainda conseguia bater com toda aquela pressão. Os cabelos loiros estavam presos num pequeno rabo-de-cavalo e fitas com as sete cores do arco-íris trançavam-se aos fios. Ele olhava para Miah com seus olhos verdes e sorridentes.

— Não posso acreditar no que os meus olhinhos estão vendo! — ele deu um rodopio, antes de cruzar o balcão e atirar-se sobre Miah, abraçando-a e a beijando efusivamente no rosto. — A grande Miah Fiorentino em pessoa por aqui.

— A grande Miah Fiorentino ficou no passado. Hoje sou só uma mulher casada.

— Casada com o melhor partido desta cidade, diga-se de passagem — Thierry piscou um olho e alfinetou: — Responda-me a uma curiosidade: na cama, Nicolas tem a mesma habilidade com que resolve suas investigações?

— Digamos que já estou precisando trocar o colchão.

— Uhuuuu! — Thierry pulou, fazendo seus fitilhos coloridos pularem junto. — Amiga, pense em uma pessoa que nutre uma inveja boa de você — ele levantou um dedo. — É este ser aqui. Se um dia quiser se divorciar de Nicolas, indique-me como seu substituto.

— Não vou me esquecer disso — ela garantiu, dando risada.

— Você está linda, garota! — Thierry a tomou pela mão e a fez dar uma voltinha. — Veja só o bronzeado com o qual você voltou do Caribe. Se eu gostasse de mulheres, seria o substituto de Nicolas.

— A lua de mel foi maravilhosa. Uma verdadeira bênção após o que aconteceu.

Miah fechou um pouco o sorriso, referindo-se aos meses em que passara detida. Como não pretendia deixar a amiga enveredar-se pelos caminhos da tristeza, Thierry quis saber:

— E o que a traz ao meu humilde segundo lar? Veio comprar algo para presentear sua querida sogra?

— Você vende planta carnívora gigante? De preferência, uma que não vomite o alimento.

Ambos riram. Thierry a abraçou e a levou até perto de uma fileira de buxinhos, que estavam plantados em pequenos vasos de concreto. Ali, sentaram-se em um banco de madeira, cujos braços eram decorados com flores coloridas.

— Como posso lhe ser útil, minha donzela?

— Thierry, saiba que estou morta de vergonha por estar aqui, e mais ainda pelo que vou lhe pedir. Você pode recusar, claro. Eu entenderei perfeitamente.

— Quer que a beije na boca? — Thierry fez uma careta engraçada. — Se for isso, pode dar o fora da minha floricultura.

— Vamos deixar essa parte para outro dia — ela mostrou um sorriso a ele. — Você sabe que agora tenho passagem pela polícia e esse fato pertencerá a mim até os meus últimos dias de vida. Tenho procurado emprego em vários lugares, só que não consegui nada. A diretoria do Canal local me odeia e já falou que me demitirão por justa causa. Estou queimada no meio jornalístico local e creio que até mesmo em toda a região. Não quero que Nicolas me sustente. Preciso urgentemente trabalhar. Então, vim aqui saber se você não gostaria de contratar outra ajudante. Aliás, onde está Zilá?

— Os deuses ouviram meus pedidos — Thierry ergueu os braços para cima e os balançou no ar. — Zilá casou-se repentinamente e pediu as contas. Conheceu um cara bonitão num desses sites de relacionamento, saíram juntos algumas vezes e engataram um namoro rápido. Depois, segundo ela, descobriram que estavam tão apaixonados que só namorar não seria suficiente. Agora moram juntos, e ela disse que se tornará uma mulher "do lar". Pediu as contas e foi curtir o matrimônio. E desde então estou tão sozinho quanto um farol iluminando um mar tempestuoso.

— Acha que eu poderia substituir Zilá?

— Meu Jesus amado! Amo a minha floricultura, mas esse lugar não é para você, menina. Você está acima de tudo isso. É a melhor jornalista que esta cidade já teve. Essa diretoria da emissora ainda vai se arrepender por tê-la perdido. Escute o que estou lhe falando.

— Então não vai me contratar? — as esperanças de Miah começaram a murchar.

— É o que você realmente quer? Claro que a contrato, mocinha. Mas já aviso que nunca poderei lhe pagar o mesmo salário que você recebia antes. Além disso, precisará aprender tudo sobre terras, plantas, flores, mudas, vasos e outras informações básicas. Quer tentar?

— Claro que eu quero. Se quiser, já posso ficar por aqui.
— Então está contratada.

Miah o abraçou de novo, e Thierry riu animado:

— Só de pensar em ter Miah Fiorentino como minha funcionária, as minhas mãos começam a tremer como bandeirolas ao vento. É muita emoção para o meu sensível coraçãozinho.

— Mais tarde, quando contar a Nicolas essa novidade, teremos aquela comemoração — Miah riu outra vez quando as sobrancelhas de Thierry subiram e desceram num gesto insinuante. — Agora, quero dar a boa notícia a Marian. Foi ela quem me incentivou a procurá-lo.

— Faça isso e me procure nos fundos da loja. Já vou começar lhe explicando a diferença entre húmus e terra comum.

Enquanto Thierry se afastava cantarolando alegremente uma canção sobre a revanche dos *gays*, provavelmente composta por ele mesmo, Miah tirou o celular da bolsa e ligou para a cunhada.

\*\*\*

A mulher sentada à beira do lago usava chapéu e luvas brancas, que combinavam com seu vestido rodado, suspenso até os joelhos, e com a sombrinha pousada no chão às costas dela. Seus sapatinhos brancos estavam jogados sobre a grama muito verde, enquanto ela mergulhava os pés na água, que parecia muito fria. Ao fundo, via-se um castelo com torres dentadas e paredes de pedra. Não era possível saber exatamente qual a relação da mulher com o castelo. Seria ela uma criada de lá? A julgar por seus trajes nobres, provavelmente não. Uma moradora, talvez? A proprietária? Por que estava sozinha no lago, de costas para quem a olhasse, com seus cabelos loiros cacheados caídos em suas costas? Qual seria a expressão do seu rosto? Estaria tranquila, apreensiva, irritada, feliz, chorosa?

Marian pousou o pincel em um recipiente com água, apreciando o trabalho que desenvolvera com aquele quadro. Fora uma das obras que pintara em menos tempo. Desde os primeiros esboços até a sua finalização, embora faltassem alguns retoques no castelo e no gramado, a imagem ficara pronta em 21 dias.

Há alguns anos, ela pintava por inspiração espiritual. A ideia da pintura simplesmente surgia em sua cabeça e ela reproduzia na tela o que via em sua mente. Depois de finalizados, seus trabalhos se revelavam tão nítidos quanto uma fotografia. Pintara navios desaparecendo em meio à neblina do mar, vilas isoladas encobertas por uma neve muito branca, casais caminhando apressados nas ruas movimentadas de grandes metrópoles, e pessoas de todos os tipos nas mais variadas situações e épocas. Sabia que tudo aquilo tinha um significado e acreditava que tudo o que pintava era um retrato de uma situação vivenciada por alguém, em algum tempo e lugar.

    Assim como acontecia com os livros psicografados, em que espíritos trabalhavam com médiuns na reprodução de histórias, quase sempre verídicas, com o objetivo de levar o bem-estar e a promoção dos verdadeiros valores da alma a um grupo de leitores, com os quadros, o processo era semelhante. Marian já vendera alguns, doara outros, mas sempre acreditava que cada imagem pintada precisava chegar às mãos certas. De alguma forma, o conteúdo reproduzido na tela faria algum sentido positivo ao seu novo proprietário.

    No meio espírita, esse tipo de trabalho é conhecido como psicopictografia, ou pintura mediúnica. Trata-se de uma forma de comunicação utilizada pelos espíritos que querem demonstrar suas expressões por meio de quadros, que são pintados pelos encarnados com diferentes períodos de tempo.

    Marian considerava-se uma mulher inteligente, contudo, admitia para si que não era tão criativa a ponto de pintar aquelas telas maravilhosas. Procurava dar o seu melhor durante o trabalho, mesmo sabendo, intimamente, que recebia orientação externa. Existem cantores e músicos que trabalham com a ajuda de espíritos. Pianistas que tocam perfeitamente sem jamais terem tido contato com um piano antes. Ela sabia que aquele talento tinha fundamento na espiritualidade. De vez em quando, questionava-se sobre qual motivo levaria àquele espírito a lhe inspirar tal quadro.

    A psicopictografia consiste exatamente nisso: são obras de arte, em geral pinturas e desenhos, que chegam às mãos do encarnado por sugestão espiritual. Atualmente, há muitos médiuns famosos no Brasil que fazem esse tipo de trabalho. Qualquer pintura, seja ela mediúnica ou não, nos traz uma mensagem. Ultimamente surgiram várias obras, cujos autores espirituais se identificaram com nomes de grandes personalidades do meio artístico, como Monet, Van Gogh, Picasso, Renoir, da Vinci, Portinari, entre outros. Era como se esses artistas continuassem seu trabalho mesmo após a morte.

Entretanto, Marian não confiava piamente em tudo o que via ou ouvia no que se referia aos assuntos espirituais. Muitos desses casos, envolvendo nomes de renomeados artistas, revelaram-se, mais tarde, uma tremenda fraude. Especialistas nesses pintores provaram minuciosamente que as telas eram falsas, por características mínimas que eram peculiares a esses artistas. O difícil era saber quem usou de má-fé, o médium ou os espíritos.

A psicopictografia é um trabalho sério, que exige responsabilidade do pintor, assim como qualquer outra atividade que envolva a espiritualidade. O médium deve sempre estar atento aos espíritos ignorantes que perambulam na Terra, cuja intenção quase sempre é prejudicar todo e qualquer trabalho que seja voltado para o aprimoramento da humanidade.

Ela olhou para trás quando ouviu o celular tocar. Levantou-se para atender e sorriu ao ver o rosto redondo e atraente de Miah na tela.

— Oi, amiga — atendeu com seu bom humor habitual.

— Thierry me contratou. Estou tão feliz pela oportunidade que seria capaz de beijar sua mãe na bochecha — após uma risada, Miah completou: — Mentira. Ainda não perdi meu juízo.

— Estou muito feliz por você. Aprenderá muitas coisas na floricultura, mesmo que eu acredite que seja por pouco tempo. Logo, alguma emissora ou jornal a descobrirá e a roubará de Thierry.

— Ele me disse coisa parecida hoje.

— Porque é a verdade. Acredito que encontrará o verdadeiro emprego, que trará de volta a Miah Fiorentino que todos aguardam.

— Marian, quando converso com você, minha autoestima sobe como se estivesse presa a um foguete. Suas palavras me motivam muito. Faz com que eu me esqueça de tudo o que ocorreu meses antes. Achei que nunca mais fosse voltar às ruas. Enfrentei uma pessoa que, por pouco, não me matou, e senti meu mundo acabar quando Otávio me prendeu. E agora estou aqui, empregada de novo e conversando com minha melhor amiga. A mim, só me resta agradecer a Deus pela oportunidade de uma nova chance.

— Fico feliz de poder contribuir um pouquinho, mas espero que você comece a garantir a si mesma que sua autoestima fique elevada. Não dê a ninguém o poder de derrubá-la, Miah. Ninguém tem um poder maior do que o seu, guardadinho aí dentro do seu peito. Use-o com sabedoria e verá como as coisas mudam para melhor.

— Obrigada mais uma vez pela dica. Amo você, Marian. Agora preciso correr, porque estou ouvindo Thierry me chamando, e já me ameaçando com a demissão.

Elas riram e desligaram. Pouco depois, Marian tornou a apanhar o pincel e a se concentrar em sua pintura.

# Capítulo 23

Um luxuoso veículo preto importado deslizava silenciosamente pelas ruas da cidade. Na direção, um chofer uniformizado fazia seu trabalho em respeitoso silêncio. Era pago para dirigir e não para puxar assunto com qualquer passageiro que levasse, a menos que a conversa partisse dele.

Naquele momento, o motorista transportava uma única figura no assento traseiro, cuja cabeça permanecia recostada à janela, observando com desinteresse a paisagem que se descortinava velozmente do lado de fora. O chofer certamente abandonaria seu emprego se soubesse o teor dos pensamentos que brotavam da pessoa que ele levava.

"As horas passam, e a sensação continua tão forte quanto no momento em que a vi morrer. É como se tudo tivesse acontecido agora. É certo que Pilar teve o que mereceu. Agora, quero ver como conseguirá outras pessoas para transar, a menos que haja sexo no inferno.

"A sensação de ter o controle sobre a vida de alguém é o melhor prazer que já senti. Nem mesmo aquela cretina conseguia me satisfazer dessa forma na cama. Eu brinquei de ser Deus, escolhendo o momento certo em que ela deixaria de viver. Isso me preencheu de êxtase, de alegria, de euforia e de poder. Nunca pensei que matar alguém, principalmente alguém a quem odiamos, pudesse nos trazer algo tão benéfico.

"Assim como um dependente químico, que se sente completo ao usar determinada droga, o assassinato que cometi fez de mim a pessoa mais poderosa do mundo. A adrenalina que sinto correr nas veias, sabendo que aquele investigador idiota está tentando descobrir quem eu sou, colabora para que eu me sinta ainda melhor.

"Agora tenho uma única certeza: está na hora de brincar de Deus novamente".

\*\*\*

O advogado de Higor chegou à delegacia fazendo tanto escândalo quanto seu cliente detido. Era um homem alto, na faixa dos 50 anos, cabelos grisalhos e rosto quadrado. Exigiu falar com o delegado e, quando foi levado à presença de Elias, Nicolas, que o acompanhava, adiantou-se:

— Baixe a bola, meu caro doutor. Isto aqui é uma delegacia e não uma extensão da sua casa.

— Quero saber de quem foi a maldita ideia de prender meu cliente. Higor é meu amigo e sua ficha é tão limpa quanto a consciência de um recém-nascido.

— Não foi o que eu descobri — com ar tranquilo, Nicolas encarou o advogado. — O senhor sabia que ele permite a entrada de menores de idade em seu motel? Sabia que ele está onerando os cofres públicos em consenso com o prefeito? Sabia que aceitou suborno de uma menor? Quer que eu continue?

— Isso tudo é um absurdo, uma pilhéria contra Higor — um pouco mais calmo, ele se sentou diante da mesa de Elias. — Podem me provar tudo o que estão falando? Aliás, quem é o senhor, que está diante do delegado dando palpites?

— Sou o investigador Nicolas Bartole, o homem que mandou prender seu cliente — Nicolas mostrou um sorriso cheio de dentes. — Embora minha área seja investigar homicídios, e me parece que Higor está fora do meu radar de suspeitos, ele cometeu esses delitos, que até chegam a ser graves.

O tom irônico de Nicolas irritou novamente o advogado, que começou a reclamar e a expelir saliva enquanto falava. Com uma sobrancelha erguida e uma expressão sarcástica no rosto, Nicolas voltou-se para Elias:

— Vou deixá-los agora, porque ainda tenho várias coisas a serem feitas. Depois entre em contato comigo. Boa sorte, doutor.

Elias meneou a cabeça num gesto de despedida, enquanto o advogado apenas bufava de ódio.

No corredor da delegacia, Nicolas fez um sinal para Mike segui-lo, andando rapidamente na frente do policial.

— Ei, Bartole, você acha que esse cara vai conseguir livrar a barra do safado do Higor?

— Se ele for bom o bastante, pode ser que sim. Infelizmente, a justiça brasileira concede muitas brechas a alguns criminosos. Apesar das evidências que temos contra ele, nenhuma delas se torna um crime inafiançável.

— Entendi. Se ele conseguir se livrar da cadeia, acredito que ficará esperto antes de cometer outros atos ilícitos de novo.

— A minha esperança é que Elias consiga mantê-lo detido. Vamos ver o que ele nos dirá mais tarde — cruzaram a saída e viram a nuvem de repórteres se aproximar em alta velocidade. — Teremos que enfrentar esses caras agora. Declaração oficial à imprensa, de acordo com a vontade de Alain.

Em questão de segundos, Nicolas e Mike se viram cercados por câmeras, microfones, refletores e vários rostos ansiosos por informações.

— Senhor Bartole, o que pode nos adiantar até agora sobre o assassinato de Pilar? — a pergunta partiu de uma repórter maquiada e muito bonita.

— Ela morreu envenenada durante sua festa de aniversário. O bolo que comeu continha uma forte dose de veneno. Pilar foi a única a experimentá-lo, por isso, foi a única a vir a óbito — resumiu Nicolas.

— De quem o senhor suspeita? — interessou-se um repórter de meia-idade.

— Não posso fornecer essa informação, por enquanto, mas posso adiantar que estamos trabalhando em diferentes linhas de investigação.

— O que sabe sobre o veneno que a matou? — o homem que perguntou segurava um microfone com o emblema do Canal local, exatamente o que Miah deveria estar fazendo naquele momento.

— Foi produzido a partir de uma determinada planta. O que posso garantir é que o criminoso será encontrado e preso. Pilar e a família do prefeito terão a justiça que merecem.

— O assassino era um dos convidados? — era a repórter bem maquiada outra vez.

— Acredito que sim, o que não isenta outras pessoas que não estavam no evento e que podem ter ligação com a vítima. Isso é tudo por enquanto.

Com passos rápidos, Nicolas passou por eles e se dirigiu até seu carro, com Mike em seu encalço. Dessa vez, os repórteres não correram atrás deles porque estavam, temporariamente, satisfeitos com as novidades.

— O que pretende fazer agora, Bartole? — perguntou Mike, minutos depois.

— Vamos passar pela floricultura de Thierry e ver se ele sabe me dizer algo sobre a tal planta venenosa. Como ele tem muitos contatos na área, talvez tenha conhecimento de algum morador que cultive oleandro.

— Boa ideia! Falando em boas ideias, já passa do meio-dia. Que horas vamos almoçar?

— Mike, você só pensa em comer?

— E tem coisa melhor do que colocarmos boca adentro uma comida saborosa, principalmente quando estamos famintos?

— Você está faminto vinte e quatro horas por dia. Da última vez em que lhe paguei um almoço, quase não conseguia enxergá-lo, oculto atrás da montanha de comida em seu prato.

— Agora vai jogar na cara, é? — Mike fez uma careta. — Bartole, a cada dia, você se torna mais sovina. Não pode ser tão pão-duro, ou pensa que vai levar seu dinheiro para o túmulo?

— Se começar com esse papo-furado, eu o largo a pé, no meio da rua.

Mike resmungou alguma coisa, vendo a floricultura de Thierry aproximar-se.

Nicolas estacionou, desceu do carro e seguiu com Mike, caminhando devagar. Instantes antes de adentrar a floricultura, ainda na calçada, seu olhar se deteve em uma das três mulheres dentro do estabelecimento, justamente na que se encontrava do lado interno do balcão de atendimento, tentando fazer um laçarote em um buquê de flores azuis e sorrindo para as outras duas. E como se algo tivesse lhe sinalizado a presença do marido, Miah ergueu rapidamente o rosto, desviando-o para a porta. E sentiu o coração bater mais depressa.

Olhos azuis fixos em olhos dourados. Foi isso o que aconteceu quando ambos trocaram olhares durante alguns segundos. Nicolas pensou que ela não poderia estar mais bonita, vestindo uma blusa preta de alças, que combinava com seus cabelos igualmente pretos e repletos de pontas repicadas. Miah pensou que nem se reencarnasse três vezes conseguiria se casar com um homem mais incrível do que aquele.

Quando Nicolas e Mike entraram, a musiquinha melosa soou. As duas clientes voltaram-se para trás enquanto Thierry saía de uma porta e arregalava os olhos.

— Meus Deus, olhem que vem lá! — ele fez uma reverência. — O investigador bonitão e o policial gostosão.

— Miah, sei que você é casada com ele, mas não vou poder me conter — murmurou uma das clientes. — Eu me divorciaria hoje mesmo do imprestável do Raimundo se Nicolas quisesse se casar comigo. Sairia de casa sem nem olhar para trás.

— Infelizmente, ele já é casado comigo, então é melhor cortar seus devaneios agora mesmo — devolveu Miah em tom de brincadeira.

Nicolas parou perto do balcão e fez um sinal para que Miah se aproximasse. Percebendo o gesto, Thierry correu para terminar o atendimento das duas mulheres.

— Era para ser surpresa — Miah deu de ombros. — Thierry me contratou hoje — apontou para o buquê de flores. — Eu estava me esforçando para conseguir fazer um laço atraente.

— Acho que eu fui surpreendido de uma maneira ainda melhor — ele tomou as mãos dela, segurou-as entre as dele durante alguns instantes e soltou-as em seguida. — Estou muito feliz por vê-la de volta ao mundo do trabalho, mas sabe o que penso a respeito. Isso não é para você. O seu mundo é lá fora, atrás de uma câmera de televisão.

— Você também sabe que nenhuma emissora vai me contratar. O meu histórico é criminal. Já lhe falei que quase fui escorraçada do Canal local.

— Enquanto você seguir a filosofia de que seu passado a condena, as chances de sucesso serão quase nulas. Marian lhe daria umas boas chineladas se a ouvisse dizer tamanha bobagem.

— Thierry me acolheu muito bem. À noite, lhe conto quanto vou ganhar aqui.

Miah sorriu, e Nicolas aproximou o rosto do ouvido dela.

— Aqui vende samambaias? — ele lhe indagou.

— Acho que sim, por quê? Posso confirmar com Thierry se...

— De repente, me surgiu um desejo de amá-la entre vasos de samambaias. É só uma fantasia erótica de um investigador carente.

— Posso imaginar o que Thierry pensaria a respeito disso — Miah completou dando uma gargalhada.

Mike deu um passo para frente e pigarreou:

— Bartole, só para lhe lembrar que estamos aqui a trabalho. Você tem tempo para paquerar em casa, não é mesmo?

— E você tem tempo para almoçar em casa. Pode esquecer que hoje não pagarei seu almoço.

175

Mike o fulminou com os olhos, o que fez Nicolas e Miah sorrirem. Assim que Thierry terminou a venda, e as duas mulheres se retiraram, ele quis saber:

— Nicolas, querido, não me diga que veio namorar a minha nova funcionária.

— Não sabia que ela estava trabalhando aqui. Não tivemos tempo de conversar sobre esse assunto, até porque, ela queria me surpreender — Nicolas assumiu uma postura mais séria. — Thierry, você vende oleandro?

— O quê? — o florista empalideceu, abriu um gavetão sob duas prateleiras com vasos à venda e dela retirou um leque tão imenso que com ele seria possível abanar cinco pessoas ao mesmo tempo. — Meus pulmões estão se recusando a receber mais ar e a soltar o que permanece dentro deles.

— E por que esse drama todo? — Nicolas franziu a testa.

— Drama? Meu anjo, você está falando de uma das plantas mais venenosas do mundo, uma verdadeira arma natural. O que acha que a minha loja é? Um estande de tiro ao alvo?

— Ao que me consta, a filha do prefeito ingeriu uma essência dessa planta, que havia sido diluída no pedaço de bolo que ela mastigou. Thierry, não preciso lhe pedir que essa informação morra aqui.

— E onde o assassino teria conseguido esse veneno? — sem perceber, o instinto de jornalista de Miah aflorou por todo o seu corpo. — Ele mesmo o produziu ou já o comprou pronto?

— Com certeza, o comprou pronto — concluiu Nicolas. — A produção seria mais trabalhosa. Ele precisaria encontrar alguém que cultive essa planta, levar uma quantidade para casa e trabalhar nela até conseguir seu extrato. Isso deixaria pistas, levantaria suspeitas, inclusive da pessoa de quem ele teria adquirido a planta.

— Gostaríamos de aproveitar o momento para lhe perguntar se você sabe ou conhece alguém que tenha oleandro em casa — emendou Mike.

— Bem... — Thierry estreitou os olhos, abanando-se com vigor. — Conhecer eu não conheço, mas agora que vocês tocaram no assunto, me lembrei de que, certa vez, duas moças vieram aqui comprar essências de jasmim, pois eu também vendo algumas essências florais. As duas estavam conversando num tom descontraído, quando uma delas me perguntou se eu vendia plantas venenosas. Eu me lembro de ter negado e ainda lhes passado um sermão. Depois, lhes perguntei por que elas procuravam plantas venenosas. A que fizera a pergunta deu de ombros, dizendo que era somente mera curiosidade. Elas compraram as essências e foram embora.

Com os cinco sentidos em alerta, Nicolas exibiu as fotos das três melhores amigas de Pilar, que ele tinha no celular.

— As moças que estiveram aqui foram algumas dessas? Aliás, quando exatamente isso aconteceu?

— Há uns dez dias — Thierry deu dois toques na cabeça. — A minha memória funciona que é uma beleza.

Ele apanhou o celular, passou as fotos e o devolveu a Nicolas.

— Foram estas aqui. E a que me perguntou foi esta.

Nicolas se aproximou e se pegou olhando para Heloise e Valentina. Thierry indicava Heloise como sendo a que lhe indagara sobre o veneno.

— Acha que foram elas que envenenaram a aniversariante? — nervoso, Thierry virou o leque para frente, abanando os demais com tanta força que sacudiu a camisa de Nicolas.

— Não sei. O que posso dizer é que elas me devem algumas respostas. Obrigado pelas informações, Thierry — Nicolas guardou o celular no bolso da calça. — Não preciso lhe pedir para cuidar bem da minha esposa.

— Miah vai arrasar em minha floricultura — prometeu Thierry.

— Assim eu espero — ela concordou.

— Nós conversaremos mais tarde — Nicolas beijou Miah nos lábios rapidamente e, segundos depois, voltou ao carro com Mike.

# Capítulo 24

    Antes de girar a chave na ignição, Nicolas entrou em contato com Elias, que disparou a falar:

— Tenho duas notícias: uma péssima e uma maravilhosa. Qual você quer saber primeiro?

— Elias, você está andando muito com Mike, que adora esse tipo de coisa — olhou para o parceiro, que se fingiu de surdo. — Mas prefiro ouvir a ruim primeiro, para me consolar com a boa depois.

— Higor conseguiu sua liberdade, apesar de todas as acusações que tínhamos contra ele. Seu advogado é muito experiente e aceitou, sem hesitação, pagar o valor da fiança que estipulamos. Disse que há outros motéis na cidade que admitem a entrada de menores de idade simplesmente pelo fato de não exigirem documentos dos visitantes e que se a razão é essa, todos os outros responsáveis também deveriam estar presos.

— Nesse momento, não temos nada muito substancial contra Higor. Era de se esperar que ele escapasse. E como temos coisas mais importantes do que sair investigando donos de motéis, veremos como podemos pegar Higor de uma forma que ele não consiga mais sair.

— Bartole, a questão não é somente essa — a voz do delegado soava bastante desanimadora. — De acordo com o que você levantou até agora, os nossos suspeitos têm boa situação financeira. Se souber jogar bem com as cartas certas e se conseguir bons advogados, mesmo que haja julgamento, as chances de o assassino sair impune são grandes.

— O assassino, uma vez na cadeia, ficará lá até o final de sua pena — prometeu Nicolas. — Não será considerado inocente de forma alguma. Pilar não era o tipo de garota com quem eu teria amizade, mas tinha apenas 18 anos e toda uma vida pela frente. A ninguém é dado o direito de extirpar a vida de outra pessoa a seu bel-prazer. Encontrarei provas que garantam sua condenação. Vou amarrar todas as pontas soltas e nem todo o dinheiro do mundo conseguirá uma absolvição.

— Assim espero — Elias pareceu mais tranquilo. — Conseguiu mais alguma coisa interessante?

— Saí da floricultura de Thierry. Heloise e Valentina estiveram lá dias atrás e comentaram algo sobre plantas venenosas. Coincidência demais?

— Eu diria que isso me parece estar fácil demais.

— Também estou com a mesma sensação. De qualquer forma, como estou com algum tempo livre, vou visitar as três amigas outra vez. Coisa rápida. Quero analisá-las de novo, com cuidado, reparando em detalhes que eu não tenha percebido em minha primeira visita — Nicolas girou o volante para a esquerda em uma curva acentuada. — E qual é a ótima notícia, que você ainda não me contou?

— Estava esperando você me perguntar. Consegui os dois mandados em tempo recorde. Nada como ter um primo trabalhando na promotoria. Com um breve telefonema, ele me prometeu que faria a parte dele. Acabei de receber os dois documentos, assinados pelo juiz. Você tem total liberdade de revirar a fábrica de bolos de Fátima e a casa inteira do prefeito.

— Elias, eu seria capaz de beijar sua boca flácida se eu estivesse aí. Notícia melhor não poderia ouvir.

— Quem tem boca flácida é o Duarte — rindo, Elias informou: Quero lembrá-lo de que o velório de Pilar inicia-se hoje à noite. Ela será velada durante toda a noite e enterrada amanhã de manhã.

— Nunca me esqueceria disso.

— Outra coisa, Bartole. Durante a nossa reunião com o comandante, você mencionou algo sobre ter uma ideia de como abordar o tal Touca, que se chama Amarildo Galha. Se ele é o cara que traficou e revendeu o veneno, você descobrirá. Entretanto, o sujeito vive em uma comunidade extremamente perigosa, e há criminosos armados em cada beco e em cada esquina. Ele é o líder da área, e se souber que você é policial, temo pelas consequências.

— Marcos Paulo e Bernadete irão ao baile *funk* amanhã.

— Como é que é? — Elias forçou a voz.

— O que você ouviu, caro delegado. Posso muito bem arranjar um disfarce e ir até lá como alguém interessado no bailão e em algo ilícito que ele possa me vender. Vou me chamar Marcos Paulo e levarei Moira comigo. Não sei por que, mas ela tem cara de Bernadete — finalizou Nicolas com uma risada.

— Bartole, que conversa é essa? Não fale isso nem em tom de brincadeira. Vocês não irão até lá, e está resolvido. Não vou admitir a hipótese de colocar sua segurança e a de Moira em risco.

— E como acha que eu devo agir? Infiltrando-me no *habitat* do Touca, encontrando-o e perguntando: "Querido Touca, sou o investigador Nicolas e quero saber se você matou Pilar ou se vendeu o veneno para quem possa tê-la matado?".

— Se esse cara é o chefão da área, deve ser inteligente. Vai sacar logo de cara que vocês são policiais. Não irão e ponto final. Vamos pensar em outra estratégia.

— Eu não posso levar Mike, porque seria mais difícil disfarçá-lo. Ele é o maior policial que temos a serviço da corporação e já apareceu dando entrevistas comigo. Seria reconhecido com mais facilidade.

— E o que o leva a pensar que o mesmo não aconteceria com você?

— Não sou ator, mas posso encarar um personagem qualquer. Elias, você precisa confiar em mim e me autorizar a ir até lá amanhã. O tempo urge.

— Vocês não vão — ao dizer isso, o próprio Elias sentiu que estava perdendo as forças. — Não quero correr o risco de ter dois policiais mortos.

— Quanto drama, Elias! Parece que além de Mike, você também está andando com Thierry. Sei como me cuidar e tenho certeza de que Moira também sabe. Converse com ela e veja se ela está disposta a me auxiliar nessa tarefa. Assim que eu concluir as minhas visitas aos suspeitos, passarei por aí para pegar os mandados.

— Bartole, não seja teimoso. O que eu disse é uma ordem e sou seu superior.

— O que disse? O sinal está oscilando e parece que a linha vai cair — como um garoto travesso, Nicolas desligou sorrindo. — O que achou do meu plano, Mike?

— Adoraria participar dele, mas concordo que eu chamaria muita atenção. Só dou uma dica: tente fazer Moira sorrir, se é que isso é possível, ou aquela cara carrancuda dela vai denunciá-los aos bandidos.

— Vou me lembrar dessa dica — de bom humor, Nicolas contou a Mike sobre a liberação de Higor sob fiança e sobre os dois mandados.

— Hoje o nosso dia será divertido. Falaremos com os suspeitos, investigaremos a vida profissional de Fátima e ainda vamos inspecionar cada cantinho da residência do querido prefeito. Por onde você quer começar?

— Se não for pedir muito para sua caridosa alma, podemos ir almoçar?

— Tudo bem. Vamos passar pelo Caseiros.

— Sua alma, repleta de luz, bondade e ternura, seria capaz de pagar minha parte? Estou sem grana hoje.

— Hoje você venceu, Mike. Vou pagar seu almoço.

Nicolas aproveitou que estava parado em um semáforo para tapar os ouvidos, a fim de abafar o grito estrondoso que Mike soltou.

— Nicolas Bartole, você é o melhor investigador do mundo.

\*\*\*

Após almoçarem (e Mike repetir três vezes), Nicolas, que não estava disposto a perder tempo, escolheu a casa de Heloise como a sua primeira parada. E talvez "o melhor investigador do mundo" estivesse com sorte naquele dia. Embora Nicolas amasse os animais (menos a sua gata Érica), pensou em uma expressão que ele detestava: "matar três coelhos com uma cajadada".

Assim que ele e Mike foram levados ao interior da luxuosa residência, Nicolas descobriu que Teresa e Valentina também estavam lá, fazendo companhia para a anfitriã. Desta vez, Alberto, o pai de Heloise, não estava por perto.

— Você deveria ter me avisado que viria, investigador — começou Heloise, chegando à sala seguida das outras duas.

— Por quê? Você gostaria de se preparar com antecedência para alguma coisa?

A jovem mordeu os lábios, tentando manter no rosto aquela expressão de neutralidade. Sentou-se no sofá e as amigas fizeram o mesmo.

— Acho muito bom ter conseguido encontrar todas vocês no mesmo lugar. Preciso lhes fazer mais algumas perguntas — iniciou Nicolas.

— Outra vez? — Valentina torceu a boca. — Que coisa chata, cara!

— Eu farei quantas perguntas achar necessário. E ao que me consta, a morte da grande amiga de vocês foi muito mais chato do que algumas perguntinhas, não é mesmo?

— Estamos muito tristes pelo que houve com Pilar — murmurou Teresa.

"Mentirosa. Vocês estão tudo, menos tristes", pensou Nicolas, observando cada uma fixamente.

— Não sei se devo conversar com vocês sem a presença do meu pai — Heloise bocejou, como se a presença de Nicolas e de Mike a entediasse.

— Sem problemas. Vou levar as três agora mesmo até a delegacia. E de lá, vocês podem chamar seus familiares e advogados. Só serão liberadas depois de prestarem depoimento — apenas para provocá-las, Nicolas também fingiu bocejar.

Ele percebeu que Teresa e Valentina estremeceram. Heloise não se alterou. "Você é a mais durona do trio", ele refletiu, analisando-a.

— Não tenho medo das suas ameaças, senhor Nicolas — desafiadora, Heloise empinou o queixo. — Como sei de minha inocência, não tenho o que temer.

— Sendo assim, quero que me responda: por que você e Valentina estiveram em uma floricultura, dias antes da festa de aniversário, perguntando sobre plantas venenosas? Caso não saibam, foi graças a uma que Pilar foi assassinada. Alguém colocou veneno na região do bolo que seria cortada.

Desta vez, Heloise se remexeu, inquieta. Nicolas também percebeu que gotículas de suor surgiram na testa de Valentina. Teresa torcia as mãos nervosamente.

— Foi só uma curiosidade minha — Heloise prendeu os cabelos vermelhos em um coque. — Uma infeliz coincidência, pelo jeito. Ocorre que Pilar queria dar um castigo em Biel. Ela queria aprontar com ele, colocando algo em uma bebida para que ele tivesse uma forte diarreia, ou algo do tipo. Como você já sabe, Biel era o namorado de Teresa. Ele a traiu para ficar com Pilar. E quando ela terminou, ele não aceitou bem o final do namoro e ficou insistindo. Pilar quis fazer isso somente para que ele parasse de importuná-la.

— Todas vocês sabiam disso?

— Em uma noite, estávamos as quatro conversando no quarto de Pilar — acrescentou Valentina. — Joel, Leonor e Ernesto já tinham se recolhido. Nós dormíamos lá de vez em quando. Nessa noite, falamos sobre laxantes, soníferos, substâncias tóxicas, venenos e por aí vai. Era um papo de meninas, entende?

— Sempre achei que meninas falassem sobre outras coisas — comentou Mike.

— Nós sempre fomos muito despojadas, modernas, livres de preconceitos e de frescuras — Teresa argumentou cruzando os dedos das mãos com força.

— Quando vocês quatro dormiam juntas, havia sexo? — perguntou Nicolas, direto.

A princípio, ninguém respondeu. Teresa e Valentina olharam para Heloise, como que esperando alguma sugestão. Nicolas concluiu quem era a líder do grupo e percebeu também que já sabia a resposta daquela pergunta antes mesmo que elas falassem.

— Fazíamos apenas algumas brincadeiras de meninas — retrucou Heloise, com um tom irônico na voz.

— Teresa, pensei que você fosse a única que não mantivesse relações sexuais com Pilar. Deixe-me entender uma coisa. Você conheceu e se apaixonou por um rapaz pobre, que mora sozinho em uma pensão humilde no centro da cidade. De acordo com o que me contou anteriormente, Pilar o seduziu até convencê-lo a transar com ela. Em nossa primeira conversa, você se mostrou furiosa com isso. Disse que odiava Pilar pelo que ela fizera com Biel e com você. Ela lhe tirou o namorado a quem você amava tanto.

— Foi isso mesmo — Teresa pigarreou e tentou forçar um pranto. Nicolas continuava observando as mãos dela, que estavam cada vez mais agitadas. — Ambos me traíram. Não consegui perdoar Pilar depois disso.

— Vamos parar com as mentiras, tudo bem? Se eu perceber que alguma de vocês está mentindo para mim, darei voz de prisão — a paciência de Nicolas desapareceu e ele endureceu a modulação da voz. — Teresa, você nunca gostou de Biel. Apenas iludiu o coitadinho, fazendo-o acreditar que o amava de verdade. Você é o tipo de garota que jamais se envolveria com uma pessoa de classe social inferior. Aliás, todas vocês são farinha do mesmo saco. Provavelmente, já havia combinado tudo com Pilar. Ambas fariam o ingênuo rapaz de idiota. Uma se mostraria apaixonada, outra o seduziria, as duas o usariam e depois o descartariam. E foi exatamente o que fizeram. Juntas, devem ter dado boas risadas pela brincadeira doentia que armaram contra ele.

— Não sei do que está falando — Teresa estava branca como cal.

— Ainda não sabe? Então serei mais claro. Se você estivesse tão furiosa com Pilar, não teria voltado à casa dela depois disso, não teriam dormido juntas e muito menos se faria presente na festa de aniversário. Biel não representa nada em sua vida. Foi um boneco nas mãos de vocês. Aliás, vocês provavelmente informaram a Heloise e a Valentina sobre o plano, e as quatro se divertiram à custa dele. Nada era segredo entre vocês. Compartilhavam umas com as outras as mais sórdidas confidências. Talvez até já tivessem feito isso com outras pessoas, ou pretendiam continuar fazendo.

    Nicolas fez uma pausa proposital para avaliar o impacto de sua revelação. Percebeu que atingira os três alvos. Todas elas estavam pálidas e inquietas. Até mesmo Mike estava surpreso com as palavras de Bartole.

    — Vocês não queriam somente causar um mal-estar no organismo do rapaz. Laxantes são vendidos em farmácias, e vocês poderiam ter comprado facilmente. Porém, falaram em veneno. Talvez Biel tenha descoberto alguma coisa sobre vocês, algo que pudesse comprometê-las. Então decidiram acabar com ele. Vocês iam matá-lo. E digo mais: provavelmente Pilar estava chata demais e decidiram tirá-la do caminho também.

    — Que absurdo! — furiosa, Heloise pulou do sofá e avançou sobre Nicolas. Foi contida a tempo pelas duas amigas. — Saia agora da minha casa. Valentina, ligue para meu pai e conte o que está acontecendo. Esse policial de meia-tigela está nos coagindo a dizer o que ele quer ouvir, além de levantar acusações infundadas contra nós.

    — Não precisa se dar ao trabalho — Nicolas também se levantou. — Mike e eu já estamos de saída. A visita valeu a pena, pois eu confirmei exatamente o que suspeitava.

    — Não descobriu coisa nenhuma, seu incompetente — rugiu Heloise, vermelha de ódio. Seus lábios tremiam tamanha era a sua ira.

    — Pode me xingar o quanto quiser. Se uma de vocês, ou talvez as três juntas, for a responsável pela morte de Pilar, saiba que vou pegá-la. Então veremos quem é mais incompetente.

    Nicolas e Mike foram embora, deixando para trás três meninas lívidas, furiosas e preocupadas.

# *Capítulo 25*

— Bartole, meu raciocínio não funciona com a mesma velocidade do seu, por isso, esclareça-me uma coisa: você apenas jogou verde para intimidá-las ou acha que tudo o que disse realmente aconteceu? — indagou Mike, quando retornaram ao carro.

— Elas escondem mais do que nos contam — Nicolas ligou o veículo e acelerou. — Se houve uma mente pensante, foi a de Heloise. Ela dita as ordens às outras duas. Talvez houvesse até uma disputa de ego entre ela e Pilar, mas a filha do prefeito não foi assassinada somente por causa disso.

— Você acha que elas continuam mantendo contato íntimo entre si, mesmo sem Pilar por perto?

— Com certeza. Talvez estivessem fazendo isso quando chegamos. Eu deveria ter pensado nisso antes, Mike. Biel era carta fora do baralho. Era tudo uma armação, assim como o tapa que Heloise recebeu do pai. Elas iam envenenar o rapaz, mas, por alguma razão, alguém decidiu que Pilar precisava sair de cena primeiro. Há mais sujeira debaixo desse tapete, e vamos descobrir tudo. Agora, elas devem estar assustadas e, com certeza, estão planejando algo. Para tentar me atrasar, acredito que colocarão os pais em sua defesa, acionarão bons advogados e farão o maior escândalo. Entretanto...

— O que foi? — Mike o fitou com curiosidade.

— As evidências estão nos levando na direção das três amigas, mas o meu instinto, não. É como se estivesse fácil demais, entende? Estamos enxergando apenas o que está boiando na superfície. Precisamos mergulhar mais fundo para observar também o que há nas profundezas deste caso.

— E será lá que você vai prender o verdadeiro culpado.

— Espero que sim. Vamos à delegacia pegar os mandados. Vou pedir que Moira procure Biel e o oriente a não se encontrar com ninguém que conheça Pilar.

— Acha que ele ainda corre risco de vida?

— Talvez. Se ele estiver mais calmo e tenha desistido de importuná-las, acredito que o deixarão em paz também. Mas se ele continuar insistindo, vão tentar pegá-lo.

Nicolas chegou à delegacia e foi diretamente em busca de Elias, convidando Moira a se juntar a eles. Quando os quatro se reuniram na sala do delegado, Elias entregou os mandados, que Nicolas conferiu com murmúrios de aprovação.

— Isso é ótimo — ele colocou os papéis de volta nos envelopes. Resumiu rapidamente sua visita à casa de Heloise e a conversa que tivera com as três garotas. Finalizou pedindo: — Elias, libere Moira e mais algum policial para procurarem Biel na pensão e tentarem lhe arrancar alguma informação importante. Diga que ele não deve se encontrar com ninguém que conheça Pilar e que, caso seja contatado por tais pessoas, ele precisa nos comunicar na mesma hora.

— Deixa comigo — Moira tocou em seu boné cinza.

— Elias, estou a caminho da fábrica de bolos. Gostaria que enviasse mais quatro policiais em outra viatura, para agilizar no processo de busca. Na sequência, uma parada na residência do prefeito. Depois, vou para casa um pouco mais cedo, pois Miah está trabalhando com Thierry e com certeza vai querer comemorar. Por fim, fecharei o dia indo até o velório de Pilar.

— Tudo certo. Bartole, quanto à sua ida à comunidade de Touca...

— Já conversou com Moira a respeito?

— Sim. E essa policial insana concordou — Elias bateu a mão na própria testa.

— Tudo para diminuir a criminalidade de nosso município — Moira quase mostrou um sorriso, mas pareceu se arrepender disso e fechou o semblante. — Bartole, só não gostei do nome que você escolheu para mim. Por que Bernadete?

— Porque vai combinar com seu perfil, afinal, você será uma mulher louca por *funk*, que vai até o chão enlouquecendo a rapaziada.

— Arre égua! — exclamou Mike rindo alto. — Isso eu precisava assistir.

— Não tem graça, seu palhaço — ralhou Moira.

— Terá um lado divertido sim. Amanhã podemos combinar melhor os detalhes — Nicolas lançou a Elias um olhar que era pura doçura. — Isso se o delegado nos autorizar a cumprir essa missão.

— Se a minha palavra final for uma negativa, você desistirá da ideia?

— De maneira alguma, Elias — Nicolas sorriu.

— As coisas sempre precisam funcionar do seu jeito, não é mesmo? — Elias resmungou e coçou o nariz comprido. — Vocês poderão ir, mas aviso que estarei a postos com vários policiais à paisana. E disso não abro mão.

— Perfeito. Por isso, eu sempre digo que adoro trabalhar com Elias — Nicolas fez um sinal de positivo com o dedo polegar e logo depois saiu com Mike. Aguardou até que os quatro policiais fardados adentrassem uma viatura, pois iriam segui-los. Desta vez, os repórteres acampados ali não quiseram fazer perguntas, o que foi um alívio para ele.

Buscando rotas alternativas para evitar possíveis pequenos engarrafamentos de sexta-feira nas avenidas principais da cidade, Nicolas estacionou diante de O Sabor do Sucesso em menos de quinze minutos. Desceu rapidamente do carro e adentrou a loja, onde os mais belos e saborosos bolos estavam expostos dentro de refrigeradores modernos.

A mesma moça loira, de cabelos cacheados, que os atendera na visita anterior, mostrou para Nicolas o mesmo sorriso inebriante.

— Boa tarde! Desta vez, os senhores vieram adquirir alguns dos nossos...

— Viemos falar com Fátima — Nicolas mostrou o distintivo e como já conhecia o caminho até o escritório da proprietária, foi andando até lá.

— Espere — a loira correu e tentou bloquear a passagem de Nicolas. — Agora ela se encontra em uma importante reunião com fornecedores e não pode atendê-los.

— Acabou a reunião — sem se deter, Nicolas foi em frente. Ao chegar à porta de sala de Fátima, ele mesmo rodou a maçaneta e invadiu o escritório.

Ele a viu atrás de sua imensa mesa conversando com dois sujeitos de terno e gravata. Os três se viraram bruscamente para a direção de Nicolas e dos policiais. Ao perceber o que estava acontecendo, Fátima saltou de pé, o rosto tomado por uma coloração avermelhada:

— Que diabo é isso? O que pensa que está fazendo, senhor Nicolas?

— Minha conversa com a senhora Fátima é particular — Nicolas confrontou os dois homens e lhes exibiu sua credencial. — Os senhores estão dispensados.

Atônitos, os dois saíram quase correndo. Fátima saiu detrás da mesa, dedo em riste.

— O senhor não tem o direito de invadir a minha reunião valendo-se de sua autoridade policial. Tal comportamento será denunciado à corregedoria.

— Enquanto a senhora pensa em como fará isso, eu vou pensar por onde eu e a minha equipe começaremos as nossas buscas — Nicolas entregou a ela o mandado de busca e apreensão. — Tem o direito de chamar um advogado e lhe pedir que acompanhe nosso trabalho, desde que ele não interfira em nada.

Nicolas aguardou pacientemente enquanto Fátima lia cada linha do texto cuidadosamente. Ao final, ela apanhou o celular que estava sobre a mesa e ligou para a advogada. Quando desligou, repetiu em voz alta a informação que obtivera:

— A doutora Regiane está a caminho. Disse que os senhores podem começar os seus trabalhos, mas que se quebrarem ou danificarem algo do meu patrimônio, terão que arcar com o prejuízo.

— Que gentil ela é em me ensinar a trabalhar — resmungou Nicolas.

Ao contrário do que Mike previa, Bartole não foi diretamente ao armário do qual suspeitava. Sabia que, o que quer que estivesse lá dentro na visita anterior, já fora removido para um local seguro.

Revirou cada cantinho do escritório de Fátima. Abriu gavetas, conferiu o computador, abriu as portas dos armários das paredes, analisou o interior de um gavetão de aço com arquivo-morto e, por fim, ordenou que Fátima abrisse o armário que lhe chamara a atenção. Como suspeitara, dentro dele havia somente uma pasta com notas fiscais, recibos e balanços financeiros.

Quando Regiane, a advogada, apareceu, encontrou sua cliente roxa de ódio, tremendo dos pés à cabeça enquanto observava os policiais deixando seu escritório de pernas para o ar. Ela atestou a veracidade do documento, mas Fátima resmungava algo sobre assédio moral e a falta de sensibilidade da polícia.

Como ali nada lhe pareceu interessante, Nicolas seguiu para a área maior, onde ficavam as máquinas industriais. Nada também lhe soou suspeito. Pediu que os policiais olhassem a parte da frente, onde os clientes escolhiam os bolos, mas nada foi encontrado. Insatisfeito e intrigado, ele retornou ao escritório da proprietária e passou o olhar em volta. Algo insistia em lhe dizer que havia alguma coisa a ser descoberta, alguma pista muito bem oculta.

Havia um quadro na parede que fora removido, revelando um cofre atrás dele. Ao pedir que Fátima o abrisse, notou que lá dentro havia talões de cheques e dinheiro em espécie. Mas não era isso que buscava. Analisou novamente o teto do escritório, a decoração de bom gosto, os móveis caros, as janelas com vidros limpíssimos, a mesa grande, o suporte com um garrafão de água mineral, os armários com as portas abertas, o lustre elegante e contemporâneo. E foi então que percebeu.

Como não notara antes o tapete redondo e vermelho sob a mesa? Ele estava lá em sua primeira visita? Percebeu que Fátima empalideceu quando o flagrou fixando o tapete e soube que finalmente havia encontrado o tesouro.

— Removam a mesa do lugar e retirem o tapete dali — ele ordenou aos policiais.

— Não podem fazer isso com as minhas coisas — manifestou-se Fátima, exalando tensão e nervosismo, sem perceber que seu desespero a denunciara.

Nicolas a ignorou. Os policiais tiraram a mesa do lugar e ergueram o tapete. Dois deles emitiram resmungos de surpresa ao se depararem com a tampa de madeira do pequeno alçapão. Havia um cadeado trancando a fechadura.

— A senhora irá abri-lo ou devemos estourar o cadeado? — Nicolas encarou Fátima com frieza.

Ela deu de ombros, os olhos rasos d´água, os lábios trêmulos como se estivesse nua na neve. Nicolas fez um gesto a Mike, que apanhou uma pequena ferramenta e quebrou a alça do alçapão com facilidade.

A pasta de couro estava em um pequeno compartimento. Era o único objeto ali dentro. Mike a recolheu e a entregou a Nicolas, que abriu o zíper e despejou o conteúdo sobre a mesa de Fátima. Com um simples olhar, ele entendeu seu significado.

— Por favor, eu posso explicar — Fátima olhou em pânico para Nicolas. — Isso é errado, mas não me torna uma assassina. Pode pedir para seus policiais saírem, por favor? Pedirei que a doutora Regiane faça o mesmo.

— Tem certeza disso? — questionou a advogada.

— Sim, doutora. Preciso desabafar o que está preso em minha garganta. Deixe-nos sozinhos, eu imploro.

Quando se viram a sós no recinto, Fátima cruzou os braços, ainda trêmula.

— A senhora não paga seus impostos à prefeitura. Por quê? Não me diga que mantinha um relacionamento afetivo com Pilar.

— Com Pilar, não, mas com o pai dela — Fátima era a imagem da derrota ao confessar: — Eu e o prefeito Ernesto somos amantes.

# *Capítulo 26*

Trabalhar em uma grande floricultura era como se aventurar na selva. Era preciso conhecer pequenos detalhes que faziam toda a diferença na hora da venda; era necessário ter sensibilidade para captar o que um determinado cliente estava buscando, e ainda saber elaborar arranjos florais e ter bom gosto para decoração em eventos, já que Thierry era constantemente contratado para essa tarefa.

Miah estava gostando de trabalhar com ele, apesar de aquele ser seu primeiro dia. Em poucas horas, ela aprendera mais do que Zilá em dois meses. Miah Fiorentino tinha uma inteligência incomparável, um raciocínio veloz, um forte poder de persuasão para cativar os clientes e convencê-los a comprar, e ainda um sorriso lindo que desmontava até outras mulheres.

No entanto, ela sentia que havia algo latejando em suas veias, como um ser vivo querendo ser libertado. Uma sede louca por emoção, por sair às ruas perguntando, sondando, entrevistando pessoas. Ela gostava de liberdade, de movimento, da televisão. Estudara e se formara para isso. Seu instinto a martelava por dentro, como que a obrigando a encontrar uma forma de seguir seu verdadeiro caminho.

Marian diria que aquela sensação era, na verdade, sugestão do mentor espiritual de Miah, instruindo-a a não desistir dos seus objetivos. Os espíritos, de acordo com a sua cunhada, interagiam com os encarnados, sugerindo, opinando, criticando, influenciando positiva e negativamente, alguns em oração, outros torcendo pelo fracasso de seus adversários. Meses atrás, ela avistara o espírito de um homem na cozinha de seu antigo apartamento[1] e tempos depois pôde compreender quem ele era e o que significava em sua vida, na atual e na passada.

Marian acreditava e defendia a existência da reencarnação. Miah, um pouco cética, passara a acreditar também. Nicolas sonhara por várias noites durante muito tempo com um casal incomum: Sebastian, o inquisidor sanguinário e violento, que recebera da Igreja a incumbência de caçar e matar uma mulher tida como a líder das bruxas, uma jovem chamada Angelique. Nicolas fora Sebastian, e Miah, Angelique. Do ódio que ele nutria por ela, nascera o amor. Ambos foram caçados por inimigos e queimados vivos na fogueira.

Ela não sonhara com nada disso, mas conforme Nicolas lhe contava, conseguia imaginar seus rostos, suas roupas e os cenários por onde andavam. Eles reencarnaram muitas outras vezes depois disso, mas Nicolas não sonhara com as outras existências. Miah imaginava que, de alguma forma, eles sempre se conheceram e se mantiveram próximos em todas essas experiências carnais.

Esse mesmo amor, que nascera séculos antes entre dois espíritos afins, fora o motivo principal para que Nicolas a perdoasse, após descobrir seu passado. Miah nunca fora uma assassina, mas dois homens morreram por suas mãos, ainda que sem intenção alguma. Um terceiro foi a óbito após persegui-la nas escadas e escorregar nos degraus. Em vez de se entregar à polícia na ocasião, Miah preferiu fugir. Mudou seu sobrenome, modificou os cabelos e foi passando por várias cidades até se estabelecer ali. E quando seu passado parecia ter se aquietado, conhecera Nicolas, apaixonara-se por ele e seus medos vieram à tona outra vez.

Não havia mais como negar as palavras de Marian, porque ela também acreditava nelas. Havia reencarnação, espíritos bons e maus, e vida após a morte. Havia almas gêmeas, amores eternos, amigos e inimigos de outras épocas. A vida era mais misteriosa do que as pessoas imaginavam.

Estava tão distraída em seus devaneios que mal notou a musiquinha alegre que anunciava a chegada de alguém. Apenas voltou à realidade quando alguém a tocou com certa brusquidão no braço. Ao erguer a cabeça, deu de cara com Lourdes Bartole:

— É assim que você atende aos clientes, com essa cara de mosca morta?

---

1 Ver *A beleza e seus mistérios*, volume 2, publicado pela Editora Vida & Consciência.

— Provavelmente a mosca foi morta pelo sapo-boi que se encontra à minha frente.

Lourdes a mediu com desprezo e, em seguida, afastou-se, para conferir algumas mudas em promoção. Dali mesmo, comentou:

— O bom de cidade pequena é que as notícias correm rapidamente. Ouvi comentários de que você estava trabalhando aqui. Então pensei com meus botões: "Será que a ex-repórter magricela, com quem meu filho teve o desprazer de se casar, agora vende florezinhas para sobreviver?". Tudo bem que eu respeito o trabalho de Thierry, mas acontece que eu precisava vir aqui para conferir isso com meus olhos.

— Agora que já me viu, a menos que gaste os seus trocados aqui, caia fora — Miah apontou para a saída.

— Não vou sair. Isso é jeito de se tratar uma cliente? Contarei tudo a Thierry, e ele vai demiti-la — pensar nisso fez Lourdes gargalhar.

— Ele foi ao banco resolver uns assuntos. Se quiser falar com ele, fique à vontade. Não me preocupo com suas fofocas, porque elas não influenciam ninguém.

Dando o assunto por encerrado, Miah começou a arrumar as fitas com que eram feitos os laços para os arranjos e para os buquês.

— Não vou poder esperá-lo — Lourdes olhou as horas no relógio de pulso. — E saiba que vim comprar, sim senhora. Quero uma planta que me enfeite a casa e que seja minha cara.

— Temos cravo-de-defunto. Combina direitinho com sua cara de cadáver.

— Agradeço a gentileza, querida. Saiba que você é uma vendedora tão exemplar que, em menos de uma semana, estará no olho da rua. Sua chatice não a manterá no emprego.

Apenas para ser desaforada, Miah saiu de trás do balcão e confrontou a sogra com as mãos na cintura.

— Escuta, por que você não volta para o Rio de Janeiro? Possui uma casa lá...

De repente, Miah empalideceu. Pôde jurar ter sentido uma contração no ventre, como se o bebê, de poucas semanas de gestação, já estivesse formado o suficiente para chutá-la. Ela colocou as mãos sobre a barriga, sentindo aquelas pequenas vibrações próximas ao umbigo. E quando uma vertigem mais forte a envolveu, seus olhos giraram nas órbitas e ela desfaleceu.

Lourdes começou a gritar por socorro, sabendo que Miah não estava fingindo para irritá-la. Ela se abaixou para tentar socorrer a nora quando dois homens que passavam pela rua ouviram as súplicas e entraram, ajudando a colocar Miah sentada no chão. Logo em seguida, ela recuperou os sentidos, piscando com força para tentar se localizar.

— O que houve? — ela passou as mãos pelo rosto.

— Eu é que lhe pergunto — pálida, Lourdes sentou-se ao lado dela. — Se quer me matar do coração, saiba que isso é um golpe baixo demais.

— Onde tem água aqui? — perguntou um dos homens.

Miah indicou os fundos do estabelecimento, e ele retornou com um copo logo depois. Ela bebeu um pouco e virou o rosto para a porta ao escutar os berros de Thierry, que acabava de chegar:

— Meu Santo Deus, o que está acontecendo por aqui?

— Ela estava discutindo comigo e do nada desmaiou — explicou Lourdes nervosa. — Juro que não tive nada a ver com isso. Nem mesmo cheguei a dar uma porretada na cabeça dela, apesar da minha grande vontade de fazer isso.

Com dois saltos ágeis, Thierry aterrissou ao lado de Miah, que esfregou o rosto novamente, como se assim pudesse afugentar a tontura e o mal-estar.

— Minha diva, você almoçou? Se não comeu nada, eu a levarei agora ao Caseiros.

— Está tudo bem, Thierry! Foi apenas um mal-estar passageiro — ela forçou um sorriso aos homens que a auxiliaram. — Estou grávida e talvez isso seja um sintoma da gestação. Obrigada pela força.

— É melhor procurar um médico — aconselhou um deles, antes de sair da loja.

Miah bebeu mais um gole da água e, apoiando-se em Thierry, conseguiu ficar de pé. Lourdes falava sem parar, a mão pousada sobre o peito, dizendo que estava prestes a ter uma arritmia cardíaca.

Assim que se sentiu ligeiramente melhor, Miah recordou-se do sonho que tivera com o bebê e seu rosto adulto. Por que teve aquela sensação? Estava grávida de poucas semanas, conservava sua sanidade mental e sabia que não poderia ter sido chutada pela criança. No entanto, juraria até o fim de seus dias que fora exatamente aquilo que havia acontecido.

Lembrou-se das palavras que ele lhe dissera no sonho e sentiu um calafrio lhe atravessar a espinha: "Olá, mamãe. Estou chegando para ficarmos juntos outra vez".

— Vou agora mesmo telefonar para Nicolas — garantiu Lourdes procurando o celular dentro da bolsa. — Já que ele quis casar-se com o bagulho, que assuma as consequências agora.

— Por favor, não faça isso — pediu Miah. — Ele está muito concentrado na investigação que está conduzindo, e essa distração o fará perder tempo, além de tirá-lo do prumo, fazendo-o perder o fio da meada. Conheço o marido que tenho.

— E você acha que eu não conheço o filho que tenho? — rebateu Lourdes.

— Lulu, Miah está certa, querida — Thierry colocou os polegares por dentro do cinto amarelo-gema. — Vou cuidar dela, pode deixar. Se ela não melhorar, eu a mandarei para casa ou chamarei aquele médico gatíssimo com quem Marian vai se casar.

— Enzo é médico a serviço da polícia — corrigiu Miah.

— Ele é médico e ponto final. Atende a quem precisar. Ai dele se me desobedecer — ameaçou Thierry, fazendo cara feia.

A contragosto, Lourdes comprou algumas mudas e se foi. Miah estava quase recuperada, mas não se esqueceria do que havia acontecido e da relação do desmaio com a visão que tivera no sonho.

# Capítulo 27

Fátima pediu que Nicolas se sentasse em uma das cadeiras onde um dos fornecedores estivera havia pouco. Assim que o investigador se acomodou, ela explicou com voz baixa, temendo ser ouvida por mais alguém:

— Ernesto e eu estamos juntos desde que ele era vereador. Eu o conheci quando ele veio aqui pela primeira vez, para encomendar um bolo de aniversário para o filho dele. Joel faz aniversário três semanas depois de Pilar. Neste ano, especificamente, creio que não haverá comemorações naquela casa, considerando o assassinato recente da menina.

— Estou de acordo quanto a isso.

— Eu era bem mais jovem e, naturalmente, tinha um corpo mais curvilíneo e atraente. Ernesto se deixou levar pelos meus encantos. Ele não era um homem interessante fisicamente, além de ser casado, mas tinha dinheiro e talvez me ajudasse a fazer com que a minha empresa prosperasse. Se ele queria sexo, eu queria dinheiro. Foi por meio desse jogo de interesses que tivemos a nossa primeira relação sexual. — Fátima olhou para a janela, como se necessitasse de ar puro. — Não éramos adolescentes, mas agíamos como tais. Os nossos encontros eram sempre às escondidas. Se a imprensa descobrisse que ele tinha uma amante, sua carreira política seria arruinada. Além disso, Ernesto guardava a imagem de bom marido, pai zeloso e político honesto. Ele nunca foi nenhuma dessas três coisas.

— Por que diz isso? — quis saber Nicolas.

— Eu penso que um bom marido não arruma amantes. Um bom marido é amoroso com a esposa, valoriza o casamento e trata com amor e carinho a mulher com quem se casou. Sei que o senhor se casou recentemente. O que pensa a respeito?

— Penso que se o marido ou a esposa mantiver um relacionamento extraconjugal, algo precisa ser revisto e repensado no casamento. Alguma coisa deu errado, e um dos dois está insatisfeito, ou não teria procurado outra pessoa. Mas a minha opinião não é importante agora, Fátima. Continue, por favor.

— Ernesto nunca foi um pai zeloso e responsável. Estamos juntos há 13 anos. Quando o conheci, as crianças eram pequenas ainda. Ele não foi um pai presente, dedicado, atencioso, que se interessasse pelas reais necessidades dos filhos, que buscasse conhecer os sentimentos, desejos e as angústias deles. Leonor, até onde eu sei, sempre foi mais parada do que uma montanha. Ela é meio bobona, entende? Conforma-se com tudo, aceita passivamente qualquer decisão do marido, não tem atitude própria, deixa-se levar ao sabor das ondas. Também não foi a melhor das mães. Não convivi com eles, mas sei disso pelas confissões que Ernesto fazia a mim. Foi justamente por vê-la como uma mulher insossa e sem graça que ele me procurou.

— Qual sua opinião sobre a criação dos filhos?

— Nunca deixaram que nada faltasse a Joel e a Pilar — Fátima desviou o olhar da janela para fixá-lo em Nicolas. — Quando eles eram menores, tinham um ao outro como companhia. Eles se bancavam, já que os pais eram um tanto ausentes, mesmo morando todos juntos. Eu me lembro de que, em alguns eventos dos quais participava, as crianças ficavam abraçadas ou de mãos dadas a um canto, até que alguém as notasse. Um sempre foi o melhor parceiro do outro. Joel deve estar sofrendo muito com a morte da irmã, pois eles eram unha e carne.

— Vou lhe dizer algo e gostaria que essa informação não saísse deste escritório — Nicolas pigarreou antes de continuar: — A senhora sabia que Pilar mantinha relações sexuais com várias pessoas?

— Sim. Ernesto também sabia e nunca fez nada a respeito. Disse que isso era problema dela. Que espécie de pai não se importa com quem a filha menor de idade está transando?

— O que você achava sobre esse comportamento de Pilar? — perguntou Nicolas.

— Ela se relacionava com muitas pessoas. Ela tinha três grandes amigas que não saíam do quarto dela, e creio que todas, juntas, faziam sexo também. Houve uma vez em que Pilar veio aqui para comprar um bolo para a mãe de uma das amigas. Acredita que ela se insinuou para mim? Começou a elogiar meu corpo e disse que gostaria de me tocar. Fiquei horrorizada e disse que se ela não parasse com aquilo, telefonaria ao pai dela e lhe contaria tudo. Eu me lembro da gargalhada debochada que ela soltou, porém, parou com as investidas e nunca mais tentou de novo. Por outro lado, acredito que ela estava em busca de afeto. Penso que esse era o motivo de ela se relacionar sexualmente com tantas pessoas diferentes. Ela queria carinho, atenção e afeto, coisas que jamais recebeu dos pais.

— E Joel? Será que ele também transa como um ratinho carente?

— Joel sempre foi o oposto da irmã, ainda que eles sempre tenham se dado muito bem. Ele é dois anos mais velho do que Pilar, sempre foi mais contido, menos extrovertido e mais discreto. Ao passo em que Pilar chamava a atenção, ele se mantinha na dele. Não consigo imaginá-lo tendo o mesmo comportamento que a irmã.

— E por que me disse que Ernesto não é um político honesto?

— Porque ele nunca foi. Quando era vereador, já fazia alguns desvios de verbas. Nunca se preocupou por desfalcar os cofres públicos. Como pôde perceber — Fátima indicou a pasta preta que ela escondera no alçapão —, ele me isentou de pagar impostos e tributos municipais. Na realidade, pago apenas a conta de água e de energia. Desconheço quaisquer outras taxas e cobranças da prefeitura. Claro que isso me ajuda muito, mas sei que não é correto. Não sei se o senhor vai me prender por causa disso, mas uma coisa vou lhe garantir: jamais machucaria Pilar. Ela era apenas uma garota querendo atenção, uma menina carente de amor, de carinho, de ternura. Seus luxuosos bens materiais nunca supriram suas verdadeiras necessidades. Posso lhe afirmar com toda a certeza. Pilar nunca foi uma jovem feliz em seus 18 anos de existência, porque nunca foi verdadeiramente amada por seus pais.

— Agradeço pelas informações. Vou levar esta pasta comigo e encaminhar o caso ao delegado. Saiba que a senhora não é a única que Ernesto isentou do pagamento das taxas municipais. Obrigado até aqui.

Fátima observou Nicolas sair. Depois que ele fechou a porta, ela enterrou o rosto entre as mãos e começou a chorar.

***

No carro, Mike aguardou até que Nicolas se manifestasse:

— Mais uma eliminada da minha lista de suspeitos. Se Fátima for a assassina, eu lhe pago o almoço todos os dias, durante os próximos cinco anos.

— Bartole, não faça promessas vãs — Mike mostrou um sorriso debochado. — Vai que você esteja com sua intuição meio falha e descubra que ela realmente deu cabo de Pilar.

— Se a minha intuição estivesse falhando, eu jamais lhe prometeria algo tão insano.

Mike parou de rir, e desta vez foi Nicolas quem sorriu. Quando chegaram à mansão do prefeito, Nicolas preferiu deixar o carro na rua. A viatura com os outros quatro policiais parou logo atrás. Junto com Mike, o investigador caminhou a pé até os portões principais, segurando o envelope com o mandado.

— Quer apostar quanto que Ernesto vai tumultuar quando souber o motivo da nossa vinda? — opinou Mike.

— Quer apostar quanto que vou colocá-lo no lugar dele com poucas palavras, sem perder a classe e a educação que dona Lourdes me deu?

Nicolas se identificou na guarita e recebeu a instrução de que aguardasse a abertura dos portões. Na sequência, os policiais caminhariam cerca de duzentos metros até a entrada da residência.

— O prefeito os aguarda na sala principal — ele ouviu a voz masculina pelo interfone.

— Obrigado — Nicolas agradeceu. Após caminhar um pouco, voltou-se para Mike: — Não vai me perguntar o motivo de eu ter retirado Fátima do rol dos suspeitos?

— Pela conversa que vocês tiveram, julgou que ela seja inocente?

— Ela e Ernesto têm um caso amoroso há muitos anos — Nicolas contou ao parceiro o resumo da conversa, finalizando: — Ela me pareceu bem honesta em suas palavras, mas o que a isentou de qualquer responsabilidade quanto ao crime é a teoria que estou montando mentalmente.

— Que teoria é essa?

— As peças do quebra-cabeça estão começando a se encaixar. Já começo a vislumbrar quem possa ser o assassino, mas ainda é cedo para ter certeza.

Mike abriu a boca e arregalou os olhos. Quantos anos de experiência na polícia ainda precisaria ter para enxergar tão longe quanto Nicolas?

— Explique-me isso melhor, Bartole.

*199*

— Depois. Primeiro, vamos ver as impressões que teremos após nossa busca por aqui — olhou para os soldados que vinham atrás. — Lembrem-se de repetirem o que fizeram na fábrica de bolos. Revistem cada cantinho e não se preocupem com o fato de ser a casa do prefeito.

— Deixe com a gente — um dos policiais bateu continência para Nicolas.

Ao contrário da informação recebida havia pouco, Ernesto não os esperava na sala e sim diante da entrada principal. Ele estava com as mãos enfiadas nos bolsos da calça e sua expressão não sinalizava cordialidade. Acima dele, sobre a casa, as gárgulas espreitavam os visitantes com seus olhos de pedra.

— Meu caro investigador, a menos que tenha vindo me trazer o nome de quem matou minha filha, ou me notificar de que o assassino foi capturado, saiba que o senhor e sua equipe não são bem-vindos à minha residência.

— Boa tarde para o senhor também — sem delongas, Nicolas lhe entregou o mandado de busca e apreensão.

À medida que lia cada parágrafo, o rosto do prefeito se crispava. Ao terminar, mirou Nicolas com olhos carregados de ódio.

— O que isso significa? Como se atreve a me afrontar dessa forma?

— Tem o direito de contatar um advogado e lhe pedir que acompanhe nosso trabalho.

— Acha que meu filho ou minha esposa ou eu matou Pilar? Tem noção de como essa possibilidade me soa desrespeitosa e ofensiva?

— Lamento pelas impressões que nossa visita venha a lhe causar. O fato de revistarmos sua residência é parte do nosso trabalho porque a vítima morava aqui, foi morta aqui e sabemos que o assassino circulou por aqui.

— Faça o que for necessário — Ernesto praticamente cuspiu as palavras. — Não chamarei advogado algum, a menos que me veja na obrigação de processá-lo. O senhor é o pior investigador que esta cidade já teve. Vou conversar com o comandante. Duarte é quem deveria estar aqui, atuando sozinho neste caso.

— Guarde suas impressões para quando eu necessitar delas — devolveu Nicolas, entrando na casa. — Leonor e Joel se encontram?

— Sim. Devo evacuar a casa? Os empregados precisarão sair também? — as perguntas estavam impregnadas de sarcasmo.

— Isso ficará ao seu critério. A partir de agora, nada pode ser tirado do lugar por ninguém de sua família sem a prévia comunicação a mim ou aos policiais que estão comigo.

Ernesto estava furioso, e Nicolas já havia notado isso. Conseguiria deixar o prefeito ainda mais irritado quando lhe contasse suas mais recentes descobertas.

Como a mansão era muito grande, Nicolas optou por se separar dos demais. Pediu que eles investigassem as dependências dos funcionários, as salas e os banheiros do piso inferior. Disse que os quartos do casal, de Joel e de Pilar ele mesmo olharia.

Estava subindo as escadas quando se encontrou com Leonor, que vinha descendo devagar, os olhos avermelhados, o rosto sem maquiagem, os cabelos bagunçados. Usava um penhoar por cima da camisola. A primeira-dama da cidade estivera deitada e chorando.

Joel estava alguns degraus acima dela. O garoto com rosto de adolescente fitou Nicolas com curiosidade e depois olhou para o pai, exatamente como fizera na ocasião em que eles estiveram na delegacia. Trazia fones no ouvido e segurava o celular com uma das mãos.

— Eles vieram revistar nossa casa, porque acham que aqui encontrarão pistas que os levem ao culpado — anunciou Ernesto em voz alta. — Trocando por miúdos, não encontrarão nada importante, ou seja, vieram apenas nos encher a paciência.

Nicolas até pensou em ignorar o desaforo, contudo, achou que não valia a pena ficar calado. Olhou por cima do ombro:

— Além do motel de Higor e da fábrica de bolos de Fátima, quais outros estabelecimentos o senhor isentou os proprietários de pagarem os impostos e tributos municipais? Tente se lembrar, enquanto faço meu trabalho.

Nicolas não esperou para ver o efeito que suas palavras causaram em Ernesto. O investigador passou por Leonor e a encarou rapidamente. O quanto daquela dor materna estampada em seu rosto era verídico? O quanto era fingimento? Fez o mesmo com Joel. O rapaz exibia uma expressão serena, mas seus olhos eram insondáveis. Se realmente fora tão ligado à irmã como Fátima apontara, estaria sofrendo intimamente? Ou a morte de Pilar fora a libertação de um fardo?

Ele começou pelo dormitório de Leonor e Ernesto. Era um aposento espaçoso e bem arejado, com uma cama de casal muito larga no centro do cômodo, que estava desfeita, confirmando sua ideia de que Leonor estivera deitada ali. Havia duas cômodas, uma penteadeira, uma mesinha de cabeceira, um espelho que ia do teto ao chão, uma televisão gigante fixada à parede, um guarda-roupa novo, com portas deslizantes, duas cadeiras e uma pequena mesa redonda, sobre a qual havia um *notebook* desligado. Do lado esquerdo ficava a porta do banheiro.

Colocando-se em ação, Nicolas começou pelo guarda-roupa. Inspecionou gavetas, olhou atrás das roupas penduradas, revistou bolsos e procurou dentro de botas e sapatos. Retirou os quadros das paredes e também as molduras, olhou debaixo da cama, moveu o colchão de lugar e revistou dentro das fronhas dos travesseiros. Conferiu cada gaveta das cômodas e moveu o grande espelho para olhar atrás dele. No banheiro, revirou o armário e olhou a área da banheira instalada ali.

Não satisfeito, passou para o segundo quarto, que era o de Joel. O aposento era menor do que o anterior e mais escuro por causa das cortinas marrons. Nicolas as afastou e abriu as janelas para que a claridade solar o auxiliasse. O ambiente era predominantemente jovial e masculino. Havia um *skate* de pé num canto, um *video game* próximo à televisão, um computador perto da porta do banheiro e um *tablet* sobre a cama. Pôsteres de bandas de *rock* estavam colados às paredes. Havia uma única cômoda e, sobre ela, vários porta-retratos de Joel e de Pilar abraçados.

Com a testa enrugada, Nicolas foi até as fotografias. Eram cinco no total e mostravam apenas os dois irmãos em diferentes estágios da vida. Joel, aos dois anos de idade, próximo ao carrinho de bebê com a irmã recém-nascida dentro dele; em uma apresentação teatral da escola, em que ambos estavam fantasiados e de mãos dadas; adentrando a adolescência, abraçados em uma praia. Outra ainda era uma *selfie,* mais recente, em que ambos sorriam e encostavam a bochecha na do outro. A última, provavelmente tirada semanas atrás, retratava Pilar com um largo sorriso sentada sobre os ombros do irmão, que fazia uma careta hilária, como se a irmã fosse pesada demais. Nicolas as retirou das molduras, mas não havia nada escrito atrás delas.

— É realmente necessário procurar aqui?

Nicolas já sabia que Joel estava à porta antes mesmo de ouvi-lo falar. Devagar, virou-se e encarou o rapaz, que susteve seu olhar.

— Preciso procurar na casa inteira. O assassino esteve aqui e pode ter deixado pistas em qualquer lugar. Você vê algum problema no fato de eu procurar em seu quarto?

— Nenhum — Joel deu de ombros, apoiando-se no batente da porta. — Meu pai está nervoso com a presença da sua equipe aqui. Mas eu entendo a necessidade disso.

— Entende? — Nicolas abriu as gavetas das cômodas e começou a conferi-las.

— Com certeza. Saiba que o apoio no que precisar. Nada seria mais importante para mim do que a prisão do assassino de Pilar — Joel olhou para as fotografias e seus olhos se encheram de lágrimas. — Eu a amava, sabia? Sempre foi minha parceira de toda a vida.

— Desculpe-me a franqueza, Joel, contudo, não tive essa impressão quando nos vimos pela primeira vez. Você me pareceu um tanto frio — como não encontrou nada importante nas gavetas da cômoda, Nicolas dirigiu-se ao guarda-roupa.

— Acha que adiantaria alguma coisa chorar perto dos meus pais? Eles nunca estiveram nem aí para nós dois. A prioridade do meu pai é a política. Para você ter uma ideia, ele já está focado em sua possível reeleição. A minha mãe não tem vida própria. Sei da sua fama, sei dos seus méritos e sei também que você já percebeu ou descobriu tudo isso que estou lhe contando sobre eles.

— Então, quando está próximo a eles, você se torna uma pessoa fria.

— Um pouco, sim. Não adianta nada demonstrar sensibilidade ou emoção. Eles não se importam, nem mesmo reparam. Pilar sabia tudo o que eu estava sentindo e vice-versa. Mesmo agora, praticamente na idade adulta, ainda éramos confidentes um do outro. Agora que ela se foi... — Joel se deixou vencer pelas lágrimas, sacudindo os ombros conforme os soluços o atingiam.

Nicolas o olhou por alguns instantes, reflexivo, antes de se voltar para o guarda-roupa.

— Durante essas confidências de sua irmã, ela nunca lhe contou algo sobre ser ameaçada por alguém? Talvez estivesse chateada com algum garoto, com uma das amigas, ou com algum funcionário. Ou talvez alguém tenha lhe feito mal, e ela conversou com você a respeito.

— Ela nunca me falou nada disso. Havia certos assuntos particulares que nem eu ficava sabendo. Ela só os revelava a Heloise, Teresa e Valentina. Dizia que era papo de menina.

— Sim, já escutei essa história antes.

— Quero aproveitar para lhe pedir desculpas — murmurou Joel secando o rosto. — Fui muito grosseiro quando nos conhecemos na delegacia. Quando estou perto do meu pai, fico irritado facilmente. Acontecia a mesma coisa com Pilar. Sei lá, ele tem uma energia ruim. Pretendo me mudar desta casa até o final do ano. Posso arrumar um emprego que me banque. Tenho uma grana guardada da mesada que recebo e posso me virar com ela em outro lugar. Quero a minha paz e a minha independência. Estou com 20 anos e já passou da hora de me sustentar. Sem Pilar, nada mais me prende aqui.

— Tive essa mesma sensação quando decidi me mudar do Rio de Janeiro, onde vivia com a minha família, para vir para cá. Queria minha liberdade em um lugar em que não fosse conhecido.

— Deu certo. Você até se casou. Com todo o respeito, Miah é uma gata. Pilar e eu acompanhamos o julgamento dela e torcemos pela sua absolvição. Acredite nisso.

— Sim, eu acredito. E obrigado pelo elogio à minha esposa.

— Bem, vou deixá-lo à vontade — os olhos de Joel brilharam. — Obrigado pela conversa rápida e por me ouvir. Não estou acostumado a ser ouvido pelas pessoas.

— Uma última pergunta, Joel. Você namora? — questionou Nicolas.

— Não. Admito que tive uma paixonite por Heloise quando a conheci, mas logo que descobri quem ela é de verdade, apaguei meus sentimentos por ela.

— E quem ela realmente é?

— Uma vadia interesseira. Desculpe-me o termo, só que é assim que a vejo. Nunca confiei nela, sabia? É a mais falsa do trio de amigas da minha irmã. Ela é perigosa, calculista e inteligente.

Nicolas viu-se obrigado a concordar com aquela opinião.

— Apesar de detestá-la, não creio que ela cometeria o desatino de matar a minha irmã. Se ela fez isso, eu nunca mais acreditarei no ser humano.

— Não deveria acreditar, mesmo sem saber se ela é a culpada ou não. Eu mesmo só confio em um grupo seleto de pessoas. O ser humano nos surpreende a cada dia.

Joel acenou em concordância e saiu dali. Nicolas terminou o trabalho de vistoria no quarto dele e no banheiro contíguo e, sem encontrar nada que lhe chamasse a atenção, partiu para o dormitório de Pilar.

# *Capítulo 28*

O quarto de Pilar era exatamente a representação da personalidade de sua dona. Colorido, chamativo e exuberante. Cores fortes contrastavam com tons mais claros. A cama *king size* acomodava facilmente quatro pessoas deitadas. Se fechasse os olhos, Nicolas conseguia imaginar o quarteto de meninas, deitadas lado a lado, rindo, planejando, trocando segredos e se entregando às orgias sexuais.

Fora ali que Pilar dissera que cortaria o pedaço do bolo e o serviria a si mesma. Nicolas tinha certeza disso. Seu quarto deveria ser seu reino, o ambiente em que ela dominava tudo. Dali, ela ditava ordens às amigas e lhes dizia como as coisas deveriam acontecer. Heloise talvez acatasse algumas delas, mas sempre contrariada, porque ela é quem deveria conduzir o jogo. Com Pilar morta, isso poderia acontecer.

Entretanto, Nicolas não acreditava nessa versão como o motivo para o crime. Todos os holofotes da investigação apontavam para Heloise como sua principal suspeita, mas a peça principal ainda parecia desajustada, fora do padrão de encaixe. Havia algo mais, embora ele já tivesse quase certeza do que era.

Ele avaliou a distância entre a cama e a porta do quarto. Saiu do cômodo, fechou a porta, e a abriu de novo, medindo a distância outra vez. Só então deu início ao trabalho de busca.

Apreendeu o celular de Pilar e seu *tablet*. Talvez a perícia descobrisse algo nos aparelhos. Ergueu o colchão e localizou um envelope com vários preservativos femininos. Na última gaveta do guarda-roupa, encontrou uma coleção de brinquedos e acessórios eróticos que fariam inveja a um *sex shop*. Alguns deles estavam lacrados, outros já pareciam ter sido usados. Nicolas confiscou todos eles, pensando em como deveria ter acontecido uma das últimas conversas de Pilar com as outras meninas.

"Amigas, como gosto de ser criativa, vou surpreender meus convidados ao cortar o primeiro pedaço e servi-lo a mim mesma. Cortarei a parte superior, para não estragar a decoração dele. Fátima é caprichosa em seu trabalho". Nicolas acreditava que palavras semelhantes foram ditas por Pilar ao trio. Talvez ela tivessem perguntado a quem Pilar ofereceria o segundo pedaço. E Nicolas tinha certeza de que ela não respondera, para não gerar ciúmes entre Heloise, Teresa e Valentina.

Mais uma vez, ele mediu a distância entre a cama e a porta de saída. E uma nova imagem formou-se em sua mente, uma hipótese que, se fosse bem trabalhada, o levaria ao criminoso.

De volta à sala principal, encontrou Ernesto, Leonor e Joel juntinhos, como uma tríade. O semblante do prefeito ainda denotava fúria e amargura. Nicolas colocou sobre a mesinha de centro os sacos plásticos transparentes com as provas apreendidas. Os outros policiais se juntaram a ele, que pediu a Mike que emitisse um recibo pelos materiais confiscados.

— Eu coro de vergonha por saber que a minha filha fazia uso desse tipo de coisa — resmungou Ernesto fitando os acessórios eróticos.

— Por favor, querido, não é o momento para isso — Leonor encostou a cabeça no ombro do marido.

— Gostaria que um de vocês três me mostrasse com exatidão o lugar em que a mesa com o bolo estava, antes de ser levada à área externa, local em que cantaram os parabéns — pediu Nicolas.

Joel fez menção de se levantar, mas Leonor o impediu. Ela mesma ficou de pé e fez um gesto com a mão para que Nicolas a seguisse.

— O bolo ficou neste canto da cozinha — Leonor apontou para um espaço pequeno entre a geladeira e o armário. — Foi trazido pela entrada dos fundos, para que os convidados não o vissem antes da hora. Havia uma espécie de tela protetora, que Fátima colocou para evitar que qualquer impureza caísse sobre ele.

— Quem teve acesso à cozinha após a chegada do bolo?

— Os nossos funcionários estavam todos de folga naquele dia. Apenas nós três e as pessoas mais próximas de Pilar vieram à cozinha, pois já sabíamos como o bolo seria.

— Essas pessoas próximas seriam quem exatamente? — indagou Nicolas, já sabendo os nomes que ouviria.

— As três melhores amigas de Pilar. Se outra pessoa veio aqui, foi escondido. Em meio a tanta movimentação, priorizamos dar atenção aos convivas. Quem é que se preocuparia em ficar vigiando um bolo?

— Alguém se preocupou, foi até ele e injetou o veneno.

"Tudo deve ter sido muito rápido", considerou Nicolas. "O assassino ou a assassina estava com a seringa escondida dentro da roupa, com a extremidade tampada para evitar injetar-se por engano. Aproveitou-se de um instante em que não havia ninguém por perto, parou diante do bolo, espetou a seringa, aguardou que o líquido fosse totalmente injetado, tornou a tampar a agulha e a guardou. Voltou à festa com um sorriso e um ar tranquilo no rosto, sabendo que a verdadeira festa aconteceria dentro de poucos instantes. Tudo não deve ter demorado nem dois minutos."

Se Pilar tivesse mudado de ideia no último instante e oferecesse o bolo à outra pessoa, o assassino a impediria, ou deixaria que um inocente morresse? Infelizmente, Nicolas acreditava na segunda opção. Quem matou Pilar deveria ser capaz de cometer tamanha crueldade com qualquer outra pessoa.

— Agradeço pelo auxílio — Nicolas sorriu para Leonor, que sorriu de volta. Havia certa beleza oculta atrás do semblante sem viço e sofrido da mãe de Pilar.

Quando se encontrou com os demais, Nicolas solicitou:

— Eu gostaria de conversar a sós com o prefeito. Mais uma vez, relembro seu direito de chamar um advogado para acompanhar nossa conversa.

— Se eu sentir a necessidade de telefonar para ele, farei isso — replicou Ernesto, com arrogância.

Nicolas aguardou até que Joel, Leonor, Mike e os demais policiais se dispersassem. Sozinho com Ernesto no sofá, fixou os olhos argutos que tinha à sua frente.

— A respeito da isenção de impostos municipais a alguns estabelecimentos — começou Ernesto —, posso alegar erro no sistema e ainda punir os responsáveis por esse setor. Nada será provado contra mim.

— Tem certeza disso? Conversei com Fátima, e ela me contou mais do que essa "pequena" infração.

Um pouco de cor fugiu do rosto do prefeito.

— Não sei do que está falando. Sou cliente de Fátima e nada mais.

— Ao que me consta, você se interessou tanto pelos bolos dela que quis ouvir algumas receitas culinárias deitado com ela na mesma cama.

Agora, a palidez espalhou-se pela face de Ernesto. Ele passou a língua pelos lábios, que já estavam ressecados, antes de continuar:

— O que está insinuando, senhor Bartole? Sou um homem casado.

— Vamos direto ao ponto, porque odeio enrolação. Saiba que não me importa muito saber que o senhor está desfalcando os cofres públicos. Sou um investigador de homicídios e minha missão é tão somente prender o assassino de Pilar. Mas não posso me manter de olhos fechados diante de certas irregularidades que encontro em meu caminho. A população confiou no senhor e em seu trabalho ao colocá-lo nesse cargo, assim como creio que Leonor acreditou em sua fidelidade quando se casaram.

— Nada do que Fátima tenha lhe dito pode ser aceito como verdade absoluta.

— Desde quando vocês estão juntos?

Ernesto pensou em continuar negando, todavia, algo nos olhos azuis do investigador o pressionaria até chegar à verdade. Finalmente rendido, ele deixou os braços caírem no colo.

— Só lhe peço que fale baixo. Leonor e Joel não podem ouvir esse assunto.

— Acha que ela nunca desconfiou de que o senhor tem um caso extraconjugal?

— Se desconfiou alguma vez, nunca me falou. Leonor é uma mulher calada, sem personalidade. Quando nosso casamento perdeu a graça e o sexo se tornou algo mecânico, procurei outras mulheres. Cheguei a contratar os serviços de duas prostitutas, até conhecer Fátima. O tempo passou para nós dois, mas até hoje ela é uma mulher bastante sensual e provocante. Sacia meus desejos íntimos, se é que me entende.

— Suas aventuras fora do casamento realmente não me interessam. Mas não acho justo para com a população, e isso me inclui, que o senhor beneficie determinadas pessoas a não cumprirem com suas obrigações financeiras com o município.

— Pretende me denunciar, expor sua descoberta à mídia?

Nicolas confrontou Ernesto e descobriu que ali morava o maior medo do prefeito. Se todas as suas sujeiras viessem a público, talvez ele até fosse afastado da função, uma vez que a cidade não era nenhuma metrópole e todos os munícipes poderiam se juntar contra ele em questão de horas.

— Pretendo ser justo e, para isso, proponho um acordo. O senhor provará a mim que vai regularizar o pagamento dos impostos municipais por parte dos estabelecimentos atualmente isentos. Quantos são, aliás?

— Cinco. Um motel, a fábrica de Fátima, as duas padarias do meu primo e uma relojoaria no centro da cidade, que pertence ao marido de uma vereadora amiga minha. Acredite ou não, apenas esses lugares não pagam impostos.

— O senhor sabia que Pilar frequentava este motel, mesmo sem ter completado a maioridade?

Nicolas ficou levemente surpreso ao notar o dar de ombros do prefeito e a expressão de indiferença que ele exibiu.

— A minha filha era uma verdadeira vagabunda, no sentido real da palavra. Quando ela tinha sete anos de idade, eu a flagrei assistindo a vídeos pornográficos. Aos 11, ela tentou transar com um menino da mesma idade no banheiro da escola. Aos 13, encontrei um vasto álbum de fotos no celular dela, em que Pilar estava completamente nua e em posições dignas de garotas de programa. Ela me contou, na época, que mandava essas fotos para conhecidos da escola e da rua.

— Quais providências o senhor tomou, conforme foi descobrindo tudo isso?

— Nenhuma. A vida de Pilar era dela e não minha. Se ela queria sair por aí transando com todo mundo, era problema dela. Se pegasse alguma doença sexualmente transmissível, a culpa seria inteiramente dela. Não tenho nada a ver com isso. Quando ela me contou que estava indo a um motel com "companhias interessantes", me perguntou se eu poderia ajudar o proprietário livrando-o de taxas altas. Fiz o que ela me pediu. Os dois lados ficaram felizes, e não houve nenhuma perturbação.

— Quem eram as companhias interessantes?

— Eu que vou saber? Já disse que nada do que Pilar fazia me interessava. Apenas lhe dizia que ela deveria tomar cuidado para não me expor publicamente. Se ela fizesse algo que maculasse a minha imagem política, eu nunca a perdoaria.

— E sua esposa? Como ela enxergava essa situação?

— Leonor nunca soube lidar com os problemas dos filhos. O que eles faziam não era problema dela, desde que estivessem felizes.

Nicolas não respondeu. Pelo visto, Fátima estava correta em tudo o que dissera sobre a família de Ernesto. Que espécie de pai não se importava com a vida pessoal da própria filha? Que espécie de mãe não se interessava em saber o que os filhos faziam longe dos olhos dela? Aquilo não era apenas negligência. Pilar e Joel praticamente foram criados por eles mesmos. O quanto toda essa ausência e frieza dos pais feriram o coração dos dois irmãos?

Nicolas fez outras perguntas sobre a dinâmica familiar, mas as respostas foram as que ele previra. Não faziam as refeições juntos, os pais não sabiam o que os filhos faziam fora de casa, não tinham ideia das aspirações de cada um, nem de suas necessidades. Ernesto não sabia se Joel também tinha ambições políticas ou se pretendia seguir por outras áreas. Ao que parecia, ele e Leonor nunca tinham tempo para os filhos. E agora jamais teriam para Pilar. E o que mais intrigava Nicolas era que Ernesto não parecia nem um pouco arrependido, ou com sinais de remorso, por ter sido um pai omisso para Pilar e que agora nada mais poderia ser feito sobre isso.

— O senhor irá ao velório de Pilar? — Ernesto perguntou a Nicolas.
— Será hoje à noite.
— Eu estarei lá e também no enterro amanhã, na parte da manhã.

Se havia dor nos olhos daquele pai, Nicolas não percebeu nenhum vislumbre. Ele quase poderia jurar que a morte de Pilar fora uma espécie de alívio para Ernesto.

\*\*\*

Quando chegou ao seu apartamento, no finzinho da tarde, Nicolas estava exausto. Após sair da mansão do prefeito, voltara à delegacia e entregara a Elias os objetos apreendidos, para que fossem tomadas as devidas providências. Só que o dia ainda estava longe de terminar. Pretendia celebrar com Miah seu novo emprego na floricultura, ir com ela ao velório de Pilar e ainda fazer alguns apontamentos sobre suas últimas descobertas. Precisaria ainda, antes de dormir, organizar um relatório para enviar a Elias, com cópia para o comandante. Tentou imaginar em que passo estaria a investigação de Duarte e se o investigador irritante estaria com a mesma linha de raciocínio que ele.

Assim que destrancou a porta e entrou, ele a viu. E aquela visão tão simples teve o efeito de um bálsamo para ele, fazendo com que parte do seu cansaço desaparecesse.

Miah estava de pé na sala com a gata no colo. Ela o olhou com seus olhos cor de mel e sorriu. Nicolas não pensou em mais nada. Simplesmente foi até ela e a beijou instantes depois de Érica saltar para o sofá, zangada com a aproximação dele.

Durante os seis meses em que Miah ficara presa, a vida de Nicolas foi sombria e triste. Ele a visitava em todos os momentos possíveis, mas não era a mesma coisa. Seu apartamento tornou-se um lugar frio e deprimente, e até a gata se mostrou apática e abatida, dando pouca importância ao seu dono. Quando a encontrava, Nicolas sofria ao ver os olhos repletos de dor e sofrimento da esposa, que tinha plena certeza de que seria condenada a muitos anos de reclusão. Ele também teve esse pensamento durante muito tempo. A emoção que sentiu quando ouviu o veredito de Miah, em que ela seria absolvida e liberada, não poderia ser descrita por ninguém.

— A sua expressão está tão cansada que, por um momento, achei que fosse o Duarte quem tivesse entrado — brincou Miah, abraçada a ele.

— Então eu não estou cansado e sim à beira da morte — respondeu Nicolas com uma risada.

— Eu estava esperando você para tomarmos banho juntos — ela sorriu com malícia. — Quero lhe contar algumas coisas que aconteceram hoje, na floricultura.

— Vamos tomar banho, mas eu a levarei para jantar fora. Vamos comemorar seu novo emprego — Nicolas a abraçou e foram andando juntos até o banheiro.

— Isso é romântico demais.

— Desde que nos conhecemos, a nossa vida tem sido um lindo romance.

— Eu diria que esse romance se iniciou há muitas vidas, já que nossa história não começou agora — Miah o beijou nos lábios. — Eu amo você, Sebastian.

— Eu a amo muito também, Angelique.

Rindo como duas crianças travessas, os dois se fecharam no banheiro.

# Capítulo 29

O Caseiros era o restaurante mais conceituado do município, pois oferecia uma comida deliciosa, em sistema bufê e a preço acessível. Ficava no centro da cidade e era comum que todos os policiais almoçassem lá. Quando Miah trabalhava na emissora, boa parte da equipe jornalística também frequentava o estabelecimento diariamente.

Sexta-feira à noite era, possivelmente, o dia e o período em que o local ficava mais cheio. Sabendo disso, Nicolas já havia reservado previamente uma mesa para dois. Quando ele e Miah entraram, o grande burburinho de conversas silenciou um pouco, enquanto os dois se tornavam alvo da atenção das pessoas. Nicolas e Miah perceberam alguns cochichos, olhares curiosos e balbucios maliciosos. Logo depois, as conversas voltaram ao ponto de onde haviam parado antes de o casal chegar.

A mesa reservada ficava nos fundos do restaurante, em um canto junto à parede. As mesas ficavam tão próximas umas das outras que os cotovelos dos clientes quase esbarravam nos dos vizinhos.

Para o jantar, Miah escolhera um vestido branco, justo no corpo, e uma gargantilha com pedras prateadas. Brincos compridos de prata enfeitavam suas orelhas. Maquiara-se com discrição e calçava sapatos de salto alto. Nicolas escolhera calça jeans e uma camisa polo preta, praticamente uma das roupas que vestia no dia a dia.

Logo após se servirem e pedirem as bebidas ao garçom, Nicolas começou:

— Creio que esse seja nosso primeiro jantar fora desde que nos casamos. Prometo que da próxima vez iremos a um ambiente mais vazio, que nos ofereça um clima mais romântico. Merecemos isso.

— O fato de estarmos juntos já torna tudo mais romântico. Ir a um restaurante de luxo ou a um boteco tem o mesmo significado se você for a minha companhia.

Ao ouvir a resposta da esposa, Nicolas tomou a mão dela e a beijou. Miah sorriu diante do galanteio:

— Você sabe que há momentos em que eu ainda não consigo assimilar que estamos casados e que agora o sobrenome Bartole também me pertence.

— Parece que foi ontem que a conheci — Nicolas mastigou uma batata sauté. — Quando a vi pela primeira vez, na televisão, meu coração soube que tinha acabado de se apaixonar. Essa história de amor à primeira vista, coisa que sempre pensei ser pura balela, provou ser uma grande realidade. Eu a amo, Miah. E estar aqui com você, depois de tudo o que passamos juntos, é um presente divino para mim.

— Eu também sou incrivelmente grata a Deus por essa bênção. Para mim, é um verdadeiro milagre continuarmos juntos. Marian diz que somos nós quem construímos o nosso destino. Deve ser verdade, já que fizemos de tudo para nos mantermos unidos, tanto nesta quanto em outra encarnação. Aprendi que não há força maior do que a nossa fé e que com ela alcançamos tudo aquilo que desejamos ou sonhamos.

— Eu também venho pensando da mesma forma — Nicolas fez uma pausa, observando com carinho Miah experimentar o filé de peixe. — Por falar em bênçãos, conte-me como foi seu primeiro dia de trabalho. Deve ser uma experiência divertida passar horas ao lado de Thierry.

— Muito — um sorriso surgiu nos lábios dela. — Ele e Ariadne são as pessoas mais engraçadas que já conheci. Possuem uma energia leve, cativante, gostosa. Ele conseguiu me fazer rir com suas palhaçadas, mesmo quando eu não estava numa *vibe* muito boa.

— Por que não? — Nicolas a olhou fixamente. — O que a está preocupando ou inquietando?

— Sei que eu deveria estar muito feliz pela oportunidade de ter conseguido um novo emprego. Como eu acabei de falar, Thierry é uma pessoa maravilhosa, aquela floricultura dele é um verdadeiro paraíso, e sou grata pela chance que ele me deu de retornar ao mercado de trabalho após a minha passagem pela polícia — Miah olhou em volta, mas desta vez ninguém parecia estar prestando atenção neles e na conversa. — Contudo,

*213*

serei muito sincera. O que eu realmente queria era voltar a exercer minha profissão. Sou e sempre serei uma jornalista. Em meu passado, havia muita coisa nebulosa, mascarada, falsa e mentirosa. Mas minha formação é legítima. Estudei para trabalhar na área com a qual me identifico.

— Você deveria enviar seu currículo às emissoras das cidades vizinhas. Tente em Ribeirão Preto. É uma cidade muito maior do que a nossa e há jornais locais que podem se interessar por você. Além disso, fica próximo daqui.

— Farei isso. Ainda não fui oficialmente demitida do Canal local, então me resta uma esperança, ainda que bem pequena.

Os dois sorriram, mas Nicolas notou a sombra de preocupação nos olhos de Miah.

— Não é somente isso que a está preocupando. Aconteceu alguma outra coisa que eu deva saber?

— Hoje eu tive um pequeno desmaio na floricultura — revelou Miah.

— Pequeno desmaio? — Nicolas empalideceu um pouco. — E por que eu não fui informado disso assim que aconteceu?

— A sua mãe esteve lá e nós tivemos uma daquelas conversas amigáveis de sempre. Estávamos em nossa troca habitual de ofensas quando eu senti o bebê chutar em minha barriga.

Miah olhou para Nicolas, que ergueu a mão com o garfo para levar a comida à boca, mas a deteve em pleno ar.

— O nosso bebê de poucas semanas de gestação?

— Sei que é a maior loucura que já se teve notícias. Cientificamente, é algo impossível. Mas a menos que você me considere uma completa pirada, foi o que ocorreu. Logo em seguida, tive uma tontura muito forte e fiquei desacordada durante alguns minutos. A sua mãe até me socorreu, imagine só.

— Vou levá-la ao médico.

— Sei que não estou doente e nem o bebê. A sensação que senti foi física, mas também estou ciente de que não foi propriamente o feto quem me chutou. Nem teria como. O que eu sei é que aquele sonho não me sai da cabeça — Miah o olhou com certo desânimo. — Você acha que tudo isso é fruto de minha imaginação, não é?

— Depois de tudo o que nós vivenciamos em termos espirituais? Sonhos de vidas passadas, visões de seres desencarnados, conversas com mentores, entre outros assuntos? Não, nem por um minuto pensei que você estivesse inventando coisas. Não entendo muita coisa do assunto, mas os tais chutes que você sentiu na barriga não poderiam ter vindo de fora para dentro? Algum espírito obsessor talvez?

— Posso jurar que foi o contrário. Senti os pequenos golpes no interior do meu útero. Logo em seguida, veio o desmaio. Se você quiser, irei ao médico somente para tranquilizá-lo. Só que nós dois sabemos que ele não encontrará nada anormal em mim.

— Meu amor, resumindo a conversa, você acha que está esperando um desafeto seu de vidas passadas?

— É exatamente isso. E talvez não seja apenas um desafeto meu, considerando que você não foi nenhum santinho na pele de Sebastian. Se o espírito que está chegando esteve conosco naquela época, nós dois estamos perdidos.

Miah fez uma careta hilária que arrancou uma risada de Nicolas, apesar da tensão que a conversa provocou.

— Querido, você já está tenso demais com sua investigação para se preocupar com isso. Vamos mudar de assunto?

— Nenhuma investigação é mais importante do que a saúde e o bem-estar da minha mulher e do meu filho.

— Só que você tem prazo para concluir seu trabalho. Quanto a mim, ainda tenho muitos meses pela frente, até o parto. Se as coisas continuarem correndo nesse ritmo, com sonhos malucos, sensações bizarras e desmaios repentinos, até lá, com certeza, eu estarei internada em um sanatório.

— Ainda acho que é importante que você procure um médico, apenas por desencargo de consciência. Entretanto, como também sei que sua teimosia se equipara a de uma mula, não vou insistir — Nicolas a fitou no fundo dos olhos. — Se você se sentir mal outra vez, buscará ajuda médica. Estamos entendidos? E outra coisa: se isso acontecer, quero ser informado imediatamente. Não sei por que minha mãe não me contou nada ainda.

— Acho que ela se sentiu um pouco culpada, já que estávamos brigando quando eu desmaiei — Miah riu, tentando suavizar o clima pesado que aquele assunto trouxera. — E fique tranquilo quanto a mim. Prometo que você será avisado em tempo real, mas espero que nada parecido aconteça de novo. E por falar em preocupação — Miah fez uma pausa proposital ao beber um pouco do suco de laranja —, você já está preparado para o desfile?

— Que desfile? — disfarçou Nicolas, sentindo o coração disparar.

— Não banque o esquecido. Depois de manhã, haverá o Desfile Pet Fashion. Você apresentará Érica ao público enquanto desfilam juntos. Amor, ela precisa vencer esse concurso. Ela saberá que foi vitoriosa porque é uma gatinha muito inteligente.

— Não vou desfilar com ninguém.

— Vai sim. Marian ficará chateada se você não for.

— Então por que ela mesma não leva aquela gata atormentada para o evento?

— Porque Érica é propriedade sua. Agora, se vocês se detestam, aí já não é problema meu ou de Marian.

— Você e Marian adoram me colocar em maus lençóis. Pensa que eu me esqueci de que, no ano passado, fui obrigado a me fantasiar de Papai Noel naquele centro espírita[2]?

— As crianças amaram, e você encarnou o papel com muita habilidade — Miah mostrou um sorriso fraco. Ela se lembrava de que fora naquela mesma noite, quando voltaram para casa, que revelara seu segredo a Nicolas. As primeiras reações dele a chocaram muito, mas, graças a Deus, ele a perdoara depois.

Astuto, Nicolas percebeu no que Miah estava pensando e tentou descontrair:

— Imagine a cena: "Senhoras e senhores, com vocês, Nicolas Bartole e sua gata Érica". Aí eu surjo com ela nos braços, andando em algum tipo de passarela maldita, acenando para as pessoas feito um imbecil, sorrindo falsamente e posando para as fotos.

— Não se esqueça de dar aquela rodada básica quando chegar ao final da passarela e tiver que retornar.

O horror crescente que ela enxergou nos olhos do marido a fez rir alto, aliviando-a um pouco de suas preocupações.

— Miah, se meu amor por você não fosse tão grande, eu a mandaria às favas.

— Falando nisso, como está o caso Pilar? Tem novidades?

— Muitas. Conversei novamente com as três amigas, revistei a fábrica de onde o bolo foi encomendado e conversei com o prefeito, sua esposa e seu filho, revistando a casa deles também. Elias me conseguiu os dois mandados de busca e apreensão em tempo recorde, o que me ajudou bastante.

---

2 Leia *Amores Escondidos*, volume 3, publicado pela Editora Vida & Consciência.

— E quais foram suas impressões? — se Miah estivesse segurando um microfone naquele momento, ele estaria voltado para o marido.

— As amigas são muito suspeitas, principalmente a líder delas, Heloise. Eu descobri que Pilar e Joel foram criados por pais ausentes. Ernesto e Leonor nunca se importaram com eles.

— Existe alguma possibilidade de que Pilar tenha sido morta por algum adversário político do pai dela?

— Pensei nisso no começo, mas descartei a ideia. O crime teve um motivo pessoal. Quem matou Pilar era amante dela. Deve ter passado por uma traição dolorosa e decidiu se vingar. Todas as amigas transavam com ela.

Nicolas falava num tom baixo, para não ser ouvido pelas outras pessoas.

— Mas há homens que também se relacionavam com ela.

— Sim. Cadu, que é o irmão gêmeo de Valentina, Cezar, Biel e o traficante Amarildo Galha, conhecido como Touca. Todos são suspeitos, claro, porém algo me diz que não devo perder meu tempo com eles, exceto Touca. Vi Cadu apenas uma vez e pretendo voltar a conversar com ele, mas não me pareceu o tipo de pessoa que elaboraria um plano tão ousado. Cezar e Biel também são inocentes, aposto meu distintivo nisso.

— Então suas principais suspeitas são as amigas de Pilar?

— Ainda preciso amarrar algumas pontas soltas para lhe dar essa resposta com mais precisão. Ao sairmos do restaurante, irei ao velório dela e gostaria que você me acompanhasse, para me ajudar a enxergar detalhes ínfimos com seus olhos atentos de jornalista. Acredito que muitos desses suspeitos estarão presentes.

— Será um prazer ajudá-lo a desvendar o mistério. Se quiser, posso até fazer algumas perguntinhas aqui e ali.

— Imaginei que você fosse fazer isso. Estou quase conseguindo formar uma imagem mental do criminoso e do motivo do crime, após tudo o que averiguei. Faltam ainda pequenas peças cruciais para que a imagem se torne nítida e completa. Creio que até amanhã, após procurar Touca, eu consiga encerrar o caso ao efetuar a prisão.

— Não me agrada saber que você vai atrás de gente barra-pesada.

— Você está parecendo o Elias. Não será a primeira vez que vou me meter em uma "boca-quente", nem provavelmente será a última. Não tenho medo. Quando morava no Rio, eu vivia me metendo em cada buraco que você ficaria apavorada só de imaginar. Além disso, eu e Moira iremos disfarçados. Seremos moradores novos interessados em *funk* e em algum pozinho especial.

— Meu Deus! De onde você tira essas ideias malucas? — Miah fingiu ralhar com Nicolas. — Pretende se enfiar no meio de uma comunidade perigosa, enfrentando um chefe do tráfico, mas está apavorado por ter que desfilar com uma simples gatinha. Às vezes, acho que nunca vou compreender a pessoa com quem me casei.

— Ossos do ofício. Ademais, Elias vai disponibilizar vários policiais que estarão por perto, à paisana, caso venhamos a necessitar de reforços.

— Se eu estivesse trabalhando no Canal local, daria um jeito de estar por perto com Ed e minha equipe para abrir uma reportagem ao vivo. A audiência iria disparar.

— Nesse caso, eu ficaria preocupado por saber que você estaria em área de risco.

— Ossos do ofício — ela repetiu a fala dele em tom de brincadeira.

E quando ela baixou os olhos para o prato, sua comida havia se transformado em uma pequena poça de sangue.

À medida que uma palidez cadavérica tomava conta do rosto de Miah, ela viu o sangue ferver, formando pequenas bolhas que estouravam e espirravam sobre a mesa. Por instinto, colocou a mão na barriga e experimentou uma sensação horrível, negativa e assustadora. Piscou os olhos com força e quando voltou a enxergar o prato, viu novamente sua comida ali. Não havia nenhum vestígio de sangue.

— O que foi desta vez? — alerta, Nicolas segurou as mãos dela, que estavam geladas. — Você está bem?

— Não sei o que está acontecendo comigo — Miah passou a mão pela testa, como se enxugasse um suor invisível. — Acabei de ter uma visão tenebrosa. Meu prato de comida se transformou em uma pequena piscina de sangue efervescente. Veja como estou arrepiada.

— Miah, acho que precisamos procurar ajuda em um centro espírita. Isso está ficando sério demais.

— Sabe... eu nunca abortaria nosso filho, porém, se houver um aborto espontâneo, confesso a você que ficaria feliz. Não sei se quero conhecer essa criança.

— Acha que tudo tem a ver com o bebê?

— Acho. Com certeza, este espírito e eu não fomos os melhores amigos em outras épocas. Por alguma razão, ele precisa reencarnar no seio de nossa família. Talvez este já tenha sido um projeto firmado por todos nós antes de reencarnarmos. Só que eu não estou gostando. Nem sequer penso nele e admito que não estou nem um pouco empolgada com a maternidade.

— Amanhã, nós podemos ter outra conversa com Marian. Ela nos orientará a procurar auxílio em uma casa espírita, provavelmente a mesma em que fomos no ano passado. Pode ser que haja mais do que sua rejeição pelo bebê.

— E o que pode ser pior? Acha que, além dele, uma horda de espíritos sombrios está próxima de mim? — a hipótese deixou Miah ainda mais gelada. — Era só o que me faltava.

— Não vamos trabalhar com possibilidades antes de termos algo concreto. Podemos procurar ajuda especializada, tomar um passe fluídico, buscar auxílio com os grupos de curas espirituais... enfim, Miah, essa situação não pode continuar assim. Precisamos descobrir o que está lhe causando tudo isso, ou você acabará doente.

Miah, que havia perdido totalmente o apetite, empurrou o prato para frente e avisou que não comeria a sobremesa.

— Faremos isso, amor. Agora, se você não se importar, podemos fechar a conta e sair daqui? Quem sabe, durante o velório de Pilar, eu consiga me distrair com seus suspeitos e pare de pensar nesta funesta maternidade.

Nicolas concordou com a proposta. Logo após acertar a conta, voltou ao carro com Miah e dirigiu até o cemitério.

# Capítulo 30

As salas dos velórios ficavam em uma área grande e bem iluminada, ao lado de uma pequena capela e da administração. O corpo de Pilar e o corpo de uma senhora de idade avançada eram os únicos que estavam sendo velados naquela noite. Havia apenas os dois filhos da senhora e três amigos presentes em sua sala funerária. Da parte de Pilar, Nicolas contou, pelo menos, umas trinta pessoas.

Ernesto e Leonor estavam rodeados por homens e mulheres vestidos de preto. Nicolas notou que a primeira-dama da cidade secava as lágrimas com um lenço branco. Um pouco mais atrás, Joel conversava com dois amigos e, desta vez, seu rosto parecia exibir toda a dor e todo o pesar pela morte da irmã, como se apenas agora a ficha tivesse caído.

— Miah, observe os pais e o irmão de Pilar e depois me diga o que achou deles — Nicolas sussurrou no ouvido da esposa. — Tente analisar a postura e a expressão corporal deles. Faça o mesmo com os demais suspeitos. Vou lhe mostrando cada um, conforme eles chegarem.

Nicolas e Miah foram cumprimentados por um assessor da câmara dos vereadores e pela chefe de gabinete da prefeitura. Ele avistou Fátima sentada entre duas mulheres, atrás do caixão lacrado. Uma imensa coroa de flores brancas estava sobre a urna fúnebre, com a mensagem "Ninguém morre enquanto permanecer vivo no coração de alguém", escrita com letras escuras.

Ao avistar o investigador, Ernesto afastou-se do grupo com quem conversava e se aproximou devagar. Olhou durante alguns instantes para o caixão antes de se voltar para Nicolas. Sua voz estava fria e seca ao dizer:

— Não sei se estou feliz em vê-lo aqui. Sei que sua visita tem o propósito de averiguar mais informações. E também sei que deseja prestar suas condolências à minha filha.

— Respeito os seus sentimentos, senhor prefeito. Prender o assassino de Pilar não a trará de volta, mas fará com que a justiça seja feita. Esse é meu trabalho e só posso lamentar que desaprove a forma como o desempenho.

— Faça o que tem que ser feito, independentemente da minha opinião — Ernesto bateu amistosamente no ombro de Nicolas e se afastou.

Houve uma movimentação maior do lado oposto, e Nicolas olhou para lá. Valentina chegava acompanhada do irmão gêmeo Cadu. Com ela, vinham Teresa, com a mãe, e Heloise, com Alberto, seu pai. Valentina e Teresa mostravam-se chorosas e deprimidas. Heloise, como sempre, não demonstrava emoção nenhuma.

Nicolas fez um sinal para Miah indicando o trio de garotas. Discretamente, Miah se afastou dele e se misturou à multidão, que aumentava a cada instante.

Cezar também tinha acabado de chegar. O ex-namorado da falecida estava acompanhado de um homem mais velho e bem parecido com ele, provavelmente seu pai. E quando Nicolas percebeu que Biel estava presente, foi devagar até ele. O rapaz parecia se sentir tão deslocado ali quanto um monge se sentiria em um estádio de futebol.

— Como vai? — Nicolas ofereceu a mão direita a Biel, que a apertou com certa insegurança.

— Não sei se deveria ter vindo, cara. Este não é meu lugar.

— Por que achou que precisava vir?

— Não tenho certeza — Biel olhou para os lados. — Acho que não quero que Teresa me veja.

— Ainda está em tempo de ir embora, caso não queira ser visto por ninguém.

— É estranho estar no velório de uma menina com quem me envolvi, e que me fez trair minha namorada, ou ex...

— Alguma dessas pessoas presentes aqui o procurou depois de nossa última conversa?

Biel deu de ombros.

— Não. Eu não sou interessante para as pessoas.

*221*

— Se isso ocorrer, por favor, me informe. Não se encontre com ninguém que possa ter tido contato com Pilar.

— Acha que alguém acabaria comigo também? — Biel mostrou um sorriso triste a Nicolas. — Nem mesmo para um assassino eu sou importante.

— Se puder fazer o que eu lhe pedi, me deixará muito mais tranquilo.

Nicolas sentiu uma cutucada forte nas costas e se virou, dando de cara com Alberto. Biel aproveitou o momento para se dispersar entre as outras pessoas. Aquele investigador o deixava muito nervoso.

Biel não percebeu que estava sendo observado discretamente por um par de olhos cruéis. Teria fugido imediatamente dali se soubesse que os olhos pertenciam à mesma pessoa responsável por Pilar se encontrar dentro do caixão.

Os olhos de Alberto estavam furiosos e revelavam toda sua ira:

— Que bom encontrá-lo por aqui, senhor Bartole. Heloise me contou sobre a sua visita inapropriada à nossa casa hoje, na qual acusou a minha filha e as suas amigas de tentarem matar Pilar envenenada. Saiba que vou processá-lo.

— Boa noite para o senhor também! Primeiramente, não faço visitas a ninguém. Fui interrogar as pessoas mais próximas à vítima, com todo o direito de investigador de homicídios que me é dado. Se Heloise e as outras interpretaram dessa forma, só posso lamentar. Quanto ao processo, o senhor tem todo o direito de agir assim. Aproveite e processe também a Secretaria de Segurança Pública, o delegado e todos os policiais envolvidos no caso.

— Vou esmagar essa sua ironia diante de um tribunal.

— Tente fazer isso e torça para que sua filha realmente seja inocente — os olhos de Nicolas se estreitaram. — Porque se Heloise foi a pessoa que envenenou aquele bolo, ela sim será esmagada, e com ela todos que tentarem defendê-la.

Nicolas se preparou para se afastar. E foi então que a confusão teve início.

Inconformado com a resposta que ouvira, Alberto cometeu o erro de segurar Nicolas pelo braço e puxá-lo com força para trás. Cerrou o punho e o desferiu contra o rosto de Bartole, que se desviou a tempo e não levou um murro na boca. Em contrapartida, Nicolas o agarrou pelo pescoço e o empurrou para trás. Alberto perdeu o equilíbrio, tropeçou e caiu sentado no chão.

Algumas mulheres, que estavam próximas, gritaram ao perceber a movimentação. Dois homens recuaram e pouco depois todos estavam olhando. Tentando recuperar a compostura, Nicolas anunciou:

— Doutor Alberto, o senhor está preso por tentar agredir um policial em serviço...

Soltando um rugido de ódio, Alberto se levantou rapidamente e tornou a avançar na direção do adversário. Desta vez, ele conseguiu ser rápido ao acertar um golpe violento no estômago de Nicolas, que o fez perder o rumo de casa. Nicolas revidou com um direto no queixo, que colocou o advogado fora de combate.

A multidão estava se dispersando. Algumas pessoas já caminhavam na direção da saída. Miah estava acompanhando a briga e até pensara em intervir, porém, algo havia chamado sua atenção instantes antes. Mas quando ela se virou para a direção em que notara algo, outras pessoas cobriram seu campo de visão.

Instantes antes, a poucos metros dali, Biel só queria ir embora. Teresa acabara de vê-lo e viera até ele. Ele esperava ao menos um sorriso da ex-namorada, mas ela fora enfática, ríspida e grosseira ao questioná-lo:

— O que acha que está fazendo no velório da minha amiga?

— Acabaram de me perguntar a mesma coisa — ele conseguiu responder.

— Este lugar não é para você, seu pobretão. Nunca será do nosso meio. Não sei o que se passou pela minha cabeça quando decidi namorá-lo. Espero que jamais tenha que voltar a vê-lo.

Ela virou as costas e saiu andando. Biel, chocado pelas palavras pesadas, correu atrás dela e tentou contemporizar:

— Por favor, me perdoe. Mesmo que nunca mais haja nada entre a gente, não gostaria que deixássemos de ser amigos.

— Você me traiu com Pilar e isso já é motivo mais do que suficiente para que nós não tenhamos mais contato. Suma da minha vida, seu pobre inútil.

Teresa havia elevado o tom de voz, despertando a curiosidade de outras pessoas que estavam por ali. Corado de vergonha até a raiz dos cabelos, Biel girou nos calcanhares para ir embora dali. E foi nesse momento que Nicolas e o outro homem começaram a trocar socos.

Aquela demonstração gratuita de violência física entre os dois homens não lhe interessava nem um pouco. Só queria desaparecer dali, depois da humilhação que acabara de sofrer. Fora tolo e ingênuo ao decidir comparecer. Ele só soube que o velório aconteceria porque a mídia o divulgara incansavelmente. E agora, a menina que ele ainda amava o desprezara do mesmo jeito que se despreza um copo descartável usado.

— Ei, Biel, já está indo embora?

Biel estava atravessando uma área menos iluminada do cemitério, no caminho entre as salas funerárias e o portão de saída. Ao ouvir a voz familiar, parou de andar e se voltou.

— O que você quer comigo? Eu nem deveria ter vindo...

— Calma. Nem tivemos tempo de conversar.

Biel olhou para o sorriso que a pessoa exibia. E um pensamento ligeiro lhe ocorreu: "Que tipo de pessoa sorriria no velório da própria..."

Quando notou a sombra que atravessou aquele olhar, Biel soube de tudo. Teve ainda tempo de vislumbrar a seringa na mão enluvada. Chegou a recuar alguns passos, mas o braço da outra pessoa se moveu com mais rapidez e a ponta da injeção foi cravada com força nas costas da mão direita do rapaz.

Um pedido de socorro brotou em sua garganta, e ele chegou a articular a palavra. Nesse momento, seu coração acelerou, e Biel ainda teve tempo de ver a seringa sendo atirada no meio de um arbusto, entre dois túmulos, enquanto o vulto que o atacara já estava se afastando a passos largos. Ele viu a si quando criança, pensou em sua mãe e disse a si mesmo que a amava muito. E mentalmente pediu perdão a Teresa por tê-la trocado por Pilar.

Miah surgiu correndo com sapatos de salto alto. Avistou Biel caído e pensou se seria tarde demais. Gritou por ajuda e logo depois dois seguranças já estavam atrás dela. Ao parar diante de Biel e tocá-lo em regiões vitais, soube que nada mais poderiam fazer por ele. O corpo do rapaz estava sem vida.

— O que aconteceu? — um dos homens a questionou.

— Cuidem dele.

Miah voltou na mesma velocidade pelo atalho de onde viera a tempo de ver Nicolas, que já estava vindo atrás dela, murmurando algumas palavras pelo rádio. O prefeito e Leonor pareciam pálidos, bem como outras pessoas que assistiam à cena. Em meio a tantos acontecimentos, o corpo de Pilar havia perdido todo o foco da atenção.

— Mataram Biel — ela anunciou ofegante.

— Você viu quem foi?

— Apenas a sombra correndo entre os túmulos. Eu percebi algo esquisito, mas sua situação com o pai de Heloise me distraiu um pouco. Mesmo assim, meu faro jornalístico aponta para uma pessoa.

Como outras pessoas estavam chegando, Nicolas sussurrou um nome na orelha de Miah, que assentiu.

— Então se nós dois estamos desconfiando da mesma pessoa, não há erro. Entretanto, não posso dar voz de prisão ainda, sem nenhuma prova. Eu não acredito que deixei que matassem Biel. Não deveria tê-lo perdido de vista.

— Não foi culpa sua — Miah colocou a mão no ombro do marido. — Foi tudo rápido demais.

— Elias e algumas viaturas estão a caminho. Já pedi para o responsável pela administração as imagens das câmeras de segurança das salas onde os velórios ocorrem — Nicolas a segurou pela mão. — Venha, vamos ver Biel.

Um clima tenso e pesado espalhou-se por todo o cemitério, principalmente quando as ágeis más línguas de plantão descobriram que uma pessoa fora morta em uma das alamedas e que o assassino estava por ali. Houve quem retornasse apressadamente aos seus veículos ou chamasse um táxi. Mas uma grande maioria decidiu permanecer.

Nicolas se identificou aos seguranças do cemitério e agachou-se ao lado do corpo de Biel. O rosto do rapaz exibia uma palidez cadavérica. Havia uma gotícula de sangue sobre as costas da mão direita, o que fez Nicolas descobrir qual fora a arma do crime.

— Você vai isolar as saídas para tentar prender o criminoso aqui dentro? – perguntou Miah, abaixando-se ao lado dele.

— Mesmo que eu fizesse isso, o responsável já estaria longe. Ou não, se for a pessoa que estamos pensando. Só que eu não posso simplesmente ir até lá e efetuar a prisão sem nenhuma prova. Embora eu faça ideia do motivo pelo qual Biel precisava se tornar uma carta fora do baralho.

— Você está bem? — Miah o encarou com preocupação.

— Meu estômago está um pouco dolorido. Aquele cara conseguiu me acertar. Alberto está sob custódia da segurança do cemitério até a chegada da viatura que o levará à delegacia.

Alguns curiosos estavam se aproximando. Nicolas se ergueu e encarou os dois seguranças.

— Não permitam que ninguém se aproxime muito ou tente tirar fotos.

Os homens balançaram a cabeça em consentimento. Ao fundo, Nicolas pôde ouvir as sirenes das viaturas, que vinham em alta velocidade. Ele puxou Miah para um canto, ao lado de um túmulo bem cuidado para perguntar:

— O que você havia percebido antes que lhe chamou a atenção?

— Eu estava tentando conversar com alguns dos seus suspeitos. Falei com os irmãos gêmeos e com Cezar. Todos foram exageradamente simpáticos comigo. Então, eu vi Teresa e Biel conversando, num tom que beirava a discussão. Acho que ela estava brigando com ele, que parecia entristecido. E, de repente, notei que uma pessoa estava com uma das mãos dentro do bolso da calça. Nada anormal, até aí, se tal pessoa não estivesse encarando Biel e Teresa. Quando fui reparar, você e Alberto começaram a brigar, as pessoas mudaram de lugar, e eu perdi a visão. Pensei em intervir na confusão, mesmo sabendo que você daria conta do recado. Então achei melhor ficar de olho em Biel. Saí para procurá-lo e demorei um pouco a vê-lo, pois as alamedas não são muito iluminadas. Ele estava conversando com alguém e pouco depois o vi cair e a outra pessoa sair correndo. A escuridão não estava a meu favor e não pude enxergar o rosto do assassino. Mas sei sua altura, seu porte físico e as roupas que está vestindo. Para aumentar a coincidência, trata-se da mesma pessoa que estava com a mão dentro do bolso.

— Provavelmente segurando a seringa cheia de veneno, a mesma substância com a qual envenenou Pilar.

— O que você fará agora? — interessou-se Miah.

— Elias está chegando e vai assumir a partir daqui. O corpo será encaminhado aos cuidados da doutora Ema, caso ela já tenha melhorado da virose e voltado a trabalhar. Antes mesmo de ela me confirmar, já sei que a *causa mortis* foi a mesma de Pilar — Nicolas emitiu um suspiro de cansaço. — Hoje meu dia foi muito longo. Vamos para casa. Infelizmente, por Biel, não há nada que possamos fazer.

Miah assentiu, observando Nicolas com atenção. Sabia o quanto cada crime mexia com os nervos dele, principalmente durante uma situação em que ele se via de mãos atadas. Conhecia-o o bastante para saber que ele se sentiria culpado por não ter salvado Biel, ou por não ter sido rápido o suficiente para prender o assassino em flagrante. Apesar de não demonstrar, ela também sabia que o marido estava furioso e frustrado e que agora não descansaria enquanto não fizesse justiça.

Quando Elias chegou acompanhado de vários policiais, avisando que a equipe de peritos estava chegando também, a área em torno do corpo de Biel já estava isolada com uma fita listrada. Algumas pessoas que vieram para o velório de Pilar, incluindo Ernesto, tentaram inquirir Nicolas sobre o ocorrido, mas ele se esquivou de todas as perguntas.

Apenas informou ao delegado sobre Alberto, que providenciou sua transferência para uma das viaturas.

Nicolas e Miah saíram do cemitério logo depois e fizeram o trajeto até o apartamento em completo silêncio. Ela o deixaria assim por enquanto, imerso em suas próprias reflexões. Esperava que ele estivesse melhor no dia seguinte, e que pudesse encerrar aquele caso de uma vez por todas.

# Capítulo 31

O sábado amanheceu tão ensolarado quanto os dias anteriores. Nicolas estava de pé às seis da manhã. Tivera uma noite agitada. A preocupação interferiu em seu sono, ainda que não tivessem ocorrido sonhos perturbadores.

Assim que Miah terminou de colocar a mesa para que ambos tomassem café, ela lhe perguntou:

— Como você está?

— Melhor, dentro do possível. Biel era apenas um rapaz iludido, entende? Acho que não teve tempo de perceber que seu namoro com Teresa foi apenas fachada para as intenções perversas de duas meninas ricas e cruéis. Ele deve ter morrido acreditando que a traiu. Não teve tempo hábil para descobrir a verdade por trás dos fatos.

— Não foi por isso que o mataram.

— Não. Ele foi amante de Pilar e esse foi o seu erro. O motivo dos crimes tem a ver com relacionamento íntimo, sexo e paixão frívola. Mas não se preocupe. Quero que essa pessoa desfrute de suas últimas horas de liberdade, que aproveite cada minuto, porque quando eu a pegar, só lhe restará se lamentar por ter tirado a vida de duas pessoas.

Miah observou Nicolas tomar um gole do suco de melancia que ela preparara e comer um pedaço da torrada.

— O enterro dela acontecerá agora de manhã. Possivelmente o de Biel também. Você pretende ir a algum dos dois? — ela indagou.

— Não. Não creio que eu vá observar mais do que eu já sei. Quero falar com a doutora Ema, ainda que por telefone. Depois, quero me preparar durante a tarde para meu plano de visitar o traficante durante o baile *funk*. Moira e eu precisamos de algumas horas para ensaiar exatamente o que vamos dizer e como vamos agir. Pressinto que esta visita a Touca será crucial para que eu encontre a prova cabal para dar voz de prisão.

— Não preciso externar minha preocupação quanto a isso porque sei que você sabe se cuidar sozinho — Miah sorriu. — E também sei que se eu estivesse trabalhando para o Canal local, provavelmente estaria lá por perto tentando uma reportagem em primeira mão.

Nicolas esticou a mão e fez um afago na bochecha dela.

— Moira é uma policial esperta e inteligente, que também sabe se defender. Não creio que as coisas fujam do nosso controle, mas, se isso acontecer, Elias e vários policiais à paisana estarão por perto. Essa foi a exigência do delegado para me liberar. Agora, preciso ir atrás dos nossos disfarces. Onde posso conseguir uma peruca e uma barba postiça?

— Creio que a melhor pessoa para ajudá-lo nesse sentido é sua irmã Ariadne. Ela é capaz de deixar você e Moira simplesmente irreconhecíveis.

— Sabe que essa é uma excelente ideia?

Eles riram, e Miah abaixou a cabeça para o celular sobre a mesa quando ele começou a vibrar baixinho. Ela olhou o número que estava na tela e não o reconheceu de imediato. Deu de ombros e atendeu:

— Alô!
— Miah?
— Sim. Quem está falando?
— Aqui é Augusto, do RH do Canal local. Estou ligando do meu celular, pois imaginei que você não quisesse nos atender depois da última reunião que tivemos.

Miah apertou o botão viva-voz para que Nicolas pudesse acompanhar o diálogo. Por um breve instante, uma centelha de esperança raiou no coração dela. Será que eles tinham mudado de ideia e pretendiam mantê-la no cargo?

— Achei que fosse o contrário e vocês não quisessem mais falar comigo.

— É possível você passar aqui ainda hoje, pela manhã?

A centelha se transformou em uma luz brilhante, e Miah abriu um sorriso.

— O setor de Recursos Humanos agora também funciona aos sábados? Isso é novidade para mim.

*229*

— Na realidade, abrimos uma exceção justamente para resolvermos seu caso — a voz de Augusto era fria como a de um robô. — Tivemos outra reunião ontem, no início da noite, para reavaliar seu caso. E chegamos a uma nova conclusão.

— Qual foi? — subitamente, Miah estava tão ansiosa que quase gritou ao perguntar.

— Não a demitiremos por justa causa.

— Como assim? — o sorriso dela se alargou, e Nicolas lhe piscou um olho, fazendo um sinal de positivo com o dedo, como que indicando que tudo daria certo.

Porém, a alegria de Miah durou pouco. Augusto continuou falando:

— Infelizmente, a diretoria é irredutível em afirmar que, devido aos registros policiais que afetaram seu nome e sua imagem, é inadmissível mantê-la em nosso quadro de funcionários. A sua demissão ocorrerá, mas será sem justa causa. Receberá cada centavo dos seus direitos até o último dia em que esteve conosco. E, apesar de tudo, faremos uma carta de recomendação para qualquer outra empresa que deseje contratá-la. Passe por aqui para assinar a papelada. Desejamos que você tenha muito sucesso em sua carreira profissional.

Miah sentiu um balde de água fria sendo despejado sobre sua cabeça. Pior do que isso, sentiu seus sonhos morrerem em um estalar de dedos. O que lhe restava de esperança de retornar à sua verdadeira área havia desaparecido como neblina.

— Tudo bem. Daqui a pouco passarei por aí. Obrigada por me avisar e por terem suavizado minha demissão.

Ela desligou e permaneceu de cabeça baixa. Nicolas se levantou, aproximou-se dela por trás e a abraçou, beijando-a várias vezes no rosto.

— Ei, não fique assim. Ainda tenho esperança de que você vai conseguir um emprego melhor, em sua área. Enquanto isso, ajude Thierry na floricultura. Pelo menos, é uma forma de garantir algum dinheiro no final do mês e se sentir útil. O trabalho sempre dignifica uma pessoa.

— Eu sei — Miah sorriu com tristeza. — Bom, pelo menos acreditei que eles mudariam de ideia no último minuto. Agora não importa mais. Vou telefonar para Thierry avisando-o de que chegarei mais tarde. Se eu pudesse, não voltaria à emissora para ver ninguém. Faria tudo a distância.

— Enfrente-os de cabeça erguida. A Miah com quem me casei jamais se rendeu diante de ninguém. E acredite em mim: cedo ou tarde, eles vão se arrepender por terem dispensado seus serviços.

— Espero que você esteja certo.

Depois de tomarem o desjejum, Miah e Nicolas se separaram. Ele havia entrado em contato com a médica legista, que o informara que estava de volta ao seu posto, no necrotério municipal. Ema já tinha realizado alguns exames preliminares no corpo de Biel e pretendia passar seu relatório a Nicolas, que seguiu diretamente para lá.

Miah tomou um táxi até o prédio do Canal local. Embora ela estivesse preparada para novos conflitos com alguns funcionários, desta vez, sua visita foi muito mais rápida e tranquila. Caroline não estava na recepção, pois estava de folga naquele dia. Em seu lugar, havia uma mulher mais simpática, que também não era da época em que Miah trabalhara lá. Ao se identificar, recebeu a autorização para subir ao andar em que ficava o setor de Recursos Humanos.

Nostalgia, tristeza e amargura misturavam-se na mente de Miah, enquanto ela subia de elevador. Tempos atrás, fora considerada uma espécie de estrela televisiva e fora aquela emissora quem a colocara em tal patamar, ainda que isso só tivesse acontecido graças ao seu talento jornalístico. Fora um nome importante lá dentro e agora, meses depois, seria riscada da lista como se nunca tivesse sido grande coisa.

A empresa ficava bem vazia aos fins de semana, pois apenas alguns funcionários em sistema de rodízio eram escalados para trabalharem aos sábados e aos domingos. Ela esperou encontrar o antipático Bruno, assistente de diretoria, em seu caminho, mas ele não estava por ali, e ela foi até seu destino sem ser abordada por ninguém.

Augusto foi simpático e cordial, apesar de extremamente formal. Apresentou a Miah algumas questões de como ocorreria a homologação trabalhista e lhe pediu que ela conferisse cada número exibido nos documentos. Apesar do pontapé que estavam lhe dando, ela sabia que a diretoria da emissora era extremamente honesta e jamais desviaria um único centavo seu. Quanto a isso, confiava neles plenamente.

Ela assinou tudo o que Augusto lhe pediu. Ao final, recebeu um mero aperto de mão e um desejo de "boa sorte". Ela mostrou a ele um sorriso fraco e apagado, e empreendeu o caminho de volta até o elevador.

Ed surgiu em seu caminho com um olhar triste e um sorriso gentil. Ele trazia uma caixa de papelão nas mãos. Ao vê-lo, Miah correu para abraçá-lo, se esforçando para não chorar.

— Me dê boas notícias, garota. Você voltou para ficar?

— Não, Ed. Acabei de assinar minha demissão. Agora está tudo oficializado. Não sou mais funcionária do Canal local.

Ela viu a decepção estampar-se no rosto dele e sentiu o coração ficar apertado. Seu ex-parceiro de trabalho era a pessoa que ela mais admirava lá dentro.

— Então vou aproveitar e lhe contar minha novidade. Pedi as contas ontem, assim que soube pelas fofocas dos bastidores que você foi tratada como uma bandida. Hoje vim apenas buscar minhas coisas — ele mostrou a caixa de papelão. — Jamais seria conivente com esse tipo de coisa, conhecendo-a como a conheço. Não vou trabalhar em um lugar cujos proprietários expulsaram uma pessoa, que há muito deixou de ser minha colega para se tornar uma grande amiga. Assim como você, agora também não tenho mais nada para fazer aqui.

— Ed, não sei o que lhe falar — Miah estava emocionada e finalmente deixou que as lágrimas escorressem. — Você realmente fez isso por mim? Não queria que você se prejudicasse.

— Fiz e faria de novo, e não me arrependo. Miah, você é a melhor jornalista da casa, e eles não se importaram de perdê-la. Não reconheceram seu valor nem tentaram convencê-la a ficar. Se você foi alvo de tanta ingratidão, imagine o que fariam comigo, um modesto operador de câmeras. Já conversei com minha esposa. Vou distribuir meu currículo em outros lugares — apesar da tristeza que sentia, ele voltou a sorrir. — Fiz até promessa a alguns santos pedindo que pudéssemos trabalhar juntos de novo — duas lágrimas também surgiram nos olhos dele e pingaram. — Pelo jeito, eles não me ouviram.

— Não chore, Ed. Estou trabalhando na floricultura de Thierry e você poderá me visitar sempre que tiver vontade.

— Não será mais a mesma coisa.

Miah concordava com ele. Nada mais seria como antes.

— Saiba que eu saio daqui feliz por tê-lo como amigo. Os momentos que trabalhamos juntos nunca serão esquecidos por mim.

— Amo você, Miah. Só posso te desejar todo o sucesso do mundo, porque você o merece.

Miah o abraçou novamente, beijando-o com carinho no rosto. Ambos choraram juntos. Depois, ela afastou-se do ex-parceiro e entrou no elevador, que estava parado no andar. Eles trocaram um aceno, e as portas se fecharam. Provavelmente, aquela fora a última vez que viu Ed.

\*\*\*

A parte da manhã transcorreu depressa, sem grandes novidades. Ema confirmou o que Nicolas já sabia. Biel fora morto com extrato de oleandro. O veneno fora aplicado diretamente em sua corrente sanguínea, matando-o ainda mais rapidamente do que Pilar. Mesmo que Nicolas tivesse conseguido chegar a tempo de prender o criminoso, não poderia salvar a vida do rapaz. Ouvir essa informação não o consolou, mas serviu para fazê-lo se sentir menos culpado.

Ele telefonou para Ariadne e perguntou se poderia contar com a ajuda dela para modificar a aparência dele e de Moira. A voz da irmã era pura animação ao responder:

— Você está falando com a especialista número um em moda. Claro que consigo dar um jeitinho e transformá-lo em um novo homem. Nem mesmo Miah conseguiria reconhecê-lo sob meus disfarces. Onde posso preparar meu estúdio de transformação para receber você e Moira?

— Pode ser em meu apartamento, no final da tarde. Eu a aguardarei lá.

Nicolas desligou e estava pensando em seus próximos passos quando o celular tocou. Viu o rosto sorridente de Marian na tela.

— Diga, maninha.

— Você está muito ocupado? Se não estiver, gostaria de convidar você e Miah para almoçarem aqui em casa. Enzo será o cozinheiro do dia e está garantindo que nem o Caseiros prepara uma refeição tão boa quanto a dele.

— Vou ver se Miah consegue dar uma escapadinha da floricultura. No período da tarde, Moira e eu estaremos ensaiando nossa atuação com a galera barra-pesada, então teremos menos tempo para conversarmos.

— Aceite nosso convite e venha para cá com Miah. Vamos ficar muito felizes com a presença de vocês.

— Estaremos aí.

Ele admitia para si mesmo que estava cansado e que gostaria de concluir o caso até o final da noite. Só tinha plena certeza de uma coisa. Faria justiça para Pilar e Biel, ou não se chamaria mais Nicolas Bartole.

# Capítulo 32

Thierry estava com a testa franzida, observando Miah falar:

— Sei que hoje é meu segundo dia de trabalho aqui, que cheguei atrasada de manhã e que vou fazer mais que uma hora de almoço, se eu for à casa de Marian para almoçar. Nicolas acabou de me telefonar e quer muito que eu vá. Não quero que pense que eu sou uma funcionária abusada. Por favor, não seja um mau patrão.

Ela também o contemplava de volta, admirando seu estilo único e psicodélico.

Ele estava usando óculos escuros, de lentes redondas e pequenas, mesmo para trabalhar dentro da loja. E aquele era o único acessório considerado normal que ele usava. Os cabelos loiros estavam soltos e envolviam seu rosto graciosamente. Uma colar de contas grossas, que pareciam ser feitas de madeira, enfeitava seu pescoço.

A blusa sem mangas era prateada e reluzia como se tivesse luz própria. A calça era dourada, com diversas pedrinhas brilhantes grudadas nas laterais, que se estendiam até seus calcanhares. Usava calçados quadrados, com uma espécie de plataforma abaixo da sola. Aquilo não era um calçado feminino e nem masculino. Para Miah, aquilo simplesmente não podia ser humano. Quando o viu vestido daquele jeito, pensou num cruzamento de John Lennon com Lady Gaga.

— Você sabe que eu não a proibiria de ir, porque meu coração é mole como uma calda de chocolate. Além disso, amo Marian, então tenho mais um motivo para deixá-la sair em horário de trabalho. Contudo...

Ele se interrompeu quando a melodia que anunciava a chegada de visitantes ecoou pela loja. Um casal de mãos dadas acabava de entrar. A mulher tinha cerca de 60 anos, cabelos grisalhos num corte curto e elegante, olhos escuros e um rosto maquiado com discrição. Usava um conjunto social azul-marinho, que lhe caía muito bem. O homem tinha a mesma idade, era alto e forte, dono de um rosto bonito e quase sem rugas. Também tinha a cabelereira quase branca, o que lhe conferia certo charme. Thierry foi atendê-los sem reparar na expressão atônita de Miah.

— Bom dia! — Thierry chegou dançando diante do casal. — Sejam bem-vindos à minha floricultura. Creio que vocês nunca tenham vindo aqui antes.

— Bom dia! Realmente, é a nossa primeira vez aqui — a mulher sorriu. — Eu me chamo Serena, e este é meu marido Fagner. A nossa filha, que mora em Londres, virá passar uma semana conosco e, como ela adora flores, pensamos em comprar algumas para recepcioná-la. E parece que viemos ao lugar certo.

Miah se aproximou deles lentamente, quase como se estivesse hipnotizada. E quando eles finalmente a perceberam ali, a surpresa foi mútua. Eles simplesmente a contemplaram por vários segundos antes de Thierry quebrar o silêncio:

— Por acaso vocês três se conhecem?

— Miah Fiorentino — Fagner esticou a mão direita. — Que prazer vê-la pessoalmente.

Como se estivesse refém de uma hipnose, ela custou um pouco a reagir e a corresponder ao cumprimento. Ali, diante dela, estavam Serena e Fagner Alvarez, os donos da TV da Cidade, emissora jornalística concorrente do Canal local. A audiência dos programas deles era ínfima se comparada aos índices alcançados pela empresa que empregara Miah até aquela manhã.

Pelo que Miah sabia a respeito deles, ambos eram extremamente rígidos. Nem mesmo Deus gostava que as coisas fossem tão corretas e transparentes como eles apreciavam. Era por isso que, nem por um instante, pensou em procurá-los para lhes pedir emprego, pois a humilhação que sofreria ao ser enxotada por eles não valia o preço.

— Você está trabalhando aqui? — a pergunta veio de Serena. — Não quis retornar ao Canal local?

— Era o que eu mais queria, mas, como vocês já sabem de tudo o que aconteceu comigo recentemente, fui demitida. Estive lá ainda há pouco para assinar minha demissão — não havia porque mentir ou omitir os fatos. Se quisessem, eles poderiam confirmar suas informações rapidamente.

— E então pretende ser vendedora nesta nobre floricultura? — sondou Fagner.

— Procurei emprego no centro da cidade, só que não deu muito certo. Tenho passagem pela polícia, então, não é todo mundo que me contrataria. Thierry o fez por ser meu amigo e por confiar em mim.

— Miah é maravilhosa, e estou feliz por tê-la comigo — piscando os olhos verdes, Thierry encarou o casal. — Mas eu não ficaria magoado nem sentido se vocês a contratassem para trabalhar em seu canal. Vejam, não estou falando de uma jornalistazinha de quinta categoria, mas de Miah Fiorentino, a esposa de Nicolas Bartole.

— Thierry, por favor — ela se pegou corando e mal teve coragem de olhá-los nos olhos. — Eles sabem que meu currículo está manchado por causa do meu passado.

— A justiça compreendeu que você era inocente — Fagner replicou. — Não cabe a mim ou a Serena discutir essa questão.

— Tenho passagem pela polícia agora — insistiu Miah.

— Sabemos disso também. No entanto, eu lhe faço uma pergunta: você teria interesse em voltar à televisão?

Miah sentiu o coração parar por alguns instantes. Aquilo era um convite, ou ela não havia compreendido muito bem?

— É o que eu mais desejo, senhor Fagner. Só não sei quem me contrataria depois de tudo...

— Nós — foi a resposta de Serena. — Vamos lhe confessar um segredo bem feio: sempre tivemos certa inveja de saber que uma jornalista do seu porte trabalhava para nossos concorrentes. Porém, se agora o casamento entre você e eles terminou, pode nos dar uma chance. Creio que poderíamos fazer uma excelente parceria.

— Vocês vão me contratar? — Miah perguntou apenas para ter certeza.

— Temos uma proposta a lhe fazer, Miah — Fagner falava com calma e firmeza. — Caso queira integrar nosso grupo, prometemos lhe arrumar uma vaga na edição do jornal noturno, além de lhe possibilitar a oportunidade de realizar reportagens nas ruas, como você fazia antes. Temos acompanhado a investigação do seu marido e sabemos que se você conseguisse nos trazer em primeira mão a revelação do assassino, nossa audiência cresceria. Somos pequenininhos comparados ao Canal local, mas, com você em nosso time, logo empataremos com eles.

Miah assentiu, sentindo as lágrimas de emoção verterem de seus olhos.

— Sim, sim, eu aceito. É tudo o que eu mais quero.

Ela fechou os olhos antes de murmurar:

— Obrigada, meu Deus, por me dar esse presente. Obrigada aos meus amigos espirituais por essa nova oportunidade. Obrigada, mil vezes obrigada.

— Vou perder Miah — cantarolou Thierry —, mas é por um motivo tão bom que eu sou capaz de me despir e dançar nu por aqui.

O casal soltou uma risada gostosa, enquanto Miah, tremendo dos pés à cabeça, simplesmente ignorou qualquer protocolo e saltou para abraçá-los. Sentiu-se acolhida e bem recebida. Naquele momento, teve certeza de que a parceria daria certo.

— Se Thierry permitir, gostaríamos que você nos procurasse na parte da tarde. Sabemos que hoje é sábado, mas estamos empolgados com sua presença entre nós – comentou Fagner sorrindo. — A nossa ideia é que você já estreie seu primeiro trabalho ainda hoje. Queremos surpreender nossa concorrência.

— Verdade? Olha, eu não consigo acreditar nisso ainda. Deus não pode ser tão bom comigo.

— Ele sempre é maravilhoso com todos nós — Serena olhou em volta. — E agora, mostrem-nos as melhores flores que possuem para enfeitarmos a nossa casa e agradarmos nossa filha. Porque, ao que tudo indica, hoje acabamos de ganhar mais uma. Desde já, seja bem-vinda, Miah.

Miah ria por entre as lágrimas de gratidão. Marian estava certa. A vida era feita de muitos recomeços. E uma nova chance lhe seria dada: a oportunidade pela qual ela ansiara tanto desde sua absolvição.

\*\*\*

Ela ainda não conseguia acreditar na grande novidade enquanto subia as escadas do seu antigo edifício, rumo ao apartamento de Marian. O prédio era pequeno e não possuía elevador. Miah vivera bons momentos ali, mas também tempos de horror, enquanto tentava esconder pistas do seu passado dos olhos atentos de Nicolas.

Ao tocar a campainha, a porta foi aberta pelo próprio Nicolas. Ele a envolveu com os braços e a beijou com força nos lábios, ali mesmo no corredor. Depois, conduziu-a para dentro do imóvel. Marian estava parada no centro da sala, encarando a visitante com um largo sorriso.

— Que bom que vocês vieram!

— Fico tão feliz quando os vejo juntos — comentou Marian, recepcionando Miah com um beijo no rosto. — Vocês formam um casal maravilhoso.

— Assim eu fico com ciúmes, porque nós dois não somos nada mal — brincou Enzo, que estava saindo da cozinha usando um avental branco e uma touca protetora nos cabelos. — Sábado pede uma excelente feijoada, mas como essa é uma comida muito pesada, e Marian me disse que vocês estariam trabalhando, preferi preparar moqueca de peixe e arroz de forno. Modéstia à parte, está uma delícia.

— Não sabia dessas suas habilidades culinárias, meu amigo — riu Nicolas, sentando-se no sofá. — Daqui a alguns anos, Marian estará bem gorducha.

— Talvez eu engorde antes disso, por outra razão — Marian sentou-se também e colocou uma almofada sobre o colo. — Enzo e eu decidimos que vamos ter um filho.

— Vou ser titio? — Nicolas fez uma careta engraçada. — Que máximo!

— Logo que nos casarmos, vamos pensar com carinho na maternidade. Achamos que nossa família precisa aumentar um pouco mais.

— Torça para que não venha um amigo do bebê de Rosemary, que estou esperando — Miah pousou a mão sobre a barriga com certo pesar. — Se todas as coisas ruins de outras vidas começarem a ressurgir, todos nós estaremos metidos em uma séria encrenca.

— Com todo o respeito, Miah, infelizmente eu não acredito em reencarnação — atalhou Enzo, desamarrando o avental.

— Se você tivesse os sonhos que eu tive, com a mesma riqueza de detalhes e o mesmo desfecho, mudaria de opinião — Nicolas o olhou sério. — Já tive minha cota de ceticismo, Enzo. Assim como você é um homem da ciência, eu, como investigador de polícia, sempre me ative a provas e confirmações plausíveis para comprovar uma teoria. Não sou de acreditar em qualquer coisa. Marian sabe o quanto fui irônico e incrédulo em relação a muitas coisas sobre espiritualidade que ela me falava. Mas quando você se vê em outra vida, tentando assassinar uma mulher a qualquer custo, descobre que há muitos mistérios por trás daquilo que conseguimos enxergar.

— Para mim, é muito estranha a possibilidade de que nós sobrevivemos à morte do corpo físico. Nenhum espírito nunca apareceu para mim... — Enzo fez uma pausa, dobrou o avental e o colocou sobre as costas de uma cadeira. — Com exceção dos sonhos que tive com Clarice e Aline, conforme lhes contei anteriormente. Entretanto, isso não me provou que eu estava vendo os espíritos delas.

— Tudo depende daquilo em que você acredita — enfatizou Marian, olhando-o com docilidade. — A vida não precisa provar nada a ninguém, mas, de vez em quando, ela faz isso, dependendo da necessidade e da situação. Aconteceu com Nicolas e Miah e com muitas outras pessoas que nós não conhecemos. Miah sabe que está grávida de um espírito que pode ter tido vários conflitos com ela em vidas anteriores. Essa maternidade será um desafio gigantesco para ela e para Nicolas. Todos os três terão muito que aprender juntos. É assim que as coisas funcionam.

Nicolas e Miah trocaram um olhar de conformismo. Para descontrair o clima, Marian sorriu:

— Venham, vamos nos sentar à mesa. Enzo está ansioso para ser elogiado.

— Convencido você, hein, cara? — brincou Nicolas, dando um tapinha amigável nas costas do cunhado.

— Vocês sabiam que quando estamos em um ambiente leve e alegre como esse, com várias pessoas reunidas, as energias do grupo se tornam mais singelas e formam um todo? — perguntou Marian, arrumando um jogo americano sobre a mesa. — É até possível sentir a leveza da egrégora que se formou.

— Egrégora? O que é isso? — interessou-se Enzo.

— As egrégoras são interpretadas como sendo a totalidade das energias de um grupo ou a aura do local em que as pessoas estão reunidas. Aqui, por exemplo, entre pessoas que se gostam, a egrégora do grupo é clara e positiva. Se fossem pessoas tristes, raivosas e com desejos maldosos, a egrégora seria escura e negativa. Há algumas teorias que dizem ainda que o somatório dessas energias físicas e mentais das pessoas cria formas-pensamento, como se tivessem vida própria. As egrégoras positivas afastam as negativas. É por isso que estamos nos sentindo bem aqui. Nunca ouviu uma pessoa dizer que sente paz dentro de uma igreja ou em outro local religioso?

— Sim. Não sei se acredito em tudo isso, pois me parece muito fantasioso — comentou Enzo.

— Tudo o que foge à percepção de nossos cinco sentidos nos parece irreal e duvidoso. Porém, o universo não está limitado apenas às coisas que podemos tocar, ver e sentir. Você trabalha em um local em que uma poderosa egrégora está formada.

— No hospital? Não entendi.

— Ali, todos têm apenas um objetivo em mente: a recuperação da saúde. Assim, todos mentalizam o mesmo desejo, tanto os funcionários quanto os pacientes. Esse somatório de sentimentos e desejos forma um todo, forma uma egrégora da cura. Você não vê, mas essa energia é real e está lá.

— Deve ser por isso que, ultimamente, a delegacia tem me dado dor de cabeça — comentou Nicolas. — Principalmente quando Duarte dá as caras por lá.

— Somos os responsáveis por moldarmos as energias dos ambientes nos quais vivemos, seja o nosso lar ou o nosso local de trabalho — explicou Marian. — Quem nunca esteve na casa de uma pessoa e se sentiu mal, como se uma péssima energia predominasse ali? Ou pode acontecer o contrário: a gente se sente tão bem em um determinado espaço que até perdemos a noção do tempo e simplesmente não desejamos mais ir embora. Tudo é energético, tudo está ligado ao astral.

— Ao desencarnarem, o que acontece com essas pessoas mais "difíceis", que criam essas energias negativas? — foi a pergunta de Miah. — Elas continuarão com as mesmas características ao chegarem do outro lado?

Marian assentiu:

— Chegamos ao astral com a mesma essência que temos aqui, no mundo corpóreo. Nada muda. A nossa personalidade é, na realidade, a representação de como o nosso espírito é. Mudar de plano é como viajar. Você não muda completamente seu jeito de ser apenas porque se transferiu de um lugar a outro. Nós, espíritas e espiritualistas que estudamos a vida após a morte, sabemos o que espera um espírito ao desencarnar. Alguns seguem para lugares agradáveis, outros para zonas inferiores do astral e ainda existem ainda aqueles que não conseguem se desvencilhar do corpo físico e permanecem presos a ele.

— Mesmo com o corpo físico morto, um espírito pode permanecer preso a ele? — interrompeu Nicolas espantado. — Caramba, alguém já contou isso para a doutora Ema? Ela vai pedir demissão do cargo se souber disso.

— É verdade — Marian olhou para o irmão e apertou as mãos dele com carinho. — As pessoas materialistas são as maiores candidatas a passarem por esse processo, simplesmente porque desejam permanecer no corpo, acreditam que ali se sentirão mais seguras. Claro que existem sempre as exceções, mas, no geral, são as pessoas mais apegadas à carne e ao plano físico que relutam em deixar o corpo ao morrerem. E sofrem muito por conta disso.

Isso fez Nicolas pensar em Pilar. O que a garota teria encontrado ao se descobrir vivendo como espírito? Já teria despertado no astral? Estaria adormecida em recuperação em alguma casa de auxílio transitório? Seguiria sua jornada no astral ou retornaria à Terra para permanecer ao lado daqueles a quem tinha afinidade sexual?

Percebendo que todos pareciam mergulhados em seus pensamentos, Enzo resolveu mudar de assunto:

— Que tal deixarmos os espíritos de lado e atacarmos a boia? Afinal, não é para isso que estamos todos aqui?

Todos concordaram e pouco depois experimentavam os pratos que ele preparara. Pelos resmungos de aprovação de Nicolas e de Miah, Enzo sabia que havia acertado em cheio, provando a todos que realmente era um cozinheiro de forno e fogão.

*241*

# Capítulo 33

Após almoçar, Nicolas entrou em contato com Mike, pedindo que o policial o aguardasse na delegacia. Queria repassar alguns detalhes de sua ação na comunidade do traficante, para que não restassem pontas soltas. Tudo tinha que estar bem organizado, pois qualquer falha poderia ser fatal.

Por sua vez, Miah havia retornado à floricultura. De lá, iria aos estúdios da TV da Cidade. Preferira manter segredo até o último minuto, por isso evitara, durante todo o almoço, demonstrar a Nicolas sua ansiedade. Queria surpreendê-lo na hora certa. Ela própria ainda não havia assimilado a notícia completamente.

Assim que chegou à delegacia, Nicolas reuniu Mike e Moira na sala de Elias. O delegado não estava com a melhor das expressões e logo revelou o motivo:

— Como já imaginávamos, Alberto foi liberado. Ele trouxe um advogado, colega de longa data, para defendê-lo. Pagou a fiança por tê-lo agredido e saiu daqui pisando duro, dizendo que vai processá-lo, Bartole. Primeiro Higor e agora ele. A justiça brasileira concede muitas brechas à criminalidade, infelizmente. É por isso que me questiono se o assassino, sendo uma pessoa de boas condições financeiras, ficará preso por muito tempo.

— Já lhe disse isso e repito, Elias. Eu não vou permitir nenhuma ponta solta. O que ele fez configura-se como crime inafiançável. E nem durante o julgamento haverá meios de escapar.

— Assim espero, de verdade — Elias respirou fundo e olhou para Mike, que estava com um mapa da cidade nas mãos. — O que descobriu aí?

Mike apontava a região da periferia para a qual iriam.

— A comunidade fica na saída da cidade — o imenso policial pousou um dedo no mapa. — É um morro, com vielas, becos e ruas sem saídas. Há cerca de oitocentas famílias morando lá. Há bastante comércio também. Não sabemos exatamente onde Touca mora, mas o *mandela* acontece aqui, próximo a essa praça.

— *Mandela*? — Nicolas ergueu as sobrancelhas.

— É como são chamados os bailes *funk* que acontecem em lugares públicos — explicou Mike, olhando para Nicolas como se falasse com uma criança tola. — Conversei com algumas pessoas e soube que a agitação começa após às 21 horas e se perde madrugada afora. Touca está presente nos eventos todos os sábados.

Nicolas se lembrou do rosto do rapaz tatuado que fora visto nas imagens gravadas do motel de Higor, em companhia de Pilar. Touca não deveria estar muito mudado dois anos depois, portanto, poderia ser facilmente reconhecido. Mike continuou:

— Alguns policiais, que já trabalharam lá, disseram que ele é muito arisco e desaparece feito fumaça ao menor sinal de policiamento. Há vários olheiros trabalhando sob seu comando. Todos, obviamente, armados e preparados para atirar nos inimigos.

— Você e Moira ainda estão em tempo de desistir — murmurou Elias.

— Essas coisas não me assustam — insistiu Nicolas. — Elias, o que acha de ir comigo à comunidade agora, em caráter informal? Podemos apenas fazer o reconhecimento do terreno, ou algumas perguntinhas básicas para não levantar suspeitas.

— Nós dois seríamos reconhecidos facilmente, e a informação de que estamos no local chegaria aos ouvidos de Touca com a rapidez de um relâmpago. Ele ficaria em alerta e certamente não compareceria ao baile hoje à noite.

— É um risco que teremos que correr. Não podemos atuar em um lugar do qual não conhecemos nada. Precisamos focar nos pontos de atuação, saber onde os policiais à paisana permanecerão e quais as possíveis rotas de fuga se Touca e sua turma tentarem fugir. E caso sejamos encurralados, descobrir por onde podemos escapar para nos proteger.

Apesar de achar aquele plano cada vez mais perigoso e insano, Elias concordou:

— Vamos até lá agora mesmo. Podemos fazer perguntas discretas a alguns moradores que nos parecerem também discretos, apesar de isso ser basicamente um tiro no escuro. O importante é não chamarmos a atenção.

— Certo. Ao voltarmos, Moira e eu iremos ao meu apartamento, onde Ariadne vai nos encontrar para nos transformar em Marcos Paulo e Bernadete. Assim que anoitecer, iremos com o carro particular de Moira até o bailão.

— Que Deus nos ajude! — pediu Elias, muito preocupado com aquela ação. Esperava que Nicolas realmente soubesse o que estava fazendo e que as coisas corressem bem para todos os envolvidos na missão.

\*\*\*

O bairro era realmente bastante afastado do centro da cidade. Muitas casas com tijolos aparentes amontoavam-se, cobrindo toda a extensão do morro. A via de acesso à comunidade era por meio de uma única avenida principal, que contava com duas agências bancárias, farmácias, lojas, restaurantes, uma escola e vários outros comércios. Um córrego de margens estreitas, bastante poluído, corria na lateral dessa avenida.

Nicolas estacionou ao lado de um supermercado. Ele e Elias desceram olhando o entorno com seus olhos treinados de tiras. A tarde do sábado estava quente e preguiçosa. Havia crianças jogando bola na rua ou empinando pipas; mulheres conversando em grupo no quintal de uma casa e alguns casais de namorados passeando de bicicleta.

Decidiram começar a investigação por um pequeno *pet shop*, no qual uma senhora de cabelos arroxeados atendia atrás de um balcão. Ao ver os visitantes entrarem, ela lhes mostrou um sorriso.

— Vieram comprar alguma coisa para seu animalzinho pensando no desfile de amanhã? — ela perguntou com simpatia. Aparentemente, não havia reconhecido Nicolas e Elias e não os associou à polícia.

Nicolas disfarçou um estremecimento involuntário. Se pensasse no tal desfile, não conseguiria se concentrar direito no trabalho. Pigarreou antes de falar:

— Na realidade, gostaríamos de lhe fazer uma pergunta. A minha mãe está querendo comprar uma casa neste bairro e como moramos do outro lado da cidade, não conhecemos nada por aqui. Sabe de algum imóvel que esteja à venda, que seja confortável e não muito caro?

— Se a sua mãe for corajosa o bastante, ela pode se mudar para a casa da velha Mirtes — ela bateu a mão numa latinha de ração úmida para cachorros. — Dizem que a casa é mal-assombrada e que o espírito de Mirtes habita as dependências do lugar. Os filhos querem se desfazer da propriedade e estão vendendo-a ou alugando-a a preço de banana.

— Interessante — Nicolas colocou o dedo no queixo, parecendo pensativo. Então, como se tivesse uma súbita ideia, questionou: — Falaram para ela de uma casa que fica diante de uma praça, que é bem movimentada aos fins de semana. Uma que tem o portão verde. A senhora a conhece?

— Não estou lembrada de uma casa com um portão dessa cor, mas posso ser sincera? Peça para sua mãe fugir dessa região. Todos os sábados, à noite, acontecem umas baladas, sem horário para terminar. As letras das músicas só falam de sacanagem. É a coisa mais feia do mundo. Ela não vai conseguir dormir e em menos de um mês estará desesperada à procura de outra casa.

— E quem promove essas baladas? — quis saber Elias. — Os próprios moradores?

— Sim, mas quem a organiza é o chefão da boca — ela baixou o tom de voz, como se confessasse um segredo importante. — O cara é perigoso, sabe?

— Ele costuma ficar na festa? — inquiriu Nicolas.

— Dizem que sim. Eu não sei direito, porque nunca fui lá, mas contam que ele fica na praça, perto do seu carro luxuoso, com várias mulheres a tiracolo. Usa muitas correntes, pulseiras e anéis de ouro. A sua mãe não vai querer isso para a vida dela, principalmente se for uma pessoa pacata, que aprecia o silêncio e a tranquilidade.

"Nem de longe aquela era a imagem de Lourdes Bartole", pensou Nicolas.

— É, acho que a senhora me deu uma boa dica. Essa praça em questão fica próxima daqui? — tornou Nicolas, trocando olhares discretos com Elias.

— No final dessa rua. Não há erro. Raramente, a polícia aparece e faz uma batida por lá. Eles se escondem, esperam as viaturas partirem e voltam de novo. Eu sei que há muitos moradores que denunciam essa barulheira, principalmente aqueles que desejam aproveitar os fins de semana para descansar, ou os que trabalham aos domingos. Acho isso uma tremenda falta de respeito com o próximo.

*245*

— Concordo com a senhora. Aliás, gostaria de saber o que me indicaria para eu colocar em minha gata. Ela vai desfilar amanhã.

Elias lançou um olhar rápido para Nicolas, que fingiu nada perceber e fitou algumas coleiras presas a um suporte.

— Que tal este laço? Penso que ela se transformaria em uma princesinha.

Nicolas olhou com desânimo para o laço rosa, pagou por ele e agradeceu à lojista pelas informações. Assim que ganharam a rua, Elias provocou:

— Não posso perder a oportunidade de vê-lo desfilando com uma gatinha de laço rosa. Isso é verdade?

— Nem me fale, Elias. Marian me aprontou essa. Isso acontecerá amanhã de manhã. Se eu pudesse, desapareceria da Terra.

— Faça isso — Elias soltou uma risada sarcástica —, mas somente depois de encontrar e prender o assassino de Pilar.

— Vamos dirigir até próximo a tal praça. Precisamos conhecer bem o terreno onde pisaremos hoje à noite.

Nicolas dirigiu mais alguns metros e logo a área verde surgiu à sua frente. Era uma praça aberta, com muitas árvores, vários bancos, uma fonte desligada e um coreto ao lado dela. Tudo parecia bem preservado, apesar das pichações no muro que contornava o coreto e a fonte, e até no próprio chão.

— Estamos a cerca de três quilômetros da saída da comunidade — enfatizou Nicolas. — Aparentemente, não há outra saída, a não ser pelo caminho em que viemos. Certamente, Touca deve conhecer outros atalhos. Caso se sinta acuado, saberá desaparecer num passe de mágica.

— Posso posicionar alguns dos meus homens por aqui e por ali — Elias indicou alguns pontos da praça com o queixo. — Pretende abordar Touca aqui mesmo, na praça?

— Não sei se ele me levará a algum espaço reservado para negociarmos o que eu for supostamente comprar. Isso seria um tanto mais perigoso. Preciso ver como a banda tocará. O importante é que todos os policiais priorizem seus disfarces. Os homens de Touca podem notar a presença de pessoas estranhas, que não moram na região, e alertá-lo. Não quero um tiroteio.

— E você acha que eu quero? Sempre disse que era contra esse plano, mas a sua teimosia não me deixou proibi-lo de vir aqui.

Nicolas ia retrucar quando notou uma mulher varrendo a calçada em frente à casa dela. Ela gesticulava alegremente para a vizinha, comentando algo sobre uma tal Juliana, que havia roubado o marido de outra:

— Se Juliana tivesse se insinuado para o meu Emílio, eu daria na cara dela. Onde já se viu? Mulher à toa tem mais é que apanhar.

— A culpa não foi só dela — defendeu a vizinha. — Nós sabemos que Durval é um cafajeste de mão cheia e que já traiu a Frederica uma porção de vezes. Juliana se ofereceu, ele gostou, e os dois foram para a cama. Acha que essa é a primeira traição do ano?

— Com licença — Nicolas se aproximou mostrando um sorriso cordial. — Será que eu poderia conversar com você por alguns minutos? — ele encarou a que segurava a vassoura.

Ela avaliou Nicolas com interesse, dando pouca atenção a Elias. De repente, seus olhos brilharam.

— Ei, você não é aquele investigador casado com a repórter que foi presa?

Certo, desta vez ele fora reconhecido. Precisaria mudar de tática.

— Ela saiu da prisão, mas não vim aqui para falarmos sobre isso. Você poderia me atender?

A mulher olhou para a vizinha, piscou um olho, voltou a fitar Nicolas e indicou o portão para que eles entrassem. Assim que chegaram ao quintal, um cachorro preto, preso atrás de um portãozinho baixo de madeira, pôs-se a latir com vigor.

— Cale a boca, Leopoldo — rugiu a dona para o animal, que se calou na mesma hora. — Não liguem para ele. Gosta de chamar a atenção quando vê pessoas estranhas.

No quintal, havia uma mesa de plástico com quatro cadeiras e foi ali mesmo que ela os atendeu. Não ofereceu nada para eles tomarem, indo direto ao ponto:

— Em que posso ajudá-los? Não me diga que meu Emílio se meteu em problemas com a polícia.

— Emílio é seu marido? — ela assentiu, preocupada. — Creio que com ele esteja tudo bem — Elias tranquilizou a mulher.

— Ah, que alívio! — ela soltou a respiração aos poucos. — Eu me chamo Nadir.

— Dona Nadir, a senhora mora há muitos anos nesta casa? — foi a vez de Nicolas perguntar.

— Desde que nasci.

— Então a senhora conhece bem o bairro e seus moradores?

— Claro que sim. Conheço essa comunidade como conheço meu próprio rosto. Quem foi que aprontou o quê?

— Em nome da polícia, gostaríamos de lhe pedir sigilo quanto ao que lhe diremos em seguida — como ela pareceu desconfiada, Elias apresentou sua identificação. — Sou o delegado local.

— Meu Deus! — Nadir esbugalhou os olhos. — Nunca recebi a visita da polícia em minha casa, muito menos de um delegado.

— Podemos contar com sua discrição? — como ela ainda não parecia recuperada do choque, Nicolas decidiu pressionar um pouco. — Se a senhora espalhar por aí o que lhe diremos, poderá se tornar alvo de um perigoso assassino, o mesmo que matou a filha do prefeito. Está sabendo disso, não está?

— Santa Mãe de Deus! — ela exclamou, quase gritando, o que fez o cachorro voltar a latir. — Claro que fiquei sabendo. Só se fala disso na televisão. Morri de dó daquela pobre moça. E podem ter certeza de que vou ficar quietinha. Não quero problemas para meu lado, por Cristo — ela olhou para trás. — Cale a boca, Leopoldo!

O cachorro se aquietou outra vez. Nicolas aproveitou o momento de silêncio para explicar:

— A senhora mora diante de uma praça na qual acontecem bailes *funks* todos os sábados. Essa informação é verdadeira?

— Claro que é. Isso é um tormento, uma verdadeira perturbação da ordem. Esses desocupados ficam tocando aquelas músicas do demônio até, pelo menos, umas quatro da manhã. Colocam aquelas caixas de som nos carros, o que dá a impressão de que a música toca dentro do meu quarto. Emílio e eu passamos as noites em claro. Leopoldo, pobrezinho, late a noite inteira. E não podemos reclamar, porque os responsáveis pela festa são... — ela fez o sinal de uma arma com os dedos da mão.

— Entendo. A senhora já ouviu falar em Touca?

— Claro que já. Ele é o chefão da comunidade. Trata-se de um traficante dos mais perigosos. Protege a nós, moradores, mas dá ordens para matar quem se interpuser em seu caminho. Comigo ele nunca mexeu, porque nunca lhe dei motivos.

— Saberia nos dizer onde ele mora? — perguntou Elias.

— Ele possui várias casas por aqui. Conheço algumas, mas deve haver outros imóveis seus. Vocês estão atrás dele? Se o prenderem e isso fizer os bailes acabarem, sou capaz de trabalhar como diarista na casa de vocês por dois meses, gratuitamente.

— Ele costuma frequentar os bailes? — tornou Nicolas, ignorando a pergunta que Nadir fizera.

— Claro. Ele nunca falta. Da janela da minha sala, consigo vê-lo. A praça fica tomada por jovens bebendo, se drogando, dançando e fazendo sexo publicamente. Emílio diz que é a visão do inferno. O senhor, como delegado, deveria dar um jeito nisso. Até parece que a polícia tem medo dos bandidos.

— Se estamos aqui falando sobre isso, é porque temos intenção de agir. Para isso, contaremos com seu silêncio — repetiu Elias. — Essa conversa morrerá aqui.

— Nem mesmo Emílio ficará sabendo sobre a visita de vocês. Ana Maria, a minha vizinha, os viu entrar, mas lhe direi que vieram fazer perguntas sobre a filha do prefeito. Deixem comigo. Sei como distraí-la.

— Além dessa avenida principal, há outros meios de sair da comunidade? — Nicolas a fitou fixamente. — Há rotas alternativas?

— Do outro lado do morro, existe uma estradinha de terra que vai sair lá na Rodovia dos Bandeirantes. Mas, para isso, os senhores precisariam subir e descer o morro, contornando-o todinho.

— Touca é este homem? — Nicolas apresentou a Nadir as imagens impressas das câmeras do motel, e ela assentiu.

— É o próprio, apesar de ele estar mais magro nessas fotos. Cuidado com ele. Vocês vão mexer num vespeiro perigoso.

Alguém passou acelerando o motor de uma moto na rua, o que fez o cachorro disparar a latir mais uma vez. Nadir olhou para ele e berrou:

— Cale a boca, Leopoldo!

O animal silenciou, sentando-se sobre as patas traseiras e encarando os visitantes com curiosidade.

— Obrigado pelas informações, dona Nadir — agradeceu Elias. — Vai nos ajudar bastante.

Nicolas e Elias se levantaram e a cumprimentaram. Nadir, parecendo empolgada por ter colaborado com um investigador e um delegado, comentou:

— Faço tudo para melhorar o lugar onde eu moro. E se minha colaboração os ajudar a encontrar quem matou a filha de Ernesto, eu me sentirei realizada.

Os dois a agradeceram e voltaram ao veículo logo depois. Contornaram a praça devagar, observando o comércio, as casas, as vielas e as ruas transversais que partiam dela. Após o reconhecimento do terreno, decidiram voltar à delegacia.

— Sabe de uma coisa, Bartole? Deveríamos pensar em outra estratégia, articular um novo plano, modificar os pontos de vista, adotar uma nova ação...

Como Nicolas dirigia calado, Elias o encarou de soslaio:

— Vai ficar quieto? Não tem nada a me dizer a respeito disso?

— No momento, só uma frase me vem à cabeça.

— E qual seria?

Nicolas devolveu o olhar ao delegado e com uma risada irônica, respondeu:

— Cale a boca, Leopoldo!

## Capítulo 34

Os estúdios da TV da Cidade não tinham o mesmo porte, estilo e suntuosidade do Canal local. Na realidade, eles estavam localizados em uma construção térrea, que ocupava quase metade de um quarteirão. Miah já passara por ali algumas vezes, mas nunca adentrara os portões nem jamais imaginou que o fizesse um dia.

Ao se identificar na entrada, aguardou sua liberação analisando a grande antena de transmissão que ficava sobre o telhado. Logo depois, ao ter seu acesso autorizado, recebeu um crachá de visitante e uma moça loira, sorridente e simpática, surgiu para recebê-la.

— Seja bem-vinda, minha querida! — ela usou as duas mãos para segurar as de Miah e a beijou dos dois lados do rosto. — Sou Anete, a assistente de Serena e de Fagner. Já fui informada da boa notícia!

— Ah, que bom! Obrigada — agradeceu Miah, sentindo-se um tanto constrangida.

— Venha por aqui. Eles a estão esperando para uma reunião com toda a diretoria.

Isso a fez pensar na reunião que tivera no Canal local, após o retorno da viagem. As pessoas presentes naquele encontro conseguiram deixá-la tão mal com suas palavras ácidas e cruéis que, se não fosse a prestimosa ajuda de Marian, talvez ela ainda não estivesse totalmente recuperada do baque.

Miah seguiu Anete por um corredor semelhante ao da emissora concorrente, porém ali tudo parecia menor. As salas eram pequenas, os funcionários pareciam estar em número reduzido, talvez por ser um sábado, e havia menos computadores e televisores transmitindo notícias ou outras programações do canal.

Anete a fez entrar em uma sala de formato oval, em cujo centro também havia uma mesa de formato ovalado. Ali, além de Serena e Fagner, estavam outros três homens. Todos se levantaram para receber Miah com a mão direita estendida e um sorriso de boas-vindas. Era uma recepção totalmente oposta à que tivera em sua antiga emissora, e isso a fez se sentir bem acolhida na mesma hora.

— Miah, que alegria em tê-la por aqui — adiantou-se Serena. — Sente-se, por favor.

Miah sorriu e se sentou na cadeira que lhe foi indicada.

— Gostaríamos de lhe apresentar Evandro, Monteiro e Osmar — iniciou Fagner. — Eles são, respectivamente, o diretor de produção, o diretor de jornalismo e o supervisor de Recursos Humanos. Já foram informados de que você irá integrar a nossa equipe.

— É um prazer imenso ter uma profissional do seu porte conosco — comentou Evandro amável.

— Como não gostamos de perder tempo — era Fagner novamente —, assim como a senhora Fiorentino também não, hoje reservaremos o espaço do telejornal da noite para ela. Queremos surpreender nossa concorrência exibindo-a ao vivo em nosso horário nobre. O que acha?

Miah sentiu uma comichão na barriga, ao mesmo tempo em que uma emoção imensa a acometia.

— Só posso agradecê-los pela confiança em mim e por me darem essa oportunidade maravilhosa e abençoada de retornar à imprensa. Confesso que todos os meus sonhos já tinham morrido.

— Não é bom deixarmos de sonhar, porque isso nos desmotiva a viver — revelou Serena, e mostrando que entendia de negócios tanto quanto o marido, continuou: — Acertaremos sua contratação com nosso setor de Recursos Humanos logo que você tiver sua carteira de trabalho liberada pela contabilidade do Canal local, mas desde agora você é nossa funcionária oficial, já que assinou sua demissão com eles.

— Só estamos com dois pequenos problemas e gostaríamos de sua sugestão — Monteiro, que respondia pelo jornalismo da emissora, cruzou as mãos sobre a mesa. — Conforme Fagner explicou, pretendemos lançá-la ao vivo hoje à noite. No entanto, precisamos de uma matéria que realmente empolgue nossos telespectadores. Seremos bastante sinceros, embora você já saiba disso. Somos uma emissora pequena e a nossa fatia de audiência é um terço da obtida pelo Canal local. Acreditamos que nossos índices subirão tendo você com a gente. Mesmo assim, precisamos de algo substancioso, que prenda as pessoas à televisão, em pleno sábado à noite. O que nos propõe?

Miah não hesitou antes de responder:

— Como é do conhecimento de todos, meu marido está investigando o assassinato de Pilar, a filha do prefeito Ernesto. Hoje haverá uma atuação da polícia junto a um baile *funk* que ocorre em uma comunidade isolada, na saída da cidade. Se Deus quiser, tudo correrá bem. Mas se algo sair errado — Miah estremeceu ao pensar nisso —, a polícia vai agir e provavelmente efetuará uma das maiores prisões do ano: a do traficante Amarildo Galha, o Touca. Nicolas cortará meu pescoço em vários pedaços se souber que estou lhes contando essa informação. Se vocês concordarem, posso fazer uma reportagem de rua sobre o baile *funk*. E, caso algo importante ocorra, incluirei em minha matéria na mesma hora. É uma boa justificativa para ter acesso ao local. Não tenho medo nenhum de me infiltrar naquela região, principalmente sabendo que a polícia estará por perto, à paisana.

Miah percebeu que suas palavras surtiram o efeito desejado. Ela quase pôde sentir a intensidade da energia que dominou a sala de reuniões, quando todos se mostraram animados ao mesmo tempo.

— Seria perfeito — era Monteiro novamente. — Há tempos pensávamos em abordar esse assunto, mas não contávamos com profissionais tão gabaritados. Entretanto, temos outra questão. Estamos com um problema com dois dos nossos operadores de câmera que trabalhariam hoje. Um deles adoeceu e está de atestado médico. O outro se demitiu ontem, porque a esposa recebeu uma herança polpuda dos avós em São José do Rio Preto, e ambos se mudarão para lá. Temos outros funcionários que poderiam fazer isso, mas hoje é sábado e estamos meio em cima da hora para preparar tantas coisas.

— Acho que posso ajudá-los nisso também. Vocês estariam dispostos a contratar um excelente operador de câmeras? — Miah falava sem conter a alegria.

— Você tem alguém para nos indicar? — quis saber Fagner.

— Vamos torcer para que dê certo.

Ela abriu a bolsa, pegou o celular e telefonou para Ed. Ao ouvir o ex-colega de trabalho, foi logo dizendo:

— Ed, ouça-me sem me interromper. Acabei de ser contratada pela TV da Cidade, e talvez eles queiram contratá-lo também. Seria a oportunidade pela qual nós dois esperávamos para que possamos voltar a trabalhar juntos. O que acha?

— Menina, como você me dá uma notícia dessas quando estou almoçando? Por pouco, não me engasguei.

— E então? Você tem interesse?

— Você só pode estar brincando comigo. Vou pedir para que a minha esposa me belisque, porque acho que tudo é um sonho.

— Parece que os santos finalmente atenderam às suas preces — lembrou Miah, sentindo uma animação crescente dentro de si. — Venha para cá assim que terminar de almoçar. Procure pela diretoria da TV da Cidade. Depressa, homem.

— Sim, sim, já estou indo — Ed estava tão eufórico que começou a contar a boa-nova à esposa sem desligar o telefone.

— Ele foi meu parceiro no Canal local durante todos os anos em que trabalhei lá — esclareceu Miah, guardando o celular. — É um profissional nota dez, que se demitiu porque achou injusta a maneira como eles me trataram. Se vocês puderem me dar a oportunidade de trabalharmos juntos outra vez, eu seria eternamente grata. Ed merece, e vocês só terão a ganhar com o trabalho dele.

— Assim será feito — decidiu Fagner, ao que Serena concordou com a cabeça. — Não se mexe em time que está ganhando. Se a dupla dava certo no antigo emprego, também dará certo conosco.

— E agora, vamos nos preparar para receber a estrela do jornalismo local — Serena ficou de pé e sorriu. — Bem-vinda novamente e prepare-se para voltar a brilhar, Miah.

Ela chorou, mas desta vez era de gratidão, de emoção e pela certeza de que as coisas voltariam aos eixos outra vez. Como dizia Marian, acreditar no bem sempre é a melhor opção.

***

Nicolas, Elias, Mike e Moira já estavam no apartamento do investigador repassando o plano quando Ariadne chegou. A irmã de Nicolas trazia uma grande mala com rodinhas, com pequenas lâmpadas coloridas embutidas nela, o que a fazia piscar como uma árvore de Natal. Ela se vestia toda de rosa, incluindo sapatos, meias, gargantilha e algumas mechas dos cabelos.

— Olá, Pantera cor-de-rosa — brincou Nicolas, beijando-a no rosto. — Como você está?

— Animadíssima por poder contribuir com o trabalho da polícia — ela acenou para os demais, e pousou um rápido beijo nos lábios de Mike. — Aqui dentro trouxe perucas, roupas diversas, acessórios, maquiagem e até uma barba postiça. Nunca se sabe quando uma mulher vai precisar dessas coisas.

Nicolas enrugou a testa, imaginando por qual razão ela usaria a barba falsa, mas como não estava com muito tempo para se perder em polêmicas com a irmã, decidiu deixar aquilo para lá.

— Hoje à noite iremos a um baile *funk* — explicou Nicolas —, ou mandela, de acordo com Mike. Eu me chamarei Marcos Paulo e serei um novo morador da cidade em busca de droga de boa qualidade. Moira, na pele de Bernadete, vai representar uma dessas periguetes que usam *shorts* curtíssimos e adoram balançar o traseiro. Você consegue fazer com que nossa verdadeira aparência fique oculta sob os disfarces?

— Sou profissional, maninho — Ariadne deitou a mala no chão e abriu o zíper. As lâmpadas coloridas se apagaram. — Posso começar com Moira?

Nicolas, Mike e Elias observaram pacientemente a policial loira se transformar em uma mulher de cabelos ruivos e encaracolados, que usava um batom muito vermelho e os olhos pintados exageradamente. Calçava botas de cano alto, cujos saltos ultrapassavam os dez centímetros. O bustiê branco, revelando boa parte dos seios, e a barriga nua lhe conferiam um ar de muita sensualidade. O *short* jeans que usava era tão curto que parte de suas nádegas ficavam à mostra. Quando Moira se contemplou no espelho, fez cara de poucos amigos.

— Ariadne, estou parecendo uma garota de programa desesperada por clientes.

— Não está tão mal assim — Ariadne parou atrás dela, olhando-a pelo espelho. — Se você gosta do *pancadão*, precisa provar isso. Dance muito e jogue os cabelos. Não se preocupe, porque a peruca está bem presa.

— Arre égua! — exclamou Mike, contendo a risada. — Não achei que viveria para ver esse dia. Moira, podemos tirar uma foto juntos?

— Não seja retardado — ela o olhou de revés. — Estou me sentindo nua com essas roupas, Ariadne. Espero que Willian não me veja assim.

— Meu irmão adoraria essa versão *femme fatale* — garantiu Ariadne.

— Nicolas, é sua vez agora.

Nicolas suspirou resignado e se sentou na cadeira da tortura. Ariadne fez o trabalho muito mais depressa. Em vinte minutos, ele era um homem loiro, de cabelos crespos e com barba igualmente alourada. Ariadne lhe trouxera um par de lentes de contato descartáveis na cor preta e, quando Nicolas se confrontou no espelho, após colocá-las, pouca semelhança havia com o rosto do investigador. Suas roupas cotidianas foram substituídas por uma camiseta regata florida e por uma bermuda branca, cheia de bolsos, que ela confiscara de Willian.

— Por último, você pode colocar isso em seu pescoço — Ariadne lhe colocou uma corrente prateada, cujo pingente era um crucifixo gigante, banhado em prata.

— Só lembrando que não enfrentaremos uma horda de vampiros.

— Mas ajuda a complementar o disfarce, dando o toque final em seu visual arrojado e despretensioso.

Elias olhou para Nicolas, depois olhou para Moira, e balançou a cabeça para os lados, como se não pudesse acreditar no que seus olhos estavam vendo. Mesmo assim, ordenou:

— Vamos passar a tática de ação mais uma vez. Vocês irão no carro particular de Moira. Nicolas estará ao volante. Certo?

— Certo — concordou Nicolas, coçando a barba que já começava a pinicar seu rosto.

— Ao chegarem ao baile, irão se integrando aos poucos, dançando e conversando com algumas pessoas, enquanto tentam localizar Touca. Ao vê-lo, ambos irão até ele e tentarão conversar em particular. Supostamente, deverão negociar a compra de drogas.

— Exato, mas possivelmente ele pode desconfiar de algo ou até negar que trabalha nesse ramo — interveio Moira.

— Creio que ele fará isso, até que sinta um mínimo de confiança em nós — Nicolas comentou.

— Quando acharem que a negociação está dando certo, abordarão o assunto do veneno, sempre com toda a cautela do mundo — continuou Elias, vendo Nicolas e Moira concordarem. — Tentarão adquirir o extrato de oleandro também.

— Sim, sempre tentando guiar o rumo da conversa para que chegue até Pilar — Nicolas olhou muito sério para Elias. — Infelizmente, não podemos insistir muito. Se percebermos que Touca está fechado sobre o assunto, ou se simplesmente não quiser muito papo, compraremos um pouco de cocaína e daremos o fora.

— Talvez ele peça para que seus homens nos sigam — sugeriu Moira. — Por isso, Nicolas comentou que vai dirigir por ruas alternativas, até que consigamos despistá-los. Se eles estiverem em número reduzido, poderemos cercá-los e prendê-los.

— Muito bem — Elias ficou de pé. — Eu e dez policiais vestidos como civis estaremos nas proximidades. Sugiro que o nosso contato seja via celular. Rádios e pontos de escuta podem ser descobertos facilmente.

— Combinado — Nicolas imitou o delegado ao se levantar também. — Que a sorte esteja do nosso lado e os bons espíritos possam nos guiar e nos orientar sobre o melhor a ser feito. Marian me ensinou isso — ele acrescentou, diante do olhar interrogativo do delegado.

— Bartole, tenho certeza de que você vai arrasar, como o cara *top* que é — elogiou Mike, empolgado.

Nicolas agradeceu, colocou o revólver preso no cinto da bermuda, por dentro da roupa. Moira guardou sua arma no cano de uma das botas. Dentro de poucas horas, o baile *funk* começaria, e a ação também.

# Capítulo 35

Havia muitas estrelas num céu sem lua quando Nicolas dirigiu pelo mesmo caminho que fizera mais cedo, com Elias. Moira, ao seu lado, parecia tranquila, brincando com os fios vermelhos de seus cabelos artificiais. Já passava das vinte e uma horas e, da entrada da comunidade, era possível ouvir o som potente que vinha das proximidades.

— O bailão já começou — comentou Moira. — Elias acabou de me informar que já se encontra na praça, com vários policiais espalhados em pontos estratégicos. Alguns estão misturados aos jovens, que estão dançando.

— Hora de conferir a festa de perto — Nicolas encostou o carro de Moira um quarteirão antes da praça, manobrando-o para que ele ficasse direcionado para o mesmo caminho pelo qual tinham vindo. — Vamos fazer o restante do trajeto a pé.

Desceram do carro deram-se as mãos, como um casal de namorados à procura de diversão. Os olhos treinados de Nicolas viram que um senhor de idade segurando uma bengala e que acompanhava o baile e um homem que fingia discutir com a esposa pelo celular eram dois dos policiais de Elias.

A praça nem de longe se parecia ao cenário de horas antes. Havia, no mínimo, umas duzentas pessoas espalhadas por ela, a maioria adolescentes e jovens de menos de 20 anos. A música que tocava através dos muitos alto-falantes de um dos carros falava algo sobre orgia sexual, em meio a muitas palavras de baixo calão. Quatro moças, que mal deveriam ter chegado aos 15 anos, estavam ajoelhadas no chão, enquanto dois rapazes, igualmente jovens, estapeavam suas nádegas, quase à mostra. O cheiro forte de maconha podia ser sentido a quilômetros dali.

Nicolas enxergou mais dois policiais, que dançavam no meio da multidão. Uma mulher, descaradamente, esbarrou a mão na coxa de Nicolas. Um homem, visivelmente drogado, parou ao lado de Moira e gemeu numa voz entorpecida:

— Ei, ruivinha, que tal você largar seu namorado e ir para minha casa se divertir comigo?

— E que tal você cair fora antes que eu chute seu cérebro? — ela retrucou, vendo-o se afastar.

— Essa é a Bernadete — sorriu Nicolas.

Havia muitos jovens ingerindo bebidas alcóolicas. Uma menina, que aparentava ter apenas 12 ou 13 anos, estava sentada sobre as pernas de dois homens, que com certeza tinham a idade de Nicolas. A música explodia em gritos, resmungos e lamúrias, sempre com letras que incitavam ao sexo.

Nicolas avistou Elias usando um boné e uma camiseta de um time de futebol. Ele conversava alegremente com uma morena que estava praticamente nua. Mesmo dando atenção à mulher, os olhos do delegado encontraram-se com os de Nicolas. Quase imperceptivelmente, Elias deu a entender que Touca já estava na área.

Ele se afastou dali, levando Moira pela mão. Viu alguns adolescentes comercializando drogas livremente. Do outro lado da praça, na esquina de uma viela, uma jovem transava abertamente com um adolescente. O ato parecia tão comum que ninguém reparava no que eles estavam fazendo.

— Esses jovens não têm família? — Nicolas sussurrou no ouvido de Moira.

— Têm sim, mas eles não obedecem a ninguém. Alguns pais abriram mão dos filhos, entregando-os à própria sorte — Moira indicou dois garotos, que vestiam jaqueta e capuz, apesar da noite abafada. — Veja só as roupas daqueles dois. São trajes da moda, de marca conhecida. Com certeza, não moram aqui. Muitos migram de bairros nobres para cá em busca de bebidas, drogas, sexo e diversão. Para nós, é bom existir essa movimentação de pessoas que não são da região, pois os policiais, o doutor Elias e nós dois não ficaremos visados.

Nicolas meneou a cabeça em consentimento. E quando percorreu a praça com o olhar novamente, avistou Touca.

*259*

O traficante estava sentado sobre o capô de um veículo importado, que reluzia como diamante, sob a luz amarelada dos postes de iluminação. Aparentava cerca de 30 anos, era negro e tinha os braços cobertos de tatuagens variadas. Ao se aproximar dele, Nicolas notou que no pescoço também havia desenhos e símbolos tatuados. Ele não tinha nem um fio de cabelo na cabeça. Em vez disso, tatuara um desenho escuro por todo o couro cabeludo, que imitava seus cabelos. O desenho tinha o formato de uma touca, o que certamente fizera jus ao seu apelido.

Exatamente como Nadir dissera, ele usava colares e pulseiras de ouro. Segurava duas mulheres, uma de cada lado, e beijava ambas ao mesmo tempo. Nicolas percebeu dois homens próximos ao carro, atentos à movimentação, certamente alguns de seus olheiros ou guarda-costas.

— É agora — murmurou Nicolas. — Prepare-se, Moira.

Como um casal curioso, Nicolas e Moira andaram devagar até o carro de Touca. Assim que o traficante os notou, para surpresa de Nicolas, Moira jogou a cabeça para trás e soltou uma estridente gargalhada, falando em voz alta:

— Segura essa, amor.

Ela colocou as mãos na cintura e começou a rebolar o traseiro. Ao ritmo agitado da letra da música, agachou-se até chegar próximo do chão. Nicolas deixou o corpo relaxar e começou a arriscar alguns passos também. Abraçou Moira por trás quando ela se ergueu e roçou seu corpo no dela.

Observando a cena, Touca mostrou um sorriso torto e saiu de cima do carro. Abraçando as mulheres pela cintura, parou perto do casal, exclamando:

— Cara, sua namorada poderia te dar algumas aulas!

Nicolas o fitou com seus olhos pretos e coçou a barba loura:

— Bernadete é funkeira de nascença. Quando começamos a namorar, ela já dançava feito o diabo. Eu ainda sou muito duro.

— Percebi — parecendo achar tudo divertido, Touca esticou a mão direita. — Pode me chamar de Touca.

— Marcos Paulo — Nicolas apertou a mão do traficante olhando-o nos olhos. — Acho que nunca paguei um mico maior do que esse.

Elias, que havia se livrado da morena sedutora, pegou o celular e mandou uma mensagem para todos os demais:

"Bartole e Moira fizeram contato com Touca. Mantenham-se em seus postos e não os percam de vista".

E quando Elias virou-se para o outro lado, empalideceu. Miah, Ed e um rapaz com um iluminador de câmeras estavam descendo de uma van com o logotipo da TV da Cidade. O que aquilo significava? Nicolas não lhe dissera nada que Miah voltara à televisão, muito menos que faria uma reportagem no campo de atuação da polícia.

— Percebo que vocês são novatos aqui — a voz de Touca era pastosa, embora ele não parecesse drogado. — Onde moram?

— Cara, você acertou em cheio — usando trejeitos forçados, Nicolas tentou emprestar à voz um tom de malandragem. — Minha namorada e eu nos mudamos de Ribeirão Preto há dez dias. Essa cidade é tudo o que procurávamos. Calma na medida certa, animada do jeito que eu gosto... Só está faltando algo para melhorar.

— E o que seria? — perguntou Touca alisando sua cabeça tatuada.

— Vou confessar, porque você me passou confiança — Nicolas baixou o tom de voz. — A gente queria pó, do bom, de qualidade superior. Mas só estamos vendo baseados aqui. Sabe de alguém que tenha material de primeira linha por aqui?

— Se vocês vieram, é porque alguém os indicou.

Nicolas olhou para Moira, que continuava rebolando muito, erguendo-se e abaixando-se até o chão. Quatro homens haviam parado para assisti-la e a provocavam com palavras de cunho sexual.

— Soubemos do mandela e cá estamos — informou Nicolas. — Em Ribeirão Preto, eu já sabia onde comprar, mas aqui... Se você puder me ajudar, pago na hora.

— Você me parece um cara bastante instruído — Touca não tirava os olhos de Nicolas, como se quisesse enxergá-lo por dentro.

— Fiz uma porcaria de faculdade. Mas a grana é meu pai que me dá, entende? O velho tem várias fazendas para os lados de Barretos. Vou trabalhar pra quê, mano?

— Se você vier comigo, posso lhe conseguir o que deseja. Mostre a grana, primeiro.

Nicolas enfiou a mão num dos muitos bolsos da bermuda e pegou um pequeno maço com cédulas de cem reais. Touca analisou-o em silêncio, fazendo um sinal que estava tudo certo e que Nicolas poderia guardá-lo.

— Depois conversamos — Touca explicou para suas acompanhantes, que se afastaram sem discutir. Em seguida, ele fez um gesto para os homens que estavam próximos. — Vou levar essa dupla para pegar um pouco de farinha.

*261*

Os dois sujeitos mal-encarados simplesmente anuíram com a cabeça.

— Amor, vamos dar um rolê? — pediu Nicolas a Moira, que parou de dançar imediatamente.

— Claro. Você vai atrás do que viemos buscar? — ela olhou rapidamente para Touca. — Preciso cheirar, amor, para conseguir dançar a noite inteira.

— Seu problema será resolvido, gata — atalhou Touca, andando devagar na direção de uma das vielas e fazendo um sinal para que Nicolas e Moira o acompanhassem.

Seguidos de perto pelos dois guarda-costas, Nicolas virou a cabeça para trás, olhando para a movimentação da praça. Avistou Elias repassando algum comando via celular. E quando olhou para o lado e viu Miah postada diante de uma câmera, murmurando algo pelo microfone, sentiu o coração disparar. O que ela estava fazendo ali, pelo o amor de Deus?

Touca parou diante do portão da terceira casa, assim que chegaram a uma rua escura e deserta. Tocou a campainha e o portão foi aberto por um adolescente magricelo. Nicolas reparou que as narinas dele estavam esbranquiçadas.

Eles entraram em uma sala sem móveis. Em vez disso, havia apenas um balcão de madeira, com vários papelotes sobre ele. Nicolas reconheceu ainda muitos baseados de maconha e pedras de *crack*.

E foi então que, com a voz muito calma, Touca informou:

— Sinto muito, mas vocês serão revistados. Preciso garantir minha segurança, entendem?

Nicolas e Moira não responderam. Os dois homens se aproximaram dele e começaram a apalpá-lo. Logo encontraram o revólver preso à bermuda de Nicolas. Retiraram a arma e a entregaram a Touca que, após analisá-la, resmungou:

— Essa arma me parece legalizada, bem semelhante àquelas utilizadas pela polícia. Onde a conseguiu?

— Cara, não quis lhe contar que meu pai é delegado em Barretos. Que droga! — Nicolas mostrou-se revoltado. — Ele nem sabe que eu uso essas coisas, ok?

— Você falou para ele que viria pra cá? — inquiriu Touca.

— Claro que não. Meu pai e eu não conversamos frequentemente. Na realidade... — Nicolas deu de ombros e quando fitou Touca, fez uma expressão de crueldade —, quero dar cabo do velho.

— É mesmo? — segurando o revólver de Nicolas com dois dedos, Touca o colocou sobre o balcão de madeira, ao lado das drogas. — Por que você mataria seu pai?

— Porque quero ficar com a grana dele, entende? Sou filho único, mas o velho desgraçado não vai morrer tão cedo. Está forte como um touro. Se eu me apropriar de tudo o que ele vai me deixar, nunca mais precisarei me preocupar com dinheiro. Terei a vida que sempre sonhei.

— Você tem uma arma — Touca indicou o revólver. — Por que não faz o trabalho sujo?

— Para deixar pistas que possam ser usadas pela polícia depois? Não sou tão idiota assim. Também não confio em ninguém para fazer o serviço. Pensei em algo mais sofisticado e menos arriscado. Talvez desse certo se eu colocasse algo na bebida dele, sabe? Talvez durante uma festa, com muitas pessoas por perto. Ele seria envenenado e ninguém atribuiria a culpa a mim.

— Amor, eu soube que aconteceu algo parecido com a filha do prefeito desta cidade — Moira se virou para Nicolas. — Disseram que ela comeu um pedaço de um bolo envenenado e morreu na hora.

— Sério? — Nicolas fingiu surpresa. — Não estou sabendo disso, Bernadete. Porém, seria exatamente do que eu precisava. Algo rápido, limpo e eficiente. Eu pagaria o preço que for, porque graças a Deus, não me falta grana.

Nicolas notou que os olhos de Touca brilharam de ambição ao ouvir suas últimas palavras.

— Posso lhe conseguir um produto de excelente qualidade, com eficiência garantida – informou Touca. — Custa caro, muito caro, mas dá conta do serviço.

— E como eu terei certeza disso?

— Porque eu vendi o veneno que matou Pilar.

A expressão de Touca mudou e algo parecido com dor e arrependimento surgiu em seu semblante, ainda que durante poucos segundos.

— Desculpe perguntar, mas por que você quis matá-la? — indagou Moira.

— Se eu soubesse que seria usado contra ela, nunca teria vendido — Touca respirou fundo. — Pilar e eu namoramos durante dois meses. Ela tinha 16 anos na época. Eu decidi terminar, porque estava subindo no escalão aqui na comunidade e ter como namorada a filha de um político influente poderia atrapalhar meus negócios. Hoje em dia, eu que mando aqui. Ernesto ainda não era prefeito, mas já era um vereador importante naquele tempo.

— E quem comprou esse veneno de você? — sondou Nicolas.

Nesse momento, mais dois homens entraram na casa. Um deles parecia assustado ao encarar o chefe e revelar:

— Touca, a área sujou. Tem alguns tiras na festa. O Dênis reconheceu o delegado narigudo entre eles.

Touca estremeceu e encarou Nicolas, que susteve o olhar. Aproximou-se do investigador e, com dois puxões, arrancou-lhe a barba e a peruca postiças. Os homens fizeram o mesmo com Moira, expondo-lhes seus cabelos verdadeiros.

— Ora, ora, veja se não estamos diante do investigador Nicolas Bartole — ao dizer isso, Touca tirou um revólver com silenciador do bolso e o apontou para Nicolas.

\*\*\*

Do lado de fora, a agitação era crescente. Miah entrevistava alguns jovens, fazendo-lhes perguntas sobre músicas *funks*, MCs famosos e ritmos de dança. Mesmo assim, estava atenta aos passos de Nicolas e viu quando ele e, Moira entraram em uma casa com três homens.

Elias informou seus policiais, via celular, que Nicolas e Moira haviam desaparecido do seu campo de visão. Eles estavam na terceira casa da viela e pouco depois, mais dois homens entraram lá também.

Elias poderia dar uma ordem para que os policiais invadissem a casa, mas não sabia o que estava acontecendo lá dentro e não queria colocar em risco a vida de Nicolas e de Moira. Mesmo assim, repassou o comando pelo celular:

"Eles estão na terceira casa, a que tem uma árvore diante do portão. Fiquem por perto e se preparem para invadi-la ao meu comando".

\*\*\*

— Eu não acho que você fará a coisa certa me matando — Nicolas respondeu com calma, olhando para o cano do revólver apontado para seu rosto. Touca estava a poucos metros de distância dele e, se atirasse, seria praticamente à queima-roupa.

— Por que não? Faz ideia de como eu gosto de policiais? Faz ideia do quanto eu gosto que mintam para mim, como vocês dois fizeram?

— Podemos abrir o jogo? Não viemos aqui atrapalhar seus negócios, Touca. Se você me conhece, sabe que a minha área é investigação de homicídios. Pilar foi assassinada. Ontem à noite, a mesma pessoa que a matou tirou a vida de um rapaz inocente, durante o velório dela. Preciso unicamente que você me diga o nome dessa pessoa, pois vendeu o veneno a ela. Vou prendê-la e lhe garanto que vou tirar daqui todos os policiais que estão comigo.

— Seria muito mais fácil acabar com vocês dois.

— Seria, sim. Mas há dezenas de policiais lá fora — exagerou Nicolas. — Eles me viram entrar aqui com você. Cercariam a casa e prenderiam todos vocês. Não é o que eu quero, e sei que você também não. Podemos encerrar esse assunto com tranquilidade para os dois lados. Acredite em mim, Touca. Dê o nome que preciso e todos nós desapareceremos daqui agora mesmo.

Vendo que Touca parecia hesitante, Nicolas insistiu:

— Você disse que namorou Pilar. Deve saber que ela não era má pessoa. Acha justo saber que ela morreu e que o assassino ficará impune? Nada disso tem a ver com seu comércio de drogas. Quero apenas encerrar o caso e fazer justiça às duas pessoas que foram assassinadas.

— Eu jamais venderia o veneno se soubesse que seria utilizado para matá-la — repetiu Touca.

— Então é a oportunidade que você tem para colaborar com meu trabalho. Em nome de Pilar, ajude-me a prender o criminoso.

Nicolas teve quase certeza de que Touca baixaria a guarda e atenderia ao pedido dele. Entretanto, o traficante empunhou a arma com mais firmeza e mostrou um sorriso cruel.

— Eu até faria isso, se vocês não tivessem armado todo esse circo para tentar me enganar. Fala sério. Pai delegado, namorada funkeira. Eu odeio mentiras e será justamente por isso que vou acabar com vocês dois.

Touca colocou o dedo no gatilho. A perna direita de Nicolas subiu com a velocidade de um raio, atingindo-o no pulso armado. O revólver escapuliu da mão do traficante, enquanto Nicolas saltava com agilidade para frente e se atracava com ele.

Os dois homens, que entraram com eles, se prepararam para pegar suas armas. Moira tirou a dela de dentro da bota, mirou e disparou duas vezes, acertando ambos nos braços. Os outros dois, que vieram depois, conseguiram atirar mas erraram o alvo. A policial foi mais rápida e os acertou também.

O jovem adolescente gritou e pulou sobre Moira. Ela se esquivou e revidou com um soco no rosto dele, que o colocou praticamente desmaiado.

Nicolas mal sentiu o golpe que recebeu nas costelas. Reagiu com uma cotovelada que se chocou contra o nariz de Touca. Ao ouvir o barulho de osso se quebrando, e o sangue que surgiu logo depois, o investigador soube que o tinha enfraquecido.

Mesmo tendo sido atingido no ombro, um dos homens avançou contra Moira, tentando socá-la. Um segundo também se levantou e tentou alcançar o revólver. Ela chutou a arma para longe e desferiu uma joelhada no baixo-ventre do sujeito, que gemeu e tombou no chão outra vez.

Na rua, ao ouvir o som dos tiros, Elias gritou:

— Está havendo tiroteio. Invadam a casa.

Os policiais entraram de arma em punho, todos ao mesmo tempo. Perto dali, Miah corria falando algo pelo microfone, seguida por Ed e pelo iluminador de câmeras.

— Estamos ao vivo acompanhando uma ação policial em meio ao baile *funk*. Ao que parece, a polícia está à procura do traficante que lidera a comunidade. Seu nome é Amarildo Galha, mais conhecido como Touca.

Do lado de dentro, tudo foi rápido demais. Nicolas conseguiu recuperar seu revólver, ao mesmo tempo em que Touca sacava uma segunda arma de dentro da calça. Ele mirou em Moira e atirou duas vezes. A primeira bala passou de raspão, mas a segunda a atingiu. Nicolas a ouviu gritar e cair. Quando Touca mirou para Nicolas, o investigador disparou duas vezes. Uma das balas cravou-se no braço armado, e a outra, na perna esquerda de Touca.

Quando os policiais chegaram, Nicolas gritou:

— A policial Moira está ferida!

Nicolas agarrou Touca pelas axilas e o arrastou para o lado de fora. Algumas viaturas chegaram; o som das sirenes misturava-se à música ensurdecedora. As pessoas já estavam se dispersando, correndo para todos os lados, como ratos em um naufrágio, e dez minutos depois a praça estava praticamente deserta.

— Moira, como você está? — Elias parou diante dela, vendo o sangue escorrendo pela perna da policial.

— A bala acertou de raspão em minha coxa. Eu não poderia estar melhor.

Touca gemia, quase desacordado, enquanto era levado por Nicolas até uma das viaturas. Os policiais prenderam os outros homens. Miah estava ali perto, gravando tudo. Correu até Nicolas com o microfone estendido para frente.

— Senhor Bartole, o que pode nos contar sobre a prisão do traficante Touca?

Apesar de toda a tensão do momento, ele se emocionou ao vê-la ali, ao lado de Ed, fazendo o que ela mais amava. Não sabia como ela havia conseguido o emprego e não seria naquele momento que teria tempo para perguntar. O importante é que ela realizara seu sonho de voltar ao jornalismo.

— Foi uma ação policial rápida e eficiente. Infelizmente, tivemos uma policial ferida, mas seu estado é estável. Obrigado.

— Agradecemos pelas suas palavras — ela se voltou e olhou para a câmera. — Voltaremos assim que obtivermos novas informações. Aqui é Miah Fiorentino para a TV da Cidade.

Quando ela encerrou a matéria, Nicolas sussurrou:

— Assim que eu colher o depoimento de Touca, vou prender o assassino. Você sabe onde deverá me encontrar.

Miah concordou com a cabeça. Sem mais palavras, ele entrou em uma viatura, que saiu dali cantando pneus. Miah e seus parceiros retornaram rapidamente ao veículo da emissora. No percurso, o celular dela tocou. Era Serena:

— Minha querida, você estava incrível. Acabamos de constatar que a nossa audiência subiu em 70% durante o tempo em que você esteve no ar. Nunca conseguimos índices tão positivos em plena noite de sábado.

— Não sabe o quanto fico feliz em ouvir isso. Mas a noite ainda não acabou, Serena. Tenho certeza de que a audiência vai disparar. Aguarde.

## Capítulo 36

Logo que Touca recebeu os cuidados médicos, e Nicolas teve autorização para interrogá-lo no pronto-socorro, o investigador foi diretamente ao ponto:

— Você tem o direito de chamar um advogado. Vou gravar este depoimento logo após ler todos os seus direitos.

Nicolas seguiu o protocolo ordenado por lei. Elias apareceu em seguida, informando:

— Moira está bem. Graças a Deus, a bala não penetrou em sua perna. Apenas a machucou bastante ao passar de raspão.

— Cara, você meteu duas balas em mim e quebrou meu nariz — gemeu Touca. — Eles disseram que vão extraí-las daqui a pouco.

— Você ficará bem. Preso, é óbvio, mas bem — Nicolas o olhou com ironia. — Eu bem que tentei resolver a situação de forma pacífica. Teríamos evitado tudo isso, inclusive, talvez, sua prisão.

Touca soltou um palavrão. Nicolas continuou:

— Para quem você vendeu o veneno que foi usado contra Pilar? Preciso desse nome agora.

Nicolas já sabia o nome que ouviria, antes mesmo de o traficante confirmar:

— Eu o vendi para Joel, o irmão dela.

Elias estremeceu como se tivesse sido beliscado. Olhou para Bartole, que não parecia nem um pouco surpreso.

— Você pode me contar como tudo isso aconteceu?

— Pilar e eu nos conhecemos em um baile *funk*. Ela estava sozinha e disse que queria se divertir. Conversamos, gostamos um do outro e fomos a um motel. Ela era menor de idade, mas deu dinheiro ao gerente do lugar para que pudéssemos entrar. Não fui o responsável por tirar a virgindade dela e nem sei se saberemos quem foi essa pessoa.

— Isso não é importante. Continue, por favor.

— Durante um desses bailes *funks*, ela trouxe o irmão dela. Falou que Joel era muito calado, que precisava conhecer umas garotas e se divertir. Realmente, ele me pareceu muito tímido, totalmente diferente da personalidade forte da irmã — Touca fez uma careta de dor e tentou olhar para o braço ferido. — Cara, desculpe por ter atirado na policial que estava com vocês.

— Moira vai se recuperar mais depressa do que você — atalhou Elias. — E não mude de assunto, por favor.

— Essa foi a primeira vez que tive contato com Joel. Eles voltaram na comunidade mais umas duas vezes. Depois que Ernesto ganhou a eleição para prefeito, nunca mais voltei a vê-los. Pilar e eu rompemos nossa relação por telefone e cada um seguiu seu caminho. Achei que nunca mais fosse ter notícias deles.

— E quando isso mudou?

— Há cerca de um mês, Joel me procurou no baile. Pediu para conversarmos em particular. Contou-me coisas horríveis sobre o pai, que incluíam desvios de verbas, muita corrupção e relacionamento extraconjugal. Ele sabia que o pai traía a mãe com outra mulher. Falou que queria matar o pai, mais ou menos do mesmo jeito que você me contou enquanto estava fingindo ser o tal Marcos Paulo. Eu lhe disse que conseguiria algo poderoso, em troca de muita grana. Tenho contato com muitas pessoas do mercado ilícito, e o tal veneno seria fácil de ser obtido. Se ele matasse o pai dele, era problema deles. Eu não tinha nada a ver com isso e negaria até o último dia tê-lo conhecido.

— Ele pagou o preço que você lhe pediu?

— Sim, sem pechinchar. Eu disse que ele deveria ter cuidado, porque uma ou duas gotas do veneno eram suficientes para matar uma pessoa. E semanas mais tarde, quando Pilar foi envenenada, como acha que me senti? Ele me enganou. Seu alvo nunca foi o pai. Até hoje, não entendo porque ele fez isso com ela. Os dois se davam muito bem.

— Eu sei o motivo. Qual a quantidade de veneno que você vendeu a Joel?

— Um frasquinho com menos de 20 ml. Não há necessidade de mais, pois a eficiência do veneno em pequenas doses é comprovada — Touca fez uma pausa e gemeu um pouco. — Ele é feito a partir de uma planta.

— Chamada oleandro. Já descobri isso também. Obrigado pelo depoimento, Touca. Daqui, seguirei para a casa do prefeito, para prender Joel. Se precisar, gostaria que você testemunhasse contra ele. Posso contar com sua ajuda?

— Pode. Pilar era uma boa garota sim. Além disso, você foi mais esperto do que eu e conseguiu me pegar direitinho — Touca tentou sorrir, mas seu sorriso se transformou em uma careta de dor. — Coloque aquele almofadinha atrás das grades. Se ele e eu nos encontrarmos na cadeia, Joel estará ferrado por ter mentido pra mim e matado Pilar.

— Que a justiça seja feita, da melhor maneira possível. Obrigado, Touca.

Nicolas e Elias saíram dali deixando um traficante dolorido e reflexivo para trás.

No carro, Nicolas chamou Mike pelo rádio:

— Encontre-se comigo e com Elias à porta da delegacia. Efetuaremos a prisão do criminoso.

— Arre égua, Bartole! Você sabe quem é? Conte-me tudo e não me esconda nada. Estou acompanhando pela televisão a reportagem de Miah. Ela voltou à ativa? Estava maravilhosa.

— Eu também não sei muita coisa a respeito disso, porque ainda não conversamos. Até já.

— Você já sabia que era Joel — murmurou Elias enquanto Nicolas encerrava o chamado. — Como descobriu?

— Desconfiei dele desde a primeira vez em que o vi, quando esteve com o pai na delegacia. Sua frieza em relação à morte da irmã chamou a minha atenção. Depois, conforme descobrimos a extensa lista de amantes, pensei na possibilidade de incesto. Se Pilar sentia necessidade de transar o tempo todo, por que qualquer membro de sua família escaparia impune de seu furor sexual? Se ela se relacionasse sexualmente com alguém de sua própria casa, qual candidato se encaixaria melhor? O pai, a mãe ou o irmão? A resposta veio quando estive na casa deles com o mandado de busca e apreensão.

— O que o fez ter certeza?

— Confesso que durante muito tempo pensei que a assassina fosse Heloise. Ela se encaixa em vários quesitos que detectamos em criminosos. Exibe frieza, domínio de emoções, espírito de liderança, além de ter pesquisado algo sobre envenenamento a partir de plantas. Teremos que ficar de olho no trio de amigas, porque elas podem aprontar algo sério futuramente.

Nicolas acelerou para ultrapassar um ônibus e continuou:

— Quando Fátima me contou que os dois irmãos praticamente se criaram sozinhos, visto que os pais não estavam nem aí para eles, questionei até que ponto essa relação se fortaleceu. Em que nível de intimidade eles teriam chegado, principalmente após alcançarem a adolescência. No quarto de Joel, há várias fotografias deles juntos, em diferentes épocas da vida. No quarto dela, não vi fotografia nenhuma. Isso prova que ele tinha certa possessividade em relação à irmã, talvez algum apego excessivo, ou medo de perdê-la. Acredito que eles transavam às escondidas dentro da própria casa, já que, pelo que descobrimos, ele nunca esteve no motel com Pilar. Eram irmãos e amantes ao mesmo tempo. Creio que chegou um dia em que ela terminou tudo, dizendo que se envolvera com outras pessoas e que não tinha mais interesse em transar com Joel. Foi quando ele decidiu se vingar por se sentir rejeitado.

Nicolas rodou o volante entrando na rua da delegacia. De longe, avistou Mike à espera deles.

— Biel foi um dos parceiros de Pilar — refletiu Elias. — Acredita que esse foi o motivo de Joel o matar?

— Com certeza. E penso que, se não o prendermos, ele continuará matando todos os outros com quem Pilar se envolveu. A lista é extensa, então teremos muitas vítimas pela frente. Miah o viu com a mão dentro do bolso durante o velório. Também o viu de longe, correndo logo após espetar a seringa com o veneno na mão de Biel. As imagens das câmeras de segurança o mostrarão saindo da sala funerária, seguindo pelo mesmo caminho que Biel havia feito. Será mais uma prova contra ele.

Nicolas aguardou que Mike entrasse na viatura, dando partida quase em seguida.

— Bartole, já estou sabendo que atiraram em Moira. Ela está bem?

— Nós a deixamos no hospital. Ela foi baleada de raspão e logo receberá alta — explicou Nicolas, olhando para o policial através do retrovisor interno. — Estamos indo à casa do prefeito prender o assassino de Pilar e de Biel, pois é lá que ele se encontra.

— Na casa do prefeito? — Mike abriu a boca e não conseguiu fechá-la. — Acho que eu perdi um bom pedaço da história.

— Joel matou a própria irmã — contou Nicolas sem rodeios. — Também matou Biel ontem à noite.

A boca de Mike se abriu ainda mais:

— Pelo jeito, eu perdi a história toda.

— Vamos expor todas as razões dos crimes diante do próprio Joel e você ficará por dentro de tudo — explicou Nicolas.

Minutos depois, o investigador estacionou o veículo diante da mansão do prefeito. O relógio no painel da viatura indicava que faltavam poucos minutos para meia-noite.

— É um ótimo horário para prender um rapazinho mimado, que resolve as coisas matando quem o irrita — Nicolas saltou do carro, sendo imitado por Elias e Mike.

Instantes antes de se identificar para o segurança que estava na guarita, Nicolas olhou para trás e sorriu ao ver a van da TV da Cidade se aproximando. Pelo jeito, a jornalista que ele tanto amava também não dormia no ponto.

— Sou o investigador Nicolas Bartole, acompanhado do delegado Elias Paulino e do policial Michael. Gostaríamos de conversar com Joel e, se possível, espero que o prefeito e a esposa dele participem de nossa reunião — disse Nicolas pelo interfone.

— Verei se será possível incomodá-los, considerando o horário — murmurou a voz em resposta.

— Se eles se recusarem a nos atender, o incômodo será muito maior — Nicolas praticamente cantarolou suas palavras.

Em menos de cinco minutos, os portões foram abertos para que eles entrassem. Como não estava disposto a perder nem um minuto de seu precioso tempo, Nicolas dirigiu depressa até a entrada da mansão. Desceu do carro para se encontrar com Ernesto, que o aguardava plantado na porta de casa, vestindo um pijama azul-claro.

— Por que vieram nos incomodar a essa hora? Espero que seja por uma razão pertinente.

— Não há nada mais pertinente do que encerrar um caso investigativo. Gostaríamos que toda a sua família estivesse presente.

— Encontraram o assassino? — os olhos de Ernesto brilharam.

— Sim, encontramos, e vocês saberão quem é em primeira mão.

Joel e Leonor já estavam sentados no sofá da sala. A primeira-dama exibia expressão de sono. O rapaz estava alerta, certamente intrigado com a presença da polícia ali.

— Boa noite a todos! — Nicolas não se alongou. — Já identificamos quem matou Pilar e também Biel, na noite de ontem.

Ele disse isso encarando Joel fixamente. Ele se manteve impassível, mas Nicolas percebeu um indício de preocupação cruzando seu olhar.

— E quem foi? — Ernesto perguntou. — Quero me encontrar com esse sujeito pessoalmente e despejar sobre ele toda a dor que me causou.

— Gostaria de gravar tudo o que será dito a partir daqui — Nicolas colocou o gravador ligado sobre a mesinha de centro. — Como vocês já sabem, Pilar se envolveu sexualmente com homens e mulheres. Quando ela se cansava de alguém, simplesmente abandonava essa pessoa. Ela fez isso com alguém que não aceitou ser desprezado e, movido pelo ódio e por um forte desejo de vingança, decidiu matá-la. Se ele não poderia ficar com Pilar, ninguém mais ficaria. A minha pergunta é: em nenhum momento você se arrependeu disso, Joel?

O garoto finalmente empalideceu. Ernesto pulou assustado, enquanto Leonor levava a mão ao coração.

— Não sei... do que você está falando — gaguejou Joel.

— Que brincadeira é essa, senhor Bartole? — interveio Ernesto. — Não estou entendendo.

— Vou resumir a conversa para que todos possam entender. Joel era amante da própria irmã. Quando ela decidiu romper o relacionamento, provavelmente porque estava interessada em Biel, em Cezar, em Cadu ou em alguma das amigas, Joel não se conformou e decidiu dar o troco. Comprou o veneno com um traficante conhecido como Touca, injetou no bolo usando uma seringa e se livrou do problema. Se ele não poderia ficar com Pilar, ninguém ficaria. Depois, achou que era preciso dar um jeito nos amantes dela também. Por isso, envenenou Biel ontem à noite. Qual dessas pessoas seria a próxima?

— Pai, não sei por que ele está me acusando — os olhos de Joel se encheram de lágrimas. — Eu amava minha irmã.

— Sabemos disso, meu amor — sussurrou Leonor.

— Ele a amava mesmo, inclusive na cama. Sua adoração por Pilar pode ser comprovada nas muitas fotografias dos dois juntos que ele mantém no quarto. Pilar era tudo na vida dele. Mas quando ela decidiu pôr um fim na relação incestuosa que ambos mantinham, Joel resolveu tomar uma atitude — Nicolas o olhou com ironia. — Você estava ouvindo atrás da porta a conversa que Pilar tivera com as amigas, ocasião em que ela revelou às outras que serviria a si mesma o primeiro pedaço do bolo. Você escutou qual parte exatamente seria cortada. Eu conferi a distância entre a cama dela e o corredor. O som do diálogo chegaria perfeitamente audível até você. Como já havia tido o primeiro contato com

Touca, decidiu procurá-lo para negociar o veneno. Mas para ele, você disse que mataria seu pai. Tenho tudo documentado, rapaz.

Joel se levantou, e a mão de Nicolas foi rapidamente para a coronha do revólver. Num gesto rápido, o rapaz sacou a seringa do bolso e a encostou no pescoço de Ernesto. Quando fez isso, Nicolas e Elias já estavam com as armas apontadas para ele.

— Ainda tenho um pouco do veneno aqui e posso fazer agora o que já deveria ter feito antes — o olhar de Joel era de puro ódio. — Matar este velho desgraçado, que nunca se importou comigo e com minha irmã. Um cara sacana, que tem uma amante e jamais amou a mamãe. Podem me prender depois, mas vou encaminhar mais esse para o inferno.

— Filho, por Deus, o que está fazendo? — Leonor gritou.

— Eu matei Pilar sim e a mataria de novo, quantas vezes precisasse. Quem aquela imbecil pensava que era? Sempre fomos íntimos. A gente se beijou pela primeira vez quando eu tinha 15 anos e ela, 13. Transávamos sim. E daí? Querem agora fingir que somos uma família puritana? — o dedo polegar de Joel apoiou-se com mais força no êmbolo da seringa. — Quando aquela piranha disse que nunca mais faríamos nada, porque ela conhecera pessoas mais interessantes e atraentes do que eu, soube que daria o troco. Se eu não a tivesse, ninguém mais a teria.

— Você estava apaixonado por sua própria irmã? — perguntou Nicolas.

— Apaixonado? Não sei se o termo correto seria esse. Nós dois sempre fomos o apoio um do outro. Não era justo que tudo acabasse assim. Eu a vi morrer na festa e até agora dou boas risadas quando me lembro disso. Quanto a Biel, era apenas um pobre diabo, sem rumo na vida. Você me descobriu, senhor Nicolas. Realmente a matei, matei Biel e agora vou acabar com esse infeliz...

Nicolas atirou. O estalo da arma fez Joel pular de susto, antes mesmo de a bala acertá-lo no ombro. Ele caiu no sofá. Ernesto se levantou de um salto, apanhando a seringa com o líquido espesso dentro dela.

— Pode prendê-lo — ordenou Elias.

Mike jogou as algemas para Nicolas, que as prendeu nos pulsos de Joel. Ele gemia e se contorcia de dor, ao passo que o sangue escorria do ferimento no ombro.

— Meu Deus, que espécie de monstro nós criamos? — Ernesto chorava fitando a esposa. — Perdemos dois filhos em uma mesma semana.

— Eu sempre soube de você e Fátima — ela revelou, falando baixinho. — Achei que não era digna de tê-lo apenas para mim, porque sou uma mulher fraca como esposa. Mas também nunca imaginei que nossos filhos... Deus do céu, tende piedade desta família.

— Senhor Bartole, antes de qualquer coisa, saiba que entregarei meu cargo na segunda-feira — concluiu Ernesto, enquanto Mike arrastava Joel para a viatura. — Depois de tudo o que aconteceu aqui, não tenho mais condições psicológicas de gerir uma cidade com a nossa. Quero apenas desaparecer de vista.

— Faça o que for melhor, senhor prefeito.

Nicolas simplesmente virou as costas e, junto de Elias, levou o criminoso para a delegacia.

— Vamos comunicar o comandante da boa notícia e também Duarte que, afinal, trabalhou com você durante toda a investigação — brincou Elias bem-humorado.

— Duarte? — Nicolas fez cara de estranheza. — Quem é esse cara?

Logo depois, na saída da mansão, Nicolas sorriu vendo Miah e Ed gravarem tudo em primeira mão, informando para todos os telespectadores a verdade sobre o assassinato de Pilar.

# *Epílogo*

A maior praça da cidade estava toda decorada para o principal evento daquele mês. Cadeiras de plástico com adesivos de cachorros, gatos e aves estavam espalhadas em duas grandes fileiras, uma voltada para a outra. Quase todos os assentos já estavam ocupados. Entre eles, foi estendido um tapete vermelho, representando uma espécie de passarela. Ao final, um palco de madeira foi colocado, sobre o qual havia uma tribuna, duas grandes caixas de som e um letreiro escrito Desfile Pet Fashion.

Nicolas torcera para que amanhecesse debaixo de um temporal violento, com rajadas de vento semelhantes a um pequeno furacão, mas o sol brilhava desde cedo e não havia uma única nuvem no céu. Ele torcera para que as pessoas desistissem de participar do evento e ficassem em suas casas, mas, quando chegou com Miah e Érica, reparou, com desgosto e tristeza, que o local estava lotado. Torcera para que a esposa ou Marian o salvasse no último momento e desfilasse com a gata irritante, mas ambas lhe disseram que isso era missão dele.

— Sério, Miah, isso não pode estar acontecendo — Nicolas lamentou enquanto descia do carro bem devagar. Segurou com desânimo a caixa de transporte dentro da qual Érica contemplava o mundo exterior com mais curiosidade do que receio.

— Érica é a celebridade do dia — Miah baixou o rosto para espiar por entre as frestas da caixa. — Ariadne a deixou linda com este lacinho cor-de-rosa na cabeça.

— Como a vida é esquisita. O investigador de homicídios, que realizou a prisão do ano no final da noite de ontem, agora vai desfilar com uma gata de laço rosa diante de muitos moradores da cidade. Isso beira a humilhação, sabia?

— Amor, não seja exagerado. Tudo isso tem seu lado engraçado, não acha?

— Claro — Nicolas franziu a testa. — É um festival de gargalhadas.

Quando se aproximaram de uma grande tenda, na qual os organizadores estavam identificando os animais cadastrados e fornecendo algumas instruções aos seus tutores, Marian apareceu trazendo um imenso sorriso.

— Por que as pessoas ficam rindo como se isso fosse muito divertido? — sussurrou Nicolas a Miah.

— Porque elas apresentarão seus bichinhos ao público e têm muito orgulho disso. Você não se orgulha de ser o dono de Érica?

Nicolas fez a mesma careta que teria feito se tivesse recebido o tiro no lugar de Moira. Talvez isso fosse menos tenso e estressante do que aquele momento.

— Maninho, ainda bem que chegou — cumprimentou-o Marian. — Estava preocupada pensando na possibilidade de que você tivesse desistido.

— Ele bem que tentou, mas eu não deixei — riu Miah.

— Venha por aqui. Eles vão preparar você e Érica.

Nicolas estremeceu ao pensar que iriam prepará-lo. "Meu Deus, o que isso significa?", ele pensou, sentindo a boca ficar seca e o coração disparar.

Marian o levou até uma das organizadoras e o apresentou a ela. Nicolas mostrou um sorriso trêmulo quando a mulher colocou no corpo dele uma faixa com seu nome, o nome de Érica e um número. Disse que o desfile começaria dentro de dez minutos, e que ele e a gata deveriam aguardar na área da concentração. Nicolas viu homens, mulheres e crianças segurando todos os tipos de animais. Gatos e cachorros predominavam, mas havia ainda tartarugas, papagaios, iguanas e coelhos.

— Marian, quando me anunciarem, o que eu preciso fazer? — havia tanto medo nos olhos azuis do irmão que Marian quase soltou uma gargalhada.

— Retirar Érica da caixa e caminhar por aquela passarela até o palco. Ande devagar, acenando e sorrindo para as pessoas. Mostre Érica às pessoas, pois ela é a atração principal e não você.

— Por que eu tenho que sorrir quando a minha vontade é me sentar num cantinho e me entregar a um pranto desconsolado?

— Porque o sorriso é nosso cartão de visitas — Marian o beijou no rosto. — Boa sorte. Estarei na plateia. Ah, Ariadne e a mamãe também vieram. Willian preferiu ir ao hospital ficar com Moira. Enzo me disse que em breve ela terá alta e voltará à ativa. Ele está no hospital também. Miah, venha comigo.

— Até mais, meu amor. Boa sorte — Miah pousou um rápido beijo nos lábios de Nicolas, cujo suor começava a surgir na testa e nas costas.

— Não me deixe sozinho — Nicolas chegou a falar, mas sua voz mal saiu da garganta.

Ele notou que as pessoas estavam retirando seus animais das caixas e bolsas de transporte e pensou se deveria fazer o mesmo. Uma mulher carregava um cachorro da raça lulu da pomerânia com o cuidado de uma mãe segurando o bebê recém-nascido. Um homem conversava com um pit bull branco, que usava uma focinheira e tinha cara de poucos amigos. Duas meninas gêmeas brincavam com seus gatinhos rajados, que também pareciam gêmeos. Um adolescente trazia seu hamster sobre o ombro, e o pequeno roedor mostrava um equilíbrio impressionante.

— Vamos começar — avisou uma mulher. — Fiquem em suas posições e só desfilem ao serem anunciados.

Ela foi até o palco e abriu o evento:

— Sejam todos bem-vindos ao Desfile Pet Fashion. Aqui, seu amiguinho é a celebridade. Vejamos quem vai ganhar seis meses de ração, além de duas consultas com veterinários excelentes e o troféu do animalzinho do ano. A ansiedade está como, hein, galera?

Havia, pelo menos, uns cem espectadores. Todos conversavam bastante, aguardando com expectativa o início das apresentações.

— Temos vinte participantes, mas apenas um deles será o ganhador. Não se esqueçam de que, ao final, vocês nos ajudarão ao votarem naqueles que mais lhe agradarem. Podemos começar?

Uma senhora, que aparentava ter mais de 80 anos e que trazia pela coleira uma cadelinha branca igualmente idosa, foi a primeira a ser chamada. De onde estava, Nicolas viu quando ela caminhou pelo tapete vermelho em meio a alguns aplausos, enquanto a apresentadora anunciava o nome da cadela, da raça beagle, que lançava um olhar cansado para a plateia.

Ao final, sob mais aplausos, chamaram o homem dono do pit bull. E a cada nome chamado, Nicolas sentia as correntes do medo envolvê-lo.

Trocaria, sem hesitação, aquele momento por outro tiroteio com outro bandido ainda mais perigoso do que Touca. Com isso, ele saberia lidar sem nenhum problema...

— E com vocês, Nicolas Bartole, que apresentará sua gatinha angorá chamada Érica — a voz feminina chamava pelo microfone.

— Misericórdia! — ele praguejou baixinho. Era agora. Percebeu que suas mãos tremiam ao tentar abrir a caixa de transporte.

Ele e Érica trocaram um olhar intenso antes de Nicolas murmurar:

— É melhor você se comportar, ou vamos sair na porrada.

Os olhinhos azuis da gata brilharam, e Nicolas a retirou com cuidado de dentro da caixa. Ele fingiu ignorar quando ela cravou as unhas em seus braços e as deixou plantadas ali.

Com as pernas bambas, ele saiu da tenda para a passarela, sob o sol escaldante. Havia mais pessoas assistindo ao evento do que ele pensara. Viu Elias entre as pessoas, que o fitou com um sorriso irônico. Viu Lourdes e Ariadne, que estava de mãos dadas com Mike, ambos agarrados como um casal muito apaixonado deveria estar. Viu a doutora Ema Linhares, o marido e os trigêmeos, todos o olhando com ar divertido. E viu o olhar amoroso de Miah, como que lhe transmitindo todo o conforto do mundo.

Será que alguém acreditaria se ele fingisse um desmaio para que o levassem a outro lugar? Elias não poderia convocá-lo para informar sobre outro crime, de forma que ele pudesse dar o fora dali?

Nicolas mal deu dois passos quando Érica pulou dos seus braços para o chão. Num gesto ágil, ele mergulhou para frente e a segurou em pleno ar. Érica tornou a saltar, e Nicolas pulou atrás, voltando a agarrá-la com força. Aqueles movimentos lhe valeram uma salva de palmas.

Ele mostrou um sorriso hesitante e andou mais um pouco, com passinhos curtos como os de uma gueixa. Érica olhou para cima, fitou bem o rosto de Nicolas e esticou a patinha dianteira para tentar arranhá-lo. Ele desviou o rosto, mas a soltou. Érica chegou ao chão com graça e agilidade e correu sozinha na direção do palco.

Bufando de raiva, Nicolas correu atrás, enquanto o público irrompia em uma só gargalhada. A gata saltou para o palco e se postou ao lado da apresentadora. Nicolas dobrou as pernas e do chão pulou para o palco com agilidade, colocando Érica nos braços, e ambos olharam para o público ao mesmo tempo. A dupla foi aplaudida de pé.

— Se isso estava combinado com sua gatinha, o senhor é um excelente adestrador — comentou a apresentadora. — Adoramos sua apresentação.

Nicolas mostrou um sorriso tolo e empreendeu o caminho de retorno à tenda, praticamente agarrado a Érica para que ela não lhe escapasse de novo. Ao voltar, lembrou-se dos conselhos de Marian, sorriu e acenou para as pessoas. Apertou a velocidade dos passos, para que aquele pesadelo acabasse de uma vez.

Depois de Nicolas, houve mais três apresentações, e então pediram um intervalo para que tivesse início a votação. Enquanto aguardava, Miah olhou para a tenda ainda sorrindo ao pensar no quanto Nicolas deveria estar bravo pelo *show* particular que Érica fizera. Mesmo que eles não ganhassem, pelo menos, a cena fora bem engraçada.

Então ela fechou os olhos e, de repente, viu a si mesma sentada ali, e era a única pessoa na praça. Todas as outras cadeiras estavam vazias, assim como o palco e a tenda. Ela segurava algo embrulhado e, ao baixar o rosto, percebeu que se tratava de um bebê. O seu bebê.

Com cuidado e certo receio, afastou o tecido que encobria o rostinho dele. E viu a cabeça de um homem adulto a fitá-la, a mesma do sonho anterior.

— Olá, mamãe! Está com medo de mim? — ele abriu uma boca cheia de dentes.

— Quem é você? — ela perguntou em voz baixa, quase um balbucio.

— Não está lembrada? Depois de tudo o que fez, acha que fingir ter se esquecido de mim vai mudar alguma coisa?

— Não o conheço. Deixe-me em paz.

— Claro que me conhece. Nós estivemos juntos em outras vidas. Temos uma relação muito forte, e ela nunca foi saudável — o mais puro ódio surgiu nos olhos dele. — Estou voltando para ficarmos juntos de novo e garanto que você vai pagar por tudo o que me fez.

Miah gritou e abriu os olhos. E viu a si mesma no desfile. Não havia bebê algum. Marian a chamava com expressão preocupada.

— Miah, você está bem? O que houve?

— Não quero este bebê, Marian. Não quero que ele nasça. É um espírito mau e está reencarnando para se vingar de mim.

Ela contou o que havia acabado de lhe acontecer.

— Nicolas não é a favor do aborto.

— Eu sei que não. Mas também sei que não quero criar essa criança.

— Se a vida está permitindo que ele reencarne como seu filho e de Nicolas, é porque existe um propósito maior por trás disso tudo. Há um objetivo a ser alcançado, um projeto a ser realizado. Não há erros, sob o ponto de vista espiritual. Agora, procure se acalmar. Vai dar tudo certo.

Miah assentiu. Outras pessoas olhavam para ela, inclusive Lourdes, que a fitava com desaprovação no olhar. Que espécie de gestação seria aquela, com sonhos assustadores, frequentes desmaios e visões premonitórias? Só gostaria de entender o que tudo isso realmente significava e como poderia lidar com essa situação. Marian dizia que a reencarnação era algo muito benéfico, pois visava não apenas o progresso espiritual de todos, mas também o desenvolvimento da consciência de cada um, a possibilidade do reajuste e do perdão, e o equilíbrio com situações mal resolvidas do passado.

Quais situações entre ela e o espírito do seu filho ficaram pendentes? Qual teria sido sua relação com ele em outras épocas? Por que, aparentemente, ele desejava se vingar de Miah? E Nicolas, onde entrava nisso tudo?

Ela deixou de lado essas questões, pois conversaria sobre elas com o marido em outro momento. Também gostaria de ir a um centro espírita em busca de orientação. Agora que Nicolas encerrara o caso de Pilar, teria mais tempo antes de começar uma nova investigação.

Decidindo deixar aquele assunto de lado por ora, Miah voltou a se concentrar no desfile. Todos os participantes estavam enfileirados, aguardando pelo resultado ao lado de seus companheiros. Nicolas e Érica pareciam tão incomodados por estarem juntos que Miah riu, descontraindo um pouco a tensão inquietante do marido.

A plateia elegia ou desclassificava os participantes levantando as mãos numa votação. Ao final, apenas Nicolas e outras três pessoas com dois cachorros e um papagaio ficaram. E então um senhor de cabelos revoltos ergueu-se da cadeira e gritou:

— Eu voto na gata que fugiu do dono e se apresentou sozinha.

Uma gargalhada em coro explodiu. Nicolas mostrou um sorriso débil, preso no limite entre rir ou chorar. Uma salva de palmas seguiu-se, até que uma mulher também falou em voz alta:

— A gatinha já é campeã.

— Será que é verdade? — perguntou a apresentadora pelo microfone. — Todos estão de acordo?

— Érica! Érica! Érica! — a plateia começou a gritar, aplaudindo de pé.

— Sendo assim, Érica e seu proprietário, Nicolas Bartole, são os campeões do Desfile Pet Fashion.

Miah se levantou rapidamente e correu até Nicolas, beijando-o e afagando Érica carinhosamente. Mas, apesar da felicidade que ela exibia, Nicolas já havia notado seu olhar e soube que algo menos engraçado havia acontecido.

— O que houve, Miah?

— É sobre nosso bebê. No caminho para casa, eu lhe contarei os detalhes, e conversaremos sobre as providências que deveremos tomar.

— Vou aguardar.

— Ah, parabéns pelo desfile. Você e Érica arrasaram.

Nicolas meneou a cabeça em concordância. Marian já estava chegando e, mais atrás, Mike, que abria os braços gigantescos para um abraço de urso. Os outros amigos também se aproximavam para congratulá-lo.

Havia motivos para comemorar, e Nicolas sabia disso. Razões que iam além daquele desfile ou de ter encontrado e prendido a pessoa responsável pela morte de Pilar. Ele poderia comemorar por ter amigos incríveis, uma família que adorava, uma profissão que apreciava e uma esposa que amava e que era a sua razão de viver.

A vida, Nicolas sabia, era uma grande comemoração. E viver era dar a si mesmo, diariamente, a bênção de recomeços.

FIM

# GRANDES SUCESSOS DE
# ZIBIA GASPARETTO

Com 18 milhões de títulos vendidos, a autora tem contribuído para o fortalecimento da literatura espiritualista no mercado editorial e para a popularização da espiritualidade. Conheça os sucessos da escritora.

## Romances
*pelo espírito Lucius*

| | |
|---|---|
| A verdade de cada um | O matuto |
| A vida sabe o que faz | O morro das ilusões |
| Ela confiou na vida | Onde está Teresa? |
| Entre o amor e a guerra | Pelas portas do coração |
| Esmeralda | Quando a vida escolhe |
| Espinhos do tempo | Quando chega a hora |
| Laços eternos | Quando é preciso voltar |
| Nada é por acaso | Se abrindo pra vida |
| Ninguém é de ninguém | Sem medo de viver |
| O advogado de Deus | Só o amor consegue |
| O amanhã a Deus pertence | Somos todos inocentes |
| O amor venceu | Tudo tem seu preço |
| O encontro inesperado | Tudo valeu a pena |
| O fio do destino | Um amor de verdade |
| O poder da escolha | Vencendo o passado |

# Sucessos
## Editora Vida & Consciência

### Amadeu Ribeiro

A herança
A visita da verdade
Juntos na eternidade
Laços de amor
O amor não tem limites
O amor nunca diz adeus

O preço da conquista
Reencontros
Segredos que a vida oculta vol.1
A beleza e seus mistérios vol.2
Amores escondidos vol. 3
Seguindo em frente vol. 4

### Amarilis de Oliveira

Além da razão (pelo espírito Maria Amélia)
Do outro lado da porta (pelo espírito Elizabeth)
Nem tudo que reluz é ouro (pelo espírito Carlos Augusto dos Anjos)
Nunca é pra sempre (pelo espírito Carlos Alberto Guerreiro)

### Ana Cristina Vargas
*pelos espíritos Layla e José Antônio*

A morte é uma farsa
Almas de aço
Código vermelho
Em busca de uma nova vida
Em tempos de liberdade
Encontrando a paz
Escravo da ilusão

Ídolos de barro
Intensa como o mar
Loucuras da alma
O bispo
O quarto crescente
Sinfonia da alma

### Carlos Torres

A mão amiga
Passageiros da eternidade
Querido Joseph (pelos espírito Jon)
Uma razão para viver

## Cristina Cimminiello
A voz do coração (pelo espírito Lauro)
As joias de Rovena (pelo espírito Amira)
O segredo do anjo de pedra (pelo espírito Amadeu)

## Eduardo França
A escolha
A força do perdão
Do fundo do coração
Enfim, a felicidade
Um canto de liberdade
Vestindo a verdade
Vidas entrelaçadas

## Floriano Serra
A grande mudança
A outra face
Amar é para sempre
Almas gêmeas
Ninguém tira o que é seu
Nunca é tarde
O mistério do reencontro
Quando menos se espera...

## Gilvanize Balbino
De volta pra vida (pelo espírito Saul)
Horizonte das cotovias (pelo espírito Ferdinando)
O homem que viveu demais (pelo espírito Pedro)
O símbolo da vida (pelos espíritos Ferdinando e Bernard)
Salmos de redenção (pelo espírito Ferdinando)

## Jeaney Calabria
Uma nova chance (pelo espírito Benedito)

### Juliano Fagundes
Nos bastidores da alma (pelo espírito Célia)
O símbolo da felicidade (pelo espírito Aires)

### Lucimara Gallicia
*pelo espírito Moacyr*

Ao encontro do destino
Sem medo do amanhã

### Marcelo Cezar
*pelo espírito Marco Aurélio*

| | |
|---|---|
| A última chance | O próximo passo |
| A vida sempre vence | O que importa é o amor |
| Coragem para viver | Para sempre comigo |
| Ela só queria casar... | Só Deus sabe |
| Medo de amar | Treze almas |
| Nada é como parece | Tudo tem um porquê |
| Nunca estamos sós | Um sopro de ternura |
| O amor é para os fortes | Você faz o amanhã |
| O preço da paz | |

### Márcio Fiorillo
*pelo espírito Madalena*

Lições do coração
Nas esquinas da vida

### Maurício de Castro
Caminhos cruzados (pelo espírito Hermes)
O jogo da vida (pelo espírito Saulo)

### Meire Campezzi Marques
*pelo espírito Thomas*

A felicidade é uma escolha
Cada um é o que é
Na vida ninguém perde
Uma promessa além da vida

## Mônica de Castro
*pelo espírito Leonel*

A força do destino
A atriz
Apesar de tudo...
Até que a vida os separe
Com o amor não se brinca
De bem com a vida
De frente com a verdade
De todo o meu ser
Desejo – Até onde ele pode te levar? (pelos espíritos Daniela e Leonel)
Gêmeas
Giselle – A amante do inquisidor
Greta
Impulsos do coração
Jurema das matas
Lembranças que o vento traz
O preço de ser diferente
Segredos da alma
Sentindo na própria pele
Só por amor
Uma história de ontem
Virando o jogo

## Rose Elizabeth Mello

Como esquecer
Desafiando o destino
Livres para recomeçar
Os amores de uma vida
Verdadeiros Laços

## Sâmada Hesse
*pelo espírito Margot*

Revelando o passado

## Sérgio Chimatti
*pelo espírito Anele*

Lado a lado
Os protegidos
Um amor de quatro patas

## Thiago Trindade
*pelo espírito Joaquim*

As portas do tempo
Com os olhos da alma

**Conheça mais sobre espiritualidade com outros sucessos.**

 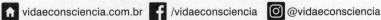

vidaeconsciencia.com.br   /vidaeconsciencia   @vidaeconsciencia

Rua Agostinho Gomes, 2.312 — SP
55 11 2613-4777

contato@vidaeconsciencia.com.br
www.vidaeconsciencia.com.br